맹인 악사

Слепой музыкант
Владимир Галактионович Короленко

대산세계문학총서 164

맹인 악사

Слепой музыкант

블라디미르 코롤렌코 지음 ― 오원교 옮김

문학과지성사

대산세계문학총서 164_소설

맹인 악사

지은이 블라디미르 코롤렌코
옮긴이 오원교
펴낸이 이광호
주간   이근혜
편집   김필균 김은주
펴낸곳 ㈜**문학과지성사**
등록번호 제1993-000098호
주소 04034 서울 마포구 잔다리로7길 18(서교동 377-20)
전화 02) 338-7224
팩스 02) 323-4180(편집) 02) 338-7221(영업)
전자우편 moonji@moonji.com
홈페이지 www.moonji.com

제1판 제1쇄 2021년 1월 22일

ISBN 978-89-320-3814-8 04890
ISBN 978-89-320-1246-9 (세트)

이 책은 대산문화재단의 외국문학 번역지원사업을 통해 발간되었습니다.
대산문화재단은 大山 愼鏞虎 선생의 뜻에 따라 교보생명의 출연으로 창립되어
우리 문학의 창달과 세계화를 위해 다양한 공익문화사업을 펼치고 있습니다.

차례

일러두기

1. 이 책은 В. Г. Короленко의 *Собрание сочинений в пяти томах*, Т.1 (Ленинград: Художественная литература, 1989) 중의 일부 작품을 우리말로 옮긴 것이다.
2. 각 작품의 소개글은 원작의 해제를 옮긴이가 보완하여 작성한 것이다.
3. 본문의 주는 옮긴이 주이다.
4. 인명과 지명 등은 현지 발음에 가깝게 표기되었다.
   예) 자포로제 → 자포로쥐예

마카르의 꿈
—성탄절 이야기

＊ 이 작품은 1883년 코롤렌코가 유형지인 야쿠츠크 마을 암가에 체류하면서 집필했고, 1885년 잡지 『러시아 사상』 제3호에 게재되었다. 작품의 창작사와 인물들의 원형상에 관해 코롤렌코는 『나의 동시대인의 역사』(제4권 1부 9~10, 31장)에서 밝혔다. 작품의 필사본들은 부분적으로 코롤렌코의 『시베리아 수기와 난면들』(1946, 제1부 480~88쪽)에 수록되었다.

I

이 꿈은 멀고 척박한 땅으로 자기 송아지들을 몰아낸 가엾은 마카르가 꾼 것이다.* 온갖 구박을 당한다고 잘 알려진 그 마카르 말이다.**

그의 고향인 작고 황량한 자유민 부락 찰간은 멀고 먼 야쿠티야***의 타이가 숲속에 파묻혀 있었다. 마카르의 아버지와 할아버지들은 타이가 숲에서 얼어붙은 땅뙈기를 일궜고, 그들은 음침한 숲이 적의를 품은 벽처럼 여전히 사방을 둘러싸고 서 있어도 낙심하지 않았다. 일군 땅에는 울타리가 쳐지고 낟가리와 건초 더미가 쌓아 올려지며 연기가 피어

---

* '마카르도 자기 송아지들을 내몰지 않을 머나먼 곳'이라는 러시아 속담에 대한 반어적 변형.
** '가엾은 마카르가 솔방울 세례를 받네'라는 러시아 속담에서 유추.
*** 사하로도 칭해지는 러시아 연방의 북동부에 위치한 공화국으로 극동연방관구에 속하는 최대 행정구역.

오르는 작은 유르타*들이 점차 늘어났다. 그리고 마침내 승리의 기치처럼 마을의 한가운데 언덕배기에는 종탑이 하늘을 향해 치솟았다. 찰간은 거대한 자유민 부락이 되었다.

하지만 마카르의 아버지와 할아버지들은 타이가 숲을 일구는 과정에서 불을 놓고 쟁기로 베어내면서 그들 자신도 모르는 사이에 점차 거칠어졌다. 야쿠트 여인들과 결혼하면서 그들은 야쿠트의 언어와 관습을 수용했다. 위대한 러시아 부족의 특성들은 점차 지워지고 사라져 갔다.

어쨌든 간에 우리의 마카르는 여전히 자신이 찰간의 토박이 농부라는 점을 확고하게 기억하고 있었다. 그는 이곳에서 태어나 이곳에서 살았고, 바로 이곳에서 죽을 생각이었다. 그는 자신의 혈통에 커다란 긍지를 느꼈고, 때때로 다른 사람들에게 "야만적인 야쿠트 놈들"이라고 욕을 해대기도 했다. 물론 진실을 말하자면 그 자신은 습관이나 생활 방식에서 야쿠트 사람들과 별로 다르지 않았다. 그는 러시아어도 조금, 게다가 아주 서툴게 하고 동물 가죽 옷을 입고 순록 가죽 장화를 신으며 평소에는 전차** 우린 물과 빵 한 조각으로 끼니를 해결하는데, 축일이나 다른 특별한 경우에만 녹인 버터를 식탁의 자기 앞에 놓여 있는 만큼만 먹었다. 그는 아주 능숙하게 황소를 타고 다녔고 병이 나면 샤먼을 불렀는데, 샤먼은 마카르에게 들어앉은 병마를 놀라게 하여 내쫓기 위해 극도의 흥분 상태에서 이를 빠드득 갈면서 그에게 달려들었다.

그는 억척스럽게 일했지만 가난하게 살았고 기아와 추위를 견뎌야

---

* 시베리아와 중앙아시아 유목민의 고유한 천막으로 지은 이동식 전통 가옥인 유르트로, 러시아에서는 '유르타'라고 부름.
** 벽돌 모양으로 뭉쳐서 말린 차.

했다. 빵과 차에 대한 멈출 수 없는 걱정 외에 그에게 과연 다른 생각이 있었을까?

그렇다, 있었다.

술에 취할 때면, 그는 "사는 게 왜 이 꼴인가, 오, 하느님!" 하고 울면서 한탄을 쏟아냈다. 그 밖에도 때때로 그는 만사를 때려치우고 산으로 가고 싶다고 말했다. 그곳에서 그는 땅을 갈지도, 씨앗을 뿌리지도, 통나무를 베어 나르지도, 심지어 손 맷돌에 낟알을 갈지도 않을 것이다. 그는 단지 구원을 바랄 뿐이었다. 그는 그 산이 어떠하고 어디에 있는지를 정확하게 알지 못했다. 그는 첫째, 그런 산이 존재한다는 것과 둘째, 그것이 멀리 어딘가에, 너무 멀어 지역 경찰서장 토이온*조차도 그를 붙잡으러 오지 못할 곳에 있다는 것만 알고 있었다…… 물론 세금을 낼 필요 또한 없을 것이다……

제정신이 들면 그는 이런 생각들을 포기했는데, 어쩌면 그런 기적의 산을 발견하는 것이 불가능하다는 사실을 인식했기 때문이리라. 하지만 술에 취하면 그는 훨씬 더 과감해졌다. 진짜 산을 찾지 못한다면 다른 산으로라도 가겠다는 것이었다. "그러면 망하겠지"라고 말하면서 그는 또한 준비를 했다. 마카르가 이 의중을 실행에 옮기지 못했다면, 그것은 아마도 이주민-타타르인들이 그에게 언제나 도수를 높이려고 마호르카**에 담근 저질의 보드카를 팔았고, 이 때문에 그가 곧장 무기력해지고 병이 났기 때문일 것이다.

---

* 토이온(Тойон)은 시베리아 원주민들에게 우주의 절대자, 지배자로서 신격화된 존재로 숭배의 대상.
** 러시아산 하등품 담배의 일종.

II

때는 성탄 전야였고, 마카르도 다음 날이 대축일이라는 것을 알고 있었다. 따라서 한잔 마시고 싶은 생각이 간절했지만 술 마실 돈은 고사하고 빵도 거의 다 떨어진 형편이었다. 마카르는 동네 상인들과 타타르인들에게 이미 빚을 지고 있었다. 더군다나 다음 날은 대축일이라 일을 할 수도 없었다. 진탕 술도 못 마신다면 도대체 뭘 하겠는가? 이런 생각에 그는 우울해졌다. 사는 꼴하고는! 겨울의 대축일에조차도 보드카 한 병 마실 수 없는 신세라니!

이때 마카르의 머릿속에 멋진 생각이 떠올랐다. 그는 벌떡 일어나서 누더기 외투를 걸쳤다. 완강하고 강인하며 상당히 힘이 세고 엄청나게 못생긴 그의 아내는 남편의 단순한 생각들을 모두 꿰뚫어 보는지라 이번에도 그의 의도를 쉽사리 눈치챘다.

"어딜 가려고, 이 영감탱이야? 또 혼자서 보드카를 마시고 싶은 거지?"

"닥쳐! 보드카 한 병 사 올 테니 내일 같이 마시자고."

마카르는 아내가 움찔할 정도로 세게 그녀의 어깨를 두드리고는 능청스럽게 눈을 끔벅했다. 여자들의 마음은 그렇다. 아내는 마카르가 자신을 반드시 속일 것이라는 사실을 알면서도 남편의 다정한 손길에 넘어가고 말았다.

그는 집 밖으로 나와 뜰에 매어놓은 늙은 얼룩말의 갈기를 잡고 썰매로 끌고 가서 말을 매기 시작했다. 순식간에 얼룩말은 자기 주인을 태우고 대문 밖으로 나섰다. 그곳에서 잠시 멈춘 말은 머리를 돌려 생각에 잠긴 마카르를 의아하게 쳐다보았다. 그러자 마카르는 왼쪽의 고삐를 잡아당겨 부락의 어귀 쪽으로 말을 돌렸다. 부락의 어귀에는 작은 유르타가 서 있었다. 다른 유르타에서처럼 작은 유르타에서는 화덕의 연기가 높이 위로 솟아올라 하얗게 요동치며 차가운 별들과 찬란한 달을 가리고 있었다. 불빛이 불투명한 고드름에 반사되면서 다채롭게 변하며 기분 좋게 뛰어놀았다. 뜰 안은 고요했다.

이곳에는 먼 데서 온 낯선 사람들이 살고 있었다. 마카르는 그들이 어떻게 이곳으로 왔고, 무슨 연유로 먼 벽지로 팽개쳐졌는지 알지 못했고 관심도 없었지만, 그들은 윽박지르거나 술값을 재촉하지 않았기에 그들과 거래하는 것을 좋아했다.

유르타로 들어서자 마카르는 바로 화덕으로 다가가 얼어붙은 손을 불 가까이로 뻗었다. "어이, 추워!" 그는 춥다는 느낌을 이런 식으로 표현했다.

집에 낯선 사람들이 있었다. 그들은 아무 일도 하지 않았지만 식탁에는 촛불이 타고 있었다. 한 사내가 침대 위에 누워 담배 연기로 반지 모양들을 만들면서 자신의 기다란 생각의 타래들을 그것들과 연결하려는 듯 굽이치며 피어오르는 연기를 골똘히 쳐다보고 있었다. 또 다른 사내도 화덕의 반대편에 앉아 생각에 잠겨 거의 다 타버린 장작에서 너울대는 불꽃을 바라보고 있었다.

"안녕들 하시오!" 마카르는 불편한 침묵을 깨뜨리기 위해 말을 건넸다. 물론 낯선 사람들의 마음속에 어떤 슬픔이 깔려 있는지, 이 저녁 그들의 머릿속에 어떤 회상들이 들어차 있는지, 불꽃과 연기의 환상적인 일렁거림 속에서 어떤 형상들이 그들에게 떠올랐는지 마카르는 알지 못했다. 게다가 마카르에게는 자신의 볼일이 있었다.

화덕 옆에 앉아 있던 젊은 사내는 머리를 들고 마치 마카르를 알아보지 못한 듯 흐릿한 시선으로 바라보았다. 그러다가 머리를 흔들며 의자에서 재빨리 일어났다.

"아이고 어서 오게, 어서와, 마카르! 아주 잘됐네! 차나 한잔 같이 할까?"

마카르는 그 제안이 맘에 들었다. "차?" 그는 되물었다. "좋네! 그거, 좋지…… 아주 좋아!" 그는 활기차게 옷을 벗기 시작했다. 마카르는 외투와 털모자를 벗은 다음 한층 편안해졌고, 사모바르*에 이미 숯이 벌겋게 타오르는 것을 보고 젊은 사내를 향해 속내를 털어놓기 시작했다.

"나는 자네들이 좋아, 정말이네! 아주 좋아해, 아주 좋아한다고…… 밤에 잠을 설칠 정도라고……" 낯선 사내는 고개를 돌렸고, 그의 얼굴에는 쓸쓸한 미소가 드러났다.

"아, 좋아하신다?" 그가 되물었다. "근데 필요한 것이 대체 뭔가?"

마카르는 우물거리며 말했다. "볼일이 있는데, 근데 어떻게 안 거지? 좋아, 차부터 마시고 얘기하지."

마카르는 주인들로부터 차를 권해 받은지라 계속 이런 식으로 하는 게 좋다고 생각했다.

"구운 고기는 없는가?" 그가 물었다. "좋아하는데."

"없네."

"뭐, 괜찮네." 마카르는 위로하듯이 말을 건넨 뒤 "다음 기회에 먹자고…… 그럴까?" 하고 되물었다. "다음 기회에?"

---

* '스스로 끓는 용기'라는 뜻으로 구리·은·주석 등으로 만든 러시아 전래의 찻주전자.

"좋네."

이제 마카르는 낯선 사람들이 구운 고기 한 점을 빚졌다고 여겼고, 그는 그런 빚을 결코 잊어버린 적이 없었다.

한 시간가량 지난 뒤 마카르는 다시 썰매에 올라앉았다. 그는 비교적 좋은 조건으로 장작 다섯 수레를 선불로 팔아 1루블을 제대로 챙겼다. 사실 그는 오늘은 이 돈을 술로 탕진하지 않을 것이라고 하느님의 이름으로 맹세를 하고 단언을 했건만, 지체 없이 그렇게 하기로 마음먹었다. 도대체 왜 그랬을까? 만족에 대한 기대가 양심의 가책을 억눌렀던 것이다. 그는 술 취한 자신에게 닥칠 기만당한 충실한 아내의 혹독한 구박에 대해서조차 생각하지 않았다.

"어디로 가는 건가, 마카르?" 마카르의 말이 똑바로 가지 않고 타타르인들이 살고 있는 방향인 왼쪽으로 도는 것을 보고 낯선 사내가 웃으며 소리쳤다.

"워! 워! 이런 망할 놈의 말이…… 어디로 가는 게야!" 마카르는 변명을 해대면서도 왼쪽 고삐를 여전히 단단히 잡아당기며 오른쪽 고삐로 말을 슬쩍 갈기는 것이었다. 현명한 말은 책망하듯이 꼬리를 휘저으며 주인이 요구하는 방향으로 조용히 걸어갔고, 곧이어 마카르를 태운 썰매의 삐거덕거리는 소리는 타타르인들의 대문 앞에서 잦아들었다.

III

타타르인들의 대문 앞에는 높은 야쿠트 안장을 얹은 말 몇 마리가 말뚝에 매인 채 서 있었다.

좁은 오두막 안은 후텁지근했다. 화덕에서 천천히 피어오르는 지독한 마호르카 연기가 구름처럼 짙게 드리워져 있었다. 식탁 뒤와 긴 의자에는 외지에서 온 야쿠트인들이 앉아 있었다. 식탁 위에는 보드카 잔들이 놓여 있었다. 여기저기에 카드를 치는 무리가 흩어져 있었다. 그들의 얼굴은 땀에 절고 벌겋게 달아올라 있었다. 카드꾼들의 눈은 돌아가는 카드 패를 주시하고 있었다. 판돈은 이 주머니에서 저 주머니로 꺼내자마자 순식간에 사라졌다. 구석의 짚단 위에는 술에 취한 야쿠트인이 앉아서 비틀거리며 끝없는 노래를 흥얼대고 있었다. 그는 목구멍으로 거친 쇳소리를 내면서 여러 가지 음조로 반복해서 "내일은 대축일이고 오늘 나는 술에 취했네"라고 읊조리고 있었다.

마카르가 돈을 건네자 술 한 병이 나왔다. 그는 술병을 품속에 감추고 다른 사람들의 눈을 피해 어두침침한 구석으로 갔다. 그곳에서 그는 한 잔씩 따라 천천히 들이켰다. 쌉쌀한 보드카는 축일을 맞아 4분의 3 이상 물로 희석한 것이었다. 대신에 마호르카는 아끼지 않았다. 마카르는 잔을 들이켤 때마다 순간 숨이 막혔고, 눈앞에는 선홍색을 띤 둥근 원들이 떠다녔다.

마카르는 금방 술기운이 올랐다. 그도 짚단에 주저앉아 양손으로 무릎을 껴안은 채 그 위에 무거운 머리를 얹었다. 그의 목구멍에서도 저절로 똑같은 이상한 쇳소리가 흘러나왔다. "내일은 축일이고 다섯 수레의 장작을 술로 퍼마셨네"라고 그는 흥얼거렸다.

그러는 사이에 오두막은 점점 사람들로 가득 찼다. 새로운 방문객들이 들어왔는데, 기도를 올리고 타타르 보드카를 마시러 온 야쿠트인들이었다. 곧이어 자리가 부족해질 것을 눈치챈 주인은 식탁에서 일어나 주위 사람들을 둘러보았다. 그 시선은 어두운 구석으로 향했고, 그곳에 앉아 있는 야쿠트인과 마카르를 발견했다. 그는 야쿠트인에게로 다가가 뒷덜미를 잡아 오두막 밖으로 끌어내버렸다. 그다음에는 마카르에게로 다가갔다. 동네 주민인 그에게 타타르인은 더 많은 아량을 베풀었다. 문을 활짝 열어젖힌 후 불쌍한 술꾼의 엉덩이를 세차게 걷어찼고, 마카르는 오두막에서 날아가 눈구덩이에 정면으로 처박혔다.

이런 대우에 마카르가 모욕감을 느꼈는지의 여부는 말하기 어렵다. 그는 소매 안쪽도, 얼굴도 눈투성이라는 것을 느꼈다. 눈구덩이에서 가까스로 헤어나 그는 자기 말 쪽으로 비틀거리며 걸어갔다.

달은 이미 높이 솟아 있었다. 큰곰자리는 꼬리를 아래로 늘어뜨리기 시작했다. 추위가 거세졌다. 가끔 북쪽 하늘에서는 어두운 뭉게구름 너머로 신생 오로라의 불기둥이 흐릿하게 뛰어놀며 솟아올랐다.

말은 주인의 상태를 알고 있는 듯 집을 향해 조심스럽고 사려 깊게 뚜벅뚜벅 걸어갔다. 마카르는 썰매 위에 앉아 몸을 흔들며 계속 노래를 흥얼거렸다. 그는 다섯 수레의 장작을 술로 퍼마셨으니 이제 마누라가 자기를 가만두지 않을 거라고 주절거렸다. 그의 목구멍에서 터져 나오는 소리가 저녁 공기 속에서 쇳소리 같기도 하고 신음 소리 같기도 한 게 어찌나 음울하고 애잔하던지 그때 마침 화덕의 굴뚝을 닫기 위해 유르타 위에 기어 올라가 있던 낯선 사내의 마음은 마카르의 노래 때문에 한층 더 무거워졌다.

그러는 사이에 말은 주변 일대가 훤히 내려다보이는 작은 언덕 위에 썰매를 끌어다 놓았다. 달빛을 머금은 눈은 밝게 빛나고 있었다. 때때로 달빛은 마치 녹아내리는 듯했고, 눈은 어두워졌다가 금방 그 위로 북극의 오로라가 찬란하게 반사되었다. 그럴 때면 눈 덮인 언덕과 그 위의 타이가 숲이 가까워졌다 멀어졌다 하는 듯했다. 마카르에게는 타이가 바로 아래로 야말라흐 언덕배기의 눈 덮인 공터가 눈에 들어왔는데, 그 뒤편의 타이가 숲에는 온갖 숲 짐승과 새 들을 잡기 위해 마카르가 놓아둔 덫들이 있었다.

이런 생각은 마카르의 기분 상태를 바꾸어놓았다. 그는 자기 덫에 암여우가 걸렸다고 노래하기 시작했다. 내일 가죽을 팔아 오면 늙은 마누라가 난리를 떨지 않겠지.

마카르가 오두막에 들어섰을 때 추운 대기 속으로 첫번째 종소리가 울려 퍼졌다. 그는 늙은 마누라에게 가장 먼저 자신들의 덫에 암여우가 걸렸다고 알렸다. 하지만 마누라가 함께 술을 마시지 않았다는 사실을 깜빡한 마카르는 기쁜 소식에도 불구하고 마누라로부터 갑자기 허리 아래를 발로 세게 걷어차이자 크게 놀랐다. 그런 다음에 그가 침대로 풀썩 쓰러지자 마누라는 그의 목을 주먹으로 세게 때렸다.

이런 와중에 찰간 부락에는 축일을 알리는 장대한 종소리가 울리고, 멀리멀리 퍼져 나갔다······

IV

마카르는 침대에 누워 있었다. 머리는 열이 나서 화끈거렸다. 속은 마치 불에 타는 듯했다. 보드카와 마호르카 우린 물의 독한 혼합액이 혈관 속으로 번져가고 있었다. 얼굴에는 녹은 눈이 물줄기를 이루며 흘러내렸고, 등에도 마찬가지였다.

늙은 아내는 마카르가 자고 있다고 생각했지만 그는 자고 있는 게 아니었다. 그의 머릿속에서는 암여우에 대한 생각이 떠나지 않았다. 그는 암여우가 덫에 걸렸다고 완전히 확신하고 있었고, 심지어 어느 덫인지도 알고 있었다. 그는 암여우를 보았는데, 무거운 통나무에 깔린 암여우가 발톱으로 눈을 긁으면서 빠져나가려고 바둥대고 있었다. 숲속으로 비쳐든 달빛이 암여우의 황금빛 털 위에서 노닐고 있었다. 짐승의 두 눈은 그를 향해 번뜩이고 있었다.

마카르는 더 이상 참지 못하고 침대에서 벌떡 일어나 타이가 숲으로 가려고 자신의 충실한 말 쪽으로 향해 갔다.

그런데 이게 웬 일인가? 늙은 아내의 힘센 손이 마카르의 외투 깃을 잡아챘고, 그는 다시 침대로 내던져진 것일까?

아니다. 그는 벌써 부락을 지나쳐 갔다. 썰매는 단단한 눈 위를 규칙적으로 삐거덕거리며 달리고 있었다. 찰간 부락은 저 멀리 뒤쪽에 있었다. 뒤에서는 교회 종소리가 장대하게 울리고 어두운 지평선 위의 밝은 하늘에는 높고 끝이 뾰족한 털모자를 쓰고 말을 탄 야쿠트인들의 행렬이 검은 실루엣처럼 아른거렸다. 야쿠트인들은 서둘러 교회로 가고 있었다.

그러는 사이에 달은 넘어갔고, 위쪽 하늘 한가운데에는 희끄무레한 구름이 영롱한 인광을 내며 걸려 있었다. 곧이어 구름은 갈라져 늘어나고 흩뿌려지는 듯하더니 여러 방향으로 다채로운 불꽃 띠들이 빠르게 퍼져 나갔다. 반면에 북쪽 하늘의 뭉게구름은 한층 더 어두워졌다. 그것은 마카르가 다가가는 타이가 숲보다도 더 검게 보였다.

길은 작고 무성한 관목들 사이로 구불구불 나 있었다. 길의 좌우 양편으로는 언덕들이 솟아 있었다. 가면 갈수록 나무들의 키가 높아졌다. 타이가 숲은 빽빽했다. 그것은 비밀을 가득 품은 채 조용히 서 있었다. 벌거벗은 낙엽송들은 은빛 서리를 덮고 있었다. 부드러운 북극광이

나무 꼭대기 사이로 비집고 들어와 눈 덮인 공터를 비췄다. 눈에 덮인 채 쓰러져 있는 거목들의 시체들을 언뜻번뜻 비추면서 타이가 숲을 거닐고 있었다…… 그리고 순간적으로 모든 것은 침묵과 비밀로 충만한 암흑 속으로 또다시 잠겼다.

마카르는 멈춰 섰다. 그곳, 거의 바로 길가에서부터 덫 지대가 시작되고 있었다. 인광 아래서 쓰러진 나뭇가지들로 만든 야트막한 울타리가 마카르의 눈에 확연히 들어왔다. 그는 심지어 첫번째 통나무 덫을 보았다. 그것은 곧추세워진 말뚝에 걸쳐져 있고 말갈기로 만든 밧줄과 상당히 교묘하게 만든 지렛대로 지탱되고 있는 무겁고 기다란 통나무 덫 세 개였다.

사실 이것은 남의 덫들이었지만 남의 덫에도 여우가 걸릴 수 있지 않은가. 마카르는 서둘러 썰매에서 내려 영리한 말은 길에 남겨두고 소리에 귀를 기울였다. 타이가 숲속은 고요했다. 단지 멀리 떨어져 이제는 보이지도 않는 자유민 부락에서 이전처럼 교회 종소리가 장대하게 들려올 뿐이었다.

염려할 필요가 없었다. 덫의 주인으로 마카르의 이웃이자 철천지 원수인 찰간 사람 알료슈카는 아마도 지금 교회에 있을 것이다. 얼마 전에 내린 눈의 고른 표면 위에는 흔적 하나 보이지 않았다.

그는 숲속으로 들어섰다. 아무것도 없었다. 발밑에서 눈이 바스락거린다. 통나무 덫들이 포구를 열고 서 있는 대포의 대열처럼 줄지어 말없이 기다리며 서 있다.

그는 앞뒤로 왔다 갔다 하며 살펴보았지만 헛수고였다. 그는 다시 길가로 나섰다.

근데 이게 뭐지! 부스럭거리는 소리…… 이번에는 타이가 숲속의 아주 가까운 밝은 곳에서 불그스레한 털이 퍼뜩 나타났다가 사라졌다! 마카르는 암여우의 뾰족한 귀를 분명히 보았다. 암여우의 털북숭이 꼬리는 마치 마카르를 숲속으로 유인하듯이 좌우로 흔들렸다. 암여우는 나무 기둥 사이를 지나 마카르의 덫이 있는 방향으로 사라졌고, 곧이어 숲속에서 둔탁하지만 강력한 타격음이 울렸다. 처음에는 간헐적으로 둔탁하게 울리던 소리는 곧이어 타이가 숲 아래로 깔리는 듯하더니 먼 골짜기로 조용히 잦아들었다.

마카르의 심장은 곤두박질쳤다. 그것은 통나무 덫이 떨어지는 소리였다.

그는 숲을 헤치며 내달렸다. 차가운 나뭇가지들이 그의 눈을 후려쳤고, 얼굴로 눈이 쏟아져 내렸다. 그는 걸려 넘어졌다. 숨이 턱턱 막혀왔다.

마침내 언젠가 자신이 나무들을 베어냈던 공터로 달려 나갔다. 서리에 덮여 하얘진 나무들이 양편에 서 있었고, 아래쪽으로 좁아지는 오솔길이 살짝 보였으며, 그 길이 끝나는 곳에 거대한 통나무 덫이 아가리를 크게 벌린 채 지키고 서 있었다…… 멀지 않았다……

하지만 그때 오솔길의 바로 덫 근처에서 사람의 형체가 힐끗 보였는데, 잠깐 나타났다가 곧장 사라졌다. 마카르는 그것이 찰간 사람 알료슈카라는 걸 알아챘다. 앞으로 구부정한 자세로 곰처럼 걷는 그의 크지 않은 다부진 체격이 분명하게 보였다. 마카르에게는 평소보다 알료슈카의 검은 얼굴이 한층 더 검고, 커다란 이빨이 한층 더 무시무시하게 느껴졌다.

마카르는 정말로 분노가 치밀어 올랐다. "이런 비열한 놈! 남의 덫을 헤집고 다니다니." 물론 마카르 자신도 방금 전에 알료슈카의 덫 지대를 지나왔지만 이 경우는 사정이 달랐다…… 그 자신이 다른 사람의 덫 지대를 헤집고 다닐 때는 발각되지 않을까 하는 두려움을 느꼈지만, 자신의 덫 지대를 다른 사람이 헤집고 다닐 때는 분노와 더불어 자신의 권리를 침해한 놈을 패대기치고 싶은 욕망을 느꼈다는 데 차이가 있다. 마카르는 떨어진 통나무 덫으로 가로질러 달려갔다. 암여우가 걸려 있었다. 알료슈카도 뒤뚱거리는 곰 같은 걸음걸이로 그쪽을 향해 가고 있었다. 먼저 서둘러 다가가야 했다.

떨어져 있는 통나무 덫에 다다랐다. 그 아래에는 덫에 깔린 짐승의 털이 붉게 빛나고 있었다. 암여우는 마카르가 상상 속에서 본 것처럼 눈 속에서 발톱을 긁어대면서 날카롭고 이글거리는 눈으로 그를 노려 보고 있었다.

"틔틔마(손대지 마)! 이건 내 거야!" 마카르가 알료슈카에게 소리 쳤다.

"틔틔마!" 알료슈카의 목소리가 메아리처럼 울렸다. "내 거야!"

두 사람은 동시에 허겁지겁 가로질러 달려가 통나무 덫을 들어 올리고 걸린 짐승을 끄집어내려고 했다. 통나무 덫을 들어 올렸을 때 암여우도 일어섰다. 암여우는 껑충 뛰어올라 조롱하는 듯한 시선으로 두 찰간 사람을 쳐다본 후 머리를 숙여 통나무 덫에 눌렸던 곳을 혀로 핥고 나서 기분 좋게 꼬리를 흔들면서 신나게 앞으로 내달렸다.

알료슈카가 여우의 뒤를 쫓으려고 하자 마카르는 그의 외투 깃을 뒤에서 잡아챘다. "틔틔마! 이건 내 거야!"라고 소리치며 마카르 자신도 암여우 뒤를 쫓아 달렸다.

"틔틔마!" 또다시 알료슈카의 목소리가 메아리처럼 울렸고, 마카르는 이번에는 그가 자신의 외투를 잡아채고 순식간에 다시 앞으로 내달리는 것을 느꼈다.

마카르는 악이 받쳤다. 그는 암여우에 대한 생각은 제쳐두고 알료 슈카를 뒤쫓기 시작했다.

그들은 점점 더 빨리 달렸다. 낙엽송 가지가 알료슈카의 머리에서 털모자를 낚아챘지만 그는 모자를 집어 들 새도 없었다. 격노한 마카르 가 고함을 치며 이미 그를 따라잡았기 때문이다. 하지만 알료슈카는 가 없은 마카르보다 언제나 교활했다. 그는 갑자기 멈춰 서더니 돌아서서 머리를 숙였다. 마카르는 그의 머리에 배를 부딪혀 눈 위로 곤두박질쳤 다. 마카르가 넘어져 있는 사이 저주받을 알료슈카는 마카르의 머리에 서 털모자를 낚아채 타이가 숲속으로 사라졌다.

마카르가 천천히 일어났다. 그는 결정적 타격을 입고 비참해졌다. 그는 기분이 엉망진창이었다. 손안에 들어왔던 암여우가 이제는…… 어두워진 숲속에서 암여우가 다시 한번 조롱하듯 꼬리를 흔들고 영원 히 사라져버리는 것 같았다.

날이 어두워졌다. 희끄무레한 조각구름은 하늘 가운데서 간신히 보 였다. 그것은 마치 조용히 녹아내리는 듯했고, 잦아들던 오로라 빛줄기 가 그것에서 지쳐서 나른하게 흘러내렸다.

달아오른 마카르의 몸에 녹은 눈의 가느다란 물줄기가 줄줄 흘러 내렸다. 눈은 소매 안으로 떨어지고, 외투 깃 너머로 흐르며, 순록 가죽 장화 위로 넘쳤다. 빌어먹을 알료슈카가 그의 털모자를 탈취해 갔다. 달리는 도중에 어딘가에서 엄지장갑도 잃어버렸다. 상황은 좋지 않았 다. 마카르는 장갑도, 털모자도 없이 타이가 숲으로 들어온 사람들과는 혹한이 장난도 치지 않는다는 사실을 알고 있었다.

마카르는 이미 오랫동안 걸었다. 짐작하건대 그는 야말라흐에서 이미 오래전에 벗어나 종탑을 볼 수 있어야 했지만, 그는 여전히 타이가 숲속에서 맴돌고 있었다. 숲은 마치 마법이라도 걸 듯이 그를 품에 안고 놓아주지 않았다. 멀리서 여전히 교회 종소리가 장대하게 들려왔다. 그는 종탑을 향해 가고 있다고 느꼈지만 종소리는 점점 더 멀어졌고, 그 울림이 점점 아득해짐에 따라 마카르의 마음속에는 막막한 절망감이 밀려왔다.

그는 지쳐갔다. 그는 축 처졌다. 다리가 후들거렸다. 녹초가 된 몸은 욱신거렸다. 가슴속에서 숨이 턱턱 차올랐다. 팔다리가 얼어 굳어갔다. 벌거벗은 머리는 불에 달군 테두리를 두른 듯 조여들었다.

'이러다 끝장나겠구나!' 하는 생각이 자꾸자꾸 머릿속에 아른거렸다. 하지만 그는 계속 걸었다.

타이가는 침묵했다. 타이가는 완강한 적의를 품은 듯 마카르 뒤에서 밀집대형을 이루면서 그 어디에서도 한 줄기 빛도 희망도 던져주지 않았다.

'이러다 끝장나겠구나!' 하고 마카르는 계속 생각했다.

마카르는 완전히 지쳐버렸다. 이제는 어린 나무들조차도 그의 어쩔 도리 없는 상태를 비웃으며 아무런 거리낌 없이 직통으로 그의 얼굴을 두드렸다. 한곳에서는 하얀 토끼 한 마리가 공터로 뛰어나와 뒷다리로 서서 끝자락이 까만 반점들이 있는 긴 귀를 쫑긋거리며 마카르에게 아주 무례한 낯짝을 쳐들고 세수를 하기 시작했다. 토끼는 마카르가 누구인지를, 마카르가 타이가에 그 자신을, 즉 토끼를 잡기 위해 간악한 기구들을 설치한 바로 그 마카르라는 것을 너무나 잘 알고 있다는 사실을 주지시켰다. 하지만 이제는 토끼가 마카르를 놀려대고 있었다.

마카르는 애통해했다. 그에 반해 타이가는 더욱 왕성해졌는데, 적

대적으로 활기차졌다. 심지어 이제는 멀리 있는 나무들조차도 그가 가는 오솔길로 기다란 가지들을 뻗어 그의 머리채를 휘어잡고 눈과 얼굴을 후려쳤다. 까투리들이 비밀스러운 굴에서 나와 호기심 어린 둥근 눈으로 마카르를 주시하자, 수꿩들은 꼬리를 늘어뜨리고 위협하듯 날개를 펼친 채 까투리들 사이를 날며 그들에게 마카르와 그의 덫에 대해서 큰 소리로 떠들어댔다. 그리고 마침내 먼 숲속에서는 수천 마리의 여우 낯짝이 얼핏얼핏 보이곤 했다. 그들은 공기를 한껏 들이마시고 뾰족한 귀를 세우고서 마카르를 조롱하듯 쳐다보았다. 그들 앞에 토끼들이 뒷발로 서서 마카르가 길을 잃어 타이가를 벗어나지 못할 것이라고 깔깔대며 떠들어대고 있었다.

이것은 너무 심했다.

'끝장나는구나!' 생각하고 마카르는 이를 지체 없이 실행하기로 결심했다.

그는 눈 위에 누웠다.

추위는 더 심해졌다. 오로라의 마지막 빛줄기가 흐릿하게 가물거렸고 타이가 숲의 정상을 통해 마카르에게로 비추면서 하늘로 퍼져 나갔다. 종소리의 마지막 메아리가 멀리 찰간에서 울려왔다.

오로라가 확 타오르더니 이내 사그라졌다. 종소리도 잦아들었다.

그리고 마카르는 숨을 거두었다.

V

어떻게 이런 일이 일어났는지 그는 알아채지 못했다. 그는 자신으로부터 뭔가가 빠져나가야 된다는 점을 알고 그것이 빠져나가기를 잠자코 기다렸지만…… 아무것도 빠져나가지 않았다.

그런 와중에 그는 자신이 이미 죽었다는 사실을 인식했기에 꼼짝 않고 얌전하게 누워 있었다. 그는 오랫동안 누워 있었는데, 너무 오래되자 지루해졌다.

마카르가 누군가가 발로 자신을 건드리는 것을 느꼈을 때, 완전히 어두워져 있었다. 그는 머리를 돌렸고, 감고 있던 눈을 떴다.

이제 낙엽송들은 마치 이전의 장난이 부끄러운 듯이 얌전하고 고요하게 마카르 위에 서 있었다. 무성한 전나무들은 눈 덮인 넓은 가지들을 뻗고서 조용조용 흔들리고 있었다. 공중에는 반짝거리는 눈송이들이 평온하게 떠다니고 있었다.

파란 하늘에서는 무성한 가지들 사이로 밝고 상냥한 별들이 내려다보며 마치 "저런, 가엾은 사람이 죽었네"라고 말하는 듯했다.

마카르의 시신 바로 위에 늙은 신부 이반이 서서 그를 발로 건드렸다. 그의 기다란 신부복은 눈으로 덮여 있었다. 이반 신부의 모피 모자, 어깨, 긴 턱수염에도 눈이 쌓여 있었다. 무엇보다 놀라운 사실은 그가 4년 전에 죽은 바로 그 이반 신부라는 점이었다.

그는 선량한 신부였다. 그는 마카르에게 봉헌금을 강요하지도 않았고, 심지어 성찬식 거행금을 요구한 적도 없었다. 마카르 자신이 이반 신부의 세례와 기도에 대한 대가를 정했다. 지금 되새겨보니 가끔 너무 적게 지불하거나 때로 아예 지불하지 않은 것 같아 수치스러웠다. 신부 이반은 화도 내지 않았다. 그에게 필요한 것은 단 하나, 매번 보드카 한 병만 내놓으면 그만이었다. 마카르가 돈이 없을 경우 신부 이반은 자기 돈으로 술을 사 오도록 했고, 둘이 함께 술을 마셨다. 신부는 언제나 고

주망태가 될 때까지 마셨지만 싸움을 그렇게 자주 그리고 심하게 하지는 않았다. 마카르는 술에 취해 어쩔 도리가 없고 의지할 곳도 없는 그를 집으로 데려가 부인의 품에 넘겨주기도 했다.

그렇다. 그는 선량한 신부였지만 끔찍한 죽음을 맞았다. 어느 날 모든 사람이 집으로 돌아가고 술에 취한 신부는 혼자 남아 침대에 누워 있던 중 담배 생각이 문득 났다. 그는 침대에서 일어나 비틀거리며 담뱃대에 불을 붙이기 위해 활활 타오르는 커다란 화덕 쪽으로 다가갔다. 그는 정말로 심하게 취해 있었고, 몸의 균형을 잃고 불 속으로 고꾸라졌다. 가족이 돌아왔을 때, 신부의 몸에서 남은 것이라고는 두 다리뿐이었다.

모든 사람이 선량한 신부 이반을 안타깝게 여겼다. 하지만 그에게서 남은 것이라고는 다리뿐이었고, 그를 치료할 수 있는 의사는 이미 세상에 단 한 명도 없었다. 두 다리로 장례를 치르고 난 후 이반 신부의 자리에는 다른 사람이 임명되었다. 지금 그 신부가 멀쩡한 모습으로 마카르를 내려다보면서 발로 그를 건드리고 있는 것이었다.

"일어나게나, 마카루슈코." 그가 말했다. "함께 가세나."

"어디로 가지요?" 마카르가 불만스럽게 물었다. 그는 자신이 일단 죽은 이상 그의 임무는 편안히 누워 있는 것이며, 길도 없는 타이가 숲 속을 다시 헤매고 다닐 필요가 없다고 생각했다. 그렇지 않다면 그가 죽을 이유가 뭐가 있었겠는가?

"대(大) 토이온에게 가세."

"내가 그에게 무엇 때문에 가나요?" 마카르가 물었다.

"그가 자네를 심판할 걸세." 신부가 비통하고 다소 자애로운 목소리로 말했다. 사실 마카르는, 사람은 죽은 후에 심판을 받기 위해 어딘가로 가야 한다는 얘기를 떠올렸다. 그는 이것을 언젠가 교회에서 들었다. 신부의 말이 옳고, 따라서 일어나야만 한다는 것이다.

그래서 마카르는 죽은 다음에조차 편안하게 내버려두지 않는다고 스스로 구시렁거리며 일어났다.

신부가 앞서 걸었고, 마카르가 뒤따랐다. 두 사람은 계속 걸었다. 낙엽송들은 길을 내주며 조용히 옆으로 비켜주었다. 동쪽을 향해 걸어갔다.

마카르는 신부 이반이 지나간 눈 위에 발자국이 남지 않는 것을 알아채고 깜짝 놀랐다. 자기 발아래를 내려다보니 역시 발자국이 보이지 않았다. 눈은 식탁보처럼 깨끗하고 반질반질했다.

'이제는 남의 덫을 아주 편하게 헤집고 다닐 수 있겠구나, 아무도 알아채지 못할 테니'라는 생각이 문득 떠올랐다. 하지만 신부는 그의 속셈을 알아차린 듯 돌아보며 말했다.

"코비시(그만하게)! 그런 생각을 할 때마다 어떤 대가를 치를지 알지 않는가."

"그래요, 그래!" 마카르는 불만스럽게 대답했다. "이젠 생각도 맘대로 못 하겠군! 어쩌다 그렇게 엄격해졌소? 당신이나 입을 다무시지!"

신부는 고개를 가로저으면서 계속 걸어갔다.

"아직 멀었어요?" 마카르가 물었다.

"멀었네." 신부는 침통하게 대답했다.

"뭘 먹죠?" 마카르가 다시 불안해서 물었다.

"자네는 잊었나 보군." 신부는 그를 돌아보며 대답했다. "자네는 죽었고, 이제 먹거나 마실 필요가 없다네."

마카르는 그다지 맘에 들지 않았다. 물론 먹을 것이 없을 경우 안

먹어도 괜찮지만, 그럴 바에야 죽은 직후처럼 그냥 그렇게 누워 있어야 하지 않았을까. 그런데 걸어야 하고 그것도 아직 멀리 걸어야 하는데, 아무것도 먹지 않는다니, 이것은 마카르에게 너무나 터무니없는 일이었다. 그는 다시 투덜거리기 시작했다.

"구시렁거리지 말게!" 신부가 말했다.

"알겠습니다!" 마카르는 언짢은 목소리로 대답했지만 스스로 불평을 늘어놓으며 "사람을 걷게 하면서 먹지도 못하게 하다니! 이런 법이 어디 있어?"라고 한심한 처사에 불평을 해댔다.

그는 신부의 뒤를 따라가는 내내 성이 차지 않았다. 그들은 아주 오랫동안 걸은 듯했다. 사실 마카르는 아직 여명을 보지는 못했지만 거리로 따져보건대 이미 일주일 내내 걸은 것처럼 느껴졌다. 그들은 아주 많은 골짜기와 험준한 산, 강과 호수를 뒤로하고 너무나 많은 숲과 평원을 지나왔다. 마카르가 주위를 둘러보자 컴컴한 타이가 숲이 뒤로 멀어져가고 눈 덮인 높은 산들이 밤의 어스름 속으로 녹아들면서 지평선 너머로 재빨리 숨는 듯했다.

그들은 마치 점점 더 높이 솟아오르는 듯했다. 별들은 점점 더 크고 선명해졌다. 마카르와 이반 신부가 올라선 높은 산등성이 너머에서 많이 기운 달의 끝자락이 드러났다. 달은 황급히 달아나려는 듯했지만 마카르와 신부는 달을 따라잡았다. 마침내 달이 다시 지평선 위로 솟아오르기 시작했다. 그들은 아주 높은 고원의 평지를 따라 걷고 있었다.

이제 밝아지기 시작했다. 밤이 시작될 때보다 훨씬 더 환해졌다. 이것은 물론 그들이 별들에 훨씬 가까워졌기 때문이다. 사과만큼 큰 별들이 반짝거렸고, 커다란 황금 술통의 바닥 같은 달이 평원의 구석구석을 비추면서 마치 태양처럼 빛나고 있었다.

평원에서 눈송이 하나하나가 아주 선명하게 보였다. 평원을 따라 수많은 길이 펼쳐져 있었고, 모든 길은 동쪽의 한곳으로 통하고 있었다. 여러 길을 따라 형형색색의 옷을 입은 다양한 모습의 사람들이 걷거나 수레를 타고 오가고 있었다.

마카르가 말을 탄 한 사람을 유심히 바라보다가 갑자기 길에서 벗어나 그의 뒤를 쫓아 달려갔다.

"어디가, 어디!" 신부가 소리쳤지만 마카르는 들은 체도 하지 않았다. 그는 6년 전에 자기 얼룩말을 훔쳐갔다가 5년 전에 죽은 낯익은 타타르인을 발견했다. 타타르인은 지금도 그 얼룩말을 타고 있었다. 말은 앞발을 들고 갑자기 일어서기도 했다. 말발굽 아래서 휘황찬란한 별빛으로 반짝이는 눈가루가 뭉게구름처럼 피어올랐다. 마카르는 미친 듯이 날뛰는 말을 보면서 걷고 있는 자신이 말을 탄 타타르인을 어떻게 그리 쉽게 따라잡았는지에 대해 놀라움을 금치 못했다. 한편 몇 걸음 앞에서 마카르를 알아본 타타르인은 준비를 단단히 하고 말을 멈춰 세웠다. 마카르는 불같이 화를 내며 그에게 달려들었다.

"촌장에게 가자, 이놈아." 그가 소리쳤다. "이건 내 말이다. 오른쪽 귀가 잘려져 있거든…… 이 교활한 놈 좀 보게! 주인은 거지처럼 걸어다니는데, 이놈은 남의 말을 타고 다니네."

"잠깐만!" 타타르인이 대꾸했다. "촌장한테 갈 필요 없지. 당신 말이라고 그랬던가? 그럼, 가져가쇼! 빌어먹을 짐승 같으니! 5년을 타고 다녀도 아직 발걸음도 제대로 못 떼고. 걸어가는 사람들이 나를 따라잡기 일쑤니, 멋진 타타르인으로서 창피할 뿐이오."

그리고 그가 안장에서 내리려고 한쪽 발을 드는 순간에 숨을 헐떡이며 그들 쪽으로 달려온 신부가 마카르의 팔을 잡아챘다.

"이런 한심한 사람아!" 그가 소리쳤다. "뭐 하는 짓인가? 타타르인이 자네를 속이려고 하는 것을 모르겠는가?"

"물론, 알다마다요." 마카르는 양팔을 휘저으며 소리쳤다. "이 말은 훌륭한 말이었소, 정말로 일을 잘하는 말이었지…… 이놈이 세 살배기도 되기 전에 40루블에 팔라고들 했다오…… 어림도 없지, 이놈! 네놈이 말을 망쳐놓았다면 나는 잡아서 고기라도 팔 테니, 네놈은 제대로 말 값을 물어내야 해! 타타르 놈이라고 지켜야 할 법이 없는 줄 아느냐?"

마카르는 타타르인을 두려워하는 습관 때문에 주위에 사람들을 더 많이 불러 모으기 위해 길길이 날뛰며 일부러 크게 소리를 질러댔다.

"조용, 조용히, 마카르! 자네는 이미 죽은 사람이라는 걸 까맣게 잊었는가…… 자네에게 말이 무슨 소용 있는가? 게다가 자네는 걸어서도 타타르인보다 훨씬 빨리 움직인다는 사실을 모르겠는가? 말을 타고 천 년을 가길 원하는가?"

마카르는 타타르인이 왜 그렇게 흔쾌히 자신에게 말을 돌려주려고 했는지 비로소 알아챘다.

'교활한 족속 같으니!'라고 생각하며 그는 타타르인을 향해 말했다.

"좋아, 어디 두고 보자! 말을 타고 썩 꺼져버려, 내가 용서할 테니!"

타타르인은 화가 나서 털모자를 눌러쓰고 말에 채찍질을 가했다. 말이 앞발을 차고 일어서자 발굽 아래서 눈덩이들이 튀어 올랐지만 마카르와 신부가 발걸음을 뗄 때까지 타타르인은 한 치도 움직이지 않았다.

그는 화가 나서 침을 내뱉고는 마카르를 향해 말했다.

"이보시오, 도고르(친구), 마호르카 담배 한 잎 없소? 담배가 엄청 당기는데, 내 담배는 이미 4년 전에 다 피워버렸거든."

"개하고나 친구해라, 내가 왜 네 친구야!" 마카르는 화가 나서 대답했다. "말을 훔쳐가더니 이제 담배까지 달라고 하는 거냐! 이 망할 놈 같으니, 너 같은 놈은 안중에도 없어."

마카르는 이렇게 내뱉고는 가던 길을 재촉했다.

"그에게 마호르카 담배 한 잎 주지 그랬나" 하고 이반 신부가 마카르에게 말했다.

"그랬다면 토이온이 심판에서 죄를 백여 개는 용서해줄 텐데."

"진작 좀 말해주지 그랬소?" 마카르가 퉁명스럽게 대답했다.

"이제 자네를 가르치기에는 이미 늦었네. 생전에 신부들에게서 배웠어야지."

마카르는 화가 났다. 그는 신부들에게서 아무것도 배우지 못했다. 그들은 봉헌금을 받으면서도 죄를 용서받으려면 타타르인에게 담배 한 잎을 줘야 한다는 사실조차도 가르쳐주지 않았다. '장난이 아닌데, 백여 개의 죄를…… 기껏해야 담배 한 잎에! 이거 꽤 괜찮은데!'

"잠깐만요," 그가 말했다. "우리 둘에게 담배 한 잎이면 충분하니, 나머지 네 잎은 지금 타타르인에게 줄게요. 그럼 4백 개의 죄를 용서받게 되는 거지요?"

"뒤돌아보게나." 신부가 말했다.

마카르는 뒤를 돌아보았다. 뒤에는 단지 하얀색의 황량한 벌판만이 펼쳐져 있었다. 타타르인은 순식간에 까마득한 점으로 가물거렸다. 말발굽 아래서 하얀 먼지가 휘날렸지만 마카르에게는 순식간에 그 점이 사라진 듯했다.

"좋아요, 좋아." 마카르가 말했다. "담배 없이도 타타르인은 어떻게든 살아갈 겁니다. 보다시피 말을 망쳐놨잖아요, 망할 놈!"

"아닐세." 신부가 말했다. "그는 자네 말을 망치지는 않았네. 하지만 그 말은 훔친 것이지. '훔친 말로는 멀리 가지 못한다'라는 말을 노인들로부터 듣지 못했는가?"

마카르는 실제로 노인들로부터 그런 말을 들었지만, 생전에 타타르인들이 훔친 말을 타고 도시로까지 도망치는 것을 드물지 않게 보아왔던 터라 노인들을 신뢰하지 않았었다. 이제 그는 노인들도 가끔은 바른 말을 한다는 확신에 이르렀다.

그는 평원에서 말 탄 사람들을 수없이 많이 앞질렀다. 처음 봤던 사람처럼 그들 모두는 아주 빨리 내달렸다. 말들은 마치 새처럼 날아갔고, 말을 탄 사람들은 땀에 흠뻑 젖었지만 마카르는 계속 그들을 따라잡고 앞서갔다.

그들 대부분은 타타르인이었지만 본토박이 찰간인들도 눈에 띄었다. 찰간인들 중 몇몇은 훔친 황소를 타고 앉아 버드나무 가지를 휘두르며 재촉하고 있었다.

마카르는 타타르인을 적의에 찬 시선으로 바라보면서 그럴 때마다 아직 턱없이 부족하다고 투덜거렸다. 찰간 사람들을 만날 때면 그는 멈춰 서서 그들과 친근하게 대화를 나눴다. 도둑일지라도 그들은 친구들이었다. 가끔 마카르는 길에서 버드나무 가지를 주워 들어 황소와 말의 뒤를 열성적으로 때리며 심지어 자신의 연민을 표현했다. 하지만 마카르 자신이 몇 걸음만 걸어도 말 탄 사람들은 이미 까마득한 점으로 멀어져갔다.

평원은 끝이 없어 보였다. 그들은 계속 말 탄 사람들과 걸어가는 사람들을 지나쳤고, 그러는 사이에 주위는 텅 비어버린 듯했다. 수백, 수천 베르스타*를 지나야 새로운 사람들이 나타났다.

다른 사람들 사이에서 마카르의 눈에 낯선 노인이 들어왔다. 그는 분명히 찰간 사람이었다. 얼굴도, 복장도, 심지어 걸음걸이도 분명했지만 마카르는 과거에 그를 언제 보았는지 기억할 수 없었다. 노인은 너절한 외투, 낡고 커다란 귀마개, 닳고 오래된 가죽 바지와 해진 송아지 가죽 장화를 신고 있었다. 하지만 무엇보다 끔찍한 것은 노구에도 불구하고 훨씬 더 늙은 노파를 어깨에 들쳐 메고 갔는데, 그녀의 다리는 땅에 질질 끌리고 있었다. 노인은 가쁘게 숨을 쉬고 휘청거리며 지팡이에 의지해 힘겹게 다리를 옮기고 있었다. 마카르는 노인이 안쓰러워졌다. 그는 멈춰 섰고, 노인도 역시 멈췄다.

"카프쇼(말해보게)!" 마카르는 기분 좋게 말했다.

"싫네." 노인이 답했다.

"뭘 들었나?"

"아무것도 못 들었네."

"뭘 봤나?"

"아무것도 못 봤네."

마카르는 잠시 침묵한 뒤에 노인에게 그가 누구이고 어디서 걸어왔는지 물어볼 수 있다고 판단했다.

노인은 이름을 말했다. 아주 오래전에, 그 자신도 몇 년 전인지 알지 못할 만큼 예전에 그는 찰간을 떠나 구원을 받기 위해 '산'으로 떠났다. 그곳에서 노인은 아무 일도 하지 않고 산딸기와 나무뿌리만을 먹으

---

* 러시아의 전통적 길이(거리) 단위로 1베르스타는 1.0668킬로미터.

며, 땅을 일구지도, 씨앗을 뿌리지도, 맷돌에 곡물을 갈지도, 세금을 내지도 않았다. 그가 죽어서 토이온에게 심판을 받으러 갔을 때, 토이온은 그가 누구이고 무엇을 했는지 물었다. 그는 '산'으로 갔고, 구원을 받았다고 말했다. "좋다." 토이온이 말했다. "그런데 네 아내는 어디에 있느냐? 가서 네 아내를 데리고 오너라." 그는 아내를 데리러 갔지만 아내는 죽음을 기다리며 구걸을 하고 있었고, 아무도 그녀를 부양하지 않았고, 그녀에게는 집도, 가축도, 식량도 없었다. 몸이 허약해진 그녀는 발걸음을 옮기지도 못했다. 그래서 지금 노인은 노파를 어깨에 들쳐메고 토이온에게 가야만 했다.

노인은 울기 시작했고, 노파는 마치 황소에게 하듯이 노인을 발로 차면서 약하지만 성난 목소리로 말했다.

"어서 가!"

마카르는 노인이 한층 더 안쓰러워졌고, 자신이 '산'으로 떠나지 못했다는 사실에 오히려 맘이 놓였다. 마카르의 늙은 마누라는 몸집이 거대하고 기골이 장대하여 그녀를 데리고 가는 것은 훨씬 힘들었으리라. 게다가 그녀가 그를 황소처럼 발로 차기라도 했다면 아마도 그는 두번째 죽음을 맞이했을 것이다.

마카르는 안타까운 마음에 그들의 이동을 돕기 위해 노파의 다리를 잡아주었으나 간신히 두세 걸음을 옮긴 후 노파의 다리를 급히 놓아주어야만 했다. 순식간에 짐을 진 노인은 시야에서 사라졌다.

이후 길을 가는 동안에 마카르는 특별히 관심을 가질 만한 사람들을 더 이상 만나지 못했다. 운반용 가축처럼 훔친 물건들을 잔뜩 짊어지고 한 걸음 한 걸음 힘겹게 움직이는 도둑들도 있었고, 탑처럼 높은 안장에 앉아 뾰족한 털모자로 구름을 건드리며 뚱뚱한 야쿠트 토이온들이 흔들거리며 가고 있었다. 바로 옆에는 토끼처럼 홀쭉하게 야위고 앙상해진 가엾은 콤노춰트(일꾼)들이 깡충거리며 달리고 있었다. 온몸이 피투성이가 된 음울한 살인자가 매섭게 불안한 시선을 이리저리 굴리며 걷고 있었다. 그는 핏자국을 씻어내려고 깨끗한 눈 속으로 쓸데없이 달려들었다. 주위의 눈은 거품처럼 순식간에 선홍빛으로 변했지만 살인자의 핏자국은 더욱 선명하게 드러났고, 그의 시선에는 거친 절망과 공포가 나타났다. 그는 다른 사람들의 놀란 시선을 회피하며 계속 걸어갔다.

한편 어린아이들의 영혼이 작은 새들처럼 대기 중에서 계속 아른거렸다. 그들은 거대한 무리를 지어 날아다녔지만 마카르는 놀라지 않았다. 거칠고 나쁜 음식, 불결함, 난롯불과 유르타의 차디찬 외풍 때문에 찰간 한곳에서도 수백 명의 아이가 목숨을 잃었다. 살인자와 나란히 날던 아이들은 놀라서 무리를 지어 멀리 옆으로 비켜났고, 그 후에도 오랫동안 대기 중에는 잽싸고 불안한 그들의 작은 날갯짓 소리가 여전히 들렸다.

마카르는 자신이 다른 사람들에 비해 상당히 빠르게 움직인다는 사실을 인식하지 않을 수 없었고, 이것은 자신의 선행 덕분이라고 서둘러 간주했다.

"여보세요, 아가븨트(신부님)." 그가 말했다. "어떻게 생각하세요? 내가 비록 생전에 음주를 즐겼지만, 사람은 좋았잖습니까. 신께서도 나를 사랑하시고……"

그는 이반 신부를 호기심 있게 바라보았다. 그는 속으로 이 늙은 신부로부터 뭔가를 알아낼 수 있으리라 생각하고 있었다. 하지만 신부는 짧게 말했다.

"자만하지 말게! 거의 다 왔네. 곧 스스로 알게 될 걸세."

마카르는 평원이 이제 막 밝아오는 것을 미처 알지 못했다. 가장 먼저 지평선 너머에서 빛줄기 몇 개가 줄달음쳐 나왔다. 그 빛줄기들은 하늘을 가로질러 내달렸고, 빛나는 별들을 흐릿하게 만들었다. 별들은 빛을 잃었고, 달은 저물었다. 눈 덮인 평원은 어둑어둑해졌다.

그때 평원 위로 안개가 피어올랐고, 마치 의장대처럼 평원을 둥글게 에워쌌다.

그리고 동쪽의 한곳에서 마치 황금 옷을 입은 병사들처럼 안개가 밝아졌다.

그러고 난 뒤 안개가 요동치기 시작했고, 황금빛 전사들은 골짜기로 몸을 구부렸다.

그리고 그 뒤쪽에서 태양이 솟아올랐고, 황금빛 산마루에서 평원을 둘러보았다.

그리고 평원은 유례없는 눈부신 빛으로 온통 빛나기 시작했다.

그리고 안개는 거대한 원무를 추며 웅장하게 피어올랐고, 서쪽에서 사방으로 흩어지더니 요동치며 위로 올라갔다.

그리고 마카르는 신비로운 노래를 듣는 것 같았다. 그것은 지구가 태양을 맞이할 때마다 부르는 아주 오래전부터 귀에 익은 노래였다. 하지만 마카르는 여태껏 그 노래에 마땅히 관심을 기울인 적이 없었는데, 처음으로 그 노래가 얼마나 신비스러운지를 깨달았다.

그는 멈춰 서서 노래를 들었고, 더 이상 걷고 싶지 않았으며, 영원히 그 자리에 서서 귀를 기울이고 싶었다……

하지만 이반 신부가 그의 소매를 건드렸다.

"들어가세." 그가 말했다. "다 왔네."

그때 마카르는 이전까지 안개에 가려 있던 거대한 문 앞에 그들이 서 있다는 사실을 깨달았다.

그는 정말 들어가고 싶지 않았지만, 어쩔 도리가 없었기에 따르게 되었다.

VI

그들은 훌륭하고 널찍한 오두막 안으로 들어갔는데, 그곳으로 들어선 뒤 마카르는 정원이 매우 추웠다는 사실을 깨달았다. 오두막 한가운데에는 멋지게 조각된 순은으로 만든 작은 난로가 놓여 있었고, 그 속에서는 순식간에 온몸으로 퍼지는 은은한 온기를 뿜어내며 황금빛의 장작개비들이 불타고 있었다. 이 멋진 난로의 불길은 눈을 아프게도 뜨겁게도 하지 않고 단지 따뜻하게 데워줄 뿐이었고, 따라서 마카르는 다시 한번 이곳에 영원히 서서 몸을 데우고 싶었다. 이반 신부도 난로로 다가가 언 손을 녹이려고 뻗었다.

오두막에는 문이 네 개 있었는데, 그중 하나만이 밖으로 나 있었고, 다른 문으로는 기다란 하얀 셔츠 차림의 젊은 사람들이 계속 드나들었다. 마카르는 이 사람들이 틀림없이 이곳 토이온의 일꾼들이라고 생각했다. 마카르는 그들을 어딘가에서 이미 본 듯했으나 정확히 어디서인지는 기억할 수 없었다. 마카르는 일꾼들마다 등에 커다란 하얀색 날개를 달고 있는 것에 적잖이 놀랐는데, 아마도 토이온에게 다른 일꾼들도 있을 것이라고 생각했다. 왜냐하면 저런 날개를 달고서는 장작이나 통나무를 베기 위해 타이가 숲속을 자유롭게 드나들 수 없기 때문이다.

일꾼들 중 한 사람이 난롯가로 다가오더니 등을 돌려 이반 신부에게 말을 걸었다.

"말해보게!"

"할 말이 없소." 신부가 대답했다.

"세상에서 뭘 들었는가?"

"아무것도 못 들었소."

"뭘 보았는가?"

"아무것도 못 보았소."

두 사람은 침묵을 지키다가 신부가 말을 꺼냈다.

"여기 한 사람을 데려왔소."

"찰간 사람인가?"

일꾼이 물었다.

"그렇소, 찰간 사람이오."

"음, 그렇다면 커다란 저울을 준비해야겠군."

그리고 그는 저울을 준비하기 위해 문들 중의 하나로 나갔다. 마카르는 신부에게 저울이 왜 필요하고, 그것도 커다란 저울이 무엇 때문에 필요한지에 대해 물었다.

"보게나," 신부가 약간 당황하며 대답했다. "자네가 생전에 행한 선과 악을 달아보기 위해 저울이 필요하다네. 다른 모든 사람의 선악은 대략 평형을 이루네만 찰간 사람들만은 죄가 훨씬 더 많아 토이온은 그들을 위해 죄를 얹을 커다란 받침판을 지닌 특별한 저울들을 만들도록 했다네."

이 말에 마카르는 가슴이 할퀴어지는 듯했다. 그는 겁을 집어먹었다.

일꾼들은 커다란 저울을 가져다놓았다. 한쪽 저울판은 황금으로 만들어진 작은 것이었고, 다른 쪽 저울판은 나무로 만들어진 커다란 것이었다. 커다란 나무 저울판 아래에 갑자기 깊고 시커먼 구멍이 열렸다.

마카르는 저울로 다가가 속임수가 없는지 면밀히 살펴보았다. 하지만 속임수는 없었다. 저울판은 균형을 이루고 흔들리지 않았다.

사실 마카르는 저울의 구조를 정확히 알지 못했고, 따라서 긴 생애 동안 자신에게 약간 이롭게 팔고 사는 법을 확실히 익힌 손저울로 다는 것이 좋을 듯했다.

"토이온이 오시네." 갑작스럽게 말하며 신부 이반은 재빨리 사제복의 매무시를 단정히 가다듬었다.

가운데 문이 활짝 열리고 허리 아래까지 은빛 턱수염을 길게 늘어뜨린 늙고 늙은 토이온이 들어왔다. 그는 마카르가 모르는 고급 모피와 옷감으로 지은 옷을 입고, 발에는 마카르가 늙은 성상 화가에게서 보았던 면 벨벳을 덧댄 따뜻한 장화를 신고 있었다.

마카르는 첫눈에 늙은 토이온이 자신이 보았던 교회에 그려져 있는 바로 그 노인이라는 점을 알아차렸다. 단지 이곳에서는 그 옆에 아들이 없었다. 마카르는 아마도 아들은 일을 보러 나갔을 것이라고 생각했다. 대신에 비둘기 한 마리가 방 안으로 날아 들어와 노인의 머리 위를 맴돌고 그의 무릎 위에 내려앉았다. 늙은 토이온은 자신을 위해 특별히 마련된 의자에 앉아 비둘기를 손으로 쓰다듬었다.

늙은 토이온의 얼굴은 온화했는데, 마카르가 가슴이 아주 답답해질 때 그의 얼굴을 바라보자 한결 편안해졌다.

마카르는 가슴이 답답해졌다. 아주 세세한 부분까지 자신의 인생 전체가 갑자기 떠올랐기 때문이다. 그는 자신의 모든 행보, 모든 도끼질, 모든 베어낸 나무, 모든 속임수 그리고 마셔버린 보드카 잔들 하나하나까지 전부를 떠올렸다.

그는 수치스럽고 무서워졌다. 하지만 늙은 토이온의 얼굴을 들여다보자 다시 기운이 났다.

기운을 차린 뒤 그는 어떤 것은 감출 수도 있지 않을까 생각했다.

늙은 토이온은 그를 응시하며 그가 누구이고 어디서 왔으며 이름이 뭐고 나이가 얼마인지를 물었다.

마카르가 대답하자 늙은 토이온이 물었다.

"인생에서 무엇을 했느냐?"

"아시잖습니까." 마카르가 대답했다. "기록을 가지고 있으실 텐데요."

마카르는 늙은 토이온이 모든 기록을 정말로 가지고 있는지 알고 싶어 하며 그를 떠보았다.

"스스로 말해보거라, 숨기지 말고!" 늙은 토이온이 말했다.

마카르는 다시 기운을 냈다.

마카르는 자신이 한 일을 늘어놓기 시작했다. 그는 자신이 휘두른 도끼질, 베어낸 통나무, 일구어낸 이랑을 모두 기억했지만, 거기에다 수천 그루의 통나무, 수백 수레의 장작, 수백 개비의 장작 그리고 수백 푸드*의 씨앗을 덧붙였다.

마카르가 모든 것을 늘어놓고 나자 늙은 토이온은 이반 신부에게 말을 했다.

"장부를 이리 가져오게나."

---

* 러시아의 전통적 무게 단위로 1푸드는 약 16.38킬로그램.

이반 신부가 토이온의 수룩수트(서기)로 일한다는 것을 알았을 때 마카르는 이 점을 미리 친절하게 알려주지 않은 신부에게 상당히 화가 났다.

이반 신부는 커다란 장부를 들고 와서 펼친 다음 읽기 시작했다.

"살펴보게나, 통나무가 몇 개인지." 늙은 토이온이 말했다.

이반 신부는 장부를 보고 나서 애처롭게 말했다.

"그가 1만 3천 개나 부풀려 말했습니다."

"거짓말입니다!" 마카르가 발끈하며 소리쳤다. "아마도 그가 실수한 듯합니다. 그는 술꾼에다 뒤끝도 좋지 않았거든요!"

"너는 입을 다물어라!" 늙은 토이온이 말했다. "그가 너에게 세례식이나 결혼식의 대가로 여분의 요구를 한 적이 있느냐? 그가 봉헌금을 강요한 적이 있느냐?"

"말해서 무슨 소용 있습니까!" 마카르가 대답했다.

"그래, 너도 알다시피 나 자신도 그가 술을 좋아했다는 걸 알고 있다만……" 토이온이 말했다.

그리고 늙은 토이온은 화를 냈다.

"이제 장부에 적힌 그의 죄목을 읽어보게나. 저자는 거짓말쟁이라 믿을 수 없다네." 토이온이 이반 신부에게 말했다.

그러는 사이에 일꾼들은 황금 저울판 위에 마카르의 통나무, 장작, 밭이랑 그리고 그가 생전에 행한 일을 모두 쌓아올렸다. 그가 한 일이 너무 많아서 황금 저울판은 아래로 내려갔고, 목재 저울판은 높이높이 솟아올라 손으로 잡을 수조차 없게 되자 젊은 신의 일꾼들이 날개를 퍼덕이며 날아올라 밧줄을 걸어 목재 저울판을 아래로 잡아당겼다.

찰간 사람이 한 일은 너무나 무거웠다!

이제 이반 신부는 마카르의 속임수를 헤아렸는데, 속임수는 2만 1,933번이었다. 그다음에 마카르가 마신 보드카의 수를 세어보니 4백 병이었다. 신부가 계속 장부를 읽어 내려갔고, 마카르는 목재 저울판이 황금 저울판을 끌어당겨 이미 구멍 속으로 들어가는 것을 보았고, 신부가 장부를 읽는 동안에 그것은 계속 아래로 처졌다.

이 순간 마카르는 상황이 나빠진다고 스스로 생각하고 저울로 다가가 남몰래 발로 저울판을 받쳐보려고 했다. 하지만 일꾼 중 한 명이 이것을 목격했고, 그들 사이에서 웅성거림이 일었다.

"거기 무슨 일인가?" 늙은 토이온이 물었다.

"저 사람이 발로 저울을 받치려고 했습니다." 일꾼이 대답했다.

그러자 토이온은 버럭 화를 내며 마카르를 향해 말했다.

"네놈은 사기꾼에, 게으름뱅이에, 술주정꾼이로구나…… 게다가 세금도 남아 있고, 신부에게 봉헌금도 바치지 않고, 그 때문에 네놈에게 욕을 할 때마다 경찰서장도 죄를 짓게 되고!"

그리고 이반 신부를 향해 늙은 토이온이 물었다.

"찰간에서 말들에 짐을 가장 많이 싣고, 가장 혹사시키는 자가 누구더냐?"

이반 신부가 대답했다.

"교회 집사입니다. 그는 우편물도 실어 나르고 경찰서장도 태워드립니다."

그러자 늙은 토이온이 말했다.

"이 게으름뱅이를 거세한 수말로 만들어 집사에게 건네주고 지쳐 쓰러질 때까지 경찰서장을 태우고 다니도록 하게나…… 그리고 두고 보세."

늙은 토이온이 이 말을 하자마자 문이 열리고 오두막 안으로 그의 아들이 들어와 그의 오른팔 옆에 앉았다.

그리고 아들이 말했다.

"당신의 선고를 들었습니다…… 제가 속세에서 오랫동안 살아 그곳의 사정을 잘 알고 있습니다. 이 불쌍한 사람이 경찰서장을 태우고 다니는 것은 무척 어려울 듯합니다! 하지만…… 그렇게 하도록 하지요! 다만, 어쩌면 그에게 아직 뭔가 할 말이 있을 것 같습니다. 말해보게, 바라흐산(불쌍한 사람아)!"

그러자 이상한 일이 벌어졌다. 마카르, 평생토록 열 단어 이상을 조리 있게 한 번도 말해본 적이 없는 바로 그 마카르가 갑자기 말문이 터진 것이다. 그는 입을 열었고, 자기 자신도 놀랐다. 마치 두 명의 마카르가 있어 한 사람은 말을 하고, 다른 사람은 그 말을 듣고 놀라는 듯했다. 그는 자신의 귀를 믿을 수 없었다. 그의 말은 유연하고 열정적으로 흘러나왔고, 단어 하나하나가 앞다투어 줄지어 나와 길고 가지런한 대열을 이루었다. 그는 겁먹지 않았다. 말을 더듬는다 싶으면 그는 곧바로 바로잡고 두 배나 더 큰 소리로 외쳤다. 게다가 중요한 것은 마카르 자신이 확신에 차서 말한다고 스스로 느꼈다는 점이다.

처음에 늙은 토이온은 마카르의 대담성에 약간 화가 났지만 마카르가 처음 보였던 것처럼 그렇게 바보는 아니라고 확신을 한 듯 큰 관심을 가지고 그의 말을 듣기 시작했다. 처음에 이반 신부는 상당히 놀라서 마카르의 외투 자락을 잡아당겼으나 마카르는 그의 손을 뿌리치고 계속 말을 이어갔다. 그 후 신부도 놀란 가슴이 차츰 진정되어 자기 신도가 대담하게 진실을 설파하고 그 진실이 늙은 토이온의 마음에 가 닿는다는 점을 알고서 심지어 만면에 미소를 지었다. 하물며 긴 셔츠를 입고 하얀색 날개를 지니고 늙은 토이온의 일꾼으로 살아가고 있는 젊은이들조차도 문 쪽으로 물러나 팔꿈치로 서로 밀치면서 놀란 표정으로 마카르의 말을 듣고 있었다.

마카르는 교회 집사의 거세한 수말로 살아가고 싶지 않다는 말로 시작했다. 힘겨운 노동이 두려워 싫은 게 아니라 이 결정이 정당하지 않기 때문이라고 밝혔다. 그리고 결정이 정당하지 않기 때문에 그는 거기에 따르지 않을 것이며, 귀도 찡끗하지 않고 발도 꿈쩍하지 않겠다는 것이었다. 하고 싶은 대로 하라는 식이었다. 심지어 영원히 악마의 종으로 보내버려도 그는 이것이 정당하지 않기 때문에 경찰서장을 태우지 않겠다는 것이었다. 거세한 수말이 되는 것을 두려워한다고 생각하지 말라는 뜻이었다. 교회 집사는 거세한 수말을 혹사시키면서 귀리라도 먹여주겠지만, 그를 평생토록 혹사시키면서 어느 누구도 그에게 먹을 것 하나 준 적이 없다는 것이었다.

"누가 너를 혹사시켰느냐?" 늙은 토이온이 진심으로 물었다.

그렇다. 그는 평생 동안 혹사당했다! 촌장들이, 부자들이, 위원들이, 경찰서장들이 세금을 독촉하며 그를 혹사시켰다. 신부들은 봉헌금을 요구하며 그를 혹사시켰으며, 가난과 기아가 그를 혹사시켰고, 추위와 더위, 장마와 가뭄이 그를 혹사시켰으며, 얼어붙은 땅과 매서운 타이가가 그를 혹사시켰다! 가축은 어디로 가는지도 모른 채 앞으로 가면서 땅만 쳐다본다…… 그도 마찬가지였다…… 교회에서 신부가 무엇을 읽는지, 무엇을 위해 그에게 봉헌금이 배당되는지를 과연 그가 알았을까? 징집된 큰아들이 왜, 어디로 끌려갔는지, 어디서 죽었는지 그리고 그의 가엾은 유골은 지금 어디에 묻혀 있는지 과연 그가 알았을까?

마카르가 보드카를 많이 마셨다고들 하는데? 물론 그것은 사실이다. 그의 가슴이 보드카를 갈구했다……

"몇 병이라고 했던가?"

"4백 병입니다." 이반 신부가 장부를 들여다보고 나서 대답했다.

"그래! 하지만 그게 과연 전부 보드카였을까요? 4분의 3은 물이고, 4분의 1만 진짜 보드카였답니다. 게다가 담배 우린 물도 있었고. 그러니까 계산에서 3백 병은 빼야만 하는 겁니다."

"그의 말이 모두 사실인가?" 늙은 토이온이 이반 신부에게 물었고, 그는 아직 화가 나 있는 듯 보였다.

"완전한 사실입니다." 신부가 서둘러 대답하자 마카르는 계속 말을 이어갔다.

"그가 1만 3천 개의 통나무를 부풀려 말했다고? 그렇다 치고! 그가 1만 6천 개의 통나무를 베었다 한들 과연 그게 적은 양인가? 게다가 2천 개는 그의 첫번째 아내가 병이 났을 때 벤 것이었다…… 그때 그의 마음이 너무 괴로웠고, 아내 곁을 지키고 앉아 있고 싶었지만, 가난이 그를 타이가 숲으로 내몰았다…… 타이가 숲에서 그는 울었고, 그 눈물이 속눈썹에 얼어붙고 슬픔 때문에 추위가 심장까지 파고들었다…… 그렇지만 그는 나무를 베었다!

그 후 아내가 죽었다. 장례를 치러야 했지만 마카르에게는 돈이 없었다. 아내의 저세상 집값을 위해 다른 집의 장작을 패주었다…… 하지만 그가 궁색하다는 사실을 알고 있는 상인은 그에게 한 번에 10코페이카*씩을 건넸다…… 그의 아내는 불도 때지 않은 얼어붙은 오두막에 혼자 누워 있었지만 그는 다시 장작을 패면서 눈물을 흘렸다. 그는 그

---

* 러시아의 화폐 단위로 백 코페이카는 1루블.

장작들을 다섯 배, 심지어 그 이상을 쳐줘야 마땅하다고 생각했다.

늙은 토이온의 눈에는 눈물이 비쳤고, 마카르는 저울판들이 흔들리더니 목재 저울판이 올라가고 황금 저울판이 내려가는 것을 보았다.

마카르는 말을 계속 이어갔다. 모든 것이 장부에 기록되어 있다…… 마카르가 누군가로부터 총애, 환대 혹은 기쁨을 경험한 적이 있었던가? 그의 아이들은 어디에 있는가? 아이들이 죽어갈 때 그는 괴롭고 힘겨웠으며, 그들은 다 자랐을 때 홀로 힘겨운 가난과 싸우기 위해 그를 두고 떠나갔다. 이제 그는 두번째 아내와 단둘이 늙어버렸고, 기력이 쇠해지고 의지할 데 없는 노년이 찾아든 것을 알게 되었다. 그들은 사방에서 몰아치는 잔혹한 눈보라를 맞으며 초원 속에 서 있는 두 그루의 쓸쓸한 전나무처럼 외롭게 서 있었다.

"이게 사실인가?" 늙은 토이온이 다시 물었다.

신부가 서둘러 대답했다.

"완전한 사실입니다!" 그러자 저울이 다시 움직였다…… 하지만 늙은 토이온은 생각에 잠겼다.

"이게 어찌 된 일인가." 그가 말했다. "지상에는 나의 진실한 신자들이 있는데…… 그들의 눈은 맑고 얼굴은 밝으며 옷은 깔끔한데…… 그들의 마음은 비옥한 땅처럼 부드럽고 좋은 씨앗을 품어 나리꽃과 나에게도 좋은 향기로운 새싹들을 돌려준다. 그런데 네 모습을 한번 보아라……"

모든 시선이 마카르에게 쏠렸고, 그는 수치스러움을 느꼈다. 그는 자신의 눈은 흐리멍덩하고 얼굴은 거무튀튀하며 머리카락과 턱수염은 텁수룩하고 옷은 누덕누덕하다는 사실을 깨달았다. 그리고 진정한 농부처럼 심판대에 서기 위해 죽기 오래전부터 장화를 구입하려고 노력했지만 여전히 술에다 돈을 탕진했고, 지금은 최후의 야쿠트인처럼 다 해진 순록 가죽 장화를 신고 토이온 앞에 서 있는 것이다…… 그는 땅속으로 숨고 싶었다.

"네 얼굴은 검고," 늙은 토이온이 말을 이었다. "눈빛은 흐릿하며 옷은 누더기이다. 하지만 너의 가슴은 잡초와 가시덤불과 쓰디쓴 쑥으로 무성하구나. 이것이 내가 신실한 자들을 사랑하고 너와 같은 불신자들을 외면하는 이유이다."

마카르는 심장이 죄어들었다. 그는 자기 존재의 수치를 느꼈다. 그는 고개를 떨어뜨렸다 갑자기 치켜들며 다시 말하기 시작했다.

토이온이 말하는 신실한 사람들은 누구인가? 지상에서 마카르와 같은 시기에 부유한 목조 가옥에 살던 그들이라면 마카르는 그들을 알고 있다…… 그들의 눈이 맑은 것은 마카르가 흘린 만큼 눈물을 흘리지 않았기 때문이고, 그들의 얼굴이 밝은 것은 향수로 닦았기 때문이며, 의복이 깨끗한 것은 다른 사람들의 손으로 지은 것이기 때문이다.

마카르는 다시 고개를 숙였다 곧바로 다시 들었다.

그런데 마카르가 다른 사람들처럼 땅과 하늘이 비치는 맑고 순수한 눈과 세상의 모든 아름다운 것에 기꺼이 열어 보일 깨끗한 마음을 가지고 태어났다는 사실을 그는 알지 못한단 말인가? 지금 그가 자신의 음침하고 수치스러운 모습을 땅 밑으로 숨기고 싶어 한다면 그것은 그의 잘못이 아니다…… 그렇다면 도대체 누구의 잘못인가? 그는 이것에 대해 알지 못한다…… 하지만 그의 마음속에 인내가 바닥났다는 사실 하나만은 알고 있었다.

VII

물론 마카르가 자신의 말이 늙은 토이온에게 어떤 영향을 불러일으켰고, 분노 어린 자신의 말 한마디 한마디가 무거운 저울추처럼 황금 저울판 위에 놓일 것이라는 사실을 알 수 있었다면, 그는 자신의 마음을 진정시켰을 것이다. 하지만 그의 마음속에 흘러든 맹목적 절망 때문에 그는 이 모든 것을 알 수 없었다.

이렇게 그는 자신의 쓰라린 삶 전체를 되돌아보았다. 어떻게 그가 지금까지 이 끔찍한 부담을 견뎌낼 수 있었을까? 안개 속에서 반짝이는 작은 별처럼 앞에서 희망이 여전히 손짓하고 있었기에 그는 그것을 견딜 수 있었다. 그는 아직 살아 있고, 어쩌면 더 나은 삶을 좀더 맛봐야 할지 모를 일이다…… 하지만 이제 그는 삶의 끝자락에 서 있고 희망도 사그라졌다…… 그때 그의 영혼에는 어둠이 깃들고 적막한 밤의 황량한 초원에 부는 폭풍우처럼 분노가 들끓어 오르기 시작했다. 그는 자신이 어디에, 누구의 면전에 있는지를 잊었다. 자신의 분노 외에는 모든 것을 잊었다……

하지만 늙은 토이온은 그에게 말했다.

"기다려라, 바라흐산! 너는 지상에 있는 것이 아니다…… 이곳에는 너를 위한 진실도 있다……"

이 말에 마카르는 몸을 떨었다. 그를 동정하고 있다는 생각이 들자 마음이 누그러졌다. 그의 눈앞에 첫날부터 마지막 날까지 그의 가엾은 삶이 펼쳐 지나가자 그는 자기 자신이 견딜 수 없을 정도로 안쓰럽게 느껴졌다. 그리고 그는 울음을 터뜨렸다……

늙은 토이온도 눈물을 흘렸다…… 늙은 이반 신부도 눈물을 흘렸고, 신의 젊은 일꾼들도 넓고 하얀 소맷자락으로 눈물을 훔치며 울었다.

그리고 저울은 계속 요동쳤고, 목재 저울판은 점점 위로 위로 올라갔다!

나쁜 패거리
―내 친구의 어린 시절 회상

* 이 작품은 코롤렌코가 야쿠츠크에서 유형을 살았던 시기(1881~1884)에 거의 완성되었고, 1885년 작가가 며칠 갇혔던 상트페테르부르크의 구치소에서 추가로 수정되었으며, 같은 해 잡지 『러시아 사상』 제10호에 게재되었다. 1886년 아동 잡지 『옹달샘』 2월호에 「시하의 아이들」이라는 제목을 딜고 축약본이 게재되었고, 이런 형태로 여러 치례 재수록되었다. 이에 대해 1916년 코롤렌코는 "「나쁜 패거리」도 이를테면 제멋대로 줄이거나 잘라버린 형태의 싸구려 판본들로 수만 부가 나돌고 있다. 나는 독자들이 젊은 시절에는 이처럼 먼저 축약본으로 작가들을 만나야 하고, 나중에 완성본을 읽어야만 하는 이유를 도저히 납득할 수 없다"라고 아쉬워했다.

I. 폐허들

어머니는 내가 여섯 살 때 세상을 떠났다. 온통 슬픔에 잠긴 아버지는 나의 존재에 대해 완전히 잊은 듯했다. 가끔 아버지는 어린 여동생을 귀여워하고 나름대로 돌봐주었는데, 동생에게는 어머니와 닮은 점들이 있었기 때문이다. 나는 마치 들판의 어린 야생 나무처럼 자랐는데, 나를 특별히 돌봐줄 사람도, 내 자유를 가로막을 사람도 존재하지 않았다.

우리가 살았던 곳은 크냐쥐예-베노 혹은 그냥 크냐쥐-고로독이라고 일컬어지는 작은 도시였다. 그곳은 몰락했지만 거만한 어느 폴란드 가문의 소유였고, 남서 러시아 지방의 모든 소도시가 지닌 모든 전형적인 특징을 보여주었다. 그곳에서는 힘겨운 노동과 유대인 사회의 사소한 부산함이 어우러져 조용히 흘러가는 일상 속에서 거만한 폴란드 귀족의 초라한 잔재들이 자체의 애처로운 나날을 보내고 있었다.

동쪽에서 소도시로 들어서면 가장 먼저 눈에 들어오는 것이 감옥인데, 그것은 도시에서 가장 훌륭한 건축물이다. 도시 자체는 생기 없고 곰팡이가 피어 있는 연못들을 따라 길게 아래로 뻗어 있는데, 전통적인 관문으로 가로막혀 있는 비탈진 대로를 따라 내려가야 그곳에 닿을 수 있었다. 햇볕에 그을려 얼굴이 붉어진 졸고 있는 장애인, 즉 평온한 졸음의 체현자가 천천히 횡목을 들어 올린다. 도시에 사는 당신들은 어쩌면 이것을 곧바로 알아채지 못할 수도 있다. 회색의 담장들과 온갖 폐기물 더미로 가득 찬 공터들 사이에서 햇빛도 들지 않을 조그만 창문이 달린 땅바닥으로 주저앉아 있는 작은 농가들이 드러난다. 계속해서 드넓은 광장에는 유대인들이 드나드는 객줏집들의 우중충한 대문들이 여기저기에 서 있었고, 관청들의 하얀색 벽과 막사처럼 늘어선 행렬은 우울함을 자아낸다. 좁은 개울에 가로놓여 있는 나무다리는 마차 바퀴 아래서 몸부림치며 신음 소리를 내고 노쇠한 영감처럼 비틀거린다. 다리 건너에는 상점들과 가게들과 구멍가게들과 인도의 파라솔 아래 앉아서 환전하는 유대인들의 탁자들 그리고 빵집들이 있는 유대인 거리가 펼쳐진다. 도처에 쓰레기 더미와 거리의 먼지 속에서 나뒹구는 아이들 무리가 있다. 하지만 또 몇 분이 지나면 이미 도시 너머에 있게 된다. 묘지의 무덤들 위에서는 자작나무가 조용히 속삭이고, 바람은 들판의 밀을 흔들며, 길가에 늘어선 전봇대의 전선에서는 우울한 노랫소리가 끝없이 울려 퍼진다.

다리가 가로놓인 개울물은 한쪽 연못에서 흘러나와 다른 쪽 연못으로 흐르고 있었다. 이처럼 드넓은 수면과 늪지가 도시를 남북으로 갈라놓았다. 연못들은 해가 거듭될수록 메말라갔고, 잡초들이 무성해졌으며, 키 큰 갈대들이 거대한 늪지에서 마치 바닷물처럼 출렁거렸다. 연못들 중에는 가운데 섬이 있는 곳이 있었다. 그 섬에는 오래되고 반쯤 허물어진 성이 있었다.

그 장엄하고 무너져가는 건물을 바라볼 때마다 느꼈던 엄청난 두려움을 나는 지금도 기억한다. 그 성에 관한 무시무시한 전설과 얘기 들이 끝없이 떠돌았다. 성은 인위적으로 만들어졌는데, 터키 포로들에 의해 세워졌다고들 했다. 섬의 토박이들 사이에서는 "사람들의 뼈 위에 낡은 성이 서 있다"라는 말이 오갔다. 어렸을 때 나는 종종 땅 밑에서 뼈가 앙상한 손으로 섬을 받치고 있는 수천의 터키인의 유골들을 피라미드처럼 키가 큰 미루나무들과 낡은 성과 함께 무서운 상상 속에서 그려보았다. 이 때문에 당연하게도 섬은 더욱 무섭게 느껴졌다. 그리고 심지어 밝은 햇살과 새들의 커다란 지저귐에 기운이 돋워지는 해맑은 날에 우리가 성에 좀더 가까이 다가가도 섬은 기절초풍할 정도의 공포를 자아냈다. 오래전에 깨져버린 창문의 움푹 꺼진 어두컴컴한 구멍이 우리를 무섭게 노려보았다. 황량한 방들에서는 이상야릇한 소리들이 울리고 있었다. 벽돌과 회칠이 겉으로 벗겨져서 메아리 같은 울림을 자아내며 아래로 떨어지고 있었다. 우리는 뒤돌아보지도 않고 내달렸는데, 뒤에서는 오랫동안 퉁탕거리는 소리와 탁탁거리는 소리 그리고 꽥꽥대는 소리가 들려왔다.

폭풍이 몰아치는 가을밤에 거대한 미루나무가 연못 쪽에서 불어닥치는 바람에 흔들리며 윙윙거리면 낡은 성에서 공포가 밀려와 도시 전체를 뒤덮었다. "오, 슬프도다!"라고 유대인들은 놀라며 소리쳤고, 신을 두려워하는 늙은 소시민들은 성호를 그었으며, 심지어 악의 무리의 존재 자체를 부정하는 우리의 가까운 이웃인 대장장이도 이때는 안마당으로 나가 십자성호를 긋고 사자들의 평안을 빌며 기도를 중얼거렸다.

집이 없어 성의 지하실 중 한곳에서 기거하고 있는 나이 먹고 회색 수염을 기른 야누슈는 그런 밤마다 자신이 지하에서 아우성들이 흘러나오는 것을 분명히 들었다고 우리에게 여러 번 말했다. 터키인들은 섬 아래에서 왁자지껄하면서 뼈다귀를 두드리고 큰 소리로 귀족들의 잔혹성에 대해 비난을 퍼부었다. 그때 낡은 성의 방들과 섬의 성 주변에서는 무기들이 쩔그렁거리는 소리가 들렸고, 귀족들은 큰 소리로 하인들을 불러 모았다. 야누슈는 아우성 속에서 폭풍의 울부짖음과 말발굽 소리, 칼 부딪치는 소리 그리고 부대원들의 말소리를 아주 분명하게 들었다. 어느 날 그는 오랜 세월 동안 흘린 피와 공적으로 명예가 드높았던 오늘날 백작들의 고인이 된 선조가 자신의 승용마를 타고 발굽 소리를 내며 섬의 한가운데에 나타나 격노하며 "입 닥치지 못할까, 게을러빠진 놈들, 개자식 같은 놈들!" 하고 외치는 소리조차 들었다.

이 백작의 후손들은 선조들의 주거지를 아주 오랫동안 방치해두었다. 과거에 백작들의 궤짝을 가득 채웠던 금은보화의 대부분은 다리를 건너 유대인들의 움막들로 넘어갔고, 명예로운 가문의 마지막 가족들은 도시에서 조금 떨어진 산 위에 평범한 하얀색 건물을 손수 지었다. 그곳에서 그들은 거만하고 장엄한 고독 속에서 무료하지만 여전히 엄숙한 삶을 영위했다.

아주 가끔 섬 위의 성처럼 음울하고 황폐해진 늙은 백작만이 노쇠하고 몹시 여윈 영국산 말을 타고 도시에 나타났다. 그 옆에는 당당하고 수척한 그의 딸이 검은색 여성용 말을 타고 거리를 지나가고, 그 뒤에는 말을 돌보는 하인이 공손하게 뒤따르고 있었다. 백작의 당당한 딸은 영원히 아가씨로 남을 운명이었다. 신분상으로 그녀와 동등한 신랑

감들은 돈을 위해 해외에 있는 장사꾼들의 딸을 쫓아 세상 각지로 흩어져 갔고, 가문의 성들은 버려지거나 유대인들에게 팔아넘겨 무너졌다. 따라서 언덕의 밑자락에 흩어져 있는 작은 읍내에는 아름다운 백작의 딸에게 감히 눈길을 던질 만한 젊은이들이 없었다. 말 탄 이 세 사람을 보고서 어린아이들인 우리는 마치 새 떼처럼 길거리에 옅은 먼지를 일으키며 재빨리 집 마당으로 흩어져 뛰어들어가, 놀라고 신기한 눈길로 무시무시한 성의 음울한 주인들을 주시했다.

도시의 서쪽, 즉 언덕 위에는 썩어버린 십자가들과 무너져 내린 무덤들 한가운데 오랫동안 버려진 합동 동방 가톨릭교회의 예배당이 서 있었다. 이것은 계곡에서 점차 성장한 아주 평범한 도시의 친딸 같은 것이었다. 한번은 예배당에 종소리가 울리자 비록 화려하지는 않지만 정갈한 외투를 차려입고 칼 대신에 지팡이를 손에 든 도시 사람들이 모여들었는데, 주변의 마을들과 시골들에서 역시 예배당의 종소리를 듣고 달려온 폴란드 소귀족들로 인해 더욱 시끌벅적해졌다.

이곳에서도 섬과 그곳의 거대하고 울창한 미루나무들은 보였지만 성은 빽빽한 잡풀들 때문에 예배당에서는 화가 나고 분노에 찬 듯 감춰져 보이지 않았다. 다만 갈대들 뒤에서 남서풍이 일어 섬으로 불어오면 미루나무들이 힘차게 흔들리고, 그 뒤에서 창문들이 번쩍거리며 마치 성이 예배당 쪽으로 음침한 시선을 던지는 듯 느껴진다. 하지만 이제는 성이나 예배당 둘 다 시체였다. 성의 눈동자들은 흐릿해졌고, 더 이상 저녁 햇살의 광채도 발하지 않았다. 예배당의 지붕 한쪽은 내려앉고 벽들도 허물어졌으며, 동종의 높고 청아한 울림 대신에 그곳에서는 밤마다 부엉이들의 불길한 노랫소리가 들렸다.

하지만 한때 거만한 귀족의 성과 소시민들의 가톨릭 예배당을 갈라놓았던 오래되고 역사적인 반목은 그들이 죽은 뒤에도 지속되었다. 그 반목을 지탱한 것은 살아남은 지하의 귀퉁이들과 지하실들을 차지한 채 낡아빠진 시체들 위에서 우글댔던 구더기들이다. 이 죽은 건물들에 달라붙은 무덤의 구더기들은 바로 인간들이었다.

한때 낡은 성은 모든 가난한 사람에게 아무런 제한이 없는 거저 얻은 피난처였다. 도시에서 제자리를 찾을 수 없는 사람들, 궤도에서 벗어난 모든 존재, 이러저러한 이유로 밤이나 악천후에 몸을 누일 거처를 구할 땡전 한 푼 없는 사람들, 이런 사람들은 모두 섬으로 발길을 돌려 그곳, 폐허의 한가운데서 접대에 대한 대가로 오래된 쓰레기 더미 아래 파묻힐 위험을 감수하면서 자신의 고달픈 머리를 숙인다. 따라서 '성에서 산다'라는 문구는 극도의 가난과 인간적 쇠락의 표현이 되었다. 낡은 성은 집 없는 가난뱅이와 일시적으로 궁핍해진 글쟁이와 외톨이가 된 노인들과 일가친척이 없는 뜨내기들을 기꺼이 받아들이고 감싸주었다. 이 모든 존재는 쇠락한 건물의 내부를 짓찢어놓았는데, 천장과 마룻바닥을 부수어 벽난로에 불을 지폈고, 뭔가를 삶아 끼니를 때웠다. 대체로 그들은 야릇한 방식으로 일상의 행위들을 꾸려갔다.

하지만 회색빛 폐허의 지붕 아래 어울려 살아가던 이 집단에서 분열이 발생했고 알력이 생겨났다. 언젠가 한때 백작의 하찮은 관리인들 중 한 사람이었던 늙은 야누슈는 흡사 소유권 같은 것을 손에 넣고 지배권을 장악했다. 그는 변혁에 착수했고, 며칠 동안 섬에서는 상당한 소란이 일고 커다란 비명이 울려 퍼졌는데, 때로는 마치 터키인들이 폴란드 압제자들에게 복수를 하려고 지하 감옥에서 탈출을 시도하는 것 같았다. 야누슈는 염소들 중에서 양을 구분하듯이 폐허지의 거주자들을 분류했다. 과거처럼 성에 남게 된 양들은 야누슈가 절망스럽지만 쓸데없는 저항을 하며 버티던 불운한 염소들을 내쫓는 것을 도왔다. 마침내 조용하지만 그럼에도 불구하고 상당히 효과적인 경찰들의 협조 아래 섬에 다시 질서가 확립되었을 때, 개혁은 명백히 귀족적 성격을 지닌 것으로 드러났다. 야누슈는 성에 오직 '선량한 기독교인들,' 즉 가톨릭교도들과 게다가 주로 과거의 백작 가문의 하인들 혹은 그들의 후손들만을 남겼다. 이들은 모두 닳아빠진 긴 프록코트와 차마르카*를 입은 푸른 큰 코와 옹이가 많은 지팡이를 든 노인네들과 까칠하고 흉물스러우며 최악의 빈곤 속에서 겨울 털모자와 긴 외투를 간직하고 있는 노파들이었다. 이들 모두는 마치 가난이라는 딱지를 독점하고 있는 듯한 동일한 가문으로 단단히 결속되어 있는 귀족 집단이었다. 평일에는 이 노인들과 노파들은 입으로 기도문을 외우며 좀더 부유한 도시민들과 중간 소시민들의 집을 오갔는데, 유언비어를 퍼뜨리고 자기 운명을 불평하며 눈물을 흘리고 끈질기게 치근덕거렸다. 하지만 주일이면 그들은 교회 주위에 길게 늘어선 대중 가운데 가장 훌륭한 사람들이 되었고, 주님과 성모의 이름으로 근엄하게 사례물들을 받았다.

이 혁명의 시기에 섬에서 들려온 소란과 외침에 이끌려 나와 몇몇 동지는 그곳으로 잠입했다. 미루나무의 굵직한 가지들 뒤에 몸을 숨기고 코가 빨간 노인 부대의 우두머리인 야누슈가 추방당하게 된 마지막 거주자들을 섬에서 쫓아내는 것을 지켜보았다. 그런 와중에 저녁 무렵이 되었다. 높은 미루나무 꼭대기에 걸려 있던 먹구름에서 이미 빗방울이 흩뿌려지기 시작했다. 갈기갈기 찢긴 누더기를 몸에 걸친 불행하고 침울한 어떤 사람들이 놀라고 애처로우며 당혹스러운 모습으로 마치

---

* 과거 폴란드에서 유행했던 의복으로 가장자리를 모피로 장식한 옷자락이 긴 외투.

개구쟁이들에 의해 토굴에서 쫓겨난 두더지들처럼 성의 열린 곳으로 또다시 몰래 숨어들려고 애쓰면서 섬 주위를 어슬렁거리고 있었다. 그러나 야누슈와 고약한 여자들은 불지팡이와 막대기로 위협하고 고성과 욕지거리를 쏟아내며 그들을 내쫓고 있었지만 경찰관들은 침묵을 지키며 한편에 서 있었는데, 역시 손에는 묵직한 몽둥이를 들고 무력의 중립성을 지키고 있었지만 승리하는 편에 명백히 우호적이었다. 불행하고 침울한 사람들은 어쩔 수 없이 고개를 떨어뜨린 채 영원히 섬을 떠나 다리 너머로 사라져갔다. 그들은 하나둘씩 빠르게 내려앉는 저녁의 질척한 어스름 속으로 가라앉았다.

이 잊지 못할 저녁 이래로 나에게 그 이전까지 뭔가 애매모호하고 웅장한 인상을 자아냈던 야누슈와 낡은 성은 나의 시야에서 모든 매력을 상실했다. 한때는 섬에 당도하여 비록 멀리서라도 회색의 벽들과 이끼가 자란 낡은 지붕을 황홀하게 바라보는 것을 좋아했다. 아침노을 속에서 다양한 군상이 하품을 하고 기침을 하며 태양을 향해 성호를 그으면서 섬에서 밀려나올 때, 나는 그들을 성 전체를 휩싸고 있는 비밀에 둘러싸인 존재들처럼 모종의 존경심을 가지고 바라보았다. 그들은 밤에 그곳에서 잠을 잤고, 거대한 강당들의 깨진 창문들을 통해 달빛이 흘러들거나 폭풍우가 일어 비바람이 들이칠 때 그곳에서 일어나는 모든 소리를 들었다. 나는 70대의 수다쟁이 노인인 야누슈가 미루나무 아래에 앉아 쇠락한 건물의 영광스러운 과거에 대해 털어놓는 이야기들을 즐겨 들었다. 어린아이의 상상 속에서 과거의 형상들이 생생하게 되살아났고, 마음속에는 한때 음울한 벽 속에 살았던 사람들에 대한 거대한 애수와 어렴풋한 동정만이 일었다. 바람 부는 날에 흐릿한 구름 그림자가 텅 빈 들판의 화사한 풀밭 위를 질주하듯이 낯선 유적의 낭만적 그림자들이 나의 어린 마음속을 내달렸다.

　그러나 그날 저녁 이후에 성도, 그곳의 시인도 나에게는 새롭게 비쳐졌다. 다른 날 섬 근처에서 나를 만나자 야누슈는 나를 불러세웠다. 그러고는 확신에 찬 만족스러운 표정을 지으며 이제는 성에 완전히 질서 정연한 사회가 수립되었기에 나처럼 영광스러운 부모의 아들도 과감하게 그곳을 방문할 수 있다고 했다. 그는 심지어 내 손을 잡아 자기 성으로 데려가려고 했지만 그 순간 나는 울음을 터뜨리며 그에게서 손을 빼내 힘껏 도망쳤다. 성은 나에게 역겨워졌다. 위층의 창문들은 빽빽하게 붙박여 있었고, 아래층은 노파들과 노인들의 차지였다. 노파들은 너무나 꼴사납게 그곳에서 기어 나와 나를 아주 달콤하게 구슬리고 아주 큰 소리로 서로 욕을 해댔는데, 나는 폭풍우가 휘몰아치는 밤에 터키인들을 달래주었던 엄격한 백작이 자기 이웃이었던 이 노파들을 과연 어떻게 견뎠을까 하는 생각에 정말로 놀랐다. 하지만 중요한 것은 내가 성에서 승리한 거주자들이 자신들의 불행한 이웃들을 내몰았던 냉혹성을 잊을 수 없었다는 것이며, 거처도 없이 버려진 침울한 사람들이 떠오를 때면 내 가슴은 미어졌다.

　어쨌든 간에 낡은 성을 통해 나는 처음으로 위대한 것과 하찮은 것 사이의 거리는 기껏해야 한 걸음이라는 진리를 알게 되었다. 성에서 위대한 것은 담쟁이와 나팔꽃과 이끼에 둘러싸여 있었지만, 하찮은 것은 내게 혐오스럽게 느껴졌고 어린아이의 감수성을 날카롭게 잘라버렸는데, 왜냐하면 나는 이러한 대조의 아이러니를 아직 이해할 수 없었기 때문이다.

II. 문제적 인물들

섬에서 변혁이 일어난 후 도시는 며칠 밤을 아주 불안하게 보냈다. 개들이 짖어대고 빗장들이 덜거덕거렸으며, 주민들은 수시로 거리로 나가 지팡이로 담벼락을 두들겨 자기들이 빈틈없는 경계를 하고 있다는 사실을 누군가에게 알렸다. 도시 사람들은 비 오는 밤이면 음산한 어둠 속에서 굶주림과 추위에 덜덜 떨고 온몸이 흠뻑 젖은 사람들이 이 거리 저 거리를 방황한다는 것을 알고 있었다. 이 사람들의 마음속에 잔혹한 감정이 분명히 생겼을 것이라고 생각하고 도시 사람들은 경계를 했으며, 이러한 감정에 맞서 위협을 보내기도 했다. 밤은 의도적인 양 차가운 폭우가 쏟아지는 가운데 대지에 내려앉았고, 낮게 깔려 몰려가는 먹구름을 남긴 채 서서히 지나갔다. 바람은 궂은 날씨에 나무 꼭대기를 뒤흔들고 빗장을 덜컹거리며 휘몰아쳤다. 침대에 누운 나는 온기와 거처를 잃어버린 수십 명의 사람을 떠올렸다.

하지만 겨울의 마지막 몸부림을 뿌리치고 마침내 봄이 찾아왔고, 태양이 축축한 대지를 말려주었으며, 그와 함께 집 없는 방랑자들은 어딘가로 흩어졌다. 밤마다 들려오던 개 짖는 소리도 잦아들었고, 도시민들은 더 이상 담벼락을 두드리지 않았으며, 도시의 삶은 평온하고 단조로운 본래의 궤도로 되돌아갔다. 하늘 높이 떠오른 뜨거운 태양이 먼지투성이 거리들을 달구면 도시의 가게들에서 장사를 하던 이스라엘의 아이들은 차양 아래로 재빨리 도망쳤다. 하지만 대리업자들은 지나가는 행인들을 뚫어져라 쳐다보며 햇빛 아래서 뒹굴뒹굴하고 있었다. 관청 집무실의 열린 창문으로는 펜을 끼적이는 소리가 들려왔다. 아침나절이면 도시의 아낙네들은 장바구니를 끼고서 시장통을 오르내렸으며, 저녁 무렵이면 호사스러운 치맛자락으로 거리에 먼지를 일으키며 자기 남편과 팔짱을 끼고 거만하게 활보했다. 노인들과 노파들은 성에서 나와 보편적인 조화를 깨뜨리지 않으면서 공손하게 보호자들의 집들을 오고 갔다. 도시민은 그들의 존재권을 기꺼이 인정했고, 누군가가 토요일마다 자선을 받는 것을 완전히 정당하게 간주했으며, 낡은 성의 주민들은 자선을 아주 고맙게 받아들였다.

하지만 불행한 추방자들은 아직도 도시에서 제자리를 찾을 수 없었다. 사실 그들은 더 이상 밤에 거리를 배회하지 않았다. 그들이 예배당 근처의 언덕 위 어딘가에서 피난처를 발견했다는 얘기도 들렸지만 그곳에서 어떻게 그들이 거처를 마련했는지에 대해서는 아무도 정확하게 말할 수 없었다. 하지만 아침이면 예배당을 둘러싸고 있는 언덕과 골짜기 쪽에서 도무지 믿기지 않는 의아스러운 군상들이 내려왔다가 저녁의 어스름 녘이면 같은 방향으로 사라진다는 사실만은 모두가 알고 있었다. 그들의 등장은 도시의 조용하고 안온한 삶을 희뿌연 배경 위에 번지는 칙칙한 얼룩처럼 혼란스럽게 만들었다. 도시민들은 그들을 적의 어린 불안한 눈빛으로 노려보았고, 그들은 반대로 도시민들에게 근심 어린 조심스러운 시선을 던졌는데, 그로 인해 많은 사람은 섬뜩해졌다. 이 군상들은 성에서 온 귀족 신분의 가난뱅이들과는 닮지 않았다. 도시 사람들은 그들을 인정하지 않았지만 그들은 인정을 원하지도 않았다. 도시 사람들에 대한 그들의 태도는 순전히 투쟁적 성격을 지녔다. 그들은 도시민들에게 구걸하기보다는 욕하기를, 졸라대기보다는 스스로 쟁취하는 걸 더 좋아했다. 그들은 힘이 약할 경우 구걸을 하느라 엄청나게 고생했지만, 힘이 있을 경우 오히려 주민들을 괴롭혔다. 게다가 아주 흔한 경우인데, 이 누더기 차림의 음울하고 불행한 무리 중에는 성의 선택된 계층을 영광되게 만들 지혜와 재능을 갖추었지만, 그 계층과 어울려 살지 못하고, 가톨릭 예배당의 민주적 집단을 더 좋아하는 인물들도 있었다. 이 군상들 중 몇몇은 심대한 비극성을 띠고 있었다.

지금까지도 나는 등이 구부정하고 우울한 늙은 '교수'가 길거리를 지나갈 때면 주위 사람들이 어찌나 즐겁게 키득거렸는지 기억한다. 낡은 모직 털외투를 입고 커다란 창과 시커먼 모표가 달린 털모자를 쓴 이 사람은 조용하고 백치처럼 억눌린 존재였다. 교수라는 호칭은 아마도 그가 한때 어딘가에서 가정교사였다는 애매모호한 이야기 덕분에 붙여졌을 것이다. 이보다 더 무해하고 온순한 호칭을 짓는 것은 상상하기 힘들었다. 보통 그는 겉보기에 아무런 목적도 없이 흐리멍덩한 시선으로 고개를 숙인 채 조용히 거리를 걸어 다녔다. 한가한 주민들은 잔인한 놀림거리로 이용되는 그의 두 가지 특질을 알고 있었다. '교수'는 끊임없이 뭔가를 혼자 중얼거렸는데, 아무도 그의 말을 단 한마디도 알아듣지 못했다. 그의 말들은 마치 흐릿한 실개천의 졸졸거리는 소리처럼 흘러나왔는데, 이해 못 할 장광설을 늘어놓았다. 흐리멍덩한 눈동자는 마치 듣는 사람의 영혼 속에 자신의 의미를 주입하려는 듯 상대방을 주시했다. 그를 시계태엽처럼 감을 수 있었다. 이를 위해서는 길에서 조는 일에 지친 대리업자들 중 누군가가 그 노인을 불러 세워 아무 질문이나 던져보면 되었다. '교수'는 머리를 가로저으며 듣는 사람에게 흐리멍덩한 눈동자를 진지하게 고정하고 끝없이 우울한 뭔가를 중얼거리기 시작했다. 더욱이 듣는 사람은 조용히 자리를 뜨거나 심지어 잠이 들 수도 있지만, 깨어나 보면 이해하기 힘든 얘기를 여전히 조용히 중얼거리고 있는 우울하고 거무스름한 인물을 목격하게 되었다. 하지만 이런 상황은 그 자체로서는 특별히 흥미로운 일이 아니었다. 거리의 망나니들에게 큰 효과를 발휘한 것은 교수의 또 다른 성격적 특징이었다. 불행한 사람은 날카롭고 치명적인 무기들에 대한 얘기들을 무심하게 넘기지 못하는 법이다. 따라서 보통 이해할 수 없는 장광설이 절정에 달하면, 듣는 사람은 갑작스럽게 자리를 박차고 일어나 날카로운 목소리로 "칼, 가위, 바늘, 핀!" 하고 외친다. 그러면 가엾은 노인은 느닷없이 몽상에서 깨어나 두 팔을 휘저으며 마치 총에 맞은 새처럼 소스라치게 놀라 가슴을 움켜잡았다. 멀대 같은 대리업자들은 그 엄청난 고통을 도무지 이해할 수 없었으니, 고통스러운 사람은 주먹질 같은 일상적 충격을 통해서 고통에 대한 공감을 불러일으킬 수 없기 때문이다! 하지만 가엾은 '교수'는 심대한 우수를 느끼며 두리번거릴 뿐이었고, 흐릿한 눈동자를 수난자에게 향하고 발작적으로 손끝으로 가슴을 후벼 파며 다음과 같이 말할 때, 형언할 수 없는 괴로움은 그의 목소리에서 울려 퍼졌다.

"가슴을…… 가슴을 갈고리로! 바로 가슴을!"

아마도 그는 이렇게 외쳐서 자신의 가슴이 찢어지게 아프다고 말하고 싶었겠지만 겉보기에는 바로 이런 상황을 통해 한가롭고 지루한 몇몇 주민에게 기분 전환을 시켜준 것 같았다. 그리고 가엾은 '교수'는 한대 얻어맞을까 두려운 듯 머리를 훨씬 더 푹 숙이고 서둘러 자리를 떴다. 그 뒤에서는 흡족해하는 웃음소리가 크게 울려 퍼졌고, 외침들이 마치 채찍처럼 계속 공기 중에서 후려치고 있었다.

"칼, 가위, 바늘, 핀!"

성에서 추방된 사람들에게는 공정해야 한다. 그들은 서로가 서로를 굳건하게 위해주었고, '교수'를 괴롭히는 군중에게 귀족 투르케비치 혹은 특히 퇴역 사관생도 자우사일로프가 두서너 명의 누더기꾼과 함께 때맞춰 덤벼들면, 이 군중 중의 많은 사람은 혹독한 처벌을 감수해야 했다. 사관생도 자우사일로프는 커다란 체구에 회청색의 붉은 코와 험악하게 불거진 눈을 지녔는데 이미 오래전부터 화해도 중립도 인정하지 않고 모든 주민에게 공공연한 전쟁을 선포했다. 그가 괴롭힘을 당한 '교수'를 만난 직후에는 언제나 그에 대한 비난의 외침이 오랫동안 잦아들지 않았다. 그러면 그는 마치 티무르*처럼 무시무시한 행차의 길에 마주치는 모든 것을 때려 부수면서 길거리를 돌진했다. 이렇게 그는 유대인 학살을 이미 그것이 발생하기 오래전에 대규모로 실행했던 것이다. 그는 포로로 잡힌 유대인들에게 매번 고문을 가했고, 유대인의 아낙들을 추행했다. 이런 행위는 용감무쌍한 사관생도의 원정이 여러 민중과의 참혹한 전투를 벌인 후 그가 영원히 정주하게 된 마을에서 마침내 끝이 날 때까지 지속되었는바, 마지막 전투에서는 양편 모두 장렬하게 싸웠다.

　도시민들에게 자신의 불행과 타락을 통해 흥미진진한 볼거리를 제공한 또 다른 인물은 퇴직 후에 완전히 술독에 빠져버린 관리 라브롭스키였다. 주변 사람들은 불과 얼마 전까지 해도 라브롭스키가 구리 단추가 달린 관복을 입고, 근사하고 화려한 휘장을 목에 두른 채 걸어갈 때 바로 '사무원 나리'라고 불렸다는 사실을 기억한다. 이러한 상황은 타락한 현재의 그의 모습에 더 큰 통쾌함을 안겨주었다. 라브롭스키 나리

---

* 중앙아시아의 몽골인 군사 지도자이며, 티무르 제국의 창시자인 티무르 베그 구르카니. 본래 몽골어게 인명인 '테무르'이나, 그것의 페르시아어형인 '티무르'라는 표기로 더 많이 쓰임. 유럽권에서는 '태멀레인' 또는 '타메를란'이라고 부르기도 함.

의 삶에서 전환은 순식간에 이뤄졌다. 그것은 멋진 용기병 장교가 단지 크냐쥐예-베노에 도착하는 것으로 충분했다. 장교는 도시에서 기껏해야 2주일을 보냈는데, 그동안 그는 도시에서 성공을 거두고 부유한 주막집 금발의 딸을 훔쳐서 달아났다. 그 이후에 주민들은 아름다운 아가씨인 안나가 영원히 시야에서 사라졌기에 그녀에 대한 소식을 접할 수 없었다. 하지만 라브롭스키는 이전에 하급 관리의 삶을 장식했던 희망을 상실한 채 자신의 화려한 휘장과 함께 남아 있었다. 이제 그는 이미 오랫동안 일을 하지 않았다. 어딘가 작은 마을에 그의 가족이 남아 있었는데, 그들에게 그는 한때 희망이자 발판이었지만 이제 그는 아무것에도 신경 쓰지 않았다. 아주 가끔 정신이 멀쩡할 때면 그는 고개를 푹숙이고 자기 존재의 수치감에 짓눌린 사람처럼 아무도 바라보지 않으면서 서둘러 거리를 지나갔다. 그는 닳아 해지고 더러운 옷에 빗질도 하지 않은 긴 머리카락을 드리우고 걸어갔기에 군중 사이에서 금방 눈에 띄었고, 모든 사람의 주의를 끌었다. 하지만 그 자신은 마치 아무도 눈치채지 못하고, 아무것도 듣지 못하는 듯했다. 이따금 그는 단지 몽롱한 시선으로 주변을 두리번거렸는데, 그 시선 속에는, 이 낯설고 모르는 사람들은 그에게 무엇을 원하는 것일까? 그가 그들에게 무엇을 했으며, 무엇 때문에 그들은 그를 그렇게 지속적으로 괴롭히는 것일까? 하는 의아함이 서려 있었다. 때때로 이처럼 의식이 깨어나는 순간에 그의 귀에 금발의 아가씨 이름이 들려오면 그의 마음은 폭풍처럼 요동쳤다. 라브롭스키의 눈동자는 창백한 얼굴에 어두운 불길로 타올랐고, 그는 군중에게로 돌진했으며, 이에 군중은 재빨리 사방으로 도망쳤다. 이러한 발작적 행위는 비록 가끔일지라도 할 일 없이 무료함에 지친 사람들의 호기심을 이상하게 자극했다. 따라서 라브롭스키가 고개를 숙이고 길거리를 지나갈 때 할 일 없는 사람들이 무리 지어 뒤따르며 공연히 그를 타성에서 벗어나게 하려 하고, 홧김에 그에게 흙덩이나 돌멩이를 집어 던지는 것은 현명하지 못한 짓이었다.

라브롭스키는 술에 취했을 때, 웬일인지 담벼락 아래 어두침침한 곳이나 한 번도 마른 적 없는 웅덩이나 자신을 눈치채지 못할 것이라고 간주되는 그와 유사한 유별난 장소를 고집스럽게 골랐다. 그는 그곳에 긴 다리를 뻗고 가슴에 고뇌 가득한 머리를 묻은 채 앉아 있었다. 고독과 보드카는 영혼을 짓누르는 힘겨운 슬픔을 토로하려는 바람과 감정을 솔직하게 드러내려는 격정을 불러일으켰는데, 그는 자신의 젊은 시절 황폐했던 삶에 대한 끝없는 얘기를 늘어놓기 시작했다. 게다가 그는 낡은 담벼락의 회색 기둥들과 머리 위에서 거만하게 뭐라고 중얼거리는 어린 자작나무에게로, 그리고 아낙들처럼 호기심에 가득 차 이 침울하고 조심스럽게 굼실거리는 인물에게 날아드는 까치들에게로 방향을 바꾸었다.

우리 어린아이들 중 누군가가 이런 상황에서 그를 추적하는 데 성공하면 우리는 조용히 그를 에워싸고 가슴을 졸이며 장황하고 두려운 얘기에 귀를 기울였다. 우리는 머리카락이 곤두섰고, 온갖 종류의 범죄 행위에 대해 자책하는 창백한 인간을 공포에 휩싸여 바라보았다. 라브롭스키의 말에 따르면 그는 친아버지를 살해했고, 친어머니를 무덤에 처박았으며, 형제자매들을 굶겨 죽였다. 이런 무서운 토로들을 믿을 만한 근거는 없었다. 단지 우리를 놀라게 한 것은 라브롭스키에게 아버지가 여러 명인 듯하다는 정황인데, 왜냐하면 한 명은 그가 칼로 가슴을 찔러 죽였고, 다른 한 명은 독약으로 천천히 죽게 만들었으며, 세번째는 어떤 구렁텅이에 빠뜨려 죽였다는 것이다. 우리는 공포감과 동정심에 휩싸여 라브롭스키의 혀가 점점 꼬여 마침내 분명하게 발음할 수 없고, 달콤한 잠이 절망스러운 토로를 가로막을 때까지 이야기를 들었다. 어른들은 이 모든 게 헛소리이고, 라브롭스키의 부모는 기아와 질병 때문에 정상적으로 스스로 죽음을 맞이했다고 말하면서 우리를 비웃었다. 그러나 예민하고 순박한 마음을 지닌 우리는 그의 신음 속에서 진정한 영혼의 고통을 들었고, 말 그대로 알레고리로 받아들이면서 어쨌든 간에 비극적으로 타락한 인생을 진심으로 이해하는 데 점점 더 가까이 다가갔다.

라브롭스키의 머리가 점점 아래로 처지고 목구멍에서 과민한 흐느낌으로 끊기는 코 고는 소리가 들려왔을 때 어린아이들의 작은 머리들은 불행한 사람에게로 기울어졌다. 우리는 그의 얼굴을 주의 깊게 들여다보았고, 여러 범죄 행위의 그림자가 그의 얼굴에서 스쳐 지나가는 것과 꿈속에서 눈썹이 예민하게 꿈틀거리고 입술이 거의 어린아이처럼 애처롭게 울먹이며 일그러지는 것을 찬찬히 들여다보았다.

"죽여버릴 거야!" 그는 꿈속에서 우리 때문에 알 수 없는 불안을 느끼며 갑자기 소리를 질렀고, 그 순간 우리는 놀란 새 떼처럼 사방으로 흩어졌다.

잠을 자는 동안 그는 비에 흠뻑 젖거나 먼지투성이가 되었고, 가을에 몇 번인가, 심지어 말 그대로 눈에 파묻히는 경우도 있었다. 그가 일찍 죽음을 맞지 않는다면, 이것은 틀림없이 애처로운 고독에 대한 그와 유사한 다른 불행한 사람들의 보살핌, 특히 심하게 비틀거리면서 스스로 그를 찾아내서 잡아당기고 일으켜 세워 함께 끌고 갔던 유쾌한 귀족 투르케비치의 염려 때문이다.

귀족 투르케비치는 그 자신의 표현에 따르면 남들을 해코지하는 그런 부류의 사람이 아니며, '교수'와 라브롭스키 등은 수동적으로 고통을 감수하는 데 반해, 그는 많은 관계에서 유쾌하고 편안한 성격의 소유자였다. 우선 어느 누구에게도 자기주장을 강요하지 않는다고 하더라도, 그는 자신을 장군으로 칭하면서 주위 사람들에게 이 호칭에 걸맞은 예우를 요구했다. 이 칭호에 대한 그의 권리를 어느 누구도 감히 문제 삼지 않았기 때문에 곧이어 귀족 투르케비치는 자신의 명성에 대한 믿음에 완전히 도취되었다. 그는 언제나 아주 거만하게 행동하면서 눈썹을 무섭게 찌푸리고 겉보기에 장군의 칭호에 필수적 특권이라 간주하며 언제나 남을 괴롭힐 만반의 준비를 하고 있었다. 때때로 무사안일한 머릿속에서 자기 호칭에 관한 어떤 의심이 들면 그는 거리에서 첫번째로 마주치는 사람을 붙잡고서 무섭게 질문을 던졌다.

"내가 여기서 누군가? 누구야?"

"투르케비치 장군이십니다!" 난감한 상황을 자각한 주민은 얌전하게 대답했다. 투르케비치는 거만하게 수염을 꼬며 천천히 그를 놓아주었다.

"그럼, 그렇지!"

하지만 더욱이 그는 아주 완전히 독특한 형태로 자신의 바퀴벌레 모양의 수염을 움직일 수 있고, 재담과 익살에 거침이 없었기에 한가로운 청중의 무리가 언제나 그를 둘러싸고, 당구를 치기 위해 지주들이 자주 드나드는 훌륭한 식당들조차 그에게 출입을 허용하는 것은 놀라운 일이 아니었다. 진실을 말하자면 귀족 투르케비치가 특별히 예의를 갖추지 않고 뒤쪽에서 사람들을 밀치며 빠른 속도로 그곳에서 벗어나는 경우도 드물지 않게 일어났다. 하지만 그의 기지에 충분히 존경을 표시하지 않는 지주들 때문에 생겨나는 이런 경우들은 투르케비치의 전체적 기분에 별다른 영향을 끼치지 않았다. 지속적인 음주와 마찬가지로 유쾌한 자기 확신이 그의 정상적 상태를 좌우했다.

마지막 상황은 그의 행복의 두번째 근원을 형성했는데, 하루 종일 버틸 수 있게 충전을 하는 데 그에게는 한 잔이면 충분했다. 이것은 이미 투르케비치가 마신 보드카의 엄청난 양으로 설명되었는데, 보드카는 그의 혈액을 보드카의 맥아로 변화시켰다. 장군은 이제 맥아가 그에게 세상을 무지갯빛으로 채색해주며 날뛰고 끓어오를 수 있게 이 맥아를 일정한 농도로 유지하는 것으로 충분했다.

대신에 어떤 이유로 인해 3일 정도 장군에게 한 잔의 술도 제공되지 않으면, 그는 견딜 수 없는 고통을 체험했다. 우선 그는 우울증과 소심증에 빠졌다. 모두 알다시피 그런 순간에 무서운 장군은 어린아이보다 무기력해지는데, 많은 사람은 서둘러 그에게 모욕으로 분풀이를 했다. 그를 두들겨 패고 그에게 침을 뱉으며 흙덩이를 집어 던졌으나, 그는 욕지거리를 피하려고 애쓰지도 않았다. 그는 단지 목청을 다해 울부짖었고, 그의 눈에서는 음울하게 축 늘어진 수염을 따라 눈물이 봇물처럼 쏟아졌다. 가엾은 인간은 모두에게 자신을 죽여달라고 애원했는데, 어차피 자신은 담벼락 아래서 개죽음을 맞을 운명이라고 한탄하면서 그는 이런 바람을 스스로 정당화했다. 그러면 모두가 그에게서 한 발짝 물러섰다. 장군의 목소리와 표정에는 아주 담대한 박해자들을 짧은 순간에 자신의 참혹한 상태를 인식한 인간의 목소리를 듣지 않고 얼굴을 보지 않고 재빨리 도망가게 만드는 뭔가가 있었다…… 장군에게는 또다시 변화가 일어났다. 그는 무시무시해졌고, 눈동자는 불타올랐으며, 뺨은 움푹 들어갔고, 짧은 머리카락은 꼿꼿하게 일어섰다. 재빨리 일어선 뒤 그는 자기 가슴을 두드리며 큰 소리로 다음과 같이 공표하며 당당하게 거리로 나섰다.

"가겠노라! 선지자 예레미야처럼…… 불신자들을 폭로하러 가겠노라!"

이것은 가장 흥미로운 광경에 대한 일종의 예보였다. 이런 순간마다 귀족 투르케비치는 작은 우리 도시에서 알려지지 않은 것을 밝혀주는 역할을 아주 성공적으로 수행했다고 확실하게 말할 수 있다. 따라서 아주 점잖고 성실한 시민들이 일상사를 팽개치고 새롭게 등장한 예언자를 따라가는 군중에 합세하거나 멀리서라도 그의 기행을 눈여겨보았다는 것은 특별히 놀라운 일이 아니었다. 보통 그는 우선 군(郡) 법정의 서기 집으로 향해 갔고, 군중 사이에서 원고와 피고의 역할을 할 수 있는 적합한 인물들을 선발하여 그 창문 앞에서 재판정과 흡사한 집회를 열었다. 그는 범죄자의 목청과 자세를 아주 훌륭하게 흉내 내면서 그들을 위해서 스스로 발언을 했고 대답을 했다. 게다가 그는 언제나 자신의 연행에 모든 사람이 잘 알고 있는 어떤 일을 암시하면서 당시의 흥밋거리를 부가했을 뿐만 아니라 재판 과정을 아주 잘 알고 있는 사람이었기에, 서기의 요리사가 순식간에 집에서 나와 뭔가를 투르케비치 손에 쥐여주고, 장군 수행원의 인사치레를 뿌리치며 재빨리 사라져버리는 것은 당연했다. 장군은 기부를 받은 후 악의에 차서 큰 소리로 웃었고, 환희에 차서 화폐를 흔들어대며 가장 가까운 주막으로 향했다.

그곳에서 약간의 욕구를 채운 뒤 그는 상황에 걸맞게 역할들을 바꿔가며 자신의 청중을 '각각의 피고인'의 집으로 이끌고 갔다. 매번 그는 연행의 사례를 받았기 때문에 무서운 목소리는 점차 부드러워졌고, 예언가다운 격앙된 눈동자는 기쁨으로 빛났으며, 수염은 위로 말려 올라갔고, 폭로의 드라마에서 유쾌한 보드빌*로 사고가 전이되는 것은 자연스러웠다. 그것은 보통 경찰관 코츠의 집 앞에서 끝이 났다. 이 사람은 도시의 관리들 가운데 가장 선량한 사람으로 작은 약점 두 가지가 있었다. 첫번째는 그가 회색 머리카락을 검은색으로 염색을 했다는 것이고, 두번째는 나머지 모든 것에서 신의 의지와 주민들의 선량한 '사의'를 기대하면서 살찐 요리사들을 편애했다는 것이다. 정문이 거리로 향한 경찰관의 집으로 다가가면서 투르케비치는 기분 좋게 동행자들에게 눈짓을 했고, 테 없는 모자를 위로 집어 던지며 그곳에는 경찰서장이 아니라 자신의 핏줄, 즉 투르케비치의 아버지이자 은인이 살고 있다고 큰 소리로 선언했다.

그런 다음 그는 창가를 바라보며 결과를 기다렸다. 그 결과는 두 가지였다. 정문으로 재빨리 뚱뚱하고 볼이 발그스레한 마트료나가 아버지이자 은인의 자비로운 선물들을 들고 뛰어나오거나 혹은 그 문은 굳게 잠긴 채 서재의 창문에 타르처럼 검은 머리카락으로 뒤덮인 노인네의 화난 얼굴이 흘깃 보이고 마트료나는 조용히 뒷걸음질을 쳐서 경찰서로 빠져나갔다. 경찰서에는 투르케비치를 상당히 능숙하게 다루는 하급 경찰관인 미키타가 언제나 기거하고 있었다. 그는 즉시 장화골을 한쪽으로 치우면서 자리에서 일어섰다.

반면에 투르케비치는 자신의 분에 넘치는 찬양으로 이득을 얻지 못하자 조금씩 조심스럽게 풍자로 옮겨가기 시작했다. 보통 그는 불평을 자신의 은인이 웬일인지 자신의 훌륭한 백발에 검은색 구두약을 칠해야 한다고 생각한다는 것으로 시작했다. 그런 다음에 자신의 열변이 전

---

* 춤과 노래 따위를 곁들인 가볍고 풍자적인 통속 희극.

혀 주의를 끌지 못하자 화가 치밀어 목소리를 높이고 음량을 늘려 마트료나와 불법적 동거로 시민들을 괴롭히는 안타까운 실례를 들어 은인을 혹독하게 비난하기 시작했다. 이 민감한 실례에 이르러 장군은 이미 은인과의 화해에 대한 모든 희망을 상실했고, 따라서 진실한 웅변으로 더욱 활기를 띠게 되었다. 불행하게도 보통 바로 이 지점에서 이야기는 느닷없는 외부의 개입을 받게 되었다. 창가에서 누렇고 화가 난 코츠의 얼굴이 불쑥 나타나고, 슬그머니 다가온 미키타가 뒤에서 투르케비치를 아주 날렵하게 움켜잡았다. 청중 가운데 어느 누구도 열변가에게 닥쳐온 위험을 그에게 심지어 미리 귀띔조차 해주려고 하지 않았는데, 왜냐하면 미키타의 능란한 수법들이 모두에게 탄성을 자아냈기 때문이다. 자기 말도 미처 끝맺지 못한 장군은 갑자기 공중에서 아주 야릇하게 번쩍하더니 미키타의 등 위에서 아래로 내동댕이쳐졌다. 그리고 잠시 뒤 건장한 경찰관은 가볍게 등을 숙인 후 군중의 멎어버린 비명 사이로 유유히 걸어 경찰서로 향해 갔다. 얼마 뒤 경찰서의 검은 문이 짐승의 컴컴한 입처럼 열렸고, 장군은 어쩔 수 없이 다리를 덜덜 떨며 경찰서의 문 뒤로 숙연하게 사라졌다. 배은망덕한 군중은 미키타에게 '만세'라고 외쳐댔고 천천히 흩어졌다.

이처럼 군중 가운데 두드러진 사람들 외에도 예배당 근처에는 초라한 누더기 차림의 음울한 무리가 자리 잡고 있었다. 시장에 그들이 출현하면 상인들 사이에는 언제나 커다란 전율이 일었는데, 그들은 마치 하늘에 솔개가 나타나면 어미 닭들이 새끼 병아리들을 끌어안듯이 두 손으로 자신의 물건들을 서둘러 감추었다. 섬에서 추방된 이래 최종적으로 모든 재원을 상실한 이 초라한 사람들은 우호 집단을 구성했고, 그럼에도 불구하고 도시와 근방에서 자잘한 절도 행각을 벌인다는 소문이 돌았다. 이 소문은 주로 인간은 먹지 않고 살 수 없다는 의문의 여지가 없는 전제에 근거한다. 또한 거의 모든 음울한 사람에게는 어쨌든 간에 먹을거리를 얻기 위한 일상적 수단이 없고, 섬 출신의 행운아들이라 지역 자선단체의 혜택에서도 배제되었으므로, 따라서 그들은 도적질을 하거나 아니면 굶어 죽어야 한다는 불가피한 결론이 나왔다. 그들이 죽지 않았다는 것은, 말하자면 그들이 존재한다는 사실 자체가 그들의 범죄적 행위의 증거로 간주되었던 것이다.

바로 이것이 진실이었다면, 집단의 조직가이자 지도자가 낡은 성에서 화목하게 살지 못했던 문제적 인물들 가운데 가장 두드러진 개성의 소유자인, 다름 아닌 귀족 틔부르치 드랍이라는 점은 논란의 여지가 없었다.

드랍의 출신 성분은 아주 비밀스러운 암흑 속에 덮여 알려지지 않았다. 상상력이 뛰어난 사람들은 그에게 귀족의 호칭을 부여했는데, 그는 그것을 수치스럽게 만들었고, 따라서 감춰야 했는데, 게다가 유명한 카르멜류크 원정에도 참여한 듯했다. 그러나 첫째로 그렇게 간주하기에 그는 아직 나이가 충분히 많지 않았고, 둘째로 귀족 틔부르치의 외모에서는 귀족적인 특색이라고는 거의 하나도 없었다. 틔부르치는 키가 상당히 컸고, 심하게 굽은 등은 그가 견뎌야 하는 불행의 중량감을 말해주었다. 커다란 얼굴 윤곽은 거친 성격을 짐작하게 했다. 짧고 약간 불그스름한 머리카락은 제멋대로 치솟아 있었다. 낮은 이마, 약간 앞으로 돌출된 낮은 턱 그리고 힘세게 움찔대는 근육은 그의 얼굴 전체를 원숭이처럼 보이게 만들었다. 하지만 짙은 눈썹 아래서 번득이는 두 눈은 완고하고 음울했으며, 교활함과 함께 예리한 통찰과 강력한 힘과 비범한 지성으로 빛났다. 그의 얼굴에서는 온갖 표정이 수시로 교차

했으나 두 눈만은 언제나 똑같은 모습을 간직했는데, 이 때문에 언제나 이 낯선 인간의 익살을 바라보는 것이 나에게는 왠지 별다른 이유 없이 언짢았다. 두 눈에는 깊고 끝 모를 슬픔이 배어 있는 듯했다.

귀족 틔부르치의 손은 거칠고 굳은살이 박혀 있었고, 커다란 발은 농부들처럼 터벅터벅 내디뎠다. 이런 점들을 염두에 두고 대부분의 주민은 그를 귀족 태생으로 인정하지 않았고, 양보할 수 있는 최대치는 그가 저명한 귀족 가문의 비천한 하인 신분이라는 것이었다. 하지만 그럴 경우 또 다른 어려움에 맞닥뜨리게 되는데, 모두에게 너무나 명백한 그의 놀라운 예지를 어떻게 설명해야 하느냐 하는 것이다. 귀족 틔부르치가 장날에 모인 우크라이나인들에게 훈시를 위해 술통 위에 서서 키케로의 연설이며 크세노폰의 말을 완벽하게 쏟아내는 광경은 도시 전역의 어느 선술집에서나 목격할 수 있었다. 우크라이나인들은 입을 벌리고 멍하니 바라보며 팔꿈치로 서로 밀쳐댔으나 누더기 차림의 귀족 틔부르치는 군중 위로 우뚝 솟아오르며 카틸리나를 혹평하거나 카이사르의 공적 혹은 미트리다테스의 간계를 늘어놓았다. 천성적으로 상상력이 풍부한 것으로 널리 알려진 우크라이나인들은 비록 이해할 수 없을지라도 이런 영감 어린 말들에 어떤 식으로든 자기 나름의 의미를 부여할 수 있었다…… 그가 자기 가슴을 치고 눈을 번뜩이며 "파트레스 콘스크립티(Patres conscripti)"*라고 외치면, 그들도 역시 얼굴을 찡그리며 서로에게 이렇게 말했다.

"이런, 나쁜 자식아, 저 외침을 들어봐라!"

그런 다음에 귀족 틔부르치가 고개를 들어 천장을 바라본 뒤 라틴

---

* '조국의 선열들' 혹은 '민족의 영웅들'을 의미.

어 시구들을 유창하게 낭송하기 시작하면, 콧수염을 기른 청중은 겁을 먹고 안타까워하며 그를 주의 깊게 지켜보았다. 낭송가의 영혼이 비(非)기독교적으로 말하는 알 수 없는 땅의 어딘가로 비상하는 듯이 느껴지지만 그의 절망스러운 몸짓으로 인해 청중은 그 영혼이 그곳에서 어떤 애처로운 모험을 겪고 있다고 결론지었다. 하지만 귀족 틔부르치가 눈동자를 치켜올려 흰자위를 드러내며 베르길리우스 혹은 호메로스의 장시를 또박또박 읊어 청중을 사로잡는 순간에 이 동정 어린 긴장은 최고조에 달했다. 틔부르치의 목청이 둔중하고 음침하게 울려 퍼지자 유대인의 옥수수 위스키에 완전히 취해 구석에 쭈그려 앉아 있던 청중은 고개를 숙이고 앞쪽을 짧게 자른 긴 변발을 늘어뜨린 채 흐느끼기 시작했다.

"오, 오, 맙소사, 이렇게 슬플 수가!" 그들의 눈에서는 눈물이 흘러내려 긴 수염을 타고 굴러떨어졌다.

따라서 틔부르치가 갑자기 술통에서 뛰어내려 호탕하게 웃음을 터뜨리면 우크라이나인들의 음울했던 얼굴이 금세 밝아지고 동전을 찾기 위해 그들이 긴 바지 주머니로 손을 뻗는 것은 당연했다. 귀족 틔부르치의 비극적 낭송이 이렇게 순조롭게 막을 내리면 기분이 좋아진 우크라이나인들은 그에게 보드카를 따르고 포옹을 해주며 그의 모자 속에 동전을 던져 넣어주었다.

이처럼 놀라운 예지 때문에 이 괴짜의 출신 배경에 관한 새로운 가설을 세워야 했는데, 그것은 위에서 열거한 사실들에 훨씬 더 잘 어울렸다. 마침내 귀족 틔부르치는 한때 어떤 백작 가문의 하인 소년이었는데, 어린 귀족의 뒷바라지를 위해서 백작 아들과 함께 예수회 학교에 보내졌다고 믿게 되었다. 그러나 어린 백작은 주로 성직자들의 세 갈래 채찍의 세례를 통해 단련을 받은 반면에, 그의 하인은 주인의 두뇌를 위해 마련되어 있었던 모든 지혜를 결과적으로 획득하게 되었다.

티부르치를 둘러싸고 있는 비밀의 결과로 여러 가지 다양한 전문적 능력 가운데 그가 특히 마법에 관한 탁월한 지식을 지녔다고 간주되었다. 교외의 마지막 오두막에 출렁대는 바다처럼 접해 있는 들판에 갑자기 마법의 풀 줄기 덩쿨들이 나타난다면, 귀족 티부르치가 아니면 어느 누구도 자신과 수확자들을 위해 그것들을 안전하게 제거할 수 없었다. 또한 불길한 수리부엉이가 밤마다 어느 집 지붕 위로 날아와 커다란 울음소리로 죽음의 기운을 불러 모으면, 티부르치를 또다시 불러왔고, 그는 불길한 새를 티투스 리비우스*의 훈계를 통해 아주 성공적으로 쫓아버렸다.

귀족 티부르치의 아이들이 어디서 왔는지는 아무도 알 수 없었지만, 그럼에도 불구하고, 비록 아무도 설명할 수 없을지라도, 사실이 존재했다…… 심지어 사실은 두 개씩이나 되었는데, 나이에 비해 키가 크고 일곱 살쯤 되는 성숙한 소년과 세 살짜리 어린 소녀였다. 소년은 티부르치가 데리고 왔거나, 좀더 정확하게는 그가 우리 도시에 나타났던 날부터 함께 있었다. 소녀는 아마도 그가 몇 달 정도 전혀 모르는 곳으로 사라졌다가 돌아올 때 데리고 온 듯했다.

소년은 발렉이라고 칭해졌는데, 키가 크고 몸은 가냘프며 머리카락은 검고, 가끔 손을 주머니에 찔러 넣고 소매업자들의 마음을 당황스럽게 만드는 시선을 양쪽으로 던지면서 아무 목적도 없이 시무룩한 표정

---

* 고대 로마의 역사가로, 대제국 로마를 건설한 로마인의 도덕과 힘을 찬양한 편년체의 역사서인 『로마 건국사』(142권)를 저술함. 그의 명문은 고대의 크세노폰에 필적하며 '로마사 연구의 성서'로 알려져 있음.

으로 빈들거리며 돌아다녔다. 소녀는 틔부르치의 팔에 안겨 한 번인가 두 번밖에 보이지 않았고, 그다음에는 어디론가 사라졌고, 어디에 있는지는 아무도 알 수 없었다.

예배당 근처의 합동 동방 기독교 교회가 있는 언덕 위에 지하실들이 있다는 말이 돌았다. 타타르인들이 횃불과 칼을 들고 자주 들락거렸고, 한때는 우크라이나 귀족의 전횡이 판을 쳤으며, 하이다마키* 용사들이 유혈 재판을 행했던 그런 곳들에서는 지하실 같은 것들이 아주 드물지는 않았기에 모든 사람은 이러한 소문들을 믿었고, 더군다나 그 어딘가에 음울한 유랑민 집단들이 살고 있을 것 같았다. 그들은 보통 저녁 무렵이면 바로 예배당 쪽으로 사라졌다. 그곳으로 얼떨떨하고 절름거리며 ‘교수’가 걸어갔고, 귀족 틔부르치는 단호하고 민첩하게 걸어갔다. 투르케비치도 휘청거리며, 포악하고 하릴없는 라브롭스키를 그쪽으로 데리고 갔다. 또 다른 음울한 군중이 저녁 무렵 어스름 속에서 그쪽으로 사라져갔는데, 미끄러운 절벽을 거쳐 감히 그들을 따라갈 용감한 사람은 아무도 없었다. 무덤들로 인해 여기저기가 움푹 파인 언덕은 불길한 명성을 지니고 있었다. 축축한 가을밤 오래된 무덤에는 푸른 불빛이 타올랐고, 예배당에서는 올빼미들이 아주 날카롭고 쟁쟁하게 울어댔다. 저주받을 새들의 울음소리가 들려오면 두려움이라고는 모르는 대장장이조차도 가슴을 조였다.

---

* ‘추적자’ 또는 ‘습격자’를 의미하는 터키어 ‘haydamak’에서 파생된 어휘로 18세기 가톨릭 폴란드의 지배에 맞서 정교를 믿는 우크라이나 농민과 카자키가 일으킨 인민해방운동에 참여한 무장부대원들을 일컬음.

III. 나와 아버지

"좋지 않아, 젊은이, 좋지 않다고!" 도시의 길거리에서 귀족 투르케비치의 일행 속에서나 귀족 드랍의 청중 사이에서 나를 만나면 성에서 온 늙은 야누슈는 내게 이렇게 자주 말했다.

그리고 동시에 노인은 자신의 회색빛 수염을 흔들었다.

"좋지 않아, 젊은이, 자네는 '나쁜 패거리' 속에 있는 거라네! 명예로운 부모의 아들이 가족의 명예를 소중히 여기지 않고 이런 곳에 있다니 유감스럽네, 아주 유감스러워."

실제로 어머니가 돌아가시고 아버지의 준엄한 얼굴이 더욱 침울해지면서 나는 거의 집에 틀어박혀 있지 않았다. 늦은 여름날 저녁이면 나는 어린 늑대 새끼처럼 정원으로 몰래 기어들어 가 아버지의 눈길을 피해 울창한 라일락 숲으로 반쯤 가려진 창문을 특별한 장치로 열고 방으로 들어가 조용히 잠자리에 누웠다. 옆방의 요람에서 어린 여동생이 아직 잠들지 않았으면 나는 동생에게로 다가갔고, 우리는 조용히 서로를 보듬고, 심술궂은 늙은 유모를 깨우지 않으려고 애쓰면서 함께 놀았다.

아침나절 동이 틀 무렵 집 안의 다른 식구들이 모두 아직 잠에 빠져 있을 때, 나는 정원의 이슬이 맺힌 무성하고 키가 큰 풀숲을 헤치고 나가 담을 타고 넘어 누더기 차림의 친구들이 낚싯대를 들고 나를 기다리는 연못가로 다가갔다. 혹은 물레방아로 다가갔는데, 그곳에서는 잠이 덜 깬 물레방아 주인이 수문을 열고 있었고, 물이 청명한 표면에서 움찔거리며 용수로로 빨려 들어갔고, 힘차게 하루의 일과를 시작했다.

소란스러운 물살에 자극을 받아 깨어난 거대한 물레방아 바퀴들도 역시 움찔거리며 어쩐지 마지못해 굴복했는데, 마치 잠에서 깨어나기를 꺼리는 듯했지만 잠시 후에 이미 거품을 일으키고 차가운 물줄기를 휘감으며 돌아가기 시작했다. 그 뒤를 따라 튼튼한 회전축들이 느리고 묵직하게 움직였고, 물레방아 내부에서는 기어 장치들이 포효하기 시작했으며 분쇄기들도 부스럭거렸다. 동시에 하얀색의 곡분 가루가 낡고 낡은 물레방아 건물의 갈라진 틈 사이로 안개처럼 피어올랐다.

나는 계속 좀더 걸었다. 잠에서 깨어나는 자연을 마주하는 것이 기분 좋았다. 늦잠에 빠져 있는 종달새를 깜짝 놀라게 하고, 겁 많은 토끼를 밭이랑에서 쫓아낼 때는 아주 흐뭇했다. 내가 들판을 가로질러 교외의 숲으로 다가갈 때 이슬방울들이 방울새 풀의 꼭대기에서, 초원의 꽃송이에서 떨어졌다. 나무들은 나른한 속삭임으로 나를 맞아주었다. 감옥의 창가에 창백하고 침울한 죄수들의 얼굴은 아직 보이지 않았고, 보초만이 엽총을 큰 소리로 철거덕거리면서 지친 야간 보초들과 교대를 하며 담벼락 주위를 돌고 있었다.

내가 먼 길을 휘돌아 갔지만 여전히 도시에서는 이제 집 대문을 여는 잠이 덜 깬 군상을 만나게 되었다. 하지만 태양은 이미 산 위로 떠올랐고, 연못 건너편에서 중학생들을 불러 모으는 날카롭고 커다란 종소리가 들려온다. 그리고 밀려오는 배고픔이 나의 발걸음을 아침의 차〔茶〕가 기다리는 집으로 이끈다.

대체로 모두가 나를 부랑아, 하릴없는 아이로 불렀고, 여러 가지 나쁜 버릇 때문에 나를 매우 자주 꾸짖었기에 나 자신도 결국에는 이런 생각에 물들게 되었다. 아버지도 역시 이런 점을 믿었고, 때로는 나를 훈계하려고 애썼지만 그런 노력은 언제나 실패로 끝났다. 치유할 수 없는 슬픔의 엄혹한 각인이 남아 있는 엄격하고 침울한 얼굴을 마주할 때면 나는 겁이 났고, 따라서 스스로 움츠러들었다. 나는 아버지 앞에서 주저하며 바지춤을 만지작거리고 좌우를 두리번거렸다. 때때로 마치 뭔가가 가슴속에서 치밀어 오르는 듯했다. 나는 아버지가 나를 꺼안아 무릎에 앉히고 어루만져주기를 원했다. 내가 그의 품에 안겼다면, 어쩌면 우리는, 즉 어린아이와 엄격한 아버지는 공통의 상실감으로 인해 함께 눈물을 흘렸을 것이다. 하지만 아버지는 마치 머리 위를 응시하듯이 흐릿한 눈길로 나를 바라보았고, 나는 도무지 이해할 수 없는 이 시선 아래서 잔뜩 움츠러들었다.

"넌 엄마를 기억하니?"

내가 엄마를 기억하는가? 오, 그렇다, 나는 엄마를 기억한다! 나는 때때로 한밤중에 잠에서 깨어 어둠 속에서 엄마의 부드러운 팔을 찾아 입을 맞추고 꼭 껴안았던 기억이 났다. 나는 몸이 아팠던 엄마가 자기 생애의 마지막 해에 열린 창가에 앉아 경이로운 봄의 정경을 슬픈 표정으로 바라보며 이별을 고하던 모습을 기억했다.

오, 그렇다, 나는 엄마를 기억한다! 다채로운 꽃으로 온몸을 치장한 청순하고 아름다운 엄마가 창백한 얼굴에 죽음의 기색을 드리운 채 누워 있을 때, 나는 마치 작은 야수처럼 구석에 틀어박혀 이글거리는 눈으로 그녀를 바라보았다. 바로 눈앞에서 처음으로 삶과 죽음에 관한 무시무시한 수수께끼가 완전하게 펼쳐졌다. 그리고 마침내 낯선 사람들의 무리가 엄마를 데리고 가버리고 홀로 남게 된 첫날 밤 어둠 속에서 울려 퍼졌던 억눌린 울음소리는 나의 통곡이 아니었던가?

오, 그렇다, 나는 엄마를 기억한다! 그리고 지금은 자주 적막한 한밤중에 어린아이의 마음을 가득 채우고 가슴속에 넘쳐났던 사랑에 벅차 잠에서 깨어났고, 어린 시절의 장밋빛 꿈이 살랑대는 몽롱한 기쁨 속에서 행복한 미소를 띠고 깨어났다. 그리고 또다시 과거처럼 엄마가 나와 함께 있고, 내가 그녀의 포근하고 달콤한 애무를 받고 있는 듯 느껴졌다. 그러나 나는 두 손을 공허한 어둠 속으로 길게 뻗었고, 쓰라린 고독감이 영혼 속으로 파고들었다. 내가 고통스럽게 두근거리는 작은 심장을 두 손으로 감싸 안았을 때, 내 두 뺨에는 뜨거운 눈물이 하염없이 흘러내렸다.

오, 그렇다, 나는 엄마를 기억한다! 하지만 나는 따뜻한 영혼을 느끼길 원했지만 그럴 수 없었던 흰칠하고 침울한 인간의 질문에 몸을 더욱 웅크렸고, 그의 손에서 내 작은 손을 조용히 빼냈다.

그는 분노와 고통 속에서 나로부터 돌아섰다. 그는 나에게 아주 작은 영향도 끼칠 수 없고, 우리 사이에는 어떤 넘을 수 없는 벽이 존재한다고 느꼈다. 아버지는 어머니가 살아 계실 때 어머니를 너무나 사랑했고, 자신의 행복 때문에 나를 의식하지 못했다. 이제는 아버지 때문에 고통스러운 슬픔이 나를 감싸왔다.

우리를 갈라놓았던 심연은 조금씩 점점 더 넓어지고 깊어졌다. 그는 내가 냉담하고 이기적인 마음을 지닌 추악하고 망쳐버린 아이라고 점점 더 확신했고, 그는 나를 가르쳐야 했지만 그럴 수 없었고, 나를 사랑해야 했지만 그의 마음속에서 이를 위한 여지를 찾을 수 없다는 인식 때문에 나에 대한 혐오감은 더욱 커져갔다. 나는 이것을 깨달았다. 때때로 숲속에 숨어 나는 아버지를 지켜봤다. 나는 아버지가 점점 빠르게 걸음을 옮기며 오솔길을 오가고 참을 수 없는 정신적 고통으로 말 없이 신음하는 것을 보았다. 그럴 때면 내 마음에는 연민과 공감이 타올랐다. 한번은 아버지가 두 손으로 머리를 잡고 의자에 걸터앉아 통곡

할 때, 나는 그에게로 이끄는 알 수 없는 생각에 사로잡히고 더 이상 견딜 수 없어 숲에서 길거리로 뛰쳐나왔다. 하지만 아버지는 침울하고 절망적인 사고에서 벗어나 엄혹하게 나를 바라보며 냉담하게 질문을 던졌다.

"뭘 원하니?"

나는 원하는 게 아무것도 없었다. 나는 돌발 행위가 부끄러웠고, 아버지가 당황한 내 얼굴 표정에서 그것을 눈치챌까 봐 재빨리 돌아섰다. 정원의 숲으로 도망친 후 얼굴을 풀숲에 묻고서 원망과 고통에 가득 차 비통하게 울었다.

여섯 살 때부터 나는 이미 고독의 공포를 체험했다. 당시 여동생 소냐는 네 살이었다. 나는 동생을 애틋하게 사랑했고, 동생도 나를 똑같이 사랑했다. 하지만 나를 가망 없는 어린 불량배로 바라보는 주위의 확고한 시각은 우리 사이에도 높은 벽을 쌓아올렸다. 나름대로 부산스럽고 활기 있게 동생과 놀이를 시작할 때마다 언제나 졸면서 눈을 감은 채 베개에 쓸 닭 깃털을 뽑던 늙은 유모는 황급히 잠에서 깨어나 내게 분노 어린 시선을 던지며 재빨리 소냐를 낚아채 자신에게로 끌어당겼다. 그럴 때면 언제나 그녀는 허둥대는 둥지 속의 어미 닭을 생각나게 했는데, 나는 탐욕스러운 솔개이고, 소냐는 어린 병아리처럼 느껴졌다. 나는 너무 마음이 아프고 화가 치밀어 올랐다. 그래서 자연스럽게 나는 곧장 소냐와 함께 놀이를 하려는 일체의 시도를 그만두었고, 얼마 지나지 않아 호의도 온정도 찾을 길 없는 집 안이나 정원에 있는 것이 갑갑하게 느껴졌다. 그래서 나는 떠돌기 시작했다. 당시에 나는 온몸으로 뭔가 이상한 삶의 예감 혹은 전조를 감지했다. 거대하고 알 수 없는 이 세상의 그 어딘가에서, 정원의 오래된 담장 너머에서 뭔가를 발견하게 될 것처럼 느껴졌다. 나는 뭔가를 해야 하고 할 수 있을 듯했지만, 그것이 뭔지는 정확히 알 수 없었다. 그럼에도 불구하고 이 알 수 없고 비밀스러운 것에 대해 내 마음 깊은 곳에서 뭔가가 울러대고 호소하면서 끓어올랐다. 나는 이런 문제들의 해결을 계속 기다렸고, 닭 깃털을 뽑고 있는 유모에게서, 작은 정원의 사과나무의 낯익고 게으른 속삭임에서, 부엌에서 고기를 자르는 둔중한 칼 소리에서 본능적으로 달아났다. 이때부터 거리의 아이와 부랑자라는 어울리지 않는 호칭들이 내게 덧붙여졌다. 하지만 나는 신경 쓰지 않았다. 나는 비난에 익숙해졌고, 마치 갑작스럽게 닥쳐온 소나기나 작열하는 무더위를 견뎌내듯이 그것을 참아냈다. 나는 지적들을 침울하게 들었고, 나름대로 행동했다. 거리를 따라 걸으며 나는 어린아이의 호기심 어린 시선으로 오두막이 줄지어 있는 도시의 단순한 삶을 눈여겨보았고, 도시의 소음에서 멀리 떨어져 먼 대도시들에서 전해 오는 소식들을 이해하려고 애쓰면서 대로변 전선줄의 윙윙거림 혹은 이삭들의 바스락거림 혹은 장대한 카자크들의 무덤 위에 부는 바람의 살랑거림에 귀를 기울였다. 내 두 눈은 여러 차례 휘둥그레졌고, 나는 삶의 장면들 앞에서 고통스러운 공포로 발걸음을 멈췄다. 연이어 나타나는 형상들과 인상들은 내 마음에 확연한 흔적으로 남았다. 나는 나보다 훨씬 나이가 많은 아이가 보지 못했던 많은 것을 보고 깨달았다. 그럼에도 불구하고 어린 마음의 깊은 곳에서 끓어오르는 알 수 없는 것은 예전처럼 멈추지 않고 비밀스럽게 끓어오르며 간절한 외침으로 울려왔다.

성에 사는 노인네들이 내 눈에서 존경과 매력을 잃어버리고, 지저분한 막다른 골목에 이르기까지 도시의 구석구석이 내게 익숙해졌을 무렵, 나는 멀리 보이는 합동 동방 기독교 교회 언덕 위의 예배당으로 시선을 돌리게 되었다. 우선 나는 소심한 어린 동물처럼 좋지 않은 소문에 휩싸인 언덕 위로 올라갈 엄두를 내지 못하고 여러 방향에서 예배당으로 접근해보려고 했다. 하지만 그 지역이 점차 익숙해지자 내 앞에는 조용한 무덤들과 부서진 십자가들만이 나타나게 되었다. 어느 곳에서도 사람이 살거나 존재한다는 흔적이 전혀 눈에 띄지 않았다. 모든 것이 어쩐지 평화롭고 조용하며 황폐하고 공허했다. 단지 예배당만은 눈살을 찌푸리며 텅 빈 창문들을 통해 바라보았고, 뭔가 우울한 상념에 빠져 있는 듯이 보였다. 그곳에는 먼지밖에 아무것도 없다는 점을 확실히 알고 싶어 나는 모든 것을 둘러보고 그 내부를 살펴보고 싶었다. 그러나 혼자였고, 그런 모험을 하는 것이 무섭고 내키지 않았기에, 나는 거리에서 과자와 과수원의 사과를 주겠다는 약속으로 세 명의 말괄량이를 끌어들여 작은 대오를 조직했다.

IV. 새로운 만남을 갖다

저녁 식사 후에 우리는 답사에 나섰다. 언덕에 도달해서 우리는 주민들의 삽질과 봄철의 해빙으로 파헤쳐진 진흙 절벽을 따라 위로 오르기 시작했다. 절벽은 언덕의 경사면을 드러냈는데, 진흙 속에서 겉으로 튀어나온 썩은 하얀 뼈들이 눈에 들어왔다. 한곳에서는 귀퉁이가 썩은 나무관이 보였고, 또 다른 곳에는 움푹 파인 컴컴한 눈으로 우리를 노려보는 사람의 두개골이 이빨을 드러내고 있었다.

마침내 우리는 서로서로 도와가며 마지막 절벽에서 언덕 위로 서둘러 올라갔다. 태양은 기울기 시작했다. 비스듬한 햇살은 오래된 묘지의 초록빛 풀을 부드럽게 황금빛으로 물들였고, 기울어진 십자가들 위에서 노닐며 예배당의 남아 있는 유리창들에 넘실거렸다. 사방은 고요했고 버려진 묘지의 깊은 적막과 평온이 흘렀다. 이제 우리는 이미 두개골도, 정강이뼈도, 나무 관도 더 이상 볼 수 없었다. 도시 쪽으로 살짝 기울어진 가지런한 휘장 같은 초록빛의 신선한 풀은 죽음의 공포와 추함을 기꺼이 품 안에 감추고 있었다.

우리뿐이었다. 참새들만이 주위에서 재잘거렸고, 제비들도 조용히 낡은 예배당의 창문들로 드나들었다. 예배당은 풀이 무성한 무덤들과 초라한 십자가들 그리고 반쯤 무너진 돌무덤들 사이에 애처롭게 고개를 숙인 채 서 있었다. 폐허는 온통 풀로 뒤덮여 있었고, 미나리아재비와 토끼풀 그리고 제비꽃의 각양각색 꽃송이들이 얼룩덜룩 피어 있었다.

"아무도 없네." 일행 중 한 명이 말했다.

"해가 저무는데." 또 다른 일행이 아직 넘어가지 않고 산 위에 걸쳐 있는 태양을 바라보며 말했다.

예배당 문은 단단하게 못질이 되어 있었고, 창문들도 높은 곳에 달려 있었다. 하지만 일행의 도움으로 나는 창문 위로 올라가 예배당 내부를 들여다보고 싶었다.

"그러지 마!" 일행 중 한 명이 갑자기 용기를 잃고 주눅이 들어 내 팔을 붙잡으며 소리쳤다.

"이런 겁쟁이 같은 놈!" 우리 가운데 가장 나이가 많은 일행 하나가 그에게 소리치며 기꺼이 자신의 등을 들이밀어 받쳐주었다.

내가 과감하게 등에 올라타자 그는 곧바로 일어섰고, 나는 그의 어깨 위를 밟고 일어섰다. 이렇게 하여 나는 쉽사리 손으로 창틀을 잡았고, 튼튼한 것을 확인하고는 창문으로 기어올라 그것에 걸터앉았다.

"그래, 안에 뭐가 있어?" 아래에 있는 일행이 호기심에 가득 차 내게 물었다.

나는 잠자코 있었다. 문설주로 몸을 기울여 예배당 안을 들여다보았다. 그곳으로부터 황폐한 사원의 장대한 적막이 피어올랐다. 높고 좁은 건물의 내부에는 장식이라곤 하나도 없었다. 열린 창들을 통해 저녁 햇살이 자유롭게 넘어 들어와 낡아 누더기가 된 벽을 선명한 황금빛으로 채색했다. 나는 잠긴 문의 안쪽과 무너져 내린 발코니, 지탱할 수 없는 무게 아래서 흔들리는 듯 썩어가는 기둥들을 보았다. 구석마다 거미줄이 잔뜩 엉겨 붙어 있었고, 그렇게 낡은 건물의 모든 구석에 독특한 어둠이 깔려 있었다. 창문에서 마루까지의 거리는 바깥의 풀까지보다 훨씬 멀어 보였다. 나는 깊은 구멍을 주시해보았으나 처음에는 마루를 따라 이상한 윤곽을 그리며 흔들리는 이상한 물체들이 무엇인지 분간할 수 없었다.

그러는 동안에 내게서 뭔가 새로운 것을 기다리며 아래에 서 있던 일행은 지쳤고, 그중 한 명이 나처럼 기어 올라와 창틀을 잡고서 내 옆에 나란히 앉았다.

"제단이네." 그는 마루 위의 이상한 물체를 들여다보고 나서 말했다.

"샹들리에도 있고."

"복음서용 탁자도 있어."

"근데 저기 있는 건 뭐지?" 그는 호기심에 차서 제단 옆에 보이는 어두운 물체를 가리켰다.

"사제의 모자야."

"아니야, 저건 양동이야."

"양동이가 여기 왜 있지?"

"아마, 예전에 난로에 땔 석탄을 담아놨었나 봐."

"아니야, 저건 분명히 모자야. 못 믿겠으면, 확인해볼 수도 있어. 창틀에 허리띠를 묶으면 그걸 잡고 내려갈 수 있을 거야."

"아니야, 그럼 너도 내려갈 수 있잖아! 원한다면 네가 직접 내려가봐."

"그러지, 뭐! 내가 못 내려갈 거라고 생각하는 거니?"

"내려가보셔!"

일행의 충동질에 즉각적으로 자극을 받은 나는 허리띠 두 개를 단단히 묶어 창틀에 건 다음 한쪽 끝은 일행에게 주고 다른 쪽 끝을 잡았다. 한쪽 다리가 마루에 닿았을 때 나는 움찔했다. 하지만 만족스럽게 나를 내려다보는 친구의 얼굴을 바라보자 다시 용기가 생겼다. 발바닥이 닿는 소리가 천장 아래서 울렸고, 텅 빈 예배당의 어두운 구석에서 다시 울려왔다. 참새 몇 마리가 발코니의 둥지에서 날아올라 지붕에 있는 커다란 구멍으로 날아갔다. 우리가 앉아 있던 창문 쪽의 벽에서 수염을 기르고 가시면류관을 쓴 엄숙한 얼굴이 갑자기 나를 바라보았다. 이것은 바로 천장 아래에 걸려 있는 거대한 십자가였다.

나는 섬뜩해졌다. 내 친구의 눈은 영혼을 사로잡는 호기심과 동정심으로 반짝이고 있었다.

"가볼 거니?" 그가 조용히 물었다.

"가봐야지." 나는 정신을 가다듬고 이렇게 대답했다. 그러나 그 순간에 완전히 예기치 않은 일이 일어났다.

먼저 발코니에서 부서진 석고가 후드득 소음을 내며 떨어졌다. 뭔가가 위에서 부스럭거리더니 공중에 먼지를 잔뜩 일으키며 흔들렸고, 거대한 회색의 덩어리가 날개를 퍼덕이며 지붕의 구멍으로 날아올랐다. 예배당이 순간적으로 어두워지는 듯했다. 우리의 공연한 소란에 불안해진 거대한 늙은 올빼미가 어두운 구석에서 날아올라 어른거리더니 푸른 하늘 위로 날개를 펴고 비상하여 저 멀리로 사라졌다.

나는 오싹한 공포가 밀려오는 것을 느꼈다.

"끌어올려줘!" 나는 허리띠를 잡고 친구에게 소리쳤다.

"걱정 마, 걱정 말라고!" 그는 해가 비치는 밝은 곳으로 나를 끌어올릴 채비를 하며 달래주었다.

그러나 갑자기 그의 얼굴이 공포로 일그러졌다. 그는 비명을 지르며 창문에서 뛰어내려 순식간에 사라졌다. 나는 본능적으로 뒤를 돌아보았는데, 두렵다기보다는 경악스럽게 만든 너무나 충격적인 이상한 현상을 목격했다.

모자니 양동이니 입씨름을 했지만 결국에는 항아리로 드러났던 어두운 물체가 공중에서 번쩍하더니 눈앞에서 제단 아래로 숨어버렸다. 내가 볼 수 있었던 것은 단지 크지 않은, 마치 어린아이의 손 같은 윤곽뿐이었다.

그 순간 나의 감정을 제대로 전달하는 것은 쉽지 않다. 나는 고통스럽지는 않았다. 내가 체험한 감정은 심지어 공포라고 부를 수도 없었다. 나는 저 세계에 있었다. 그 어딘가에서, 마치 저 세계로부터 잠깐 동안에 아이 세 명의 빠르고 불안한 발걸음 소리가 들려왔다. 하지만 곧이어 그 소리도 잦아들었다. 어떤 이상하고 이해할 수 없는 현상들 때문에 나는 홀로 마치 관 속에 있는 것 같았다.

내게는 시간이 존재하지 않은 듯했고, 따라서 나는 제단 아래서 속삭이는 소리를 어느 순간에 들었는지 말할 수 없었다.

"도대체 왜 저 애는 올라가지 않는 거지?"

"저것 봐, 겁을 먹었어."

첫번째는 완전히 어린애의 목소리였고, 두번째는 내 또래의 목소리였다. 낡은 제단의 갈라진 틈 사이로 한 쌍의 검은 눈이 반짝이는 것도 느꼈다.

"도대체 지금 뭘 하려는 거지?" 속삭임이 다시 들려왔다.

"기다려봐." 좀더 나이 든 목소리가 대답했다.

제단 아래서 뭔가가 큰 소리로 부스럭거리고, 심지어 흔들거리는가 싶더니 순간적으로 사람의 모습이 나타났다.

그것은 나보다 키가 크지만 마치 갈대처럼 야위고 가냘픈 아홉 살쯤 된 소년이었다. 그는 더러운 셔츠 차림이었고, 폭이 좁고 길이가 짧은 바지 주머니에 두 손을 찔러 넣고 있었다. 검은색의 곱슬머리가 생각에 잠긴 듯한 검은 눈 위로 헝클어져 있었다.

너무나 불현듯이 이상한 모습으로 등장한 낯선 아이는 마치 우리 시장에서 싸울 태세로 서로에게 다가서는 아이들처럼 막무가내로 패기 있게 내게로 다가섰으나 나는 그 아이를 보고서 오히려 기운이 솟았다. 그리고 그 아이 뒤에서 훨씬 더러운 얼굴 하나가 바로 그 제단 아래서 혹은 좀더 정확하게는 예배당 마룻바닥에 깔려 있는 덮개 아래서 나타났을 때 나는 더욱 기운이 넘쳐났다. 그 얼굴은 금색의 머리카락으로 덮여 있었고, 어린애다운 호기심에 가득 찬 푸른 눈동자를 반짝이며 나를 바라보았다.

나는 벽에서 조금 물러나 우리 시장에서 통용되는 기사도 규범에 따라 마찬가지로 주머니에 두 손을 찔러 넣었다. 그것은 내가 상대방을 두려워하기는커녕 심지어 부분적으로 그를 깔본다는 것을 암시하는 자세였다.

우리는 서로 맞서서 시선을 주고받았다. 그 아이는 나를 위아래로 훑어보고 나서 질문을 던졌다.

"너, 여기에 무슨 일로 왔니?"

"그냥, 네가 무슨 상관이야?" 나는 대답했다. 상대방은 호주머니에서 손을 빼 나를 때리려는 듯 어깨를 꿈틀했다.

나는 눈도 깜짝하지 않았다.

"어디 맛 좀 볼래!" 그가 위협적으로 말했다. 나는 가슴을 앞으로 내밀며 대꾸했다.

"그럼, 쳐봐…… 어서!"

아주 중대한 순간이었다. 다음에 전개될 상황의 성격은 그 순간에 달려 있었다. 나는 기다렸지만 내 적수는 계속 탐색하는 시선으로 나를 주시할 뿐 전혀 움직이지 않았다.

"이봐, 나도 역시 보여줄 수 있어……" 나는 훨씬 더 평온하게 말했다.

그러는 사이에 작은 손으로 예배당 마루를 짚고 있던 여자아이도 덮개 아래서 기어 나오려고 애쓰고 있었다. 그 아이는 아래로 떨어졌으나 다시 기어올랐고, 마침내 비틀거리는 걸음걸이로 소년에게로 향해 왔다. 소년에게로 다가온 여자아이는 그를 꼭 붙잡고 바짝 달라붙어 놀라고 겁먹은 시선으로 나를 바라보았다.

이것이 사태를 해결했다. 이런 상황에서 소년이 싸울 수 없다는 사실은 명백해졌고, 나도 물론 그의 난감한 상황을 이용할 만큼 그렇게 속이 좁지는 않았다.

"네 이름이 뭐니?" 소녀의 금발을 쓰다듬으며 소년이 물었다.

"바샤. 네 이름은?"

"나는 발렉…… 난 널 알고 있어. 넌, 연못 위에 있는 과수원집에서 살고 있지. 너희 과수원엔 큰 사과도 많고."

"그래, 맞아. 우리 사과는 아주 맛있어…… 사과 좋아하니?"

나는 비겁하게 도망친 친구들에게 주려고 했던 사과 두 개를 주머니에서 꺼내 하나는 발렉에게, 나머지 하나는 여자아이에게 주었다. 하지만 여자아이는 발렉에게 바짝 달라붙으며 얼굴을 감췄다.

"겁이 나나 봐." 발렉이 말하며 자신이 여자아이에게 사과를 건네주었다.

"너는 뭐 하러 여기로 왔니? 난 너희 과수원에 간 적 없는데?" 그가 물었다.

"무슨 말이야, 한번 와! 오면 좋지." 나는 진심으로 대답했다. 내 대답에 발렉은 당황했고, 그는 생각에 잠겼다.

"난 너랑 어울릴 수 없어." 그가 우울해하며 말했다.

"왜 그렇지?" 나는 그의 슬픈 어조에 안타까워하며 물었다.

"네 아버지는 판사잖아."

"그런데 그게 뭐 어때서?" 나는 깜짝 놀라서 말했다. "네가 어울릴 사람은 나지, 아버지가 아니야."

발렉은 고개를 가로저었다.

"티부르치가 허락하지 않을 거야." 그가 말했고, 그 이름으로 인해 마치 뭔가가 떠오른 듯 서둘러 덧붙였다. "들어봐…… 너는 괜찮은 친구 같지만 어쨌든 빨리 가는 게 좋겠어. 티부르치가 네가 여기 있는 걸 알게 되면 좋지 않을 거야."

실제로 떠나야 할 시간이라는 데 나는 동의했다. 마지막 햇살이 이미 예배당의 창 사이에서 사라져가고 도시까지는 가깝지도 않았다.

"여기서 어떻게 빠져나가야 하지?"

"내가 길을 알려줄게. 함께 나가자."

"근데 저 여자아이는?" 나는 어린 여자아이를 손가락으로 가리켰다.

"마루샤? 쟤도 우리와 같이 가지 뭐."

"창문으로 어떻게 올라가지?" 발렉은 생각에 잠겼다.

"아니야, 이렇게 하자. 네가 창문으로 올라가는 것을 도와주고, 우리는 다른 길로 나갈게."

나는 새 친구의 도움으로 창문으로 올라갔다. 허리띠를 풀어 창틀에 감았고, 양쪽 끝을 잡고서 공중에 매달렸다. 그 후 한쪽 끝을 놓고서 땅바닥으로 뛰어내렸고, 허리띠를 잡아당겼다. 발렉과 마루샤는 밖으로 나와 벽 아래서 나를 기다리고 있었다.

태양은 방금 전에 언덕 너머로 가라앉았다. 도시는 흐릿한 연보랏빛 그늘 속으로 잠겨갔고, 섬에 있는 백양나무 꼭대기만이 석양의 마지막 빛을 받아 짙은 황금색으로 반짝였다. 내가 이곳, 오래된 묘지로 온 지 벌써 거의 하루가 지나간 듯했고, 이 모든 일은 마치 어제 벌어진 것 같았다.

"정말 멋지다!" 다가오는 저녁의 신선함에 도취되어 나는 축축하고 서늘한 기운을 가슴 가득히 들이켜며 말했다.

"여기는 무료해……" 발렉이 우울하게 내뱉었다.

"너는 여기서 계속 사니?" 셋이 함께 언덕을 내려가며 내가 물었다.

"여기 살아."

"근데 너희 집은 어디야?"

나는 아이들이 '집도 없이' 살 수 있다는 걸 생각조차 할 수 없었다.

발렉은 습관적으로 슬픈 표정을 지으며 미소를 띠고 아무런 대답을 하지 않았다.

우리는 가파른 절벽을 비켜갔는데, 발렉이 더 편한 길을 알고 있었기 때문이다. 마른 늪지의 갈대 사이를 통과하여 작은 개울물을 가로질러놓여 있는 얇은 판자를 따라 건너 언덕 기슭의 평지에 도착했다.

그곳에서 우리는 헤어져야 했다. 새롭게 알게 된 친구와 악수를 한 다음 어린 소녀에게도 손을 뻗었다. 그녀는 상냥하게 작은 손을 내밀었고 파란 눈으로 아래에서 위로 쳐다보며 물었다.

"우리에게 다시 올 거야?"

"올게." 내가 대답했다. "반드시!"

"그래, 좋아." 발렉이 생각에 잠기며 말했다. "꼭, 와. 대신에 여기 우리 사람들이 도시에 가 있을 때만."

"'너희 사람들'이 누구야?"

"우리 사람들은…… 모두지, 티부르치, 라브롭스키, 투르케비치. 교수…… 그 사람은 아마도 괜찮을 거야."

"좋아, 그 사람들이 도시에 있는지를 잘 살펴본 후 올게. 그럼 안녕!"

"야, 잠깐만." 내가 몇 걸음 걸었을 때 발렉이 소리쳤다. "너 우리에게 왔었다고 떠벌리지 않을 거지?"

"아무에게도 말하지 않을게." 나는 굳게 다짐했다.

"이러는 게 좋겠다! 멍청한 네 친구들이 물어보면, 악마를 봤다고 얘기해."

"알았어, 그렇게 말할게."

"그럼, 안녕!"

"안녕."

내가 우리 집 정원의 담벼락에 가까워졌을 때, 크냐쥐예-베노에는 어스름이 짙게 내려앉았다. 성 위에는 날카로운 낫 모양의 달이 걸려 있었고, 별들이 반짝이기 시작했다. 담장으로 막 기어오르려고 할 때 누군가가 내 손을 붙잡았다.

"바샤, 친구야." 도망쳤던 친구가 흥분해서 속삭였다. "너 맞지? 친구야!"

"그래, 보다시피…… 근데 넌 날 내버려두고 도망쳤어!" 그는 고개를 숙였으나 수치감을 넘어서는 호기심에서 다시 묻기 시작했다.

"거기에 도대체 뭐가 있었지?"

"뭐가 있긴," 나는 일말의 의심도 허용하지 않는 음정으로 대답했다. "당연히, 악마들이지…… 이런 겁쟁이 같은 놈들."

나는 머쓱해하는 친구를 뿌리치고서 담장으로 기어올랐다.

15분가량 지났을 때 나는 이미 깊은 잠에 빠졌고, 꿈속에서 마룻바닥의 검은 구덩이에서 기분 좋게 뛰쳐나오는 진짜 악마들을 보았다. 발렉은 버드나무 회초리로 그들을 쫓았고, 마루샤는 신이 나서 눈을 반짝이며 웃음을 터뜨리고 손뼉을 쳤다.

V. 만남이 지속되다

이때부터 나는 새로운 만남에 온통 빠져 있었다. 저녁에 침대에 누워서도, 아침에 일어나서도 나는 오직 다가오는 언덕 방문만을 생각했다. 이제 내가 도시의 길거리를 어슬렁거리는 것은 특별한 목적, 즉 야누슈가 '나쁜 패거리'라고 규정한 모든 사람이 그곳에 있는지를 확인하기 위한 것이었다. 라브롭스키가 웅덩이에서 뒹굴고 있고, 투르케비치와 튀부르치가 청중 앞에서 허풍을 떨어대며, 누더기 차림의 사람들이 시장통을 여기저기 뒤지고 다니면, 나는 정원에서 마음대로 딸 수 있는 사과와 새로운 친구들을 위해 수시로 모아두었던 맛난 것들로 미리 주머니를 가득 채우고 나서 늪지를 가로질러 언덕 위의 예배당으로 곧장 달려갔다.

대체로 아주 점잖고 어른스러운 자세로 존경심을 불러일으키는 발렉은 내가 가져가는 것들을 그냥 받은 다음 대부분을 여동생을 위해서 어딘가에 모아두었지만, 마루샤는 매번 작은 두 손을 위로 치켜들어 흔들었고, 그녀의 눈은 환희의 불꽃으로 타올랐다. 소녀의 창백한 얼굴은 붉게 물들었고 미소를 지었다. 어린 소녀의 웃음은 우리가 그녀를 위해 선사한 사탕에 대한 보상인 양 우리의 마음속에 울려 퍼졌다.

이 소녀는 햇빛을 보지 못하며 자라나는 꽃을 연상시키는, 창백하고 아주 작은 아이였다. 네 살이라는 나이에도 불구하고 소녀는 제대로 걷지 못했고 구부러진 작은 다리를 힘없이 내디디며 가냘픈 풀포기처럼 비틀거렸다. 소녀의 두 손은 가늘고 핏기가 없었으며, 작은 머리는 야생 초롱꽃의 작은 봉오리처럼 가냘픈 목 위에서 흔들거렸다. 두 눈은 때때로 어린애답지 않게 애잔하게 바라보았고, 웃음은 삶의 마지막 순간 바람결에 하얀 머리카락을 살랑이며 열린 창문 건너편에 앉아 있곤 했던 엄마를 떠오르게 했다. 그래서 나도 슬퍼졌고, 두 눈에 눈물이 차오르기도 했다.

나 자신도 모르는 사이에 소녀를 여동생과 비교했다. 둘은 동갑내기였지만, 소냐는 롤빵처럼 볼이 토실토실했고, 작은 공처럼 이리저리 튀어 다녔다. 기분이 좋아질 때면 아주 발랄하게 뛰어다녔고, 까르르 웃기도 했으며, 언제나 아주 예쁜 옷을 입고, 날마다 단정하게 땋은 검은 머리에 하녀가 빨간 리본을 묶어주었다.

그러나 나의 어린 친구는 거의 한 번도 뛰지 않았고, 거의 웃지도 않았다. 가끔 웃을 때면 웃음소리는 열 걸음 밖에서도 들리지 않는 아주 작은 은종이 울리는 소리 같았다. 마루샤의 옷은 더럽고 낡았으며 머리에는 리본도 없었다. 하지만 머리칼은 소냐보다 숱도 훨씬 많고 화려했다. 놀랍게도 발렉은 머리를 아주 잘 땋았는데, 아침마다 마루샤의 머리를 땋아주었다.

나는 아주 심한 장난꾸러기였다. 어른들이 나에 대해 "이 어린놈은 손발이 수은으로 통통하게 차 있다"라고 말하곤 했는데, 비록 누가 어떻게 나에게 이런 수술을 해줬는지 분명하게 떠올릴 수 없었지만 나 자신도 이 말을 믿었다. 사건 초기부터 나는 새로운 친구들에게 활력을 불어넣었다. 내가 발렉과 마루샤를 꼬드겨 나의 놀이에 끌어들이려고 애쓰는 동안 오래된 교회당에는 커다란 외침이 반복해서 메아리쳤다. 하지만 나의 노력은 성공적이지 못했다. 발렉은 나와 소녀를 심각한 표정으로 바라보았고, 내가 소녀와 함께 달리기 시합을 해보려고 하자 그는 이렇게 말했다.

"하지 마, 마루샤가 울게 될 거야."

실제로 내가 자극해 달리게 하자 마루샤는 뒤따라오는 내 발자국 소리를 듣고서 갑자기 내게로 돌아섰고, 마치 방어를 하려는 듯 머리 위로 작은 손을 올리고 무기력한 시선으로 나를 바라보면서 큰 소리로 울음을 터뜨렸다. 나는 너무 당황스러웠다.

"거봐, 마루샤는 노는 걸 좋아하지 않아." 발렉이 말했다.

발렉은 마루샤를 풀밭에 앉히고 꽃을 꺾어 건네주었다. 마루샤는 울음을 멈추고, 조용히 꽃을 만지작거리며 황금빛 미나리아재비에게 뭔가를 속삭였고, 파란색 초롱꽃을 입술에 갖다 댔다. 나도 진정이 되었고, 소녀 근처에 발렉과 나란히 누웠다.

"저 아이는 왜 저렇게 되었지?" 마침내 나는 마루샤에게 눈짓을 하며 물었다.

"우울해하는 거?" 발렉은 되물은 다음 완전히 확신에 찬 목소리로 말했다. "그건 보다시피 회색 돌 때문이야."

"맞아." 소녀는 가녀린 메아리처럼 반복했다. "회색 돌 때문이야."

"어떤 회색 돌 때문인데?" 나는 이해가 되지 않아 재차 물었다.

"회색 돌이 마루샤에게서 활기를 앗아갔어." 발렉이 이전처럼 하늘을 쳐다보며 설명했다. "틔부르치가 그렇게 말했어…… 틔부르치는 잘 알고 있어."

"맞아," 소녀가 조용한 메아리처럼 다시 반복했다. "틔부르치는 모든 것을 알고 있어."

나는 발렉이 따라 하는 틔부르치가 했다는 이 수수께끼 같은 말들을 전혀 이해할 수 없었다. 하지만 틔부르치가 모든 것을 알고 있다는 주장은 내게도 나름의 영향을 주었다. 나는 팔꿈치를 괴고 몸을 일으켜 마루샤에게로 시선을 돌렸다. 소녀는 발렉이 앉혔던 그 자세로 앉아 있었고, 여전히 꽃들을 매만지고 있었다. 가냘픈 손은 천천히 움직였고, 푸른 눈은 창백한 얼굴에서 더욱 깊어 보였으며, 긴 속눈썹은 풀이 죽어 있었다. 이 조그맣고 애처로운 모습을 바라보자 틔부르치의 말 속에는 비록 그것의 의미를 내가 이해할 수 없을지라도 쓰라린 진실이 담겨 있다는 점은 분명해졌다. 다른 애들이라면 웃어야 할 때조차도 울음을 터뜨리고 마는 이처럼 이상야릇한 소녀에게서 누군가가 활기를 앗아간 다는 사실은 의심의 여지가 없었다. 하지만 회색 돌이 도대체 어떻게 그렇게 할 수 있을까?

이것은 내게 오래된 성의 어떤 유령들보다도 훨씬 무시무시한 수수께끼였다. 지하에서 신음하는 튀르크인들이 아무리 위협적이고, 폭풍우가 몰아치는 밤중에 그들을 진압했던 늙은 공작이 아무리 공포스러울지라도 이 모든 것은 오래된 동화처럼 들린다. 하지만 여기에는 뭔가 알 수 없는 무시무시한 것이 존재한다. 소녀에게서 얼굴의 홍조, 눈의 광채 그리고 몸동작의 활기를 앗아가며, 형체도 없고 가차 없으며 굳건하고 엄혹한 뭔가가 돌처럼 작은 머리를 짓누르고 있었다. '분명히 밤마다 그럴 거야' 하고 나는 생각했는데 고통스러운 애석함이 내 가슴을 답답하게 짓눌렀다.

이러한 감정 때문에 나 역시 의기소침해졌다. 소녀의 심각한 침묵에 상응하여 발렉과 나, 우리 두 사람은 소녀를 풀밭에 앉힌 후 소녀를 위해 꽃들과 다채로운 자갈들을 모았고 나비들을 잡았으며, 때로는 벽돌로 참새 덫을 만들었다. 가끔은 마루샤 근처의 풀밭에 길게 누워 오래된 예배당의 낡은 지붕 위로 높이 떠가는 구름들을 바라보았고, 마루샤에게 동화를 들려주거나 서로 대화를 나누었다.

나날이 나누는 이런 대화 덕분에 성격의 예리한 차이에도 불구하고 발렉과 나 사이의 우정은 자라났고, 점점 더 굳건해졌다. 그의 심각한 우울감은 나의 저돌적 활기와 대비되었고, 노인네들을 응대할 때 보여주는 그 자신의 권위와 자주적인 음조는 내게 존경심을 불러일으켰다. 그 밖에도 내가 예전에 생각하지 못했던 많은 새로운 것에 대해 그는 자주 알려주었다. 그가 틔부르치, 좀더 정확하게는 동지를 대하는 방식에 대해 듣고서 나는 물어보았다.

"틔부르치가 네 아버지야?"

"틀림없이 아버지일 거야." 그는 마치 이 질문을 처음 들어본 듯 생각에 잠겨 대답했다.

"그가 너를 사랑하니?"

"그럼, 사랑하지." 그는 훨씬 더 확신에 차서 말했다. "그는 언제나 나를 돌봐주고, 가끔은 입맞춤도 해주고 울기도 하시고⋯⋯"

"나도 사랑하고 역시 울기도 하셔." 마루샤가 어린애처럼 자랑스러운 표정을 지으며 덧붙였다.

"우리 아버지는 나를 사랑하지 않는데." 나는 우울하게 말했다. "아버지는 내게 입맞춤도 하지 않아⋯⋯ 그는 별로야."

"말도 안 돼, 그럴 리가 없어." 발렉이 반박했다. "네가 이해를 못하는 거야. 틔부르치가 더 잘 알고 있어. 그가 말하길 판사님은 이 도시에서 가장 훌륭한 분이고, 네 아버지, 얼마 전에 수도원에 묻힌 신부님, 그리고 유대인 율법학자가 계시지 않았다면, 도시는 이미 오래전에 망했을 거라던데. 바로 이 세 사람 덕분에⋯⋯"

"그들 덕분에 뭐가?"

"그들 덕분에 도시가 아직 망하지 않았대. 왜냐하면 그들은 여전히 가난한 사람들을 위해 앞장선다는 거지⋯⋯ 네 아버지는, 알고 있겠지만, 심지어 백작 한 사람을 심판했으니까⋯⋯"

"그렇지, 그건 사실이야⋯⋯ 백작이 심하게 화를 냈다고 들었어."

"그래, 알고 있구나! 백작을 심판한다는 것은 간단한 일이 아니야."

"왜?"

"왜냐고?" 약간 당혹스러워하며 발렉이 되물었다. "왜냐하면 백작은 평범한 사람이 아니거든. ……백작은 원하는 것을 할 수 있고, 사륜마차를 타고 다니며 또한…… 백작에겐 돈이 있지. 따라서 다른 판사에게 돈을 주었다면, 판사는 그를 심판하지 않고 가난한 사람을 심판했을 거야."

"그렇지, 그건 맞아. 나도 백작이 우리 집에서 '나는 당신들 모두를 사고팔 수 있어!'라고 소리를 질러대는 것을 들었어."

"그래서 판사님은 뭐라고 하셨어?"

"아버지는 그에게 '여기서 썩 나가시오'라고 말하셨지."

"응, 그랬구나! 틔부르치가 말하길 판사님은 부자를 내쫓는 것도 두려워하지 않으시지만, 늙은 이바니하가 지팡이를 짚고 찾아오면 그녀에게 의자를 내주라고 지시를 하셨다던데. 그분은 그런 양반이라고! 투르케비치도 그의 창문 아래서는 단 한 번도 추태를 부리지 않았어."

이건 사실이다. 투르케비치가 욕설을 하면서 돌아다닐 때도, 때로는 심지어 모자까지 벗고서 언제나 조용히 우리 집 옆을 지나갔다.

이 모든 일은 나를 깊은 생각에 잠기게 만들었다. 발렉은 내가 아버지를 바라볼 때 한 번도 생각해보지 않은 측면들을 제시해주었다. 발렉의 말들은 내 마음속에 아들로서의 자부심을 일깨워주었다. '모든 것을 알고 있다'는 틔부르치 같은 사람으로부터 아버지에 대한 칭찬을 듣는 것은 기분 좋은 일이었다. 하지만 동시에 내 마음속에는 틔부르치가 자식들을 사랑하듯 아버지는 나를 사랑하지 않았고 사랑하지도 않을 것이라는 쓰라린 인식과 뒤섞인 고통스러운 사랑의 기운이 일렁거렸다.

VI. '회색 돌들' 사이에서

며칠이 더 지나갔다. '나쁜 패거리'의 무리는 도시에 나타나지 않았고, 나는 언덕으로 달려가기 위해 그들이 나타나기를 고대하며 거리를 따라 무료하고 헛되이 어슬렁거렸다. 오직 한 사람 '교수'만이 졸린 걸음걸이로 두어 번 지나갔으나, 투르케비치도 틔부르치도 눈에 띄지 않았다. 나는 그리움이 짙어졌는데, 발렉과 마루샤를 못 만나는 것은 이미 나에게 커다란 상실감으로 다가왔기 때문이다. 그러던 어느 날 내가 머리를 숙인 채 먼지 덮인 길을 걷고 있을 때 발렉이 갑자기 내 어깨에 손을 얹었다.

"너 왜 우리에게 오지 않니?" 그가 물었다.

"걱정이 돼서…… 너희 사람들이 도시에서 통 안 보여."

"에이…… 내가 미처 너에게 말해주지 못했구나. 우리 사람들은 없어, 와도 돼…… 나는 달리 생각하고 있었어."

"어떻게 달리?"

"나는 네가 재미가 없어졌나 생각했지."

"아니야, 천만에…… 자, 친구야 지금 가자." 나는 재촉했다. "게다가 내겐 사과도 있어."

사과 얘기를 꺼내자 발렉은 마치 뭔가를 말하고 싶은 듯 재빨리 나에게로 돌아섰지만, 아무 말도 하지 않았고, 이상한 시선으로 나를 바라보기만 했다.

"괜찮아, 괜찮아." 내가 기대에 차서 바라보자 그는 손사래를 쳤다. "바로 언덕으로 가. 나는 잠깐 어디 들렀다 갈게. 볼일이 있어. 곧장 널 따라갈게."

조용히 걸으며, 나는 발렉이 따라오기를 기대하며, 가끔씩 뒤를 돌아보았다. 그러나 내가 언덕 위로 올라 예배당에 다가갈 때까지도 그는 나타나지 않았다. 나는 의아해하며 멈춰 섰다. 내 앞에는 황량하고 적막한 묘지만이 있었다. 사람이 사는 흔적은 전혀 없고, 참새들만이 자유롭게 재잘거렸으며, 무성한 산딸기나무와 물앵두나무 그리고 라일락 관목 들이 예배당 남쪽 벽에 달라붙어 울창하게 자란 짙은 잎사귀들로 뭔가에 대해 조용히 속삭이고 있었다.

주위를 둘러보았다. 이제 나는 어디로 가야 할까? 아마도 발렉을 기다려야 할 것 같았다. 하지만 무덤들 사이를 오가며 아무 할 일 없이 그것들을 바라보며 이끼 낀 비석들에 새겨진 지워진 비문들을 이해하려고 노력했다. 그런 식으로 무덤 사이를 어슬렁거리다가 반쯤 무너진 넓은 납골묘를 발견했다. 지붕은 내려앉거나 악천후에 부서지고 굴러떨어져 있었다. 문은 붙박여 있었다. 나는 호기심에 낡은 십자가를 벽에 세우고 그것을 따라 기어 올라가 내부를 들여다보았다. 무덤은 텅비어 있었으나 바닥 한가운데 유리가 끼워져 있는 창틀이 박혀 있었고, 유리를 통해 지하의 어두컴컴한 빈 공간이 드러나 보였다.

내가 이상하게 놓여 있는 창문에 놀라며 무덤을 살펴보는 사이에 발렉이 숨을 헐떡이며 지친 기색으로 언덕 위로 뛰어 올라왔다. 두 손에는 커다란 유대인 빵이 들려 있었고, 품속에는 뭔가가 툭 불거져 있었으며, 얼굴에는 땀방울이 흘러내리고 있었다.

"아하!" 그는 나를 알아보고 소리쳤다. "너 거기 있었구나. 네가 여기 있는 걸 틔부르치가 보았다면, 엄청 화냈을 거야! 하지만 뭐 이제와서 뭘 어쩌겠어…… 내가 아는 한 넌 좋은 녀석이니까, 우리가 어떻게 사는지 아무에게도 말하지 않겠지. 우리 집으로 가자!"

"대체 어딘데? 멀어?" 내가 물었다.

"곧 알게 될 거야, 날 따라와."

그는 물앵두나무와 라일락 관목을 헤치고 예배당 벽 아래의 풀숲으로 들어갔다. 나는 그의 뒤를 따라 그쪽으로 걸어갔고, 무성한 수풀에 완전히 감춰져 있는 푹 꺼진 작은 광장에 도달했다. 산딸기 가지들 사이의 땅 위에서 나는 아래로 이어지는 흙 계단이 있는 커다란 구멍을 발견했다. 발렉은 그쪽으로 내려가면서 따라오라고 손짓했고, 순식간에 우리 두 사람은 어둠 속 지하에 파묻혔다. 발렉은 내 손을 잡고 어떤 좁고 축축한 통로로 이끌었는데, 오른쪽으로 급격히 돌아선 뒤 우리는 갑작스레 넓은 지하실로 들어섰다.

나는 이상야릇한 광경에 놀라 잠시 출입구에 멈춰 섰다. 두 개의 빛줄기가 위쪽에서 날카롭게 빛나고 있었다. 이 빛줄기들은 두 개의 창을 통해 들어왔는데, 그중 하나는 납골묘 바닥에서 비쳤고, 다른 하나는 좀더 떨어진 곳에서 비치고 있었는데, 햇살은 이곳으로 똑바로 들어오지 않고 먼저 오래된 무덤들의 벽에 굴절되고 있었다. 햇빛은 지하실의 축축한 공기 속에서 흘러넘쳤고, 바닥의 석판들에 떨어져 반사되었으며, 지하 전체를 흐릿한 그림자로 가득 채웠다. 벽들도 돌로 만들어져 있었다. 거대하고 폭넓은 기둥들이 묵직하게 아래로부터 솟아 있었고, 사방으로 활처럼 펼쳐져 위쪽에서 궁형의 지붕에 단단하게 연결되어 있었다. 바닥에, 빛이 비치는 공간에는 두 사람이 앉아 있었다. 늙은 '교수'는 고개를 숙인 채 혼자 뭐라고 중얼거리며 바늘로 누더기 옷을 꿰매고 있었다. 우리가 지하실에 들어섰을 때 그는 고개조차 들지 않았다. 미세한 손동작이 없었다면 이 흐릿한 인물은 환상적인 석고상으로 간주될 수도 있었을 것이다.

다른 창문 아래에는 마루샤가 앉아 있었는데, 평소처럼 꽃다발을 들고 그것을 매만지고 있었다. 빛줄기가 흰색의 작은 곱슬머리에 떨어졌고, 소녀의 몸 전체를 비추었다. 하지만 그럼에도 불구하고 마루샤는 회색 돌을 배경으로 마치 겨우 떠다니다 사라지고 마는 이상하고 작은 흐릿한 반점처럼 어쩐지 겨우 눈에 띄었다. 땅 위의 아주 높은 곳에서 햇빛을 가리며 구름이 떠갈 때, 지하실의 벽들은 마치 사방으로 흩어져 어딘가로 사라지듯이 완전히 어둠 속에 잠겼다. 그런 다음에 소녀의 작은 몸을 단단히 감싸며 다시 엄혹하고 냉랭한 돌처럼 등장했다. 나는 마루샤에게서 활기를 앗아갔다는 '회색 돌'에 관한 발렉의 말을 무의식적으로 떠올렸고, 마음속에서 미신적인 공포감이 끓어올랐다. 그녀와 나를 향한 보이지 않는 집중되고 갈망하는 돌의 시선이 느껴졌다. 이 지하실은 자신의 희생물을 세심하게 감시하는 것 같았다.

"발렉!" 마루샤는 오빠를 보고 기뻐서 작은 소리로 불렀다.

나를 발견하자 두 눈은 생기로 반짝거렸다.

나는 소녀에게 사과를 주었고, 발렉은 빵을 쪼개 일부를 마루샤에게 주고, 나머지는 '교수'에게 건넸다. 불행한 학자는 냉담하게 빵 조각을 받아서 하던 일을 지속하며 씹기 시작했다. 나는 마치 회색 돌의 짓누르는 시선 아래 사로잡힌 듯이 느껴져서 주저하며 몸을 웅크렸다.

"나가자…… 여기서 나가자고." 나는 발렉을 잡아당겼다. "마루샤도 데리고……"

"올라가자, 마루샤, 위로." 발렉은 여동생을 을렀다. 우리 셋은 지하에서 올라왔지만 나는 위에서도 뭔가 긴장된 불편함을 여전히 느꼈다. 발렉은 평소보다 훨씬 우울하고 말수가 적었다.

"빵을 사려고 도시에 남았던 거야?" 내가 그에게 물었다.

"산다고?" 발렉이 웃었다. "내가 어디서 돈을 구하니?"

"그럼 어떻게? 구걸했어?"

"물론, 너라면 구걸하겠지! 하지만 도대체 누가 내게 주겠어? 그게 아니라 친구야, 나는 시장의 유대인 수라의 매대에서 슬쩍했어. 그 여자는 눈치채지 못했지."

발렉은 머리에 두 손을 받치고 누워 태연한 목소리로 말했다. 나는 팔꿈치를 짚고 일어나 그를 바라보았다.

"그럼 훔쳤다는 거야?"

"응, 그렇지!"

나는 다시 풀밭에 드러누웠고, 우리는 잠시 동안 아무 말 없이 누워 있었다.

"도둑질은 좋지 않아." 곧이어 나는 우울한 생각에 젖어 말했다.

"우리 사람들은 모두 떠났고…… 마루샤는 배가 고파서 울고."

"맞아, 배고팠어!" 소녀가 애처롭고 천진하게 반복했다.

나는 배가 고프다는 것이 뭔지를 아직 몰랐으나 소녀의 마지막 말에 가슴속에서 뭔가 움찔거렸고, 친구들을 마치 처음 보는 것처럼 바라보았다. 발렉은 여전히 풀밭에 누워 생각에 잠겨 하늘에서 날고 있는 매를 바라보고 있었다. 이제 그는 이미 그다지 믿음직스럽지 않았지만, 두 손에 빵 조각을 들고 있는 마루샤를 바라보자 내 마음이 너무 아파왔다.

"근데 왜," 기운을 차려 물었다. "왜 넌 내게 먼저 말하지 않았어?"

"나도 처음에는 말하고 싶었는데, 생각을 바꿨어. 너도 돈이 없긴 마찬가지잖아."

"그게 뭐 어째서? 나는 집에서 빵을 가져올 수 있어."

"어떻게? 몰래?"

"그-렇지."

"너도 훔쳐온다는 얘기잖아."

"나야…… 우리 아버지에게서 가져오는 거지."

"그건 더 나빠!" 발렉이 확신에 차서 말했다. "나는 절대로 아버지에게서 훔치지는 않아."

"뭐, 부탁했을 수도 있고…… 얻었을 거야."

"그래, 아마 한 번은 주시겠지. 하지만 거지들 모두를 위한 걸 대체 어디서 구할 수 있을까?"

"너희들이 정말로…… 거지들이야?" 나는 움츠러드는 목소리로 물었다.

"거지들이지!" 발렉은 침울하고 퉁명스럽게 대답했다.

나는 말없이 있다 잠시 뒤 떠나려고 일어섰다.

"벌써 가려고?" 발렉이 물었다.

"응, 가야지."

이날은 친구들과 더 이상 예전처럼 편안하게 놀 수가 없었기에 나는 떠났다. 내가 그들에게 느꼈던 순수한 아이다운 애착은 웬일인지 흐릿해졌다…… 발렉과 마루샤에 대한 내 사랑은 약해지지 않았을지라도 그것에 마음을 쓰라리게 하는 고통스러운 동정이 더해졌다. 마음속에 넘쳐나는 새로운 고통스러운 감정을 진정시킬 수가 없었기에 나는 집에 와서 일찍 잠자리에 누웠다. 나는 베개에 얼굴을 파묻고서 잠기운이 짙어져 깊은 슬픔이 사라질 때까지 고통스럽게 울었다.

VII. 귀족 티부르치가 등장하다

"안녕! 난 네가 더 이상 오지 않을 거라고 생각하고 있었는데." 다음 날 내가 다시 언덕에 나타났을 때 발렉이 나를 맞이하며 말했다.

나는 그가 왜 그렇게 말하는지 이해했다.

"아냐, 나는…… 나는 계속 너희에게 오갈 거야." 나는 이 질문에 영원히 종지부를 찍기 위해 확고하게 대답했다.

발렉은 기분이 아주 좋아졌고, 우리 두 사람 사이는 훨씬 편해졌다.

"근데 말이야, 너희 사람들은 도대체 어디 있니?" 내가 물었다. "아직 돌아오지 않았니?"

"응, 아직. 그들이 어디로 갔는지 아무도 몰라."

우리는 참새 덫을 정교하게 만들기 시작했는데, 끈은 내가 준비해 갔다. 우리는 마루샤의 손에 끈을 쥐여주었고, 미끼에 이끌린 멍청한 참새 한 마리가 함정에 빠졌을 때 마루샤는 끈을 잡아당겼고, 지붕이 쾅 닫히면서 참새가 잡혔으나, 우리는 참새를 다시 날려 보냈다.

그러는 사이 정오쯤 되었을 때 하늘이 흐려지더니 먹구름이 밀려왔고, 천둥이 울부짖으며 폭우가 쏟아졌다. 처음에 나는 지하로 내려가는 것이 내키지 않았으나 그곳은 발렉과 마루샤가 늘 기거하는 곳이라고 생각하며 마음을 고쳐먹고 그들과 함께 그곳으로 내려갔다. 지하실은 어둡고 조용했으나 위에서는 마치 누군가가 넓게 조성된 포장도로를 따라 거대한 마차를 타고 가는 듯 쿵쾅거리는 요란한 폭우 소리가 들려 왔다. 얼마 지나지 않아 나는 지하실에 익숙해졌고, 우리는 땅 위로 흘러넘치는 폭우 소리에 기분 좋게 귀를 기울였다. 쿵쾅거리고 철썩대며 때때로 으르렁거리는 소리는 우리의 신경을 자극했고, 배출하고 싶은 활기를 불러일으켰다.

"우리 까막잡기하자." 내가 제의했다.

나는 두 눈이 가려졌다. 마루샤는 가엾고 옅은 웃음소리를 흘리면서 허약한 작은 다리로 돌마루를 아장아장 걸었지만 나는 소녀를 못 잡는 체했다. 그런데 갑자기 누구인지 모를 축축한 사람에게 부딪혔는데, 그 순간 누군가가 내 다리를 붙잡는 것을 감지했다. 힘센 손이 나를 마루에서 들어 올렸고, 나는 공중에서 머리를 아래로, 거꾸로 매달리고 말았다. 내 눈에서 수건이 떨어졌다.

티부르치가 내 다리를 잡고서 눈자위를 사납게 굴리고 있었다. 비에 젖고 화가 나며, 내가 아래서 쳐다보았기에 훨씬 무서워 보였다.

"뭐 하는 짓들이냐, 응?" 티부르치가 발렉을 바라보며 엄하게 물었다. "보아하니 여기서 아주 신나게 놀고 있구나…… 재미있는 친구까지 불러서."

"놔주세요!" 나는 이런 이상한 자세에도 불구하고 말을 할 수 있다는 사실에 놀라며 소리쳤지만 귀족 티부르치의 손은 내 다리를 오히려 더욱 세게 쥐었다.

"대답해(Réponde)!" 그는 또다시 발렉에게 무섭게 다그쳤다. 하지만 이 난감한 상황에서 발렉은 분명하게 할 말이 없다는 듯 두 손가락을 입에 물고 서 있었다.

나는 단지 그가 애처롭고 동정 어린 눈길로 공중에서 시계추처럼 흔들리고 있는 나의 불행한 자세를 눈여겨보고 있다는 점을 알아챘다.

귀족 티부르치는 나를 치켜들고 얼굴을 들여다보았다.

"어허! 내가 잘못 본 게 아니라면 판사님 아드님이시군…… 어떻게 대접을 해줘야 하지?"

"놔주세요!" 나는 단도직입적으로 소리쳤다. "얼른 놔주세요!" 나는 발버둥을 치며 본능적인 동작을 취했지만 이 때문에 내 몸 전체는 공중에서 요동칠 뿐이었다.

티부르치는 큰 소리로 웃음을 터뜨렸다.

"아이고— 이런! 판사님 아드님께서 화가 나셨구먼…… 근데 넌 아직 날 모르는가 보구나. 내가 티부르치란다. 난 널 불 위에 올려놓고 돼지 새끼처럼 구울 작정이다."

나는 정말로 그렇게 되는 것이 피할 수 없는 내 운명이라고 생각하기 시작했고, 더군다나 발렉의 절망적인 모습은 마치 이런 슬픈 결말의 가능성에 대한 생각을 더욱 굳건하게 만들어주었다. 다행스럽게도 때마침 마루샤가 도움을 주었다.

"겁내지 마, 바샤, 겁내지 말라고!" 티부르치의 발아래로 다가오면서 마루샤가 나를 격려해주었다. "티부르치는 아이들을 절대로 불에 굽지 않아…… 그건 사실이 아니야!"

티부르치는 재빨리 나를 돌려 똑바로 세웠다. 이때 나는 자칫하면 넘어질 뻔했는데, 왜냐하면 머리가 어지러웠기 때문이다. 하지만 그가 팔로 나를 붙잡은 뒤 나무통 위에 앉혀 자기 무릎 사이에 세웠다.

"근데 여기에 어떻게 왔지?" 그는 계속 질문을 던졌다. "오래전부터였니? 네가 말해봐라!" 내가 아무런 대답을 하지 않자 그는 발렉을 쳐다보았다.

"오래전부터." 그가 대답했다.

"얼마나 오래되었니?"

"6일 전부터."

이 대답은 귀족 튀부르치에게 어느 정도 안도감을 불러일으킨 듯했다.

"으음, 6일 동안이나!" 그는 내 얼굴을 자기 쪽으로 돌려세우며 말했다. "6일은 오랜 시간이지. 근데 넌 지금까지 아무에게도 어디를 다녀오는지 아직 떠벌리지는 않았겠지?"

"안 했어요."

"정말이지?"

"안 했어요." 나는 재차 말했다.

"그래, 잘했다! 앞으로도 떠벌리지 않을 거라고 생각해도 되겠네. 게다가 난 거리에서 너를 만날 때마다 언제나 착한 아이라고 생각했었다. 비록 '판사'일지라도 진정한 '부랑아'이지…… 근데 너도 나중에 우리를 심판할 거지, 그렇지?"

그는 아주 선량하게 말했지만 나는 상당히 모욕적으로 느꼈기 때문에 다소 화를 내며 대답했다.

"저는 판사가 아니에요. 저는 바샤라고요."

"그건 아무 상관없어. 바샤도 판사가 될 수 있거든. 지금은 아니더라도 나중에는 그럴 수 있지…… 얘야, 예로부터 그렇게 내려왔단다. 한번 봐라, 난 튀부르치이고, 저 애는 발렉이야. 나도 거지이고 저 애도 거지이지. 노골적으로 말해 내가 도둑질을 하지만 저 애도 도둑질을 할 거란 말이야. 지금은 네 아버지가 나를 심판하고 있지만, 너도 언젠가는 심판하게 될 거라고…… 바로 저 애를!"

"발렉을 심판하지 않을 거예요." 나는 시무룩하게 반박했다. "말도 안 돼요!"

"바샤는 그럴 리 없어요." 마루샤가 나에 대한 무서운 의심의 눈초리를 거두고 확신에 차서 끼어들었다.

소녀는 이 불구자의 다리에 순진하게 매달렸고, 틔부르치는 근육질의 손으로 그녀의 금발을 다정하게 쓰다듬었다.

"앞으로는 그런 식으로 말하지 말아라." 이상한 사람은 마치 어른들에게 말하듯 나를 바라보며 생각에 잠겨 말했다. "그렇게 말하지 말아라, 애야! 예로부터 그렇게 내려온 거란다. 각자에게는 자기 몫이 있지. 각자 자신의 길(suum cuique)을 가는 것이고, 누가 알겠냐만……아마도 너의 길이 우리의 길을 가로질렀다는 것도 좋은 일이다. 애야(amice), 너에게도 좋은 일이지. 가슴속에 냉정한 돌덩이 대신에 따뜻한 마음 한 조각을 지니는 것이니까, 알겠니?"

나는 아무것도 이해하지 못했으나, 여전히 시선은 이상한 사람의 얼굴에 고정했다. 귀족 틔부르치의 두 눈은 내 눈을 주의 깊게 바라보았는데, 그 속에는 내 영혼을 꿰뚫는 뭔가가 어렴풋이 반짝이고 있었다.

"물론, 넌 아직 어리니까 이해하지 못할 거다…… 그래서 간단히 얘기하는데, 너는 언젠가 철학자 틔부르치의 말을 기억하게 될 거다. 언젠가 네가 바로 발렉을 심판해야 한다면, 너희 두 사람이 어리숙했고 함께 놀았던 이미 그때에 너는 좋은 옷을 입고 맛난 음식을 먹으며 거리를 활보했지만, 발렉은 누더기에 바지도 없이 배를 굶주리며 뛰어다녔다는 것을 기억해라……" 그리고 틔부르치는 음조를 급격히 바꾸며 말하기 시작했다. "게다가 이미 이렇게 된 바에야 이렇게 하는 것이 좋다는 사실을 기억해라. 만일 네가 아버지 판사님이나 들판에서 스쳐 날아가는 새에게라도 여기서 본 것에 관해 얘기하게 된다면, 나는 틔부르치 드랍이 아니며, 내가 너를 불에 구워서 햄처럼 먹으려고 거꾸로 들지도 않았다는 것을 기억하란 말이다. 바라건대 무슨 말인지 알겠지?"

"아무에게도 말하지 않을 거예요…… 근데 제가…… 여기에 다시 와도 되나요?"

"오거라, 허락하마…… 조건부로(sub conditionem)…… 그런데 너는 아직 어리숙해서 라틴어를 이해하지 못하는구나. 내가 이미 햄에 대해서는 너에게 말했다. 기억하거라!"

그는 나를 놓아주고 나서 벽 근처에 놓여 있는 긴 의자에 지친 모습으로 길게 누웠다.

"저것 좀 가져와라." 그는 발렉에게 들어오면서 문턱에 놔두었던 커다란 바구니를 가리켰다. "불을 지펴라. 오늘 저녁은 끓여 먹자."

이제 그는 방금 전까지 눈자위를 사납게 굴리며 나를 두렵게 만들었던 그런 사람이 아니었고, 동냥으로 대중에게 웃음을 자아냈던 어릿광대가 아니었다. 그는 일터에서 돌아와 가족에게 명령을 내리는 주인이자 가장으로 처신했다.

그는 상당히 지쳐 보였다. 그의 옷은 비에 젖어 축축했고, 얼굴도 마찬가지였다. 머리카락이 이마에 달라붙어 있었고, 전체적으로 외모에서 상당히 지친 모습이 역력했다. 나는 처음으로 도시의 주막에서 쾌활한 웅변가였던 그의 얼굴에서 이런 표정을 보았고, 일상의 무대에서 힘겨운 배역을 연기한 다음 기진맥진해서 쉬고 있는 무대 뒤 배우의 모습은 내 마음속에 섬뜩한 뭔가를 불어넣었다. 이것은 오래된 작은 예배당이 나에게 꾸밈없이 안겨주었던 발견들 중의 또 다른 하나였다.

발렉과 나는 활기차게 일을 시작했다. 발렉은 작은 횃불을 켰고, 우리는 지하실로 연결된 어두운 통로로 향했다. 그쪽 구석에는 반쯤 썩은 나뭇조각들과 십자가 파편들 그리고 낡은 합판들이 쌓여 있었다. 이 더미에서 우리는 몇 조각을 가져와 난로 위에 올려놓고 불을 지폈다. 그 후 나는 물러서야 했고, 발렉은 혼자서 과감한 손놀림으로 요리에 착수했다. 30분쯤 지나자 이미 난로 위의 항아리에서는 고깃국 같은 것이 끓었고, 그것이 준비되기를 기다리며 발렉은 보가 덮인 세 발 달린 작은 식탁 위에 프라이팬을 올려놓았는데, 그 위의 볶은 고기 조각들에서 김이 피어오르고 있었다. 그때 틔부르치가 일어섰다.

"준비되었니?" 그가 물었다. "좋아, 훌륭하구나. 얘야, 이리 와 앉아라. 너도 저녁 값을 했다…… 선생 나리(Domine preceptor)!" 그는 '교수'를 향해 소리쳤다. "바늘을 내려놓고 어서 식탁에 앉아요."

"지금 가요." '교수'는 낮은 목소리로 대답했는데, 의식적인 대답에 나는 놀랐다.

하지만 틔부르치의 목소리에 의해 깨어난 의식의 불꽃은 더 이상 타오르지 않았다. 노인은 바늘을 누더기에 꽂고 무관심하게 흐릿한 시선을 드리우며 지하실에서 의자로 사용되는 나무 그루터기 중 하나에 자리 잡고 앉았다.

틔부르치는 마루샤를 안고 있었다. 마루샤와 발렉은 아주 게걸스럽게 먹었는데, 고기 요리가 그들에게는 처음 맛보는 성찬임에 틀림없었다. 마루샤는 심지어 자기 손가락에 묻은 기름을 핥기까지 했다. 틔부르치는 적당히 쉬어가며 식사했고, 말하고 싶은 충동에 사로잡혀 대화를 하려고 계속 '교수'에게로 향했다. 이에 가엾은 학자는 놀라울 정도로 주목하며 머리를 숙이고 마치 모든 말을 이해한다는 듯 아주 지적인 표정으로 귀를 기울였다. 심지어 가끔 그는 머리를 끄덕이고 낮은 소리로 웅얼거려 동의를 표현했다.

"선생, 이처럼 사람에게는 많은 것이 필요하지 않아요." 틔부르치가 말했다. "그렇지 않나요? 보다시피 우리는 배부르게 먹었고, 이제 신과 가톨릭 사제에게 감사의 표시만 하면 됩니다……"

"그래요, 그래!" '교수'는 맞장구를 쳤다.

"선생, 당신은 동의하면서도 가톨릭 사제가 무슨 상관인지는 이해하지 못하는구먼. 나는 당신을 잘 알아요…… 어쨌든 간에 가톨릭 사제가 없다면, 우리는 따뜻한 음식은 물론이고 다른 어떤 것도 먹을 수 없을 거요……"

"이걸 가톨릭 사제가 당신에게 주신 건가요?" 나는 갑자기 아버지에게 오셨던 가톨릭 사제의 둥글고 선한 얼굴이 떠올라 물어보았다.

"선생, 이 어린아이가 알고 싶은 게 많은가 보구려." 틔부르치는 여전히 '교수'를 바라보며 말을 이어갔다. "실제로 사제는 우리가 요청하지 않았는데도 기꺼이 이 모든 것을 주었지. 심지어 오른손이 하는 일을 왼손이 모를 정도라고. 하지만 이번에는 그와 아무런 관계가 없지…… 드시오, 선생, 드시라고!"

이처럼 이상하고 헷갈리는 말 속에서 내가 이해할 수 있는 것은 저녁 식사를 구한 방식이 전혀 평범하지 않았다는 것이었고, 그래서 나는 다시 한번 질문을 던지지 않을 수 없었다.

"당신이 이걸 가져왔지요…… 스스로?"

"어린아이가 통찰력이 있구먼." 틔부르치는 자신이 사제를 만나지 못한 것을 안타까워하며 다시 계속 말했다. "사제는 배가 40보치카*처럼 정말로 뚱뚱해. 따라서 그에게 과식은 상당히 해롭지. 그와는 달리 여기 있는 우리 모두는 오히려 너무 말라서 고생이고. 따라서 약간의

---

* 나무 한 통의 분량을 일컫는 러시아의 전통적인 액체량의 단위로, 1보치카는 약 40베드로(491.96리터).

양식은 필요하다고 할 수 있지…… 내 말이 맞죠, 선생?"

"그래요, 그래!" '교수'는 또다시 생각에 잠겨 중얼거렸다.

"바로 그거예요! 이번에 당신은 자기 의견을 아주 성공적으로 드러냈어요. 내 생각에 이 어린아이는 몇몇 학자보다도 더 현명합니다…… 하지만 사제 얘기로 되돌아가보면 좋은 교훈을 얻기 위해 대가를 지불해야 한다는 생각이 들어요. 그럴 경우에 사제에게서 양식을 사 왔다고 말할 수 있어요. 만약에 사제가 이후에 창고의 문을 더 튼튼하게 만들면, 우리는 피장파장이 되는 거지요……" 그는 갑자기 내게로 돌아서서 말했다. "그런데 넌 아직 어수룩하고 많은 것을 이해하지 못하고 있어. 하지만 마루샤는 이해하고 있지. 말해보렴, 마루샤. 내가 네게 따뜻한 음식을 가져오길 잘했지?"

"잘했어요!" 소녀는 파란 눈을 살포시 반짝이며 대답했다. "마냐는 배가 고팠어요."

그날 저녁 무렵 머리가 몽롱해진 나는 깊은 상념에 잠겨 집으로 돌아왔다. 티부르치의 이상한 말은 '도둑질은 나쁘다'라는 나의 확신을 잠시도 흔들지 못했다. 반대로 이전에 내가 겪었던 고통은 더욱 심해졌다. 거지들…… 도둑들…… 그들은 집이 없다! 나는 이미 오래전부터 주위 사람들이 이 모든 사람을 경멸하고 있다는 점을 알고 있었다. 심지어 나도 마음속 깊은 곳에서 쓰라린 경멸감이 끓어오르는 것을 느꼈지만 본능적으로 두 감정이 뒤섞이지 않게 애쓰면서 이 쓰라린 기운으로부터 나의 애착을 보호하려고 했다. 어렴풋한 정신적 과정의 결과로 발렉과 마루샤에 대한 동정은 더욱 강해지고 예리해졌으며, 애착은 사라지지 않았다. '도둑질은 나쁘다'라는 공식도 남아 있었다. 그러나 손가락에 묻은 기름을 핥는 어린 소녀의 생기 어린 얼굴이 떠오르자 나는 기뻐하는 마루샤와 발렉 덕분에 기분이 덩달아 좋아졌다.

나는 정원의 어두운 오솔길에서 느닷없이 아버지와 마주쳤다. 그는 평소처럼 익숙한, 낯설고 몽롱한 시선으로 침울하게 이리저리로 걷고 있었다. 내가 옆으로 다가가자 아버지는 내 어깨를 잡았다.

"어디서 오는 길이냐?"

"그냥…… 좀 걸었어요……"

그는 나를 주의 깊게 바라보며 뭔가를 말하고 싶어 했으나 그의 시선은 다시 몽롱해졌고, 손을 흔들며 오솔길을 걸어가기 시작했다. 나는 그때 아버지 몸동작의 의미를 이해했던 것 같다.

"그래, 어쩔 수 없지…… 엄마가 이미 없으니까!"

나는 거의 생전 처음 거짓말을 했다.

나는 항상 아버지를 두려워했는데, 지금은 더욱 그랬다. 이제 나는 마음속에 모호한 질문과 감정으로 가득 찬 세계를 간직하고 있었기 때문이다. 아버지가 나를 이해할 수 있을까? 친구들을 배반하지 않으면서 아버지에게 뭔가를 인정할 수 있을까? 언젠가는 아버지가 '나쁜 패거리'와 나의 친분에 대해 알게 될 것이라는 생각에 두려움을 느꼈으나 난 이 아이들을, 발렉과 마루샤를 배반할 수 없었다. 게다가 여기에는 '원칙'과 비슷한 뭔가가 또 있었다. 만일 약속을 어기고 그들을 배반한다면 그들을 만났을 때 나는 수치스러워 그들을 쳐다볼 수 없을 것이다.

VIII. 가을철

가을이 가까이 다가왔다. 들판에는 곡식이 무르익었고, 나뭇잎들은 노랗게 단풍이 들었다. 이와 함께 마루샤는 가벼운 병을 앓기 시작했다.

마루샤는 고통을 호소하지 않으며 그냥 점점 야위어갔다. 소녀의 얼굴은 언제나 창백했고, 두 눈은 더 퀭해지고 어두워졌으며, 눈꺼풀을 들어 올리기도 힘겨워졌다.

이제 나는 '나쁜 패거리'가 집에 있건 없건 아랑곳없이 언덕으로 갈 수 있었다. 나는 그들과 완전히 친숙해졌고, 언덕 위에서는 그들과 한 편으로 간주되었다.

"너는 훌륭한 젊은이이고 장차 장군이 될 것이다." 티부르치가 예견했다.

음울한 젊은 친구들은 나에게 느릅나무로 활과 화살을 만들어주었다. 빨간 코의 키가 큰 사관생도는 나에게 기계체조를 가르쳐주며 나를 공중에서 마치 나뭇조각처럼 돌렸다. 오직 '교수'만은 언제나처럼 깊은 상념에 잠겨 있었고, 라브롭스키는 멀쩡한 상태에서는 대체로 사람들이 모이는 곳을 피해 구석진 곳으로 숨어들기를 좋아했다.

이 모든 사람은 위에서 언급한 지하실에 가족과 살고 있는 티부르치와 떨어져 살고 있었다. 그 밖의 나머지 '나쁜 패거리'는 첫번째 지하실에서 두 개의 좁은 통로로 떨어져 있는 좀더 큰 지하실에 살고 있었다. 그곳은 빛이 더 적었고, 습기와 어둠이 훨씬 많았다. 벽을 따라서 나무로 만든 긴 의자와 의자로 사용되는 그루터기들이 놓여 있었다. 의자 위에는 이부자리를 대신하는 각종 누더기들이 쌓여 있었다. 한가운데 빛이 비치는 곳에는 작업대가 서 있었는데, 그 위에서 때때로 귀족 티부르치 혹은 음울한 사람들 중 누군가가 목공 일을 했다. '나쁜 패거리' 가운데는 신발이나 바구니 제조공들이 있었는데, 티부르치를 제외하고 나머지 수공업자들은 단순한 아마추어이거나 몸이 허약한 사람들이거나 내가 목격한 바로는 일을 제대로 할 수 없을 정도로 손을 아주 심하게 떠는 그런 사람들이었다. 이 지하실의 바닥은 대팻밥과 온갖 부스러기로 뒤덮여 있었고, 곳곳에 쓰레기와 무질서가 넘쳐났다. 이 때문에 때때로 틔부르치가 심하게 욕을 하고 누군가에게 비질을 시키며 음침한 주거지를 여러 번 정리해도 마찬가지였다. 나는 그곳에 자주 들르지는 않는데, 케케묵은 공기에 적응할 수 없었을 뿐만 아니라, 정신이 멀쩡할 때 그곳에는 침울한 라브롭스키가 머물고 있었기 때문이다. 보통 그는 얼굴을 손바닥으로 가리고 긴 머리카락을 늘어뜨린 채 긴 의자에 앉아 있거나 빠른 걸음으로 이 구석 저 구석으로 오가고 있었다. 그 모습에서 나의 신경이 견딜 수 없는, 힘겹고 침울한 뭔가가 배어 나왔다. 하지만 다른 가난뱅이 동거인들은 이미 오랫동안 그의 기이한 모습과 행위에 익숙해져 있었다. 투르케비치 장군은 이따금 그에게 주민들을 위해 자신이 정서한 청원서와 고발장 혹은 풍자문을 베껴 쓰게 하여 나중에 길거리의 가로등에 걸어놓기도 했다. 라브롭스키는 틔부르치의 방에서 책상 앞에 얌전히 자리 잡고 앉아 오랫동안 멋진 필체로 가지런하게 글을 써 내려갔다. 나는 정신을 잃을 정도로 술에 취한 그가 지상에서 지하로 질질 끌려가는 것을 두어 번 목격할 수 있었다. 이 불행한 사람의 머리는 축 늘어진 채 이쪽저쪽으로 흔들렸고, 두 발은 힘없이 끌려가며 돌계단에 부딪혔으며, 얼굴에는 고통스러운 표정이 역력했고, 뺨을 따라 눈물이 흘러내렸다. 마루샤와 나는 먼 구석에 서로 바짝 붙어 서서 이 장면을 눈여겨보았다. 하지만 발렉은 라브롭스키의 팔, 다리, 머리를 받쳐주며 어른들 사이에서 아주 자유롭게 여기저기로 뛰어다녔다.

120

마치 광대 공연처럼 거리에서 나를 즐겁게 하고 흥미롭게 했던 이 사람들에 관한 모든 것이 여기 무대 뒤에서는 실제적이고 노골적으로 드러났고, 어린 내 마음을 무겁게 짓눌렀다.

이곳에서 튀부르치는 다툴 여지가 없는 권위를 누리고 있었다. 그는 지하실들을 만들고 이곳을 관리했으며, 그의 모든 명령은 실행되었다. 아마도 그렇기 때문에 나는 인간다운 모습을 완전히 상실한 이 사람들 중 누군가가 어떤 나쁜 제안을 하며 내게 접근했던 경우를 단 한 번도 기억하지 못한다. 지루한 삶의 경험으로 단련된 나는 이제는 물론 그곳에 사소한 방종과 자잘한 악덕과 부패가 있었다는 점을 알고 있다. 그러나 이 사람들과 이 장면들이 과거의 안개에 휩싸인 내 기억 속에서 떠오를 때, 나는 오직 힘겨운 비극과 심대한 슬픔과 가난의 형상들만을 보게 된다.

유년기, 청년기는 이상주의의 위대한 원천들이다!

가을 기운이 더욱 완연해졌다. 하늘은 점점 더 자주 먹구름으로 흐려졌고, 주위는 어렴풋한 어스름 속에 잠겨갔다. 빗물이 소란스럽게 대지 위로 흘러넘쳤고, 지하실에서는 단조롭고 음울한 소리가 들려왔다.

이런 날씨에 집에서 빠져나가는 것은 적지 않게 힘들었다. 그렇지만 일단 나는 몰래 나가려고 애썼고, 비에 흠뻑 젖어 집에 돌아오면 스스로 옷가지를 난로 반대편에 걸쳐놓고, 유모와 하녀의 입에서 쏟아지는 온갖 질책에도 일부러 아무런 대꾸를 하지 않으며 얌전하게 잠자리에 들었다.

언덕 위의 친구들에게 갈 때마다 마루샤의 건강이 점점 더 나빠지고 있다는 것을 눈치챘다. 이제 소녀는 이미 전혀 바깥출입을 하지 않았고, 지하실의 어둡고 말없는 괴물인 회색 돌은 마루샤의 작은 몸에서 생기를 앗아가며 끊임없이 무시무시한 작용을 하고 있었다. 이제 마루샤는 대부분의 시간을 침대에서 보냈고, 발렉과 나는 마루샤의 기분을 전환시켜주고, 조용하고 가녀린 웃음이라도 자아내도록 흥을 돋우기 위해 모든 노력을 쏟았다.

마침내 '나쁜 패거리'와 친해진 나에게 마루샤의 슬픈 미소는 마치 여동생의 미소처럼 거의 똑같이 다정하게 느껴졌다. 이곳에는 나의 행동을 꾸짖는 사람도, 잔소리를 늘어놓는 유모도 없었다. 여기서 나는 필요한 존재였는데, 매번 내가 등장하면 마루샤의 뺨에 붉은 생기가 도는 것을 느꼈다. 발렉은 형제처럼 나를 포옹했고, 심지어 티부르치도 때때로 우리 셋을 약간 색다른 시선으로 바라보기도 했는데, 그의 눈에서는 눈물 같은 것이 반짝이곤 했다.

일시적으로 하늘이 다시 맑아졌다. 하늘에는 먹구름이 사라지고 겨울이 닥치기 전에 마지막으로 바싹 마른 대지 위에 밝은 햇살이 빛났다. 우리는 매일 마루샤를 밖으로 데리고 나갔고, 그러면 소녀는 활기를 찾는 듯했다. 소녀는 눈을 크게 뜨고 주위를 돌아보았고, 두 뺨은 빨갛게 물들었으며, 신선한 기운을 선사하는 바람은 지하실의 회색 돌이 앗아갔던 생기를 조금이나마 되돌려주는 듯했다. 하지만 이것은 그렇게 오래 지속되지 못했다……

그러는 사이에 나의 머리 위로는 다시 먹구름이 몰려들기 시작했다.

어느 날 아침 평소처럼 나는 정원의 오솔길을 걸어가다 아버지를 보았는데, 그 옆에는 성에서 온 늙은 야누슈가 있었다. 노인네는 굴종적으로 굽실거리며 뭔가를 얘기했지만, 참을 수 없는 분노로 이마에 주름살이 날카롭게 도드라진 아버지는 침울한 표정으로 서 있었다. 마침내 아버지는 야누슈를 길에서 밀쳐내듯이 손을 내저으며 말했다.

"썩 꺼지게! 늙어빠진 중상모략가 같으니라고!"

노인네는 어쩐지 눈을 껌벅이더니 손에 모자를 든 채 다시 앞으로 나서며 아버지의 길을 막아섰다. 아버지의 눈은 분노로 번쩍였다. 야누슈는 조용히 말했고, 그의 말은 내게 들리지 않았다. 대신에 아버지의 목소리는 마치 마부의 채찍 소리처럼 간헐적이지만 분명하게 들렸다.

"단 한마디도 믿을 수 없네…… 도대체 이 사람들에게 원하는 것이 뭔가? 증거가 어디 있는가? 말로 하는 고자질은 듣지 않겠네, 문서로 증명을 하게나…… 입 닥치게! 이건 내 문제야…… 듣고 싶지도 않네."

결국 아버지는 아주 단호하게 야누슈를 밀쳐냈고, 따라서 야누슈는 더 이상 아버지를 괴롭힐 수 없었다. 아버지는 샛길로 돌아섰고, 나는 쪽문으로 달려갔다.

나는 성에 사는 늙은 올빼미를 무척 싫어했기에 이제 내 마음은 불길한 예감으로 동요했다. 내가 엿들은 대화가 어쩌면 친구들과 나와도 관련 있다는 점을 알아차렸다.

티부르치에게 이에 대해 얘기하자 그는 얼굴을 심하게 찡그리며 몸부림을 쳤다.

"으흠, 애야, 아주 불쾌한 소식이구나! 오호, 저주받을 하이에나 같은 늙은이."

"아버지가 그를 쫓아버렸어요." 나는 위안 삼아 덧붙였다.

"애야, 네 아버지는 솔로몬 황제 이래 모든 재판관 중에서 가장 훌륭하신 분이란다……그런데 너는 이력서가 뭔지 알고 있니? 물론 알지 못할 것이다. 그럼, 근무 기록은 알고 있니? 이력서는 군립 법정에 근무하지 않는 사람의 근무 기록이란다…… 늙은 올빼미가 뭔가를 눈치챘고, 네 아버지에게 나의 기록을 보여준다면, 아아…… 성모께 맹세컨대 나는 재판관의 갈고리에 걸려들고 싶지는 않구나!"

"아버지가 그렇게 하실까요…… 악의적으로?" 발렉의 언급을 떠올리며 내가 물었다.

"아니지, 아니란다, 얘야! 네 아버지는 그럴 분이 아니란다. 네 아버지는 선한 마음을 가지신 분이고, 많은 것을 알고 계시는 분이란다…… 어쩌면 그분은 야누슈가 말하려는 모든 것을 이미 알고 계시지만 침묵하시는 거란다. 그분은 늙어 이빨 빠진 야수를 마지막 동굴에서 독살할 필요는 없다고 생각하실 거야…… 하지만 얘야, 네게 이걸 어떻게 설명해야 할까? 네 아버지는 법이라는 이름을 지닌 주인에게 복무하시는 거란다. 그분은 법이 서가에서 잠자고 있을 때까지는 눈과 마음을 가지고 계시지만 이 주인이 그곳에서 나와 네 아버지에게 '재판관이여, 우리가 이른바 티부르치 드랍이라고 칭해지는 자를 심판해야 하지 않겠는가?'라고 말하는 순간부터 재판관은 자신의 마음을 열쇠로 걸어 잠그고 그의 갈고리는 아주 단단해져 세상은 뒤집어지고 귀족 티부르치는 그의 손아귀에서 벗어날 수가 없게 된단다……… 이해하겠니, 얘야? 그 덕분에 나와 다른 모든 사람은 네 아버지를 훨씬 더 존경하고 있단다. 그분은 자신의 주인에게 충실한 하인이며, 그런 분들은 많지 않단다. 법은 그런 하인들이 있으면 자신의 서가에서 편안히 잠잘 수 있고 결코 깨어나지 않는단다…… 나의 불행은 이미 아주 오래되었단다. 나와 법 사이에 어떤 불신이…… 말하자면 예컨대 예기치 못한 다툼이 일어났다는 것이지…… 에후, 얘야, 그것은 상당히 커다란 다툼이었단다!"

이렇게 말하며 티부르치는 일어나 마루샤의 손을 잡고 먼 구석으로 물러나며 소녀에게 입을 맞추었고, 소녀의 작은 가슴에 자신의 볼품없는 머리를 갖다 댔다. 하지만 나는 그 자리에 남았고, 이상한 사람의 이상한 말에 놀라서 오랫동안 꼼짝 않고 서 있었다. 변덕스럽고 애매모호한 말투에도 불구하고 나는 틔부르치가 아버지에 관해 말하는 것의 본질을 분명하게 깨달았고, 나의 사고 속에서 아버지의 형상은 점점 더 뚜렷해져 무섭지만 동정 어린 권위와 심지어 어떤 장엄한 후광에 휩싸였다. 하지만 그와 함께 또 다른 쓰라린 감정도 강해졌다……

'그래, 아버지는 그런 분이시지. 하지만 어쨌든 그분은 나를 사랑하지 않아'라는 생각이 들었다.

IX. 인형

화창한 날들은 지나갔고 마루샤의 상태는 다시 더 나빠졌다. 마루샤는 자신을 기쁘게 해주려는 우리의 모든 잔꾀를 침침하고 꼼짝 않는 커다란 두 눈으로 무관심하게 바라보았고, 우리는 이미 오랫동안 마루샤의 웃음소리를 듣지 못했다. 나는 지하실로 장난감들을 가져갔으나 그것들은 단지 잠깐 동안만 마루샤의 기분을 전환시켜주었다. 그래서 나는 여동생 소냐에게 부탁하기로 마음먹었다.

소냐에게는 돌아가신 어머니로부터 선물 받은 커다란 인형이 있었는데, 그것은 화사하게 치장된 얼굴과 호화스러운 아마빛 머리칼을 가지고 있었다. 나는 그 인형에 커다란 희망을 품고서 여동생을 정원의 샛길로 불러내 그 인형을 잠시 동안만 빌려달라고 부탁했다. 내가 아주 간곡하게 부탁하고, 한 번도 자기 인형을 가져보지 못한 가엾은 병든 소녀에 대해 생생하게 설명하자 처음에 자기 인형을 꼭 끌어안고 있던 소녀는 그 인형을 내게 내주었고, 그 인형에 대해서 전혀 개의치 않고서 2~3일 동안 다른 인형들을 가지고 놀겠다고 약속했다.

그 화려하고 귀여운 아가씨 인형은 내 기대를 능가하는 효과를 발휘했다. 가을 꽃처럼 시들어가던 마루샤는 갑자기 생기를 되찾은 듯했다. 마루샤는 나를 꼭 껴안고 아주 해맑게 웃으며 새로 사귄 놀이 인형과 대화를 나누었다…… 작은 인형은 거의 기적을 만들어냈다. 이미 오랫동안 침대에서 벗어나지 않던 마루샤는 금발의 소녀 인형을 데리고 걷기 시작했으며, 예전처럼 연약한 다리로 마루를 타박타박 걷다가 이따금 심지어 뛰기도 했다.

반면에 그 인형은 내게 아주 많은 걱정거리를 안겨주었다. 우선 내가 그 인형을 품속에 감추고 언덕을 향해 가는 길에 늙은 야누슈와 마주쳤는데, 그는 오랫동안 나를 훑어보더니 머리를 가로저었다. 그 후 이틀쯤 지나자 늙은 유모가 인형이 없어진 것을 알고는 온 집 안을 구석구석 뒤지며 찾기 시작했다. 소녀는 유모를 진정시키려고 애썼으나 인형은 필요 없다거나 인형이 산책을 나갔는데 곧 돌아올 것이라는 식의 순진한 확언은 오히려 하녀들의 의혹을 낳았고, 급기야 인형을 단순히 잃어버린 것이 아니라는 의심을 불러일으켰다. 아버지는 아직 아무것도 모르고 계셨고, 다시 야누슈가 아버지를 찾아왔으나 이번에는 훨씬 더 큰 분노를 사며 쫓겨났다. 그렇지만 바로 그날 아버지는 정원의 쪽문으로 가는 길에서 나를 불러 세우고 집에 있으라고 명령하셨다. 그 다음 날에도 똑같이 명령하셨고, 나흘이 지난 뒤에야 나는 아침 일찍 일어나 아버지가 아직 주무시고 있을 때 담장을 뛰어넘었다.

언덕 위의 사정은 다시 나빠졌다. 마루샤는 다시 침대에 누워 있었고, 건강 상태는 훨씬 악화되었다. 얼굴은 이상한 홍조로 달아올랐고,

금발은 베개 위에 헝클어져 있었다. 마루샤는 아무도 알아보지 못했다. 마루샤 옆에는 장밋빛 뺨과 순진하게 빛나는 눈망울을 지닌 불운한 인형이 놓여 있었다.

나는 발렉에게 그간의 사정을 얘기했고, 우리는 마루샤가 눈치채지 못하게 인형을 다시 가져가야 한다고 결정을 내렸다. 하지만 우리는 실수를 저질렀다! 내가 무의식 상태에서 누워 있는 마루샤의 손에서 인형을 빼내는 순간 마루샤는 눈을 떴고, 나를 알아보지 못한 듯 흐릿한 시선으로 앞을 바라보았으며, 무슨 일이 일어났는지 알지 못한 채 갑자기 아주 조용하고도 애처롭게 흐느끼기 시작했다. 횡설수설하는 초췌한 얼굴에는 깊은 슬픔의 빛이 너무나 역력해 나는 깜짝 놀라 인형을 원래 자리에 바로 놓았다. 소녀는 미소를 지었고, 인형을 품에 안고서야 안정을 되찾았다. 나는 자신이 어린 친구에게서 짧은 생애의 처음이자 마지막 기쁨을 빼앗으려고 했다는 것을 깨달았다.

발렉은 수줍게 나를 바라보았다.

"이제 어쩌지?" 그가 애처롭게 물었다.

슬픔에 젖어 머리를 숙인 채 긴 의자에 앉아 있던 틔부르치도 의아한 시선으로 나를 바라보았다. 따라서 나는 마치 아무 걱정할 필요가 없다는 표정을 지으려고 애쓰며 말했다.

"괜찮아! 유모는 아마도 이미 잊어버렸을 거야."

그러나 노파는 잊지 않았다. 그날 나는 집으로 돌아와 쪽문에서 야누슈와 다시 마주쳤다. 소녀는 울어서 눈이 붉어져 있었고, 유모는 나에게 분노에 찬 근엄한 눈길을 던졌으며, 이빨도 없는 우물거리는 입으로 뭔가를 투덜댔다.

아버지는 내게 어디 갔다 오느냐고 묻고서 나의 상투적 대답을 주의 깊게 들은 다음 어떤 상황에서도 자신의 허락 없이는 집 밖으로 나가지 말라고 또다시 명령을 내렸다. 명령은 엄격하고 아주 단호했다. 나는 감히 그것에 따르지 않을 수 없었기에 아버지에게 허락을 구할 생각도 들지 않았다.

나흘이 괴롭게 지나갔다. 슬픔에 젖은 나는 정원을 거닐었고, 뿐만 아니라 내 머리 위에 몰려드는 폭풍우를 고대하며 애수에 가득 찬 눈길로 언덕 쪽을 바라보았다. 앞일을 알 수 없었지만, 내 마음은 너무 무거웠다. 일생 동안 나를 처벌한 사람은 아직 아무도 없었다. 아버지는 내게 손가락도 대지 않았을 뿐만 아니라 단 한 번도 거친 말을 하지 않았다. 하지만 이제 나는 힘겨운 예감으로 고통스러웠다.

마침내 나는 아버지 서재로 불려 갔다. 나는 들어가 문간에서 겁을 먹고 멈춰 섰다. 창문을 통해 슬픈 가을 햇살이 비치고 있었다. 아버지는 잠시 동안 어머니의 초상화 앞에 놓인 소파에 앉아 있었고, 나를 돌아보지 않았다. 나는 가슴이 불안하게 쿵쾅대는 소리를 들었다.

드디어 아버지가 돌아보았다. 나는 눈을 들어 아버지를 본 뒤 즉시 땅바닥으로 시선을 내리깔았다. 아버지의 얼굴은 너무 무서워 보였다. 30초 정도 시간이 흐르는 사이에 나는 묵직하고 집중되며 압박하는 시선을 감지했다.

"네 동생의 인형을 가져갔지?"

이 질문은 나에게 아주 명료하고 날카로우며 느닷없이 던져졌기에 나는 몸을 떨었다.

"네." 나는 조용히 대답했다.

"그 인형은 네가 성물(聖物)처럼 소중하게 여겨야 하는 엄마의 선물이라는 것을 알고 있지? 인형을 훔쳐갔니?"

"아닙니다." 나는 머리를 들며 대답했다.

"어떻게 아니라는 거냐?" 아버지는 소파를 뒤로 밀치며 갑자기 소리쳤다. "너는 인형을 훔쳐서 가져갔어! 그걸 누구에게 갖다 주었니? 말해봐라!"

아버지는 재빨리 내게로 다가와 무거운 손을 어깨에 얹었다. 나는 머리를 들어 쳐다보려고 애썼다. 아버지의 얼굴은 창백했다. 어머니가 돌아가시면서 양미간 사이에 생겨난 고통의 주름이 펴지지 않았지만 두 눈은 분노로 불타고 있었다. 나는 온몸을 움츠렸다. 나를 바라보는 아버지의 두 눈에서는 광기 혹은 증오가 느껴졌다.

"자, 무슨 짓을 한 거냐? 말해봐라!" 내 어깨를 잡은 손은 더욱 강하게 옥죄었다.

"말할 수 없어요." 나는 낮은 목소리로 대답했다.

"안 돼, 어서 말해!" 아버지는 딱 잘라 말했는데, 그의 목소리에서 위협이 감지되었다.

"말할 수 없어요." 나는 더 낮은 목소리로 속삭였다.

"말해라, 말하라고!"

아버지는 마치 고통스럽고 힘겹게 터져 나오는 듯한 짓눌린 목소리로 반복했다. 나는 아버지의 손이 떨리는 것을 느꼈고, 심지어 가슴속에서 끓어오르는 격분이 들려오는 듯했다. 나는 점점 더 아래로 머리를 떨어뜨렸고, 두 눈에서는 눈물이 한 방울 두 방울씩 마루에 떨어졌지만, 나는 거의 들리지 않는 목소리로 여전히 반복했다.

"안 돼요, 말하지 않을 거예요…… 결코, 결코 말해드릴 수 없어요…… 절대로!"

이 순간 내 속에서는 아버지의 아들이 말하고 있었다. 아버지는 어떤 무시무시한 겁박을 통해서도 나로부터 아무런 대답을 듣지 못했을 것이다. 내 가슴속에서는 그의 위협에 맞서 버림받은 아이의 거의 무의식적 모욕감과 오래된 예배당에서 나를 따뜻하게 대해주었던 사람들에 대한 어떤 뜨거운 사랑이 끓어올랐다.

아버지는 힘겹게 숨을 쉬었다. 나는 더욱 몸을 움츠렸고, 쓰라린 눈물이 뺨을 타고 흘러내렸다. 나는 기다렸다.

그 순간에 내가 겪은 감정을 말로 표현하기는 너무 어렵다. 아버지는 무섭게 격렬해졌고, 그 순간 그의 가슴은 격분으로 끓어올랐으며, 순식간에 내 몸은 아버지의 강력하고 격앙된 두 손 안에 꼼짝없이 사로잡혀 있었다. 아버지가 나를 어떻게 할 것인가? 거세게 집어 던지고…… 산산이 부숴버릴 것이다. 하지만 이제 나는 두렵지 않았고…… 심지어 그 무서운 순간에 나는 이분을 사랑했지만 그와 함께 본능적으로 바로 지금 아버지는 광적인 폭력으로 내 사랑을 산산 조각냈고, 그런 다음에 내가 그의 손안에서 살아가는 동안과 그 후에도 영원히 언제나 내 마음속에는 그의 음울한 눈 속에서 나를 향해 번쩍였던 바로 그 열렬한 증오감이 불타오를 것이라고 직감했다.

이제 나는 걱정을 완전히 거두었다. 내 가슴속에는 열렬하고 뻔뻔스러운 도전 의식 같은 뭔가가 생겨났다…… 어쩌면 나는 파국이 몰아치기를 기다렸고 염원했다. 그렇게 된다면…… 그럴 수만 있다면 훨씬 더, 정말로, 훨씬 더 좋았을 것이다……

아버지는 또다시 힘겹게 숨을 쉬었다. 나는 이미 아버지를 바라보지 않았고, 단지 힘겹고 부서지며 길게 끄는 한숨 소리만 들었다…… 나는 지금까지도 아버지가 자신을 사로잡은 격앙을 잘 다스렸는지, 아니면 이어진 예기치 못한 상황 덕분에 이 감정이 출구를 찾지 못했는지에 대해서 알지 못한다. 단지 이 결정적 순간에 열린 창문 너머에서 틱부르치의 날카로운 목소리가 울려 퍼졌다는 점만은 알고 있다.

"어이! 가엾은 어린 친구……"

'틱부르치가 왔구나!' 하는 생각이 내게 문득 떠올랐다. 하지만 그의 도착은 내게 아무런 인상을 불러일으키지 못했다. 나는 완전히 기대에 몰입했고, 심지어 내 어깨 위에 놓인 아버지의 손이 떨리는 것을 느끼면서도 틱부르치의 출현이나 나와 아버지 사이에 생길 수 있는 어떠한 다른 외적인 상황도 내가 불가피하다고 간주하고 밀려오는 열렬한 응보의 분노와 함께 기다렸던 것을 뒤집을 수 있다고 생각하지는 않았다.

그러는 사이에 틱부르치는 잽싸게 출입문을 열고 문지방에 멈춰 서서 잠시 동안 예리하고 재빠른 시선으로 우리 두 사람을 둘러보았다. 나는 지금까지 이 장면을 아주 세세하게 기억한다. 순간적으로 거리 응변가의 파란 눈과 못생긴 넓적한 얼굴에는 냉랭하고 악의적인 비웃음이 어른거렸지만 그것은 잠시뿐이었다. 그런 다음에 그는 머리를 흔들었고, 그의 목소리에는 일상적 비꼼보다는 오히려 비애가 서려 있었다.

"어허! 내가 나의 어린 친구를 아주 난감한 상황에서 보게 되었구면……"

아버지는 음울하고 경이로운 시선으로 그를 맞이했지만 틱부르치는 이 시선을 침착하게 견뎌냈다. 이제 그는 신중했고, 인상을 쓰지도 않았으며, 두 눈은 어쩐지 대단히 슬퍼 보였다.

"재판관 나리!" 그는 부드럽게 말을 꺼냈다. "당신은 정의로운 분이시니 어린아이를 놓아주시죠. 어린 친구는 '나쁜 패거리'와 어울렸지만, 하느님도 아시다시피 그는 나쁜 일을 저지르지는 않았답니다. 그의 마음이 나의 누더기 같은 가난뱅이들에게 쏠려 있다면 성모께 맹세컨대 저를 매달도록 명령하시는 편이 나을 겁니다. 하지만 그것 때문에 어린아이가 고통받게 내버려두지는 않을 겁니다. 자, 인형을 받거라, 애야!"

그는 작은 보따리를 풀어 거기에서 인형을 꺼냈다. 아버지는 내 어깨를 잡고 있던 손을 거두었고, 그의 얼굴에는 당황하는 기색이 역력했다.

"도대체 어떻게 된 영문이오?" 그는 마침내 물었다.

"아이를 놓아주십시오." 티부르치는 반복해서 말했고, 그는 넓은 손바닥으로 숙이고 있는 내 머리를 다정하게 쓰다듬었다. "위협으로는 아무것도 얻을 수 없습니다. 대신에 제가 모든 것을 기꺼이 말씀드리겠습니다…… 재판관 나리, 다른 방으로 가시죠."

아버지는 여전히 놀란 시선으로 티부르치를 바라보았고, 그의 말에 동의했다. 두 사람은 밖으로 나갔지만 나는 가슴에 가득 찬 감정을 억누르며 그 자리에 남아 있었다. 그 순간에 나는 무슨 일이 벌어지고 있는지 헤아릴 수 없었다. 지금 내가 그 장면의 세세한 부분들을 떠올려 보면, 심지어 창문 너머에서 참새들이 지저귀고 개울에서 규칙적으로 물이 찰싹대는 것을 기억한다면 이것은 단순히 기억의 기계적 작용에 불과하다. 그 당시에 내게 그런 것은 존재하지 않았다. 나는 단지 어린 소년이었고, 마음속에는 서로 다른 두 감정, 즉 분노와 사랑이 뒤섞여 흔들리고 있었다. 두 감정은 너무나 강해 내 마음은 잔 속에서 서로 달라 섞이지 않는 액체들이 충격에 뒤흔들리듯 요동쳤다. 그런 소년이 있었고, 그 소년이 나였고, 나 자신은 스스로 안타깝게 여겨졌다. 또한 두 개의 목소리가 있었는데, 흐릿할지라도 활기 있는 대화가 문 뒤에서 들려왔다……

서재 문이 열리고 대화를 나누던 두 사람이 들어올 때까지 나는 여전히 그 자리에 서 있었다. 나는 또다시 머리 위에서 누군가의 손을 감지했고, 그 순간 흠칫했다. 그것은 내 머리카락을 부드럽게 쓰다듬는 아버지의 손이었다.

티부르치는 나를 두 손으로 잡아 아버지 앞에서 자기 무릎 위에 앉혔다. "우리에게 오너라." 그가 말했다. "아버지께서 네가 나의 딸과 이별하러 가는 것을 허락하셨다. 그 아이는…… 그 아이는 숨을 거두었단다."

티부르치의 목소리는 떨렸고, 그는 야릇하게 눈을 깜박이더니 바로 일어나 나를 마루에 내려 세우고 자세를 바로잡은 다음 곧바로 방을 나갔다.

나는 의아한 눈길로 아버지를 쳐다보았다. 이제 내 앞에는 다른 사람이 서 있었고, 바로 이 사람에게서 내가 이전에 그토록 찾으려고 했던 친숙한 뭔가를 발견했다. 아버지는 평소처럼 심사숙고하는 눈길로 나를 바라보았지만 이제 그 시선에는 마치 의문 같은 놀란 기색이 엿보였다. 방금 전에 우리 둘에게 밀려왔던 폭풍우가 아버지의 영혼에 드리워져 그의 선량하고 애정 어린 시선을 가렸던 무거운 안개를 걷어내는 듯했다…… 그리고 아버지는 이제야 내 속에서 친아들의 익숙한 특성을 깨닫기 시작했다.

나는 아버지의 손을 잡고 진실하게 말했다.

"저는 정말로 인형을 훔치지 않았어요…… 소녀가 스스로 제게 잠시 빌려주었어요……"

"그랬구나." 아버지는 생각에 잠겨 대답했다. "알고 있다…… 아들아, 내가 잘못했구나. 그리고 언젠가는 이 일에 대해서 잊어줬으면 좋겠다. 그럴 수 있겠니?"

나는 아버지의 손을 꼭 잡고 입을 맞추었다. 나는 이제 아버지가 이전의 그 위협적 눈길로 더 이상 나를 바라보지 않을 거라는 사실을 알았다. 그리고 내 마음속으로 오랫동안 참아왔던 사랑이 거대한 물결처럼 밀려들었다.

이제 나는 아버지가 더 이상 두렵지 않았다.

"이제 언덕에 가도 될까요?" 나는 갑자기 티부르치의 초대를 떠올리며 물어보았다.

"그래…… 가봐라, 어서 가봐라, 애야. 가서 작별 인사를 나누어라……" 아버지는 여전히 목소리에 의아한 기운을 담고서 다정하게 말했다. "근데, 잠깐만 기다려라. 애야, 잠깐만."

아버지는 침실로 들어갔고, 잠시 뒤에 나와 내 손에 약간의 지폐를 쥐여주었다.

"이걸 티부르치에게 전해주거라…… 내가 사과한다고, 알았지? 내가 사과한다고 그에게 말해라. 그리고 이 돈을 전해줘라. 이 돈은 네가 주는 걸로 해라. 그리고 이렇게 말해라." 아버지는 잠시 주저하더니 덧붙였다. "혹시 그가 바로 표도르비치라는 사람을 알고 있다면 표도르비치에게 우리 도시를 떠나는 게 좋을 것이라고 전해달라고 해라…… 자, 이제 가봐라. 애야, 어서."

나는 이미 언덕 위에 있는 티부르치를 따라잡았고, 숨을 헐떡이며 아버지의 분부를 서툴게 전달했다.

"아버지가 아저씨에게…… 사과하신다고……" 나는 그의 손에 아버지가 주신 돈을 들이밀었다.

나는 그의 얼굴을 쳐다보지 않았다. 그는 돈을 받았고, 표도로비치에 관한 아버지의 전갈을 묵묵히 들었다.

마루샤는 지하실의 어두운 구석에 놓인 긴 의자에 누워 있었다. 어린아이의 귀에 '죽음'이라는 말은 아직 완전한 의미로 다가오지 않았다. 단지 이 생명 없는 시신을 바라보는 지금은 쓰라린 눈물이 흐르고 목울대가 먹먹해진다. 나의 어린 친구는 작은 얼굴을 슬프게 늘어뜨린 채 의젓하고 애처롭게 누워 있었다. 감긴 두 눈은 약간 꺼져 있었고, 눈꺼풀 주위는 훨씬 더 파랗게 보였다. 작은 입은 약간 열려 있었고, 어린아이의 슬픔을 드러내고 있었다. 마루샤는 마치 이 작은 찡그림으로 내 눈물에 응답하는 듯했다.

'교수'는 머리맡에 서서 무관심하게 고개를 가로저었다. 보병-생도는 구석에서 망치를 두드리며 몇몇 침울한 사람의 도움을 받으며 예배당 지붕에서 떨어진 낡은 판자로 작은 관을 준비하고 있었다. 정신이 멀쩡하고 완전한 의식을 지닌 라브롭스키는 자신이 꺾은 가을꽃들로 마루샤를 장식해주고 있었다. 발렉은 구석에서 잠을 자고 있었는데, 꿈속에서 온몸을 떨며 때때로 발작적으로 흐느껴 울었다.

맺는 말

이런 일들이 일어난 직후에 '나쁜 패거리'의 구성원은 여러 방면으로 뿔뿔이 흩어졌다. 남은 사람들은 예전처럼 죽을 때까지 도시의 거리를 빈둥거리는 '교수'와 아버지가 가끔 어떤 문서 작업을 맡기는 투르케비치뿐이었다. 내 경우, 나는 날카롭고 뾰족한 무기들에 대한 기억으로 '교수'를 괴롭혔던 유대인 소년들과의 싸움에서 적지 않은 피를 흘렸다.

보병-생도와 어두운 사람들은 행복을 찾아 어딘가로 떠났다. 틔부르치와 발렉은 완전히 감쪽같이 사라졌는데, 그들이 어디에서 우리 도시로 왔는지 아무도 모르는 것처럼 이제 그들이 어디로 향해 갔는지에 대해 아무도 말할 수 없었다.

오래된 예배당은 세월의 풍파에 심하게 시달렸다. 먼저 지하실의 천장이 눌려 찌부러졌고, 지붕이 부서져 내렸다. 그다음에 예배당 주위에서는 산사태가 일어나기 시작했고, 예배당은 더욱 음침해졌으며, 그속에서 올빼미들이 더욱 큰 소리로 울부짖었지만, 무덤들 위의 가로등들은 어두운 가을밤마다 불길한 푸른빛으로 타올랐다. 말뚝이 둘러쳐져 있는 단 하나의 무덤은 봄이면 신선한 잔디로 푸르러졌고, 꽃들로 화려하게 장식되었다.

소냐와 나는 가끔, 심지어 아버지와 함께 이 무덤을 찾아갔다. 몽롱하게 속삭이는 자작나무가 그늘을 드리우고, 안개 속에서 평온하게 반짝이는 도시가 내려다보이는 그 무덤 위에 앉아 있기를 좋아했다. 그곳에서 나는 여동생과 함께 책을 읽고 사색에 잠겼으며, 어린 시절의 신선한 생각들과 희망차고 정직했던 청년기의 구상을 나누었다.

그리고 우리가 조용한 고향 도시를 떠나야 할 시간이 다가왔을 때, 이곳에서의 마지막 날에 활기와 열망으로 충만한 우리 두 사람은 작은 무덤 위에서 자신들의 맹세를 밝혔다.

숲이 술렁거린다
―폴례시예 지방의 전설

＊ 이 작품은 1886년 1월에 창작되어 같은 해 『러시아 사상』 제1호에 게재되었다. 1886년 1월 23일 형 율리안에게 보낸 편지에서 코롤렌코는 "……이 작품은 전적으로 주문에 따라 창작했는데, 작품이 채 완성되기도 전에 그에 관한 내용이 신문들에 공표되는 바람에 시간에 맞춰 집필하느라고 직지 않은 고생을 했습니다. 비평기들이 이 작품을 비난한다면 나름의 근거가 있는 셈이지요"라고 말했다. 또 다른 편지에서 작가는 이 작품의 초고가 우크라이나어 표현과 어휘로 얼룩져 있어 퇴고 과정에서 상당한 수정을 거쳐야 했다고 토로했디.
＊＊ 폴례시예 지방: 남서 러시아 혹은 소러시아의 숲지대.

"까마득히 잊혀졌다."

I

숲이 술렁거렸다…… 이 숲에는 언제나 멀리서 들려오는 종소리의 반향처럼 균일하고 길게 늘어지는, 가사 없는 조용한 노래와 지난날에 대한 아득한 추억처럼 고요하고 어렴풋한 술렁거림이 있었다. 이 숲에는 언제나 술렁거림이 있었다. 왜냐하면 아직 도벌꾼의 톱이나 도끼가 건드리지 않은 오래되고 울창한 소나무 숲이었기 때문이다. 우람하고 불그스름한 가지들을 드리운 수백 년 묵은 높다란 소나무들이 꼭대기에 짙푸른 녹색의 머리들을 촘촘하게 맞대고 삼엄한 대열을 이루며 빽빽하게 늘어서 있었다. 아래쪽은 고요하고 송진 냄새가 풍겼다. 땅바닥에 흩뿌려진 솔잎 덮개 사이를 선명한 고사리들이 비집고 나와 야릇한 술을 폭신하게 드리운 채 잎사귀를 흔들지도 않고 가만히 서 있었다. 축축한 언저리에는 초록색 풀들이 높다란 줄기들을 뻗고 있었다. 하얀 토끼풀은 마치 나른한 침묵에 젖은 듯 무거워진 조그만 머리들을 숙이고 있었다. 하지만 숲 위쪽에서는 마치 늙은 소나무들의 우울한 탄식처럼 숲의 술렁거림이 끝없이 쉬지 않고 들려오고 있었다.

그러나 이제 그 탄식은 더욱 깊어지고 커져만 갔다. 나는 숲속 오솔길을 따라 말을 몰았고, 하늘은 보이지 않았으나 숲이 어두컴컴해짐에 따라 그 위로 무거운 먹구름이 조용히 밀려오는 것처럼 느껴졌다. 꽤 늦은 시간이었다.

줄기들 사이로 여기저기에 아직 저녁 햇살이 비스듬히 헤치고 들어왔지만 우거진 숲속에는 벌써 어둑한 땅거미가 퍼져 나가고 있었다. 저녁 무렵에는 뇌우가 몰아칠 것 같았다.

오늘로 예정되었던 사냥 계획은 이미 어쩔 도리 없이 미룰 수밖에 없었다. 뇌우가 몰아치기 전에 때맞춰 움막까지 도달하기라도 해야 했다. 말은 겉으로 드러난 나무뿌리들을 발굽으로 내차고 코를 푸르렁거리며 숲에서 울려대는 메아리 소리를 경계하듯이 귀를 곤두세웠다. 말은 스스로 낯익은 산막으로 발걸음을 재촉했다.

개가 짖어댔다. 듬성해진 가지들 사이로 진흙 벽이 어른거린다. 한 줄기 푸른 연기가 녹색의 초목 아래에서 맴돌고, 지붕이 덥수룩한 기울어져가는 초가집 한 채가 붉은 소나무 가지들 벽 아래에 기대서 있었다. 그것은 마치 늘씬하고 늠름한 소나무들이 그 위에서 머리를 높이 흔들고 있는 반면에 땅속으로 뿌리를 내리는 듯했다. 숲속의 개간지 한가운데에는 어린 참나무들이 무더기를 이루며 빽빽하게 서로 붙어 서 있었다.

이곳에는 나의 사냥 여행의 평범한 동반자들인 산지기 자하르와 막심이 살고 있었다. 그러나 커다란 양치기 개가 짖어대는데도 아무도 나오지 않는 것으로 보아 지금은 둘 다 집에 없는 것 같았다. 머리가 벗어지고 하얀 수염을 기른 늙은 할아버지만이 집을 둘러싼 토담 위에 앉아 짚신을 삼고 있었다. 할아버지의 수염은 거의 허리춤까지 늘어져 설렁거리고 눈은 게슴츠레해 보였는데, 마치 기억나지 않는 뭔가를 계속 떠올리려고 하는 듯했다.

"안녕하세요, 할아버지. 집에 누가 있나요?"

"에후!" 할아버지는 고개를 가로저었다. "자하르도 막심도 집에 없다네. 모트랴와 함께 젖소를 찾으러 숲에 갔지…… 젖소란 놈이 어디론가 달아나버려서…… 아마도 곰들이…… 물어뜯었겠지…… 그래서 이렇게 아무도 없지!"

"아니, 뭐 괜찮습니다. 할아버지 곁에 앉아서 기다리죠 뭐."

"기다리게, 기다려." 할아버지는 고개를 끄덕이고 내가 참나무 가지에 말을 매는 동안 힘없고 흐릿한 눈길로 나를 눈여겨 바라보았다. 이미 쇠약해진 노인네는 눈도 흐릿해지고 손도 떨리고 있었다.

"그런데 젊은이, 자네가 누구더라?" 내가 토담 위에 걸터앉자 그가 물었다.

이곳에 올 때마다 내가 듣는 질문이었다.

"아하, 알겠네 이제, 알겠어." 노인은 다시 짚신을 집어 들며 말했다. "이놈의 머리통이 체처럼 낡아서 아무것도 기억에 남아 있지 않다니까. 오래전에 죽은 사람들은 잘 기억나는데, 새로운 사람들은 자주 잊어버린다네…… 이젠 세상에서 살 만큼 살았나 보네."

"할아버지는 이 숲에서 오랫동안 사셨나 봐요?"

"에후, 오래되었지! 프랑스 놈들이 차르의 땅에 쳐들어왔을 때도 난 이미 여기 있었으니까."

"할아버지는 평생 동안 많은 걸 보셨겠군요. 아마 얘깃거리도 많을 거고요."

할아버지는 의아해하며 나를 바라보았다.

"젊은이, 내가 뭘 보았겠나? 숲을 보았지…… 숲은 술렁거리지, 낮이고 밤이고 술렁거리고, 겨울에도 여름에도 술렁거린다네…… 저 고목처럼 나도 평생을 숲에서 살아왔지, 어떻게 흘러가는지도 모르고…… 이제는 무덤에 묻힐 때가 되었지. 이보게, 이따금 생각해보면, 내가 세상에 살았는지 아닌지 스스로 분간할 수가 없다네…… 에후, 바로 이렇다니까! 어쩌면 나는 전혀 살지 않았던 거지……"

짙은 먹구름 자락이 울창한 나무 꼭대기를 넘어 숲속의 개간지 위로 밀려왔다. 개간지를 둘러싸고 있는 소나무 가지들은 살랑거리는 바람에 흔들거렸고, 숲의 술렁거림은 깊고 강한 화음으로 밀려왔다. 할아버지는 고개를 들어 귀를 기울였다.

"폭풍이 몰려오는구먼." 잠시 뒤 그가 말했다. "이건 내가 잘 안다네. 아이고, 밤이 되면 폭풍이 울부짖고 소나무 가지들이 부서지며 뿌리가 뽑힐 것이네!…… 숲의 주인장이 한껏 놀아젖힐 것이네……" 그는 조용히 덧붙였다.

"도대체 그걸 어떻게 아시나요, 할아버지?"

"애개, 어떻게 알다니! 나는 나무가 말하는 걸 잘 알아듣지. 젊은이, 나무도 마찬가지로 겁을 낸다네…… 저기 사시나무는 저주받은 나무라네. 언제나 뭔가를 중얼거리지. 바람이 불지 않아도 떨거든. 숲속의 소나무는 맑은 날에는 놀면서 재잘거리지만, 바람이 일기만 하면 울면서 신음 소리를 낸다네. 하지만 그 정도는 별거 아니라네…… 자, 지금 한번 들어보게나. 난 비록 눈은 어둡지만, 귀는 밝다네. 참나무가 술렁거리기 시작했네, 개간지의 참나무들도 이미 움직이는구먼…… 이게 폭풍이 온다는 징조라네."

실제로 높은 벽 같은 소나무 숲에 둘러싸인 개간지 한가운데 서 있고 마디가 많은 작달막한 참나무 숲은 단단한 가지들을 흔들었고, 그로 인해 소나무들의 우렁찬 소리와는 쉽사리 구별되는 둔탁한 소리를 내고 있었다.

"이보게! 젊은이, 들리지 않는가?" 할아버지는 어린애 같은 장난스러운 미소를 지으며 말했다. "난 이미 알고 있다네, 참나무들이 저렇게 흔들리면 밤에 주인이 와서 부숴버리리라는 것을…… 아니지, 부수지는 못하네! 참나무는 아주 단단한 나무인지라 심지어 주인에게도 굴복하지 않는다네…… 바로 저렇게 말이지!"

"어떤 주인 말인가요, 할아버지? 할아버지는 스스로 말하셨잖아요, 폭풍우가 부숴버릴 거라고."

할아버지는 능청맞게 머리를 흔들었다.

"으음, 난 이걸 알고 있다네!…… 요즘은 이미 아무것도 믿지 않으려는 사람들이 나다닌다고들 하더군, 뭐 그럴 수도 있지! 하지만 난 지금 자네를 보는 것처럼 주인을 보았다네, 아마 더 똑똑히. 왜냐하면 지금은 내 눈이 어둡지만, 당시에는 밝았으니까. 아아, 내 눈도 젊었을 때는 밝았는데!……"

"도대체 어떻게 주인을 보셨나요? 할아버지, 말씀 좀 해주세요."

"바로 이렇게 지금과 똑같다네. 처음에는 숲속에서 소나무가 신음하기 시작하지…… 쏴아쏴아 울리다가 오―오호―호오―오…… 오―호―오! 신음하기 시작하고 그리고 조용해졌다가 그다음에 또다시 더 자주 훨씬 애처롭게. 에후, 밤에 주인이 더 많은 소나무를 뽑아버리기 때문이라네. 그다음에 참나무가 말하기 시작하지. 저녁때가 되면 더욱 커지고, 밤에는 주인이 나타나서 돌아다닌다네. 숲을 따라 뛰어다니고 웃기도 하고 울기도 하고 빙빙 돌고 춤을 추며 참나무들에게 달려들기도 하지. 뿌리째 뽑아버리려는 거라네…… 그런데 한번은 어느 가을날 내가 창밖을 내다보았지. 근데 바로 그게 그자의 마음에 들지 않았던지, 창가로 달려들더니 소나무 뿌리로 후려치더군. 하마터면 내 얼굴이 아무것도 남지 않고 뭉개질 뻔했다네. 하지만 나는 바보가 아닌지라, 뒤로 펄쩍 뛰어 물러났지. 이제 알겠는가, 그자가 어찌나 화를 잘 내는지!……"

"근데 주인은 어떻게 생겼나요?"

"겉보기에 똑같은데, 늪가에 서 있는 늙은 버드나무처럼 생겼어. 아주 흡사하다네! 머리털은 나무 위에서 자라는 비쩍 마른 겨우살이 같고, 수염도 마찬가지지. 코는 커다란 나무옹이처럼 생겼고, 낯짝은 부스럼이 잔뜩 난 듯이 울퉁불퉁하다네. 제기랄, 어찌나 못생겼는지! 제발 하느님께서 단 한 사람도 그자를 닮게 하지 마시길…… 부디! 또 한번은 늪가에서 그를 보았다네, 가까이서…… 자네도 원한다면 겨울에 한번 와서 직접 그를 보게나. 저기 산으로 올라가서, 하긴 저 산은 숲으로 덮여 있지만, 가장 높은 나무 위로, 꼭대기로 기어 올라가게나. 거기서라면 아마도 그를 볼 수 있을 걸세. 그자는 하얀 기둥처럼 숲 위를 걸어 다니고, 스스로 빙글빙글 돌기도 하며, 산 위에서 골짜기로 내려오기도 하지. 이리 뛰고 저리 뛰고 하다가 숲속으로 사라진다네. 하지만 그자가 지나간 곳의 흔적은 흰 눈으로 덮여 사라진다네…… 이 늙은이를 믿지 못하겠다면, 언제 한번 와서 직접 보게나."

노인네는 말이 많아졌다. 활기차고 불안한 숲의 소리와 공중에 드리운 뇌우가 늙은이의 피를 들끓게 만든 것 같았다. 할아버지는 고개를 끄덕이고 웃기도 하며, 빛을 잃은 눈을 껌벅이기도 했다.

그러나 갑자기 노인의 주름진 넓은 이마 위로 마치 그림자 같은 것이 지나갔다. 그는 나를 팔꿈치로 찌르더니 의미심장한 표정을 지으며 말을 건넸다.

"젊은이, 내 말을 알아듣겠는가? 그자는, 물론 숲의 주인은 사나운 짐승이라네. 정말이네. 신실한 사람이 그런 흉측한 모습을 보는 것은 모욕이지…… 그렇지만 진실을 말하자면 그는 악한 짓은 하지 않는다네…… 사람에게 장난을 치기는 하지만 해악을 끼치려고 그렇게 하는 경우는 없지."

"그렇지만 할아버지, 그가 나무뿌리로 당신을 때리려고 했다고 말씀하셨잖습니까?"

"그야 뭐 그렇긴 했지! 그건 내가 창문으로 내다봤기 때문에 그가 화가 나서 그랬던 거야. 그래서 그런 일이 생겼지! 그의 일에 간섭만 하지 않으면 그는 결코 사람들에게 무례한 짓을 하지 않는다네. 그는 바로 그런 숲의 주인이지! 그런데 말이야, 숲에서는 인간들 때문에 무서운 일들이 생겨나곤 했다네…… 에후, 맙소사!"

할아버지는 고개를 숙이고 얼마간 말없이 앉아 있었다. 잠시 후 그가 나를 바라보았을 때, 두 눈에서는 그것을 덮고 있던 흐릿한 눈꺼풀 사이로 마치 되살아난 기억의 불꽃같은 것이 반짝이고 있었다.

"자, 그럼 젊은이, 내가 자네에게 우리 숲에서 일어났던 일을 얘기하도록 하겠네. 오래전에 바로 여기, 이곳에서 일어났던 일이지…… 지금은 꿈처럼 까마득하게 기억되는데, 숲이 큰 소리로 술렁거리기 시작하면, 모든 게 떠오른다네…… 어째? 원한다면 내가 들려주겠네. 어떤가?"

"원합니다, 원하고말고요, 할아버지! 어서 말씀해주세요."

"그럼 얘기할 테니, 어디 한번 들어보게나!"

II

우리 아버지와 어머니는 오래전에 돌아가셨다네, 내가 아직 어릴 때였지…… 이 세상에 나만 홀로 남겨두고 떠나셨지. 에후! 내 처지가 그랬어. 그래서 촌장은 '자, 이제 이 어린 녀석을 어떻게 한담?'하고 생각했다네. 그리고 판*도 역시 스스로 그런 생각을 했던가 보네…… 그런데 마침 그때 숲에서 산지기 로만이 와서 촌장에게 이렇게 말했어. "이 아이를 제가 산막으로 데려가 키울 테니 제게 주십시오…… 저도 숲에서 심심치 않을 테고 이 아이는 빵이라도 먹을 수 있을 겁니다……" 그가 이렇게 말하자 촌장은 "데려가게!"하고 승낙했어. 그는 나를 데려왔고, 그때 이후 이렇게 나는 숲에 남게 되었다네.

여기서 나를 로만이 길렀다네. 어찌나 무시무시한 사람이었는지, 맙소사! 키는 무척 크고 눈은 시커멓고, 그 눈만 봐도 얼마나 음울한 사람인지 알 수 있었다네. 평생을 숲에서 혼자 살았거든. 어쨌든 사람들은 곰이 그의 형제요, 늑대는 그의 조카라고 말하곤 했어. 짐승들은 모두 그를 알아보았고 무서워하지도 않았지만 사람들만은 슬슬 피하면서 쳐다보려고도 하지 않았다네…… 그는 그런 사람이었어, 맹세코, 그랬지! 그가 나를 바라볼 때마다 등에 고양이의 꼬리가 닿는 것처럼 느

---

* 남서 러시아 및 폴란드에서 지주(귀족)의 호칭.

146

껴졌다네. 하지만 그럼에도 불구하고 로만은 선량한 사람이었고, 말할 나위도 없이 나를 잘 먹여 길러주었다네. 메밀 죽에 언제나 비계를 넣어주고, 오리를 잡으면 오리 고기도 곁들여주었지. 이 모든 게 사실이야. 아무튼 나를 먹여준 건 틀림없는 사실이라네.

그렇게 우리는 단둘이 살았어. 로만은 숲으로 갈 때면 내가 짐승에 잡아먹히지 않도록 산막에 가둬놓았지. 하긴 후에 옥사나를 아내로 맞이했지만. 판이 그에게 아가씨를 얻어주었다네. 그를 마을로 불러서 이렇게 말했지. "이보게, 로만, 장가들게나!" 로만은 처음에 판에게 이렇게 말했어. "제게 아가씨가 무슨 소용이 있겠습니까? 숲에서 여편네랑 할 일이 뭐가 있다고요. 제게는 이미 애가 있잖습니까? 말하자면 장가는 원치 않습니다!" 그는 여자들과 지내본 적이 없으니, 그럴 수밖에! 그런데 판 또한 교활했던지라…… 그 판에 대해 생각해보면 요즘은 그와 같은 부류의 판은 더 이상 없다는 생각이 든다네. 자네만 하더라도 역시 지주 출신이라고 말하곤 하지…… 어쩌면 사실이겠지만 자네에게서는 그처럼 진짜 판을 찾을 수는 없다네. 자네는 그냥 평범한 젊은이이고, 그 이상은 아니지.

하지만 그는 과거의 진정한 판이었다네…… 자네에게 말하지만 세상은 수백 명의 사람이 한 사람을 두려워하며 지내는 그런 식이 아닌가!…… 젊은이, 매와 병아리의 경우를 한번 생각해보게나. 둘 다 알에서 깨어나지만, 매는 높은 곳에서 먹잇감을 노리고 있잖은가! 하늘에서 한 번 울기만 하면 병아리들뿐만 아니라 늙은 수탉까지도 도망치기에 바쁘지…… 그렇듯이 매가 판이라면, 닭은 평범한 농군들이지……

내가 어렸을 때로 기억하네. 농부들이 숲에서 굵은 통나무들을 운반하고 있었는데, 아마 30명가량 되었을 거야. 그런데 판은 혼자 말을 타고 가면서 수염을 배배 꼬고 있었다네. 그런데 갑자기 말이 장난을 치니까 그가 주위를 둘러보더군. 어이구—어이구! 농군들은 판을 보자 옆으로 비켜나 말들을 눈 속으로 돌려세우고 스스로 모자를 벗고 머리를 조아렸다네. 그들은 몇 번이고 온 힘을 다해 눈 속에서 겨우 통나무를 끌어냈는데, 판은 이에 아랑곳하지 않고 혼자 말을 타고 가더군, 마치 자기 혼자 가기에도 길이 비좁다는 듯이 말이야! 판이 눈썹을 살짝 찡그려도 벌써 농민들은 겁을 집어먹고, 그가 웃으면 모두가 기뻐하며, 그가 침울해지면 모두가 슬퍼했다네. 생각해보게나, 판에게 거역할 수 있는 사람은 아무도 없었어.

그런데 로만은 알다시피 숲에서 자랐고, 예의라곤 전혀 몰랐으며, 따라서 판은 그에게 심하게 화를 내지는 않았다네.

"자네가 장가가길 바라네." 판이 말했지 "내게 다 생각이 있어서 그러는 거니까 옥사나를 데려가게."

"저는 싫습니다!" 로만이 대답했지. "옥사나라 해도 제게는 아내가 필요 없습니다! 악마에게나 시집을 보내세요, 저는 아닙니다…… 절대로!"

판이 채찍을 가져오라고 분부를 내리고, 로만을 한참 족친 후에 다시 물었다네.

"로만, 장가를 갈 텐가?"

"아닙니다." 그가 말했어. "안 갈 겁니다."

"바지를 벗기고 호되게 매질을 해라." 판이 명령했지.

어지간히 그를 두들겨 팼지. 로만은 워낙 건장했지만 끝내 지쳐버렸다네.

"그만하시오." 그가 소리쳤어. "너무 심합니다! 계집 하나 때문에 내가 이런 고통을 감수하다니, 차라리 악마에게나 줘버리는 것이 낫겠소. 그녀를 이리 데려오시오, 결혼하겠소!"

판의 안뜰에는 오파나스 슈비트키라는 사냥개 몰이꾼이 있었다네. 로만이 결혼하기로 작정한 그 순간에 그가 들판에서 돌아왔지. 그는 로만의 사정 얘기를 듣고서 판의 발아래 넙죽 엎드려 입을 맞추며 말했다네……

"자비로우신 판 님이여, 무엇 때문에 괜한 사람을 괴롭히십니까. 차라리 제가 군소리 없이 옥사나와 결혼하겠습니다……"

그는 옥사나와 결혼을 원했지. 그런 사람도 있다니, 맙소사!

그러자 로만은 기뻐서 어쩔 줄 몰라 했지. 그가 일어나서 바지를 치켜 입고 말했다네.

"거참 잘됐네. 자네, 이 사람아 조금만 더 일찍 오지그랬나? 판 님은 늘 이렇다니까! 결혼하고 싶어 하는 사람을 수소문도 안 해보고. 이렇게 사람을 잡아다가 매질을 하시다니! 과연 이게 기독교인으로서 할 일인가? 제기랄!……"

에후, 로만은 때때로 판에게도 덤벼들었다네. 그는 그런 사람이었으니까! 일단 그가 화를 내면 판조차도 그에게 얼씬하지 못했지. 하지만 판은 교활한 인간이었다네! 알다시피 판의 머릿속엔 다른 속셈이 있었던 거야. 그는 또다시 로만에게 풀밭에 엎드리라고 명령을 내렸지.

"이 바보 같은 놈아, 내가 널 행복하게 해주려는데 불평을 해대다니. 지금 넌 곰처럼 굴속에 혼자 살고 있어서 네놈에게 들르는 것도 언짢단 말이다…… 저 바보 같은 놈의 입에서 살려주십쇼 하는 말이 나올 때까지 두들겨 패라…… 그리고 오파나스, 너는 마귀할멈에게나 가봐라. 초대받지도 않은 밥상 앞에 스스로 앉으려 들지 말아라. 로만에게 어떤 대접을 하는지 잘 봐라. 너도 그런 맛을 보지 않으려거든."

로만도 이제는 장난이 아니었기에 화가 치밀었다네. 그는 제대로 두들겨 맞았는데, 알다시피 옛날 사람들은 가죽 채찍을 잘 다뤘지. 하지만 그는 그냥 누워서 '살려주십쇼'라는 말을 하지 않았다네. 꽤 오랫동안 버티다가 결국에는 침을 뱉으며 소리쳤지.

"한갓 계집년 때문에 기독교인을 이렇게 두들겨 패다니! 더구나 숫자도 세지 않고 두들겨 패는 것을 그 아비도 원하지는 않을 것이다. 됐다! 이 악마의 졸개 놈들아! 네놈들의 손이 썩어 문드러질 테니, 악마가 곤장 치는 법을 제대로 가르쳐주었구나! 내가 네놈들에게 타작마당의 밀단인 줄 아느냐. 정녕 그렇다면 이렇게 된 바에야 결혼을 해야겠다."

그러자 판은 껄껄 웃으며 말했다네.

"그럼 좋아! 이제 자넨 결혼식에서 앉아 있지도 못할 테니, 대신에 춤이나 더 춰보게나……"

정말로 판은 유쾌한 사람이었다네. 유쾌했지! 하지만 자신에게 불쾌한 일이 생겼을 땐, 누구든지 심하게 대했다네. 사실 나는 어느 누구에게도 그런 걸 바라지 않아. 심지어 유대인에게조차도 그런 걸 바라서는 안 되지. 내 생각은 그렇다네……

바로 이렇게 해서 로만은 결혼을 하게 되었지. 그는 젊은 아가씨를 산막으로 데리고 왔고, 처음에는 욕만 해댔다네. 자기가 매질당한 것이 분했던 거지. "바로 너 때문에 내가 얼마나 심하게 두들겨 맞았는지 알아." 그가 말했어.

숲에서 돌아오면 당장 그녀를 오두막에서 내쫓으려 하곤 했다네.

"썩 나가버려! 내 산막엔 계집은 필요 없어! 맘에 안 든다고! 내 오두막에 계집이 자는 것을 원치 않아! 기분이 좋지 않다고!" 그는 소리를 질러댔다네.

허, 참!

그런 다음에는 별일이 없었고, 참고 견뎠다네. 옥사나는 집 안을 깨끗이 쓸고 닦고 접시도 가지런히 정돈하여 모든 것이 윤이 났고, 심지어 마음마저 흐뭇해졌다네. 그래서 로만은 옥사나가 착한 아낙인 줄 알고 조금씩 익숙해졌지. 그렇지, 익숙해졌을 뿐만 아니라 그녀를 사랑하게 되었어. 이보게, 이건 진실이야, 거짓말이 아니라네. 로만에게 이런 일이 생길 줄이야. 그는 아내를 잘 대해주었고, 이런 말까지 했다네.

"판에게 정말 감사해. 내게 이런 선행을 베풀다니. 난 참 바보 같은 인간이었지. 그렇게 심하게 맞았지만, 이제는 알겠어, 그건 아무것도 아니고 나쁘지도 않았다는 사실을. 심지어 좋은 일이었지. 바로 그랬어!"

세월이 꽤 많이 흘렀다네. 얼마나 흘렀는지는 알 수 없어. 옥사나가 긴 의자에 누워 신음 소리를 내기 시작했다네. 저녁 무렵에는 아예 자리에 누워버렸는데, 아침나절에 내가 일어났을 때 누군가가 가냘픈 목소리로 애처롭게 우는 소리가 들려왔다네. 나는 '아하! 아기가 태어났구나' 하고 혼자 생각했지. 그리고 실제로 그랬다네.

하지만 아기는 이 세상에서 오래 살지 못했다네. 아침부터 저녁까지 단 하루를 살았지. 저녁에 울음소리가 그치고…… 옥사나는 서글프게 울음을 터뜨렸으나 로만은 이렇게 말했다네.

"아기가 세상을 떴네. 아기가 없으니 이제는 신부를 부를 이유도 없지. 소나무 아래 묻어줍시다."

로만은 그렇게 말하고 말을 마치기 무섭게 즉시 실행에 옮겼는데,

작은 구덩이를 파고 아기를 묻어주었다네. 저기 벼락을 맞은 오래된 그루터기가 있잖은가…… 로만이 아기를 묻었던 바로 그 소나무가 저렇게 남아 있다네. 젊은이, 내가 하려는 말을 이해하겠는가. 지금까지도 해가 지고 숲 위에 별빛이 반짝이기 시작하면 작은 새 한 마리가 날아와서 울곤 한다네. 오호, 새 울음소리가 어찌나 애처로운지 가슴이 미어질 지경이지! 이것은 세례를 받지 못한 영혼이 세례를 받고 싶어 하는 거라네. 책으로 학식을 깨친 사람이라면 지금이라도 그 아이에게 세례를 줄 수 있고, 그러면 새가 더 이상 날아오지 않을 거라고 말을 하지…… 하지만 여기 숲에서 살고 있는 우리는 아무것도 알지 못한다네. 새가 날아와서 요구를 하면 우리는 기껏해야 이렇게 말하곤 하지. "가거라―가거라, 가엾은 영혼아, 우리가 해줄 수 있는 게 없구나!" 그러면 새는 한참을 울다가 날아가지만 다음에 또다시 날아오지. 에후, 이보게, 참으로 안타깝고 가엾은 영혼이라네!

옥사나는 건강을 회복하자 계속 무덤에 오가곤 했어. 무덤에 앉아 어찌나 큰 소리로 우는지 그녀의 목소리는 숲 전체로 울려 퍼지곤 했다네. 이렇게 그녀는 죽은 아이를 애석해했지만 로만은 아이가 아니라 옥사나를 안타까워했지. 때때로 숲에서 돌아와서는 옥사나 곁에 서서 이렇게 말하기도 했다네.

"이제 그만해, 바보 같은 여편네야! 뭘 위해 그렇게 울어! 한 아이가 죽으면, 다른 아이가 태어날 건데. 어쩌면 훨씬 더 좋은 아이가 태어날 거라고! 그리고 어쩌면 죽은 아이는 내 아이가 아니었을 거야, 나는 전혀 알지 못했지만, 사람들이 그러더라고…… 하지만 다음 아이는 내 아이겠지."

옥사나는 그가 그렇게 말하는 걸 오래전부터 좋아하지 않았지. 그녀는 울음을 멈추고 그에게 온갖 나쁜 말로 짖어대기도 했어. 그래도 로만은 그녀에게 화를 내지는 않았다네.

"아니 왜 그렇게 짖어대는 거야?" 하고 그는 아내에게 묻는다네. "나는 아무 말도 하지 않았어, 그저 모른다고 얘기했을 뿐이라고. 왜냐하면 예전에 너는 내 여자가 아니었고, 숲속이 아니라 바깥세상에서 다른 사람들 사이에서 살았으니까 나는 알 수가 없지. 내가 어떻게 그걸 알겠어? 이제 너도 숲속에 살고 있으니 괜찮지. 하지만 내가 마을에 나갔더니 페도시야라는 여편네가 나에게 '로만, 당신은 애가 일찍 생겼다면서요!'라고 말하지 않겠어. 그래서 나는 '일찍인지 늦게인지 내가 어떻게 그걸 알겠소?'라고 말해주었지. 암튼 욕지거리는 그만두라고, 그러지 않으면 내가 화가 나서 너를 두들겨 팰지도 모르니까."

하지만 옥사나는 그에게 계속 짖어대다가 멈추곤 했다네. 그녀는 그에게 욕을 하고 등짝을 때리다가도 로만이 화를 내기 시작하면 조용해지곤 했지, 사실은 남편을 두려워했거든. 그에게 매달려서 포옹을 하고 입을 맞추면서 눈을 쳐다본다네…… 그러면 우리의 로만은 화가 가라앉곤 했지. 보다시피 젊은이, 필시 자네는 모르겠지만, 나처럼 늙은이는 비록 결혼은 하지 않았지만 평생 동안 많이 보아왔다네. 젊은 계집의 키스는 성난 남편을 녹여버릴 정도로 달콤한 것이야. 암, 그렇고말고! 계집들이 어떤지 나는 잘 알지. 더구나 옥사나는 반질반질하고 예쁘장한 젊은 계집이라네. 나는 지금껏 그녀보다 더 나은 여자를 보질 못했어. 이보게 젊은이, 말하건대 이제는 계집들도 옛날 같지 않아.

한번은 숲속에 뿔나팔 소리가 들려왔다네, 뜨라따, 따라따라, 따따따! 이렇게 숲속에 아주 흥겹고 감미롭게 울려 퍼지더군. 나는 그 당시에는 어려서 그게 뭔지 알 수 없었어. 산새들이 날개를 푸드덕거리며 울면서 둥지에서 날아오르고, 토끼들은 등에 귀를 붙이고 허겁지겁 달아났지. 나는 그것이 어쩌면 정말 아름답게 울어대는 일찍이 본 적 없는 짐승일 것이라고 생각했다네. 하지만 그것은 짐승이 아니라 말을 타고 숲속을 지나며 뿔나팔을 부는 판이었어. 판 뒤로는 역시 말을 탄 몰이꾼들이 개 떼를 이끌고 따라왔다네. 하지만 몰이꾼들 중에서 가장 멋진 사람은 오파나스 슈비트키였는데, 그는 금테 두른 모자에 푸른 카자크 옷을 입고 번쩍이는 총과 반두라*를 가죽 끈으로 어깨에 메고서 판의 뒤를 따라왔어. 판은 오파나스를 좋아했는데, 그가 반두라를 멋지게 연주하고 노래를 잘 불렀기 때문이지. 오파나스는 아주 잘생긴 청년이었다네, 정말 굉장한 미남이었지! 판은 오파나스와 비교가 되지 않았어. 판은 벌써 머리가 벗어지고 코가 불그죽죽한 데다 눈은 비록 유쾌했지만 오파나스의 눈에 비할 바가 못 되었다네. 오파나스가 어린 나를 쳐다볼 때면 나는 비록 계집아이는 아니었지만 웃고 싶어지곤 했어. 오파나스의 아버지와 할아버지들은 세치에 살던 자포로쥐 카자크였는데, 거기 사람들은 모두가 늘씬하고 멋지며 민첩하다고들 한다네. 젊은이, 자네 스스로 생각해보게나. 창을 들고 말을 타고서 들판을 쏜살같이 달리는 모습이나 혹은 도끼로 나무를 자르는 모습을 말이야. 물론 둘이 같은 일은 아니지만⋯⋯

그래서 나는 밖으로 뛰어나가 바라보았지. 판이 말을 타고 다가와서 멈춰 섰고, 몰이꾼들도 멈추었다네. 로만이 오두막에서 나와 판의 등자를 잡아주자 판은 땅으로 내려섰지. 로만은 그에게 인사를 하더군.

"잘 지내는가!"라고 판이 로만에게 말했어.

---

* 우크라이나의 카사크들 사이에서 널리 애용된 전통 현악기로 현의 수는 12~70개로 다양하며 손가락으로 연주함.

"으흠, 저야 뭐, 감사합니다, 잘 지내죠. 저에게 별일이 있겠습니까?" 로만이 대답을 했지. "당신은 어떠세요?"

알다시피 로만은 판에게 어떻게 대답해야 할지 잘 몰랐어. 그의 말에 몰이꾼들은 웃음을 터뜨렸고, 판도 역시 그랬다네.

"음, 다행이군, 자네가 잘 지낸다니." 판이 말했어. "그래 자네 색시는 어디 있는가?"

"어디 있긴 어디 있겠어요? 아시다시피 아내는 산막에 있습니다……"

"그럼, 우린 산막으로 들어가보세." 판이 말했지. "자네들은 풀밭에 융단을 깔고 무엇보다 젊은 부부를 축하할 수 있게 준비를 해주게나."

그리고 판, 오파나스, 모자를 쓰지 않은 로만, 또한 판의 충실한 종복인 늙은 사냥꾼 보그단이 산막 안으로 들어갔다네. 세상에 이런 부류의 종복은 더 이상 존재하지 않지. 이 늙은이는 다른 종복들에게는 엄격했지만, 판 앞에서는 개처럼 쩔쩔맸다네. 보그단에게는 판을 제외하고는 세상에 아무도 없었지. 부모가 죽은 다음 보그단은 판의 아버지에게 가서 장가를 들게 해달라고 간청했었다네. 하지만 판의 아버지는 청을 들어주지 않고 그를 자신의 어린 아들을 돌보는 몸종으로 정하고서 "자, 여기 네 아비, 어미, 마누라가 있다"라고 말했어. 보그단은 어린 판을 받아들이고 밖으로 나가 말 타는 법과 총 쏘는 법을 가르쳐주었다네. 어린 판이 성장해 판에 오르자 늙은 보그단은 언제나 개처럼 그의 뒤를 졸졸 따라다녔지. 에후, 진실을 말하자면 보그단을 저주하는 사람들도 많고, 그 때문에 눈물을 흘린 사람도 많지만…… 그 모든 것이 판 때문에 생긴 거라네. 판의 말 한마디라면 보그단은 제 아비도 서슴지 않고 찢어 죽일 수 있었을 걸세……

어린아이였던 나도 그들의 뒤를 따라 오두막으로 달려갔다네. 물론 호기심 때문이었지. 난 판이 가는 곳이면 어디든지 쫓아다녔으니까.

집 안으로 들어가 보니 판은 방 한가운데 서서 수염을 쓰다듬으며 미소를 짓고 있더군. 로만은 두 손에 모자를 움켜쥐고서 발을 구르고 있었고, 오파나스는 궂은날 저 어린 참나무처럼 가엾게 벽에 어깨를 기대고 서 있었다네. 얼굴을 찌푸린 채 침울하게……

그리고 그 세 사람은 일제히 옥사나 쪽으로 돌아섰다네. 늙은 보그단만 구석에 놓인 긴 의자에 앉아 고개를 숙인 채 판의 명령을 기다리고 있었지. 옥사나는 벽난로 옆 구석에 서서 눈을 내리깔고 보리밭의 허수아비처럼 얼굴이 빨개졌다네. 자기 때문에 나쁜 일이 일어날까 봐 걱정하는 기색이 역력했지. 젊은이, 자네에게 말하지만, 이미 남정네 셋이서 한 여자를 바라고 있다면 거기서 대체 좋은 일이 생길 리가 만무하지 않은가. 서로 이마를 부딪치는 정도에서 그치면 그나마 다행이겠지만. 나는 두 눈으로 직접 보았기에 아주 잘 알고 있다네.

"그래 어떤가, 로만. 내가 자네에게 괜찮은 색시를 얻어주었지?" 판이 웃으며 말하더군.

"무슨 그런 말씀을? 계집이면 계집이지, 별거 없습니다!" 로만이 대답했다네.

이때 오파나스가 어깨를 으쓱하더니 옥사나를 바라보며 혼잣말처럼 말하더군.

"그렇지, 계집이지! 비록 저런 얼간이한테는 어울리지 않지만."

로만은 이 말을 듣고 오파나스에게로 돌아서서 이렇게 말했다네.

"이봐, 오파나스. 내가 어째서 얼간이로 보이는가? 어디 말씀 좀 해보시지!"

"자기 마누라도 지키지 못하는데 얼간이가 아니면 뭔가……" 오파나스가 응수했다네.

오파나스는 로만에게 대놓고 이런 말을 했어! 판조차 발을 굴렀고, 보그단은 머리를 절레절레 흔들었으며, 로만은 잠시 생각에 잠기는가 싶더니 고개를 들어 판을 쳐다보며 오파나스에게 이렇게 말하더군.

"뭣 때문에 마누라를 지켜야 하는가? 여기에는 짐승 빼고는 아무도 없다고. 판 님께서 가끔 들르실 뿐이지. 그런데 어느 놈에게서 마누라를 지키라는 거야? 망할 놈의 카자크 같으니, 날 열받게 만들면 머리 끄덩이를 잡아채줄 테다!"

그들 사이에 일이 한판 크게 벌어지려는 순간에 판이 끼어들었다네. 그가 발을 크게 구르자 두 사람은 조용해지더군.

"조용히 해라, 이 못난 자식들 같은 이라고." 판이 소리쳤어. "우리는 싸움이나 하자고 여기 온 게 아니야. 젊은 부부를 축하하고 나서 저녁 무렵에 습지로 사냥을 나가야지. 자, 날 따라와라!"

판은 돌아서서 집 밖으로 나갔다네. 나무 아래서 몰이꾼들이 이미 먹을 것을 준비해놓고 있었지. 보그단은 판을 따라 나갔지만 오파나스는 문간에서 로만을 불러 세웠다네.

"이보게, 내게 화를 내지 말게나." 카자크가 말했어. "이 오파나스가 하는 말을 잘 들어보게. 자네는 내가 판의 발밑에 엎드려 신발에 입을 맞추며 옥사나를 아내로 맞게 해달라고 간청하던 걸 보았지? 하지만 맙소사, 결국 옥사나는 자네 것이 되었지…… 아마 그게 운명이었던 게야! 하지만 잔혹한 원수 놈이 또다시 그녀와 자네를 조롱하는 것을 난 견딜 수가 없다네. 아아, 내 마음을 아는 사람은 아무도 없을 거야…… 내가 두 연놈을 잠자리 대신에 진흙 구덩이에 처박아 뉘어놓는 것이 차라리 나을 게야……"

로만은 카자크를 쳐다보더니 묻더군.

"이봐, 카자크, 자네 미치지 않았나?" 이때 문간에서 오파나스가 로만에게 조용히 소곤대는 것은 들리지 않았지만 로만이 그의 어깨를 치면서 이렇게 말하는 것은 들었다네.

"아아, 오파나스, 오파나스! 세상에 그토록 흉악하고 간사한 인간도 있구먼! 나야 숲속에서 사느라 그런 것은 조금도 몰랐네. 에후, 판, 판, 네놈의 대가리 속에 그런 악마가 숨어 있었다니!"

"하지만 이제 나가서는 모른 체하게. 특히 보그단 앞에서는." 오파나스가 그에게 말했지. "자네는 우둔한 인간이지만 판의 충견은 약삭빠르거든. 그리고 판의 보드카를 너무 많이 마시지 않도록 주의하게, 만약에 판이 자네를 몰이꾼들과 함께 늪으로 보내고 자신은 여기 남겠다고 하거든, 몰이꾼들을 오래된 참나무 있는 곳까지 데려가서 그들에게 우회로를 알려주고 자네는 숲속의 지름길로 가겠다고 말하게…… 그리고 곧장 이곳으로 되돌아오게나."

"좋아, 사냥 준비를 하고 총알을 장전하겠네. 새를 잡는 총알이 아니라 곰을 잡는 총알을 재워야지." 로만이 대답했지.

그리고 두 사람은 밖으로 나갔다네. 판은 벌써 융단에 앉아 술병과 술잔을 내오라고 하더니 술잔에 보드카를 부어 로만에게 건네더군. 판의 술병과 술잔도 좋았지만, 보드카는 훨씬 좋았다네. 한 잔 마시면 기분이 좋아지고, 또 한 잔 마시면 심장이 뛰기 시작한다네. 그 술에 익숙하지 않은 사람은 세 잔만 마셔도 마누라가 침대 의자 위에 눕히지 않으면, 그 아래서 곯아떨어진다네.

아무튼 말하건대 판은 간악하기 짝이 없는 놈이었지! 자신의 보드카로 로만을 곯아떨어지게 만들 작정이었지만 로만을 쓰러뜨릴 만한 보드카는 아직 없었다네. 판에게서 한 잔, 두 잔, 세 잔을 받아 마셨지만 로만은 늑대처럼 눈만 껌벅이며 검은 수염을 쫑긋거렸다네. 이에 판은 그만 화를 내고 말았지.

"허, 이런 나쁜 놈을 봤나, 보드카는 넙죽넙죽 받아 마시면서 눈 하나 깜박하지 않네! 다른 놈 같았으면 벌써 엉엉 울기라도 했을 텐데, 이놈은 이렇게 싱글거리고만 있네그려." 이 간사한 판은 보드카를 마신 사람이 울기 시작하면 얼마 안 있어 술상에 얼굴을 처박고 만다는 사실을 잘 알고 있었지만, 이번에는 그게 아니었지.

"아니, 뭣 때문에 제가 웁니까?" 로만이 그에게 대답했지. "이런 때 우는 것은 좋지 않지요. 제게 자비로운 판께서 축하하러 오셨는데, 제가 여편네처럼 질질 짠다는 게 말이 됩니까. 다행히도 저는 울어야 할 건더기가 없지요. 제 원수 놈들이나 울게 하는 게 낫지요……"

"그러니까 자넨 만족스럽다는 얘긴가?" 판이 물었다.

"거참! 제가 만족스럽지 못할 이유가 뭐가 있겠습니까?"

"근데 기억하겠지? 우리가 매질로 자네를 장가들게 했던 일 말일세."

"그걸 어찌 기억 못 하겠습니까? 말하자면 그때 저는 무엇이 달콤하고 무엇이 쓴지도 잘 모르는 우둔한 놈이었지요. 매질도 따끔하긴 하지만 그래도 저는 여편네보다 그걸 더 좋아했지요. 그래서 저는 멍청한 제게 꿀이 먹기 좋다는 것을 일깨워주신 자비로운 어르신인 판 님께 감사합니다."

"좋아, 좋다고." 판이 그에게 말했지. "대신에 자네는 내 말을 잘 들어야 하네. 몰이꾼들과 함께 늪으로 가서 새들을 많이 잡아 오게나, 들꿩은 꼭 잡아 오게나."

"그럼 언제 늪으로 우리를 보내실 건가요?" 로만이 물었다네.

"좀더 술을 마시자고. 오파나스가 노래 한 곡을 부를 테니 그다음에 출발하게나."

그러자 로만은 판을 쳐다보며 말했다네.

"그러나 그건 이미 어렵습니다. 시간이 꽤 늦었고, 늪까지 거리도 멉니다. 게다가 숲에 바람이 이는 걸 보니 밤에는 폭풍우가 몰아칠 것 같습니다. 이러한데 지금 어떻게 그토록 약삭빠른 새를 잡을 수 있겠습니까?"

그런데 판은 이미 얼큰하게 취해 있었고, 취하면 그는 지독하게 성질을 부렸다네. 그래서 몰이꾼들이 "로만의 말이 옳아, 곧 폭풍이 몰아칠 거야"라고 저희들끼리 수군거리기 시작하는 것을 듣자 판이 벌컥 화를 냈지. 그가 술잔을 탁 내려놓으며 그들을 노려보자 모두들 입을 다물었다네.

오파나스 혼자만 겁을 먹지 않았지. 그는 판의 지시에 따라 반두라에 맞춰 노래를 부르기 위해 앞으로 나서 반두라의 줄을 조율하며 곁눈질로 판을 바라보며 그에게 말했다네.

"자비로우신 판 님, 생각을 바꾸십시오! 밤중에 그것도 폭풍우가 몰아치는데 사람들을 어두운 숲으로 사냥을 보내려고 하시다니 이게 어디 가당키나 한 일입니까?"

그는 이렇게 대담한 사람이었다네! 다른 놈들은 알다시피 판의 노예인지라 겁을 먹고 있었지만 그는 원래 카자크 혈통의 자유인이었거든. 우크라이나에서 온 늙은 카자크 악사가 어린 그를 데리고 왔다네. 그곳의 우마니라는 읍내에서 사람들이 어떤 이유로 들고일어나서 늙은 카자크의 두 눈을 찌르고 귀를 자른 다음 세상 밖으로 내쫓았지. 그

후 어린 오파나스의 길 안내를 받으며 여러 도시와 마을을 돌아다니다가 우연히 이쪽으로 굴러들어왔다네. 그 와중에 멋진 노래를 좋아하던 판의 아버지가 그를 자기 집으로 거둬들였지. 카자크 노인네는 죽었고, 오파나스는 판의 집에서 자라났다네. 젊은 판도 그를 좋아했는데, 때로는 다른 사람 같으면 곧장 세 대쯤 맞을 법한 말을 해도 참아내곤 했지.

그건 그렇고 처음에 판은 무척 화가 나 있어 카자크 놈을 때려줄 거라고 다들 생각했는데, 잠시 후 오파나스에게 이렇게 말했다네.

"이봐, 오파나스, 오파나스, 자네는 참 영리한 친구야. 하지만 문이 쾅 하고 닫히기 전엔 문틈으로 코빼기를 내밀지 말아야 한다는 걸 모르는 것 같군그래……"

판은 이렇게 수수께끼 같은 말을 던졌다네! 하지만 오파나스는 곧바로 의중을 알아차렸지. 그래서 그는 판에게 노래로 응답했다네. 판이 오파나스의 노래를 제대로 이해했다면, 어쩌면 그 노래를 듣고 눈물을 흘리지는 않았을 것이네.

"판 님, 가르침에 감사드립니다." 오파나스가 말했지. "그래서 제가 당신께 노래 한 곡을 바칠 터이니 들어주십시오."

그리고 반두라의 줄을 튕기기 시작했지.

그다음에 고개를 들어 하늘을 쳐다보았다네. 하늘에는 독수리가 날갯짓을 하고, 바람이 검은 구름을 몰아세우고 있었지. 그는 귀를 곧추세우고 키 큰 소나무들이 부스럭거리는 소리를 들었다네.

그리고 또다시 반두라의 줄을 튕겼다네.

아쉽게도 자네는 오파나스 슈비트키의 연주를 들을 수 없지. 이제는 그런 연주를 더 이상 들을 수 없다네! 반두라가 대단한 악기는 아니지만 명인은 그것으로 말 대신에 의사를 훌륭하게 표현한다네. 오파나스의 손이 그 위를 줄달음치면 반두라는 온갖 소리를 다 풀어내곤 했지. 궂은날의 울창한 소나무 숲의 웅성거림, 광막한 초원에서 폭풍우의 우짖음, 높다란 카자크 무덤 위의 메마른 풀잎들의 술렁거림 등을.

이보게, 자네는 그런 멋진 연주를 결코 들을 수 없을 걸세! 요즘은 폴레시예에 살던 사람들뿐만 아니라 다른 장소들, 즉 치기린, 폴타바, 키예프, 체르카스 등의 우크라이나 각지에 살던 사람들이 이쪽으로 넘어오곤 한다네. 그들이 말하길 반두라 연주자들은 이미 씨가 말랐고, 따라서 이제는 정기 시장에서도 장거리에서도 반두라 연주를 들을 수 없다더군. 우리 집 벽에는 아직 낡은 반두라가 걸려 있다네. 오파나스가 나에게 연주하는 법을 가르쳐주었지만 내게서 연주를 배운 사람은 아무도 없다네. 내가 죽고 나면, 물론 얼마 남지 않았지만, 이 넓은 세상 그 어디에서도 반두라 소리는 들을 수 없게 될 걸세. 이건 정말이라네! 오파나스는 조용한 목소리로 노래를 부르기 시작했지. 오파나스의 목소리는 나직하고 서글프며 시름에 잠긴 듯 그렇게 가슴속으로 밀려들었어. 노래는 오파나스 자신이 판을 위해 지어낸 듯했는데, 나는 두 번 다시 그 노래를 들을 수가 없었다네. 후에 내가 오파나스에게 그 노래를 불러달라고 졸라대곤 했지만 그는 끝내 내 청을 들어주지 않았지.

"그 노래를 들려줄 사람은 이미 이 세상에 없다"라고 그는 말했다네.

그 노래에서 카자크는 판에게 일어나게 될 모든 진실을 말했고, 판은 노래를 듣고 울었고, 심지어 그의 눈물은 수염을 타고 흘렀지만, 노래의 의미는 한마디도 이해하지 못한 듯했다네.

에후, 나는 그 노래를 전부 기억하지는 못하지만 단지 몇 구절은 떠올릴 수 있지.

카자크는 판에 대해, 이반에 대해 노래를 했다네.

오, 판이여, 오, 이반이여!……
지혜로운 판은 많은 걸 알고 있다네……
하늘에는 독수리가 날고
까마귀를 잡아먹는다는 것도 안다네……

오, 판이여, 오, 이반이여!……
하지만 판도 이것만은 모른다네,
세상에 이런 일도 있다는 것을,
둥지에선 까마귀가 독수리를 잡아먹는다는 것을.

이보게, 젊은이, 나에게는 지금도 그 노래가 들리는 것 같고, 그 사람들이 보이는 것 같다네. 카자크는 반두라를 들고 서 있고, 판은 융단 위에 앉아 고개를 숙이고 울고 있지. 몰이꾼들은 서로 팔꿈치로 밀치며 둥글게 모여 서 있다네. 늙은 보그단은 머리를 흔들고…… 숲은 지금처럼 술렁거리고 반두라는 조용하고 애달프게 울리며 카자크는 판의 아내가 판의 죽음에, 이반의 죽음에 서글퍼하는 대목을 노래하지.

운다네, 판의 아내가, 울고 있다네.
판의, 이반의 무덤 위에서 까마귀 한 마리가 까악거리네.

아아, 판은 노래를 이해하지 못하고 눈물을 훔치며 말했다네.
"자, 채비를 하게, 로만! 자네들도 말에 오르게나! 그리고 오파나스 자네도 함께 가게! 자네 노래는 이제 다 들었네! 아주 좋은 노래였어. 하지만 노래 속의 얘기 같은 일은 이 세상에서는 일어나지 않을 걸세."

카자크도 노래 때문에 마음이 울적해져서 눈앞이 흐려졌다네. 그리고 오파나스는 말했지.

"오, 판이여, 판이여, 우리 어르신들이 동화 속에 진리가 있고, 노래 속에도 진리가 있다고들 말씀하지 않습니까. 동화 속의 진리는 마치 쇠처럼 오랫동안 이 사람에서 저 사람에게로 옮겨 다니며 녹이 슬지만, 노래 속의 진리는 마치 금처럼 절대로 녹이 슬지 않습니다…… 바로 어르신들의 말씀이지요!"

하지만 판은 손을 내저었다네.

"뭐, 자네들은 그럴 수 있겠지만, 우리는 그렇지 않다네…… 가보게, 어서 가보게나, 오파나스, 자네 말은 지루해."

카자크는 잠시 자리에 서 있다가 느닷없이 판의 발아래 엎드렸다네.

"제발 제 말을 들어주십시오, 판 님! 어서 말에 올라 부인께 가보십시오. 어쩐지 제 마음이 불길하게 느껴집니다."

바로 이 대목에서 판은 버럭 화를 내면서 카자크에게 개를 차듯이 발길질을 해댔다네.

"내 앞에서 썩 꺼져버려라! 네놈은 보아하니 카자크가 아니라 계집년이구나! 내 앞에서 썩 꺼지지 않으면 가만두지 않겠노라…… 뭘 바라는 거냐, 이 망할 놈아? 이젠 내가 네놈에게는 더 이상 판도 아니라는 거냐? 네 조상이 우리 조상한테서 맛보지 못한 꼴을 내가 네놈에게 보여주겠다!……"

오파나스는 먹구름처럼 자리에서 일어나더니 로만에게 눈짓을 했다네. 하지만 로만은 아무 일도 없었다는 듯 총대에 기대 옆에 서 있었지.

카자크는 반두라로 나무를 후려쳤다네! 반두라는 산산조각이 나 사방으로 튀었고, 그 신음 소리만이 숲속으로 울려 퍼져 나갔다네.

"현명한 충고를 듣지 않는 저런 사람은 저승의 악마들한테서나 가 르침을 받으랄 수밖에. 판, 당신에게는 충실한 심복은 필요 없는 것 같 군요." 그가 말했어.

판이 미처 대답할 겨를도 없이 오파나스는 말안장 위로 뛰어올라 달려가버렸지. 몰이꾼들도 말에 올라탔다네. 로만은 어깨에 총을 둘러 메고 산막 옆을 지나면서 옥사나에게 소리쳤지.

"아이를 재워, 옥사나! 잘 때가 되었으니. 그리고 판 님에게 잠자리 도 마련해드리고."

모두들 바로 저 길을 따라 재빨리 숲속으로 갔고, 판은 산막으로 들어갔으며, 판의 말만이 나무 아래에 매인 채 서 있었다네. 이미 날이 어두워지기 시작했고, 숲속은 소란스러워지며 바로 지금처럼 빗방울이 떨어지기 시작했지…… 옥사나는 나를 건초간에 눕히고 잘 자도록 성 호를 그어주었다네…… 나는 옥사나가 우는 소리를 들었어.

에휴, 당시만 해도 철없는 어린아이였던 나는 내 주위에서 무슨 일 이 일어나는지 알지 못했어! 나는 건초 위에 웅크리고 누워 숲속에서 폭풍이 노래하는 소리를 들으며 잠을 청하기 시작했다네.

그런데 갑자기 누군가가 산막 옆을 지나가더니 나무로 다가가 판 의 말고삐를 푸는 소리가 들리더군. 말은 코를 푸르렁거리더니 발굽으 로 땅을 박차고 숲속으로 사라지고, 곧이어 말굽 소리도 잦아들었다 네…… 그다음에 다시 누군가가 길을 따라 산막 쪽으로 말을 타고 오 는 소리가 들리더군. 산막에 가까이 다다르자 안장에서 땅으로 뛰어내려 곧장 창가로 다가오더군.

"판 님, 판 님!" 늙은 보그단의 목소리가 울렸다네. "아이고, 판 님, 빨리 문을 여십시오! 그 망할 카자크 놈이 앙심을 품고 판 님의 말을 풀어준 모양입니다. 그래서 말이 숲속으로 달아났습니다."

노인네가 미처 말을 다 하기도 전에 누군가가 뒤에서 그를 붙잡았고, 뭔가 넘어지는 소리가 들렸다네…… 나는 엄청 놀랐지.

판은 문을 열고서 총을 들고 뛰어나왔지만 바로 문간에서 로만에게 붙잡혀 이마를 얻어맞고 땅바닥에 넘어졌다네……

이렇게 상황이 나쁘다는 것을 알아챈 판이 간청을 했다네.

"이보게, 로만, 놓아주게! 자네도 내 은덕을 기억하지 않는가?"

그러자 로만은 이렇게 응수했다네.

"기억하고말고, 간악한 판 놈아. 네놈이 나와 내 아내에게 베푼 은덕은 잊을 수 없지. 자, 이제 내가 네놈에게 그 은덕을 갚아줄 테다……"

이에 판은 또다시 애원했다네.

"날 좀 도와주게, 오파나스. 자네는 나의 충실한 심복이 아닌가! 나도 자네를 친아들처럼 사랑했잖아."

하지만 오파나스는 이렇게 응대했어.

"너는 충실한 심복을 개처럼 내쫓아버렸지. 너는 몽둥이가 등짝을 사랑하듯이 나를 사랑했지만 이제는 등짝이 몽둥이를 사랑하듯이 사랑한단 말이야…… 내가 그렇게 요구하고 간청했는데도 네놈은 들은 척도 안 했지……"

그러자 판은 이제 옥사나에게 애걸했다네.

"날 좀 살려줘, 옥사나. 너는 마음이 착하잖아." 그러자 옥사나는 앞으로 달려나와 손뼉을 치며 말했다네.

"이봐요, 판. 나는 당신에게 무릎을 꿇고 애원했어요. 나의 처녀성을 지켜달라고, 한 남편의 아내로서 부끄럽지 않게 해달라고. 하지만 당신은 나를 짓밟았고, 그런데 이제 와서 간청을 하는군요…… 아아, 난 어쩌란 말인가요?"

"나를 놓아주게나." 또다시 판이 소리쳤다네. "나 때문에 자네들은 모두 시베리아에서 파멸할 걸세……"

"우리 걱정은 하지 마시오, 판." 오파나스가 말했지. "로만은 네놈의 몰이꾼들보다 먼저 늪에 가 있을 것이고, 난 네놈 덕분에 이 세상에서 혈혈단신이라 내 모가지가 달아날까 염려할 필요도 없소. 어깨에 총을 둘러메고 숲속으로 혼자 걸어 들어가면 그만이오…… 그리고 날렵한 젊은 놈들을 모아서 돌아다니는 거지…… 밤에는 숲에서 나와 거리로 나설 테고, 그러다 우연히 마을로 들어서면 곧장 판의 집부터 들러야지. 이봐, 로만, 판을 들게나. 은덕을 갚는 뜻으로 빗속에 내다 놓자고."

그러자 판이 몸부림을 치며 소리를 지르기 시작했다네. 로만은 곰처럼 혼자 중얼거렸고, 카자크는 코웃음을 치더군. 이렇게 해서 그들은 밖으로 나갔다네.

나는 겁에 질려 산막으로 뛰어들어가 곧장 옥사나에게 갔다네. 옥사나는 백지장처럼 하얗게 질려 의자에 앉아 있더군……

하지만 이미 숲에는 폭풍우가 몰아치기 시작했지. 소나무 숲이 온갖 소리로 울부짖고, 바람도 으르렁거리고, 이따금 번개도 쳤다네. 나와 옥사나는 침대 위에 앉아 있었는데, 갑자기 숲속에서 누군가가 신음하는 소리가 들렸다네. 아아 어찌나 애처롭던지, 나는 지금까지도 그 장면을 떠올리면 가슴이 먹먹해진다네, 이미 그렇게 많은 세월이 흘렀건만……

"옥사나, 누가 저렇게 숲에서 신음하고 있는 걸까요?" 내가 물었다네.

하지만 그녀는 두 손으로 나를 안고서 달래며 말했어.

"자거라, 애야, 아무것도 아니란다! 그저…… 숲이 술렁거리는 거란다……"

정말로 숲은 술렁거리고 술렁거리며 있었다네! 우리가 얼마간 더 앉아 있으려니 숲속에서 총소리 같은 소리가 울려왔지.

"옥사나, 누가 총을 쏜 걸까요?" 내가 물었어.

하지만 그녀는 여전히 나를 껴안고 달래면서 같은 소리만 했다네.

"잠자코, 잠자코 있어라, 애야. 숲속에서 벼락이 치는 소리란다."

그러나 그녀는 혼자 울면서 나를 가슴에 꼭 껴안고 자장가를 불러주었다네.

"숲이 술렁거린다. 숲이 술렁거린다. 아가야, 숲이 술렁거린다……"

이렇게 나는 그녀의 품에 안겨 잠이 들었다네……

그리고 다음 날 아침 잠에서 깨어보니 햇살이 환하게 비치는 가운데 옥사나는 옷을 입은 채 방에서 혼자 잠을 자고 있더군. 나는 전날의 일들을 떠올려보았는데, 그것은 마치 꿈처럼 느껴졌다네.

하지만 그것은 꿈이 아니었어, 오오, 꿈이 아니라 현실이었다네. 나는 산막에서 뛰어나와 숲으로 달려갔는데, 숲속에서는 새들이 지저귀고, 나뭇잎에는 이슬이 반짝이고 있었다네. 덤불 속으로 달려가보았더니 그곳에 판과 몰이꾼이 나란히 누워 있었어. 판은 조용하고 창백한 모습이었고, 비둘기처럼 머리가 희끗한 몰이꾼은 마치 살아 있는 듯 엄숙한 표정이었지. 판과 몰이꾼의 가슴에는 핏자국이 남아 있었다네.

"그럼, 다른 사람들은 어떻게 되었습니까?" 노인네가 고개를 떨어뜨리고 입을 다무는 모습을 보면서 내가 물었다.

에후! 모든 것이 카자크인 오파나스가 말한 대로 되었다네. 그 사람 자신은 오랫동안 숲속에서 살았고, 다른 동료들과 큰길가로 나가기도 하고 판의 영지를 찾아가기도 했다네. 카자크들은 그런 운명을 타고났어. 자기 조상들이 도둑이었으니까 그 자신도 그렇게 될 수밖에. 그 사람은 여러 번 우리 산막에 찾아왔는데, 대개 로만이 집에 없을 때였지. 그는 들어와 앉아서 노래를 부르고 반두라를 연주하기도 했다네. 하지만 간혹 자기 패거리와 들렀을 때는 언제나 옥사나와 로만이 그들을 맞이했지. 에후, 젊은이, 자네에게 진실을 밝히자면 여기에 문제가 있었다네. 막심과 자하르가 곧 숲에서 돌아올 테니 두 사람을 눈여겨보게나. 나는 그들에게 아무것도 말하지 않았지만 로만과 오파나스를 아는 사람이면 누가 누구를 닮았는지 금방 알 수 있다네. 물론 그들은 그 사람들에게 아들들이 아니라 손자들이지만…… 젊은이, 이 숲에서 내 기억 속에 남아 있는 것은 이런 것들이네……

그런데 숲이 거세게 술렁대는 걸 보니 폭풍우가 몰려오겠구먼!

III

노인은 이야기의 마지막 몇 마디를 어쩐지 힘없이 말했다. 그의 흥분은 가라앉았고, 이제는 피로한 기색이 역력했다. 그의 혀는 굳어졌고, 머리는 흔들리고, 눈에는 눈물이 비쳤다.

벌써 대지에는 저녁이 깔렸고, 숲속은 어두워졌으며, 소나무 숲은 노호하는 바다처럼 산막 주위에서 술렁거렸다. 어두운 꼭대기는 사나운 날씨에 요동치는 파도처럼 흔들렸다.

주인들이 돌아오자 개들이 반갑게 짖어댔다. 두 산지기가 서둘러 산막으로 다가갔고, 그 뒤를 따라 모트랴가 숨을 헐떡이며 잃어버렸던 암소를 끌고 왔다. 우리 모두가 한데 모였다.

얼마 후에 우리는 방 안에 앉았다. 페치카 속에서는 장작불이 기분 좋게 타닥거렸고, 모트랴는 저녁상을 차리고 있었다.

나는 전에도 자하르와 막심을 여러 번 보아왔지만, 지금은 특별한 관심을 가지고 그들을 눈여겨보았다. 자하르의 얼굴은 어두웠고, 가파르고 낮은 이마 위에 눈썹은 도드라져 보였으며, 얼굴에서는 선천적으로 선량한 기질이 엿보였으나 눈동자는 위협적으로 보였다. 막심은 다정스러운 회색 눈이 시원스럽게 보였고, 때때로 고수머리를 흔들었으며, 그의 너털웃음은 아주 인상적으로 울렸다.

"노인네가 또 그 얘기를 했군요?" 막심이 물었다. "우리 할아버지에 관한 옛날이야기 말입니다."

"네, 말씀했습니다." 내가 대답했다.

"음, 그분은 늘 그렇다니까요! 숲이 점점 더 술렁거리면 옛날 일이 떠오르나 봅니다. 오늘은 밤새도록 한잠도 못 주무실 겁니다."

"꼭 어린애 같아요." 모트랴가 노인에게 국을 퍼주며 덧붙였다.

노인은 바로 자신에 관해 이야기를 하고 있는 줄도 모르는 듯했다. 그는 완전히 기진맥진해 때때로 의미 없는 미소를 지으며 머리를 흔들었다. 하지만 숲을 뒤흔드는 세찬 바람이 오두막집으로 불어닥치자 그는 안절부절못하며 귀를 쫑긋 세우고 놀란 표정으로 뭔가에 솔깃해졌다.

곧이어 숲속의 오두막집은 잠잠해졌다. 꺼져가는 등잔불이 희미하게 비치고, 귀뚜라미가 단조롭고 시끄럽게 울어댔다…… 하지만 숲속에는 수천 개의, 비록 둔중하지만 우렁찬 목소리가 어둠 속에서 뭔가에 대해 서로 소리치며 대화를 나누는 듯했다. 사방에서 숲속의 초라하고 쓸쓸한 오두막을 두드려 부수려고 어둠 속에서 뭔가 무시무시한 힘이 소란스러운 작당을 하는 듯했다. 가끔 희미하던 천둥소리가 강하고 커다랗게 울려 퍼질 때면 마치 누군가가 성이 나 밖에서 기대어 뒤흔드는 듯 문이 덜컹거렸다. 굴뚝에서는 밤의 세찬 바람이 애처롭게 으르렁대면서 가슴을 후벼 파는 소리를 토해냈다. 그런 다음에 잠시 폭풍이 잦아들면 불길한 정적이 겁에 질린 가슴을 짓눌렀고, 그러다가는 또다시 요란한 굉음이 일어났다. 마치 늙은 소나무들이 갑자기 자기 자리에서 떨치고 일어나 휘몰아치는 한밤의 폭풍과 함께 미지의 공간으로 날아가버리기로 약속이라도 한 것 같았다.

나는 몇 분 동안 얼핏 졸았으나 그렇게 오랫동안은 아닌 듯했다. 폭풍은 숲속에서 여러 가지 소리와 음조로 울부짖고 있었다. 호롱불이 가끔씩 휙 타올라 오두막 안을 밝게 비추었다. 노인은 긴 의자에 앉아 마치 곁에 있는 누군가를 찾으려는 듯 자기 주위를 손으로 더듬고 있었다. 놀라움과 마치 어린애 같은 무력감을 드러내는 표정이 가련한 노인네의 얼굴에 비쳐졌다.

"옥사나, 이봐요, 애처로운 울음소리가 들리는데, 숲속에서 도대체 누가 저렇게 신음하는 걸까요?"

그는 불안하게 손을 내저으며 귀를 기울였다.

"에후!" 그는 다시 말했다. "울긴 누가 울겠어. 숲에서 폭풍이 술렁거리는 거지. 더 이상 아무것도 아니야, 숲이 술렁거리는 거지, 술렁거리는 거라고……"

또 몇 분가량이 흘렀다. 작은 창문에는 끊임없이 파란 번갯불이 비치고 높다란 나무들이 창 너머로 선명한 윤곽을 드러냈다가 또다시 성난 폭풍이 울부짖는 어둠 속으로 사라졌다. 하지만 예리한 불빛이 순간적으로 희미한 호롱불을 삼키는가 싶더니 근처에서 찢어지는 듯한 굉음이 숲속으로 울려 퍼져 나갔다.

노인은 또다시 불안해하며 긴 의자에서 움찔거리기 시작했다.

"옥사나, 이봐요, 도대체 누가 숲에서 총을 쏘는 걸까요?"

"그만 주무세요, 영감님. 어서 주무시라고요." 모트랴의 조용한 목소리가 벽난로 쪽에서 들려왔다. "늘 저렇다니까요. 폭풍이 몰아치는 밤이면 계속 옥사나를 불러댄답니다. 옥사나는 이미 오래전에 저세상으로 가버렸다는 걸 잊었나 봐요. 에고, 가엾어라!"

모트랴는 하품을 하고 나서 기도문을 중얼거렸다. 곧이어 다시 오두막 안으로 정적이 흘러들었고, 숲속의 술렁거림과 노인의 불안한 중얼거림만이 간혹 들릴 뿐이었다.

"숲이 술렁거리네요. 숲이 술렁거려요…… 옥사나, 이봐요……"

곧이어 굵은 빗방울이 떨어지기 시작했고, 억수 같은 빗소리는 바람의 발작과 소나무 숲의 신음을 집어삼켜버렸다……

맹인 악사

＊ 이 작품은 1886년 2월 2일에서 4월 13일까지 『러시아 통보』에 처음으로 연재되었고, 1886년 『러시아 사상』 제7호에 게재되었으며, 1887년 상트페테르부르크에서 단행본 『맹인 악사』로 출간되었다. 그 후 여러 차례 수정을 거쳐 거듭 출간되었는데, 그 가운데 1898년 상트페테르부르크에서 출간된 여섯번째 판본은 가장 괄목할 만한 변화를 담고 있다. 『맹인 악사』의 단행본 출간을 준비하면서 1887년 11월 9일 골체프B. A. Гольцев에게 보낸 서한에서 작가는 작품의 몇몇 장에 대해 불만족을 나타냈다. 1898년 작품에 대한 대대적 개작 이후, 문학비평가 바튜슈코프Ф. Д. Батюшков의 논평에 응대하면서 창작의 역사와 개작의 성격에 대해 밝혔다. 무엇보다도 작품이 처음에 신문에 연재되면서 많은 부분이 세부적 형상이 아니라 메마른 공식처럼 묘사되었고, 따라서 작가는 예술가로서 양심의 가책을 자주 느꼈다. 몇 차례에 걸친 가벼운 수정에도 만족하지 못한 작가는 마침내 종루에서의 에피소드를 추가했다. 또한 1916년 비평가 고른펠드А. Г. Горнфельд에게 보낸 서한에서 자신의 "주요한 예술적 과제는 특별한 맹인의 심리학이 아니라 이루지 못한 것에 대한, 존재의 충만에 대한 범인간적 애수의 심리학"이라고 설파했다.

제1장

I

고요한 한밤중에 우크라이나 남서 지방의 어느 부유한 집안에서 아이가 태어났다. 젊은 산모는 깊은 혼수상태에 빠져 누워 있었다. 하지만 갓난아이의 가냘프고 애처로운 첫 울음소리가 온 방 안에 울려 퍼지자 그녀는 눈을 감은 채 침대 위에서 몸부림치기 시작했다. 그녀는 입술로 뭔가를 중얼거렸고, 아직 앳되고 부드러운 얼굴은 창백하니, 낯선 슬픔을 겪은 순진한 어린아이의 얼굴처럼 참기 힘든 고통으로 일그러졌다.

산파는 낮은 소리로 뭔가를 중얼거리는 산모의 입술에 귀를 가져갔다.

"뭣 때문에…… 뭣 때문에 저 아이가?" 산모는 고통스러워하며 들릴 듯 말 듯 물었다.

산파는 질문을 알아듣지 못했다. 갓난아이는 다시 울기 시작했다.

산모의 얼굴에는 극심한 고통의 빛이 스치고, 감은 눈에서는 굵은 눈물이 흘러내렸다.

"뭣 때문에, 뭣 때문에?" 조금 전처럼 그녀의 입술은 낮은 소리로 중얼거렸다.

마침내 산파는 무슨 말인지 알아듣고 침착하게 대답했다.

"갓난애가 왜 우냐고 물으시는 거예요? 갓난애들은 늘 그렇답니다. 너무 염려 마세요."

하지만 산모는 마음이 놓이지 않았다. 그녀는 갓난아이가 울부짖을 때마다 몸서리를 치며 극도의 불안감에 사로잡혀 반복해서 말했다.

"뭣 때문에…… 저토록…… 저토록 무섭게?"

산파는 갓난애의 울음에서 특별한 점을 느끼지 못했고, 산모가 몽롱한 혼수상태에서 아마도 그냥 헛소리를 한다고 여기며 그녀를 내버려둔 채 갓난아이를 돌보았다.

젊은 엄마는 잠잠해졌고, 단지 몸짓이나 말만으로 표현할 수 없는 어떤 힘겨운 고통 때문에 이따금 굵은 눈물을 흘렸다. 눈물은 짙은 속눈썹 사이로 배어 나와 대리석처럼 창백한 두 뺨을 타고 조용히 흘러내렸다.

아마도 산모는 헤어날 길 없는 무거운 슬픔이 갓난아이와 함께 세상에 나타나 바로 무덤까지 새 생명을 따라다니려 요람 위에 걸려 있다고 직감하는 듯했다.

어쩌면 이것은 완전히 허튼소리였는지 모른다. 하지만 어쨌든 간에 어린아이는 눈이 먼 채로 태어났다.

II

처음에는 아무도 이 사실을 눈치채지 못했다. 아이는 모든 갓난아이들이 일정한 나이에 이를 때까지 그러하듯이 마찬가지로 흐릿하고 모호한 시선으로 바라보았다. 하루하루 시간이 흐르고 새로운 인간의 생명도 이제 몇 주가 되었다. 아이의 눈은 한층 맑아졌고, 흐릿한 덮개도 사라졌으며, 이제 눈동자도 초점이 잡혔다. 하지만 아이는 새들의 흥겨운 지저귐과 무성한 정원의 창가에서 흔들리는 푸른 너도밤나무의 사각거림과 더불어 방 안으로 비쳐드는 밝은 빛줄기를 향해 머리를 돌리지 않았다. 엄마는 몸을 회복한 뒤 미동도 하지 않고 왠지 아이답지 않게 심각한 아이의 이상한 표정을 누구보다도 먼저 알아채고 불안해했다.

젊은 여인은 놀란 비둘기처럼 사람들을 바라보며 물었다.

"말 좀 해주세요, 저 아이가 뭣 때문에 저럴까요?"

"뭐가 어때서요?" 주위 사람들은 무관심하게 되물었다. "같은 또래의 다른 아이들과 별반 차이가 없어요."

"보세요, 아이가 이상하게 뭔가를 손으로 찾고 있잖아요……"

"아이가 시각적 인상과 손의 움직임을 일치시키기에는 아직 이릅니다." 의사가 대답했다.

"하지만 뭣 때문에 계속 한쪽 방향만 보는 걸까요?…… 아이가…… 우리 아이가 앞을 보지 못하는 건가요?" 엄마의 가슴속에서는 갑자기 무서운 예감이 솟구쳤고, 아무도 그녀를 진정시킬 수 없었다.

의사는 아이의 손을 잡고 들어 올려 빠르게 빛 쪽으로 돌렸고, 눈을 들여다보았다. 그는 약간 당황했고, 몇 마디 의미 없는 말을 던지고 이틀쯤 뒤에 다시 오기로 약속한 다음 떠나갔다.

엄마는 울면서 아이를 가슴에 꼭 껴안고 마치 총 맞은 새처럼 발버둥 쳤지만, 아이의 눈은 여전히 아무런 움직임 없이 한곳만 바라보았다.

의사는 실제로 이틀쯤 지나 검안경을 가지고 다시 왔다. 그는 촛불을 켜 들고 어린아이의 눈에 가까이 했다 멀리 했다 반복하면서 자세히 들여다본 후 마침내 당황한 기색으로 말했다.

"불행히도, 마님, 당신이 옳았습니다…… 아이는 실제로 맹인이고, 게다가 희망이 없습니다……"

엄마는 슬퍼하면서도 차분하게 이 얘기를 받아들였다.

"저는 오래전부터 알고 있었답니다." 그녀가 조용히 말했다.

III

맹인 아이가 태어난 가족은 식구가 많지 않았다. 이미 언급한 엄마와 아들 외에 아버지, 그리고 집안사람들을 비롯해 심지어 주변 사람들조차 예외 없이 '막심 삼촌'이라고 부르는 사내가 있었다. 아버지는 우크라이나 남서 지방에 있는 수천의 농촌 지주와 비슷했다. 그는 선량하고, 심지어 친절한 편이고, 일꾼들을 잘 보살피며 물레방아를 세우고 다시 개조하기를 아주 좋아했다. 거의 모든 시간을 이런 일에 바쳤기에 집 안에서 그의 목소리는 하루 중에 아침, 점심이나 그와 비슷한 특정한 때에만 들을 수 있었다. 그때마다 그는 항상 똑같은 말만 반복했다.

"어떠신가, 마누라." 이 말을 한 다음에는 식탁에 앉아 아주 가끔 물레방아의 참나무 축과 날개에 관한 한두 마디 외에는 거의 아무 말도 하지 않았다. 아들은 그의 온화하고 소박한 품성을 별로 닮지 않았다. 대신에 막심 삼촌은 완전히 다른 부류의 사람이었다. 문제의 사건이 있기 10여 년 전 막심 삼촌은 그의 저택이 있는 주변 마을들에서는 물론이고, 심지어 키예프와 '콘트락틔'*에서도 가장 위험한 싸움꾼으로 악명이 높았다. 지주 포펠스키와 부인 야첸코처럼 모든 면에서 명예로운 가문에서 어떻게 그런 불한당 같은 이가 생겨났을까 하고 모두 의아해했다. 그를 어떻게 대하고, 무엇으로 만족시켜야 할지 아무도 알지 못했다. 그는 지주들의 호의에 무례로 응대했고, 농부들에게 온갖 횡포와 난폭을 일삼아 아주 선량한 사람조차도 반드시 뺨을 올려붙이게 만들었다. 마침내 현실적이고 온건한 모든 사람에게는 아주 다행스럽게도, 막심 삼촌은 뜬금없이 이탈리아를 지배하던 오스트리아인들에게 크게 분노해서 이탈리아로 건너갔다. 지주 귀족들이 조심스럽게 전하는 얘기에 따르면 그곳에서 그는 악마와 친해져 교황을 거역한 가리발디**라는 싸움꾼이자 이단자와 한패가 되었다. 물론 이런 식으로 막심은 자신의 불안한 이교적 영혼을 영원히 파멸시켰지만, 대신에 콘트락틔에서는 말썽이 줄어들었고, 수많은 귀부인은 자식들의 운명에 대한 걱정을 덜게 되었다.

분명히 오스트리아인들 역시 막심 삼촌에게 크게 분노했다. 가끔

---

* '콘트락틔(Контракты)'는 한때 유명했던 키예프의 정기 시장 명칭.
** 주세페 가리발디(Giuseppe Garibaldi, 1807~1882): 19세기 중·후반 이탈리아 통일과 해방 운동에 공헌한 군인이자 공화주의 정치가.

지주 귀족들이 옛날부터 좋아하는 신문인 『쿠리예르카』*에 무모한 가리발디의 패거리 가운데 그의 이름이 보도되었고, 그러던 어느 날 지주 귀족들은 바로 『쿠리예르카』에서 막심 삼촌이 전쟁터에서 말과 함께 넘어졌다는 소식을 접했다. 볼린** 출신 사내(동포들의 말에 따르면 거의 유일하게 여전히 가리발디를 지지하고 있던)에게 오랫동안 이를 갈았음이 분명한 오스트리아인들은 분노하여 날뛰며 배춧잎처럼 그를 짓이겨 놓았다.

"막심은 끝이 좋지 않았어." 지주 귀족들은 되뇌면서 이것을 지상의 후계자를 위한 성 베드로의 특별한 중재로 간주했다. 막심이 죽었다고 생각했던 것이다.

하지만 오스트리아인들의 장검은 막심에게서 그의 완강한 영혼을 내쫓지 못했고, 그것은 심하게 훼손된 육체 속에서나마 가까스로 살아남았다. 가리발디의 병사들은 소동 속에서 귀중한 동지를 구출하여 어딘가 병원으로 후송시켰고, 몇 년이 흐른 뒤 막심은 느닷없이 자기 여동생의 집에 나타났고, 그곳에 쭉 머물게 되었다.

이제 그는 더 이상 결투를 할 수 없다. 오른발은 완전히 잘렸기에 그는 목발을 짚고 걸었으며, 왼손도 부상을 입어 겨우 목발을 짚는 데나 쓰일 뿐이었다. 이렇게 그는 전체적으로 더욱 진지하고 조용해졌는데, 아주 이따금 그의 날카로운 혀는 한때의 장검처럼 적확하게 움직였다. 그는 콘트락티에 발을 끊었고, 모임에도 가끔 나타났으며, 완전히 무신론적일 것이라고 추측할 수 있을 뿐, 아무도 내용을 알지 못하는 책들을 읽으면서 대부분의 시간을 서재에 틀어박혀 보냈다. 그는 뭔가

---

* '쿠리예르카(Курьерка)'는 파발꾼이라는 의미.
** 우크라이나 남서 지방의 현.

를 쓰기도 했지만, 그의 작품이 『쿠리예르카』에 실린 적이 없기에 아무도 그것에 심각한 의미를 부여하지 않았다.

작은 시골집에 새로운 존재가 등장하여 성장하기 시작할 때, 막심삼촌의 짧게 자른 머릿결에는 이미 회색빛이 감돌았다. 목발로 늘 지탱하는 어깻죽지는 위로 치켜 올라가 몸통은 사각형을 이뤘다. 이상야릇한 외모, 음울하게 찌푸린 눈썹, 툭탁거리는 목발 소리 그리고 입에서 담뱃대를 떼지 않아 언제나 그를 둘러싸고 있는 뿌연 담배 연기, 이 모든 것은 주위 사람들을 놀라게 했고, 오직 이 불구자를 잘 아는 사람들만이 만신창이가 된 몸속에 뜨겁고 선량한 심장이 고동치고 있으며, 덥수룩한 억센 머리털로 뒤덮인 크고 네모난 머릿속에서 지칠 줄 모르는 사고가 꿈틀대고 있다는 사실을 알고 있었다.

그러나 당시에는 가까운 사람들조차도 그가 어떤 문제에 골몰하고 있는지 알지 못했다. 그들은 단지 푸른 연기에 둘러싸인 막심 삼촌이 흐릿한 시선으로 짙은 눈썹을 음울하게 찌푸리며 때로는 꼼짝하지 않고 몇 시간이고 앉아 있는 것을 보았을 뿐이다. 그런데 사실인즉슨 이 불구의 전사는 인생이란 투쟁이며, 그곳에 불구자가 설 자리는 없다고 생각하고 있었다. 그는 이미 대오에서 영원히 이탈했고, 이제는 헛되이 호송 열차에 몸을 싣고 있다는 생각이 들었다. 그는 삶에 의해 말안장에서 떨어져 땅바닥에 내동댕이쳐진 기사인 것 같았다. 짓밟힌 구더기처럼 티끌 속에서 몸을 뒤척이는 것은 비겁한 짓이 아닌가, 자기 존재의 하찮은 찌꺼기를 구걸하며 승리자의 등자에 매달리는 것은 비겁한 짓이 아닌가?

막심 삼촌이 냉정하게 용기를 북돋아 찬반의 논거를 가늠하고 비교하며 이 준열한 사고를 되뇌고 있을 때, 바로 그의 눈앞에 이미 불구자로 운명 지어진 새로운 존재가 세상에 등장하게 되었다. 처음에 막심 삼촌은 맹인 아이에게 주의를 기울이지 않았지만, 그의 운명과 어린아이의 운명 사이의 야릇한 유사성은 흥미를 끌었다.

"으음…… 그렇군," 어느 날 그는 어린아이를 물끄러미 바라보며 생각에 잠겨 말했다. "이 작은 아이도 역시 불구자로군. 우리 둘을 하나로 합치면, 아마도 한 명의 초라한 작은 인간이 만들어질 텐데."

그때부터 그의 시선은 훨씬 자주 어린아이에게 머물기 시작했다.

IV

아이는 맹인으로 태어났다. 그의 불행은 누구 탓일까? 어느 누구의 탓도 아니다! 여기에는 어떠한 '악의'의 그림자도 없을 뿐만 아니라 심지어 불행의 진정한 원인은 비밀스럽고 복잡다기한 삶의 깊숙한 어딘가에 숨겨져 있었다. 하지만 실은 눈먼 아이를 볼 때마다 엄마의 마음은 극심한 고통으로 죄어들었다. 물론 이 경우 그녀는 엄마로서 아이의 질병에 대한 고민으로, 아이가 마주할 힘겨운 미래에 대한 음울한 예감으로 괴로웠다. 하지만 이런 감정 외에도 젊은 여인의 마음 깊은 곳에는 불행의 원인이 아이에게 생명을 부여한 사람들 속에도 무서운 가능태로서 존재하고 있다는 인식이 꿈틀대고 있었다…… 아름답지만 흐릿한 눈을 지닌 작은 존재가 아주 작은 변덕으로도 집 안의 모든 사람이 전전긍긍하는 가족의 중심이자 무의식적 폭군이 되기에는 이것으로 충분했다.

야릇한 운명과 오스트리아인들의 장검이 막심 삼촌을 시골에, 여동생의 집에 정착하게 만들지 않았다면, 자신의 불행 때문에 이유 없이 쉽사리 짜증을 부리고 주위의 모든 사람에게 이기심을 부추기는 어린 아이가 시간이 흐르면서 어떻게 되었을지 알 수 없었을 것이다.

집 안에서 맹인 아이의 존재는 불구가 된 전사의 사고 활동에 알게 모르게 서서히 또 다른 방향을 제시했다. 그는 여전히 담배 연기를 내뿜으며 몇 시간 동안 앉아 있었지만 그의 눈에는 심오하고 공허한 고통 대신에 이제는 관심 깊은 관찰자의 상념 어린 표정이 나타났다. 막심 삼촌은 더욱 세심하게 살피면서 짙은 눈썹을 더욱 자주 찌푸렸고, 담뱃대를 더욱 강하게 빨아들였다. 마침내 어느 날 그는 관여하기로 마음먹었다.

"이 작은 아이는 나보다 훨씬 더 불행해질 거야." 그는 담배 연기를 둥글게 내뿜으며 말했다. "이 아이는 태어나지 않는 게 더 좋았을걸."

젊은 여인은 머리를 아래로 숙였고, 눈물이 뜨갯감 위로 떨어졌다.

"그걸 내게 상기시키는 것은 잔인한 짓이야, 막스 오빠," 그녀는 조용히 말했다. "그렇게 뜬금없이 상기시키는 것은……"

"나는 진실을 말하는 것뿐이라고," 막심이 대답했다. "나는 팔다리가 없지만 눈은 있어. 어린것이 눈도 없고, 시간이 흐르면 팔도, 다리도, 의지도 사라질 거야……"

"도대체 뭣 때문에?"

"내 말 좀 들어봐, 안나." 막심이 부드럽게 말했다. "내가 무턱대고 잔인한 말을 하는 게 아니야. 아이는 예민한 신경 기관을 가지고 있어. 아이는 보지 못하는 대신 다른 나머지 능력을 발전시켜 조금이나마 보충할 기회가 아직 있어. 하지만 이것을 위해서는 연습이 요구되고, 연습은 필요를 통해서만 생겨난다고. 맹목적인 배려는 노력의 필요를 앗아가고 좀더 충만한 삶을 위한 모든 기회를 박탈해버리지."

엄마는 현명해서 아이가 애처롭게 울 때마다 부리나케 달려가곤 했던 자기 내부의 즉각적 충동을 극복할 수 있었다. 이런 대화를 나누고 몇 달이 지난 뒤 아이는 이 방 저 방으로 자유자재로 재빠르게 기어 다녔고, 모든 소리에 귀를 기울이고, 다른 아이들과는 왠지 다르게 활기를 띠면서 손에 닿은 모든 대상을 더듬었다.

V

아이는 곧이어 발걸음 소리, 옷자락 소리 그리고 자신에게만 허용되고 다른 사람들은 이해할 수 없는 어떤 다른 속성들로 엄마를 알아차리는 법을 배웠다. 방 안에 사람들이 아무리 많아도, 그들이 이리저리 움직여도, 아이는 엄마가 앉아 있는 쪽으로 항상 실수 없이 다가갔다. 엄마가 갑자기 아이의 손을 잡아 끌어안으면, 그 애는 곧장 자신이 엄마 품에 있다는 사실을 알았다. 다른 사람들이 아이를 안았을 때, 그 애는 재빨리 작은 손으로 그 사람의 얼굴을 더듬기 시작하여 금방 유모, 막심 삼촌, 아버지인지를 알아냈다. 하지만 낯선 사람의 품에 안기면, 아이의 작은 손은 훨씬 느리게 움직였다. 아이는 낯선 얼굴을 주의해서 조심스럽게 만졌다. 아이는 상당히 긴장하고 집중하는 듯했다. 아이는 마치 손가락 끝으로 들여다보는 것 같았다.

성격상 아이는 아주 활발하고 기민했지만, 한두 달이 지나면서 앞을 볼 수 없다는 것은 막 형성되기 시작한 아이의 기질에 점점 많은 흔적을 남겼다. 움직임의 활기는 조금씩 사라졌고, 아이는 멀리 떨어진 구석에 틀어박혀 그곳에서 마치 뭔가에 귀를 기울이듯이 굳은 얼굴 표정으로 몇 시간씩 조용히 앉아 있곤 했다. 방 안이 조용하고 주의를 끄는 다양한 소리가 들리지 않을 때, 아이는 아름답지만 아이답지 않게 진지한 얼굴에 놀라고 어리둥절한 표정을 지으면서 뭔가에 대해 골똘히 생각하는 것처럼 보였다.

막심 삼촌은 짐작했다. 아이의 예리하고 풍부한 신경 기관은 완전한 지각력을 어느 정도 복원하려는 듯 촉각과 청각의 감수성을 획득했다. 아이의 촉각은 비상하리만큼 예리해 모든 사람을 놀라게 했는데, 심지어 때로는 색깔도 구분할 줄 아는 것 같았다. 아이의 손에 밝은색의 헝겊 조각을 쥐여주면, 아이는 자신의 예리한 손가락으로 오랫동안 그것을 매만졌고, 얼굴에는 놀랍게 집중하는 표정이 역력했다. 하지만 시간이 흐르면서 더욱 분명해진 것은 감수성의 발달이 주로 청각에서 진행된다는 점이었다.

얼마 지나지 않아 아이는 소리로써 온 집 안을 완전히 터득했다. 식구들의 발소리, 불구 삼촌의 의자 소리, 엄마의 균일한 뜨개질 소리, 규칙적인 벽시계 소리를 구별했다. 때로는 벽을 따라 기어가면서 다른 사람들에게는 들리지 않는 가벼운 사각거림에 귀를 기울였고, 벽지 위를 기어 다니는 파리에 손을 뻗쳤다. 놀란 파리가 제자리에서 벗어나 날아가버리면 아이의 얼굴에는 괴로운 당혹감이 나타났다. 아이는 사라진 파리의 비밀을 이해할 수 없었던 것이다. 하지만 나중에는 그런 경우 아이의 얼굴에 의식적인 집중이 나타났다. 아이는 파리가 날아간 쪽으로 머리를 돌렸는데, 예리한 청각이 파리 날개의 미세한 소리를 공중에서 간파했던 것이다.

번쩍이고 꿈틀대고 소리치는 주위 세계는 앞 못 보는 아이의 작은 머리에 주로 소리의 형태로 들어왔고, 그것에서 아이의 사고가 형성되었다. 소리에 특별한 주의를 기울일 때면 얼굴에 드러나는데, 아이는 가늘고 긴 목 앞으로 아래턱을 가볍게 내밀었다. 눈썹은 대단히 기민했고, 아름답지만 꿈쩍 않는 눈은 맹인 아이의 얼굴에 왠지 모를 엄중하고 감동적인 기운을 자아냈다.

VI

아이의 삶에서 세번째 겨울이 막바지에 다다랐다. 정원에서는 이미 눈이 녹기 시작했고, 봄의 물소리가 울려 퍼졌으며, 더불어 아이의 건강도 좋아지기 시작했다. 아이는 겨울 내내 몸 상태가 좋지 않아 바깥 공기를 쏘이지 못하고 방 안에 남아 있어야 했다.

이제 이중창은 벗겨내졌고, 활기찬 봄기운이 방 안으로 들이닥쳤다. 빛으로 넘쳐나는 창문을 통해 미소 짓는 봄 햇살이 들여다보았고, 아직 벌거벗은 너도밤나무 가지들은 흔들거렸으며, 멀리 펼쳐진 벌판은 검게 변해갔다. 벌판을 따라 여기저기에는 녹다 남은 눈이 하얀 얼룩으로 남아 있었고, 돋아나는 풀들이 옅은 녹색을 띠기 시작했다. 모두가 훨씬 더 자유롭고 편하게 숨을 쉬었고, 누구나 새롭고 기운찬 봄의 활력을 만끽했다.

맹인 아이에게 봄은 서두르는 소리들로만 방 안으로 밀려왔다. 아이는 마치 줄달음치듯이 바위를 뛰어넘어 부드러운 대지의 심연으로 스며드는 봄물이 흐르는 소리를 들었다. 창문 너머에서 유리에 가볍게 부딪혀 울리는 너도밤나무 가지들의 속삭임에 귀를 기울였다. 새벽 한기에 얼어붙었다 한낮 햇볕에 녹아내리는 지붕에 매달린 고드름에서 물방울이 쉴 새 없이 타닥거렸다. 이 소리들은 마치 반들거리는 조약돌로 빠르게 두드리는 북소리처럼 방 안으로 밀려왔다. 때때로 이 소리와 소음을 뚫고 먼 창공에서 학의 울음소리가 청명하게 울려오고, 마치 공중에서 조용히 녹아버리듯이 차츰 사라져갔다.

자연의 생기는 아이의 얼굴에 고통스러운 당혹감을 던져주었다. 아이는 힘껏 눈썹을 움직이고 목을 길게 늘여 귀를 기울인 뒤 마치 이해할 수 없는 부산한 소리에 놀란 듯이 엄마를 찾아 갑자기 팔을 뻗었고, 그녀에게로 달려가 품에 꼭 안겼다.

"얘가 왜 이러는 걸까요?" 엄마는 의아해하며 주위 사람들에게 물었다.

막심 삼촌은 주의 깊게 아이의 얼굴을 살펴보았으나 아이의 이해할 수 없는 불안감을 설명할 길이 없었다.

"얘가…… 이해를 못 하는구나." 엄마는 아들의 얼굴에서 고통스러운 당혹과 의혹의 기운을 눈치채고 추측했다.

정말로 아이는 놀라고 불안해했다. 그는 새로운 소리들을 포착하기도 하지만, 자신이 이미 익숙해지기 시작한 이전의 소리들이 갑자기 잦아들어 어디론가 사라지면 놀라기도 했다.

VII

봄의 소란스러운 혼돈이 잠잠해졌다. 뜨거운 햇살 아래서 자연은 점차 원래의 궤도로 진입했고, 생명체들은 온 힘을 다하는 듯했으며, 삶의 전진은 기관차의 질주처럼 한층 더 맹렬해졌다. 초원에서는 어린 목초가 한층 푸르러가고 대기에서는 자작나무의 새순 향기가 물씬 풍겼다.

그러던 어느 날 아이를 가까운 강변의 들판으로 데려가기로 했다.

엄마가 아이의 손을 잡아끌었고, 옆에는 막심 삼촌이 목발을 짚고 걸었다. 세 사람은 햇살과 바람으로 이미 말라버린 강변의 작은 언덕으로 향했다. 언덕 위에는 무성한 어린 풀들이 푸르러갔고, 그곳으로부터 넓은 풍경이 펼쳐졌다.

화창한 날이 엄마와 막심의 머리 위로 쏟아져 내렸다. 햇살은 그들의 얼굴을 데웠고, 봄바람은 보이지 않는 날개를 파닥이며 따뜻한 기운을 상쾌하게 바꿔주는 듯했다. 대기 속에서 편안하고 나른하며 취하게 만드는 뭔가가 느껴졌다.

엄마는 아이의 작은 손이 자기 손을 단단히 쥐는 것을 느꼈지만, 나른한 봄기운 탓에 어린아이의 불안을 제대로 감지하지 못했다. 그녀는 온 가슴으로 크게 숨을 쉬고 뒤돌아보지 않은 채 앞으로 나아갔다. 뒤돌아보았다면 그녀는 아이의 얼굴에서 심상치 않은 표정을 읽었을 것이다. 아이는 아무 말 없이 놀라서 부릅뜬 눈을 태양을 향해 돌렸다. 아이의 입술은 벌어졌다. 아이는 물 밖으로 나온 고기처럼 숨을 할딱거렸다. 당황해서 어쩔 줄 모르는 작은 얼굴에 가끔 고통에 가까운 환희의 표정이 순간적으로 번뜩이며 발작처럼 스쳐가더니 다시 경이롭고 의아하고 놀란 표정으로 급작스럽게 바뀌었다. 오직 눈만이 한결같이 꼼짝 않고 흐릿한 시선으로 바라보고 있었다.

작은 언덕에 올라 세 사람은 자리를 잡고 앉았다. 엄마가 좀더 편안하게 앉히기 위해 아이를 들어 올리자 아이는 또다시 발작적으로 엄마의 옷깃을 잡았다. 아이는 자기 아래 땅이 있음을 느끼지 못하고 어딘가로 떨어지지 않을까 두려워하는 듯했다. 이번에도 시선과 주의가 멋진 봄의 풍광에 온통 빠져 있는 탓에 엄마는 아이의 놀라는 몸짓을 알아채지 못했다.

한낮이었다. 태양은 창공을 따라 조용히 움직였다. 그들이 앉아 있는 언덕에서 유유히 흘러가는 강이 눈에 들어왔다. 강 위의 얼음은 이미 사라졌으나 가끔씩 강 표면 여기저기에 마지막 남은 얼음들이 하얀 점을 이루며 떠내려가고 있었다. 초원에는 넓은 만처럼 물이 가득했다. 뒤집힌 푸른 하늘과 함께 그것에 비친 하얀 구름은 깊은 곳으로 조용히 흐르다 얼음처럼 녹듯이 사라졌다. 때때로 바람이 불면 잔물결이 일어 햇빛에 반짝였다. 강 너머 멀리 부드러운 흑토 벌판이 펼쳐져 있었고 수증기가 피어올랐다. 이엉을 얹은 오두막집들이 솟아오르는 연기로 덮여 있고, 푸른 숲 지대는 어렴풋한 윤곽을 드러냈다. 대지가 숨을 쉬는 듯 제단의 향기로운 연기처럼 뭔가가 지상에서 하늘로 올라갔다.

자연은 축일을 준비하는 대사원처럼 주위에 펼쳐져 있었다. 하지만 맹인 아이에게 이것은 단지 이해할 수 없는 어둠일 뿐이었다. 어둠은 주위에서 이상하게 일렁이고, 움직이며, 소리 내고, 울려 퍼지며, 아직 알 수 없는 신기한 인상들로 사방에서 그의 영혼 속으로 밀려왔다. 밀려드는 인상들로 아이의 심장은 고통스럽게 요동쳤다.

따뜻한 한낮의 햇살이 얼굴을 비추고, 부드러운 피부를 따뜻하게 감쌌던 맨 처음부터 아이는 마치 주위의 모든 것을 끌어당기는 어떤 중심을 감지한 듯 보이지 않는 눈을 본능적으로 태양을 향해 돌렸다. 아이에게는 이 투명한 먼 곳도, 푸르른 창공도, 드넓은 지평선도 존재하지 않았다. 아이는 단지 어떤 물질적이고, 부드러우며 따사로운 것이 자신의 얼굴을 상냥하고 온화하게 감쌌다고 느꼈다. 그다음에는 시원하고, 비록 따뜻한 햇살보다는 덜하지만, 경쾌한 누군가가 그의 얼굴에서 이 환희를 밀어내고 신선하고 서늘한 기운을 끼얹는 것 같았다. 방 안에서 아이는 자기 주위가 텅 비어 있음을 느끼면서 자유롭게 움직이는 것에 익숙해졌다. 이곳에서도 부드럽게 쓰다듬고 간질이며 취하게 만들면서 이상하게 교차하는 어떤 기운들이 자신을 사로잡는 것을 느꼈다. 태양의 따스한 손길이 누군가에 의해 재빠르게 어디론가 날려가고, 바람은 귀에 윙윙거리며 얼굴, 뺨, 머리, 뒷덜미를 감싸고, 아이를 움켜잡아 의식을 마비시키고 망각의 권태를 부추기며 아이가 볼 수 없는 어떤 공간으로 이끌듯이 사방으로 퍼져 나갔다. 바로 그때 아이의 손은 엄마의 손을 더 세게 잡았고, 아이의 심장은 마치 얼어붙어 완전히 멈춰버린 듯했다.

바닥에 내려놓자 아이는 다소 안도하는 듯했다. 온몸을 가득 채웠던 이상한 느낌에도 불구하고 이제 아이는 주위의 개별적 소리들을 분간하기 시작했다. 두껍게 감싸는 기운이 이전처럼 고통스럽게 드리웠고, 그 기운이 다가오면서 혈관 속의 피가 꿈틀거렸기에 그 기운이 몸속으로 침투하는 듯이 느껴졌다. 하지만 이제 종달새의 흥겨운 지저귐, 늘어진 자작나무의 조용한 속삭임도 들려왔다. 제비는 멀지 않은 곳에서 기이한 원을 그리며 가벼운 날갯짓으로 노래하고, 작은 날벌레들도 윙윙거렸다. 이런 소리들 위로 가끔 들판의 갈아엎은 이랑 위로 소 떼를 몰아대는 목동의 길고도 슬픈 외침이 겹쳐졌다.

그러나 아이는 이 소리들을 전체로 포착할 수도, 하나로 합칠 수도, 거리를 잴 수도 없었다. 그것들은 조용하고 흐릿하거나 크고 분명하게 울리는 소리로, 하나씩 하나씩 순서대로 캄캄한 작은 머릿속에 침투하는 것 같았다. 가끔 소리들은 이해할 수 없는 불협화음으로 기분 나쁘게 뒤섞여 동시에 울렸다. 들판의 바람은 여전히 귓가에서 윙윙거렸고, 기세가 더 빨라졌으며, 구르는 듯한 소리는 어제의 기억처럼 다른 세계로부터 들려오는 나머지 모든 소리를 덮어버리는 것 같았다. 소리들이 잦아들자 아이의 가슴에는 쓰라린 권태가 밀려왔다. 얼굴에는 규칙적으로 불어오는 바람결로 경련이 일었다. 눈은 감고 뜨기를 반복했고, 눈썹은 불안하게 움직였다. 이 모든 모습은 의문들, 즉 힘겨운 사고와 상상의 노력을 담고 있었다. 아직 단단하지 않고 새로운 지각들로 충만해진 의식은 지쳐가기 시작했다. 의식은 사방에서 밀려드는 인상들 한가운데서 버티면서 그것들을 하나의 전체로 결합하여 소유하고 극복하려고 여전히 분투하고 있었다. 그러나 이 과제는 시각을 갖지 못한 아이의 침침한 뇌가 감당할 수 없는 것이었다.

소리들은 차례로 날아올랐다 떨어졌으며, 너무나 복잡하고 너무나 강력했다. 아이를 사로잡은 파동은 울리고 구르는 주변의 어둠에서 솟아나 그 어둠을 넘어 새로운 파동과 소리로 교체되면서 더욱 긴장되게 일렁거렸다…… 파동은 더 빠르게, 더 높이, 더 고통스럽게 아이를 일으키고, 흔들고, 달랬다…… 또다시 이 어렴풋한 혼돈 위로 길고도 슬픈 사람의 외침 소리가 들려왔고, 곧이어 만물이 고요해졌다.

아이는 낮은 소리로 흐느끼며 풀 위로 물러나 앉았다. 재빨리 아이에게로 돌아선 엄마는 놀라 소리를 질렀다. 아이는 풀 위로 힘없이 누우면서 얼굴이 하얗게 질려 실신해버렸다.

VIII

막심 삼촌은 이 일로 인해 걱정이 깊어졌다. 얼마 전부터 그는 생리학, 심리학, 교육학에 관한 책들을 주문했고, 어린 영혼의 비밀스러운 성장과 발전에 관해 학문이 알려주는 모든 것을 연구하느라 날마다 온 힘을 쏟았다.

이러한 작업은 점점 더 그를 사로잡았고, 따라서 일상적 투쟁에 대한 부적합성, '티끌에서 꿈틀대는 구더기' '호송 열차에 실린 부상자' 등에 관한 음울한 사고들은 이미 오래전에 퇴역 용사의 네모난 머리에서 연기처럼 사라졌다. 그의 머리에서 그런 사고들이 차지했던 자리에는 사려 깊은 관심이 들어섰고, 때로는 심지어 장밋빛 꿈들이 늙은 심장을 데웠다. 막심 삼촌의 확신은 점점 더 깊어졌다. 자연은 아이에게 시각을 부여하지 않았지만 다른 면들에서는 아이를 해치지 않았다. 이 아이는 자신에게 허용된 외적인 인상들에 놀라울 정도로 충분하고 강렬하게 반응할 수 있는 존재였다. 막심 삼촌은 아이의 타고난 자질을 발전시키고, 자신의 사고와 영향을 통해 맹목적 운명의 부당성을 바로잡으며, 자신을 대신하여, 삶을 위한 투쟁의 대열에 자기 영향 없이는 누구도 생각할 수 없는 새로운 전사를 내세우는 것을 사명으로 간주하게 되었다.

'누가 알겠는가,' 늙은 가리발디주의자는 생각했다. '창과 칼 없이도 투쟁이 진정 가능하다는 사실을. 어쩌면 운명에 의해 부당하게 상처 입은 이가 삶에 짓눌려 비참해진 다른 사람들을 보호하기 위해 세월이 흐른 뒤 자신에게 허용된 무기를 들 수 있을지 모르며, 그렇게 된다면 불구자이자 늙은 병사인 나는 세상을 헛되이 산 게 아니리라……'

1840년대와 1850년대는 자유로운 사상가들조차도 '자연의 신비한 예정'에 관한 미신적 사고에서 자유롭지 못했다. 유별난 능력을 보여주었던 아이가 성장하면서 막심 삼촌이 결국 시각장애 자체는 단지 이러한 '신비한 예정'의 발현 중 하나에 불과하다고 확신하게 되었다는 점은 놀라운 일이 아니다. '비참한 자들을 위한 상처 입은 자', 이것은 막심 삼촌이 자기 제자에게 투쟁의 기치로 내세운 좌우명이었다.

IX

첫 봄나들이 이후 아이는 며칠 동안 몽롱한 의식 상태로 누워 있었다. 아이는 꿈쩍도 않고 말없이 침대에 누워 있거나, 뭔가를 중얼거리고 뭔가에 귀를 기울이기도 했다. 이 기간 동안 아이의 얼굴에서는 당황하는 특이한 기색이 사라지지 않았다.

"분명해, 애는 뭔가를 이해하려고 애쓰지만 안 되는 것 같아." 젊은 엄마는 말했다.

막심은 곰곰이 생각하며 고개를 끄덕였다. 그는 아이의 이상한 불안과 갑작스러운 실신이 의식이 감당할 수 없는 과도한 인상 때문이라고 이해하고, 건강을 회복한 아이에게 이 인상들을 점차적으로, 말하자면 부분적으로 나누어 허용하리라고 다짐했다. 아픈 아이가 누워 있는 방의 창문들을 굳게 닫았다. 그런 다음에 아이의 회복 정도에 따라 적당히 열었고, 그 후에 아이를 다른 방으로, 현관으로, 뜰로, 정원으로 데려갔다. 그리고 아이의 얼굴에 불안한 기색이 나타날 때마다 엄마는 아이에게 그를 놀라게 한 소리들에 대해 설명해주었다.

"숲 너머에서 목동의 나팔 소리가 들리는구나." 그녀가 말했다. "이것은 참새 떼의 짹짹거림 너머로 들리는 개똥지빠귀 소리란다. 황새가 수레바퀴 위의 둥지에서 울고 있구나. 황새는 먼 지방에서 몇 날 며칠을 날아와서 옛 장소에 둥지를 틀었단다."

아이는 고마운 기색이 역력한 얼굴을 엄마에게로 돌려 그녀의 손을 잡으며 고개를 끄덕였고, 곰곰이 생각하고 이해하려고 애쓰면서 계속 귀를 기울였다.

X

이제 아이는 주의를 끄는 것이 있을 때마다 질문을 던지기 시작했고, 엄마 또는 그보다 자주 막심 삼촌이 이런저런 소리를 내는 다양한 대상이나 생명체에 대해 이야기해주었다. 엄마의 이야기가 훨씬 생생하고 분명하여 아이에게 더 큰 인상을 불러일으켰다. 하지만 때로 그 인상은 너무 고통스럽기도 했다. 젊은 여인은 스스로도 괴로웠다. 얼굴에 감격스러운 표정을 지으면서도 눈에는 도리 없는 불만과 고통이 서려 있었다. 하지만 엄마는 있는 힘을 다해 아이에게 모양과 색깔에 대해 알려주려고 애썼다. 아이는 주의를 집중하고 눈썹을 움직이느라 이마에 작은 주름까지 잡혔다. 아이의 작은 두뇌는 힘겨운 과제와 씨름했고, 엄마의 간접적인 설명에서 새로운 표상을 만들어내려고 흐릿한 상상력을 발휘했지만 아무런 결과도 얻지 못했다. 그럴 때마다 막심 삼촌은 불만족스러워 눈살을 찌푸렸다. 엄마의 눈에 눈물이 비치고, 집중이 지나쳐 아이의 얼굴이 창백해질 때면, 막심은 도중에 끼어들어 여동생을 밀쳐내고 자기 이야기를 시작했다. 그는 가능하면 공간과 소리에 관한 생각만 얘기했다. 그러면 맹인 아이의 얼굴은 훨씬 편안해졌다.

"그럼, 그건 어때요? 커요?" 아이는 둥지에서 한가롭게 부리를 두

드리고 있는 황새에 대해 물었다.

그리고 아이는 두 팔을 펼쳤다. 크기를 물을 때 아이는 늘 이렇게 했는데, 막심은 적당한 크기만큼 펼치면 멈추라고 말해주었다. 이번에는 아이가 작은 팔을 최대한 펼쳤지만, 막심 삼촌은 말했다.

"아니야, 황새는 훨씬 더 커. 황새를 방 안으로 데려와 마루에 세운다면, 머리가 의자 등받이보다 높을 거야."

"정말, 크구나……" 아이는 생각에 잠기며 말했다. "그럼 개똥지빠귀는 이만하겠네." 아이가 두 손바닥을 붙여 살짝 펼쳐 보였다.

"그렇지, 개똥지빠귀는 그만해…… 대신에 큰 새들은 절대로 작은 새들처럼 멋지게 노래하지 않아. 개똥지빠귀는 듣기 좋은 소리를 내려고 애쓰지만 황새는 근엄한 새라서 둥지에서 한 발로 서서 주위를 살피지, 마치 성난 주인이 하인들에게 하듯이. 그리고 쉰 목소리가 나든, 주위에 다 들리든 상관하지 않고 큰 소리로 투덜거리지."

아이는 이런 설명을 들으며 미소를 지었고, 잠시나마 엄마의 이야기를 이해하려는 힘겨운 노력을 잊었다. 하지만 엄마의 이야기들이 그에게 더 강렬하게 느껴졌고, 그래서 아이는 막심 삼촌이 아니라 엄마에게 질문을 던지는 것을 더 좋아했다.

제2장

I

어두침침했던 아이의 머리는 새로운 표상들로 풍요로워졌다. 대단히 예민한 청각 덕분에 아이는 주위의 자연 세계를 더 깊숙이 꿰뚫어 볼 수 있었다. 아이의 머리 위와 주변에는 언제나 무겁고 짙은 어둠이 드리워져 있었다. 이 어둠은 무거운 구름처럼 그의 뇌를 짓누르고 있었다. 비록 그것이 태어나는 날부터 아이에게 드리워져 있었고, 어쩌면 그는 자신의 불행에 익숙해져야 했겠지만, 아이의 본성은 어떤 본능에 따라 어둠의 장막에서 벗어나기 위해 끝없이 노력했다. 낯선 빛에 대한 지속적이고 무의식적인 돌진은 아이의 얼굴에 불안한 고난의 그림자를 점점 짙게 드리웠다.

그럼에도 불구하고 아이는 상쾌한 유년의 환희라는 확실히 만족스러운 순간들을 맞이하기도 했다. 외적 인상들이 그에게 새롭고 강렬한 지각을 낳고, 미지의 세계에서 새로운 현상들을 알게 될 때 그런 순간들이 찾아왔다. 장엄하고 웅대한 자연은 맹인 아이에게 완전히 닫혀 있지 않았다. 어느 날 강 위의 높은 절벽에 올랐을 때, 아이는 특이한 표정을 지으면서 발아래 멀리서 조용히 찰싹거리는 강물 소리에 귀를 기울였고, 발아래서 미끄러져 떨어지는 돌 소리에 가슴을 움츠리며 엄마의 옷자락을 부여잡았다. 그때부터 아이에게 심연이란 절벽 아래 강물의 조용한 찰싹거림이나 아래로 떨어지며 놀라게 하는 돌멩이의 톡탁거림으로 기억되었다.

먼 곳은 아이의 귀에 아련하게 사라져가는 노랫소리로 들려왔다. 봄철에 천둥소리가 하늘에 울려 퍼져 온 천지를 가득 채우고 성나 울부짖으며 구름 뒤로 사라질 때, 맹인 아이가 심장을 벌렁거리며 경외심을 품고 귀를 기울이면 머릿속에는 드넓은 창공의 위엄이 그려졌다.

이처럼 소리는 아이에게 외부 세계를 시각적으로 표현하는 매개였다. 나머지 인상들은 단지 청각적 인상을 보충해줄 뿐이었고, 그의 사고는 청각적 인상으로 형태를 갖추었다.

때때로 무더운 한낮에 주위가 고요하고, 사람들의 움직임이 뜸해 자연 속에서 오직 끝없고 조용한 생명력의 질주만이 감지되는 독특한 정적이 드리울 때, 맹인 아이의 얼굴에는 독특한 표정이 나타났다. 외부의 정적으로 인해 아이 영혼의 심연에서는 오직 그만이 이해할 수 있는 어떤 소리가 일었고, 아이는 바짝 긴장하여 그 소리에 귀를 기울이는 듯했다. 그런 순간에 아이를 바라보고 있노라면 마치 아득한 노래 선율처럼 어렴풋이 생겨나는 사고가 그의 심장에서 울리기 시작했다고 여기게 되었다.

II

아이는 벌써 다섯 살이 되었다. 아이는 가냘프고 연약했지만 온 집 안을 자유롭게 걷고 뛰어다니기도 했다. 아이가 자신에 차서 이 방 저 방을 옮겨 다니고, 방향을 틀어야 하는 지점에서 방향을 틀며 필요한 물건들을 자유롭게 찾는 것을 보았다면, 하물며 이 아이를 알지 못한다 면, 눈앞에 있는 아이가 맹인이 아니라 단지 생각이 깊고 먼 곳을 응시 하는 특별히 집중력이 높은 아이라고 생각했을 것이다. 이미 아이는 상 당히 힘겹지만 막대기를 두드려가며 뜰을 거닐었다. 손에 막대기가 없 을 경우 아이는 마주치는 대상들을 손으로 재빠르게 분간하면서 땅으 로 기어가는 방법을 택했다.

III

어느 조용한 여름 저녁이었다. 막심 삼촌은 정원에 앉아 있었다. 아버지는 평상시처럼 먼 들판 어딘가에서 여전히 일에 열중하고 있었 다. 뜰 안과 주위는 조용해졌다. 이제 마을 사람들도 서서히 잠을 청했 고, 곁채에 사는 일꾼들과 하인들의 대화도 잦아들었다. 아이도 이미 30분 전부터 침대에 누워 있었다.

아이는 반쯤 잠든 상태였다. 얼마 전부터 이런 조용한 시간이 되면 아이는 이상한 기억을 떠올렸다. 아이는 물론 어두워지는 푸른 하늘도, 별이 빛나는 창공에서 흔들리는 거무스름한 나무 꼭대기도, 뜰 주위에 무너져가는 음울한 건물 지붕들도, 달과 별의 옅은 황금빛과 뒤섞여 대지에 깔리는 푸른 연무도 볼 수 없었다. 하지만 벌써 며칠 동안 아이는 다음 날에는 도무지 이해되지 않는 독특하고 매혹적인 인상 속에서 잠이 들었다.

잠결에 의식이 더욱 몽롱해지고, 너도밤나무의 사각거림도 거의 잦아들고, 멀리서 들려오는 마을의 개 짖는 소리와 강 건너의 꾀꼬리 울음소리 그리고 초원에서 풀을 뜯는 망아지의 우울한 방울 소리를 분간할 수 없을 때, 다시 말해 모든 소리 하나하나가 작아져 사라질 때, 아이에게는 모든 소리가 하나의 조화로운 화음을 이루어 조용히 창문으로 넘어들어 그의 침대 위를 오랫동안 맴돌며 아련하지만 놀랍도록 기분 좋은 꿈을 꾸게 하는 것 같았다.

"그건 뭐였죠…… 어젯밤에? 그건 뭘까요?"

엄마는 영문을 몰랐고, 아마 아이가 꿈을 꾼 것이라고 생각했다. 그녀는 아이를 침대에 눕히고 염려하며 성호를 그어주고는 아이가 잠이 들자 특별히 이상하게 생각하지 않고 자리를 떴다. 그러나 다음 날 아이는 엄마에게 어제부터 자신을 들뜨게 만든 뭔가에 대해 다시 물었다.

"너무 좋았어요, 엄마. 너무 좋았다고요! 그건 뭘까요?"

그날 저녁 엄마는 이상한 수수께끼를 직접 풀기 위해 아이의 침대 곁에 좀더 오래 남아 있으리라 마음먹었다. 그녀는 아이의 침대 곁에 놓인 의자에 앉아 페트루시*의 고른 숨소리에 귀를 기울이며 기계적으로 뜨개질을 하고 있었다. 아이는 이미 곤히 잠든 듯했는데, 갑자기 어

---

* 표트르의 애칭.

둠 속에서 아이의 낮은 목소리가 들려왔다.

"엄마, 여기 있어요?"

"그래, 그래 아들아……"

"가세요, 제발. 그것은 엄마가 무섭나 봐요. 그것은 아직 나타나지 않았어요. 제가 잠이 거의 들었는데, 그건 아직 안 나타나요……"

놀란 엄마는 왠지 이상하다고 느끼며 졸린 아이의 불평 어린 속삭임을 들었다…… 아이는 마치 실제인 양 확신에 차서 잠결에 꿈을 얘기했다. 그럼에도 불구하고 엄마는 일어나 아이에게 몸을 숙여 입을 맞추고 나서 조용히 방을 나왔고, 정원 쪽으로 열려 있는 창가로 조심스럽게 다가갔다.

그녀가 미처 발걸음을 다 옮기기도 전에 수수께끼가 풀렸다. 그녀는 남쪽 지방의 살랑거리는 저녁 바람에 실려 마구간에서 들려오는 조용하고 유려한 피리의 선율을 들었다. 그녀는 달콤한 잠결에 울리는 소박한 가락의 진실한 선율이 아이에게 아주 멋진 환상을 불러일으켰음을 곧장 알아챘다.

그녀 자신도 멈춰 서서 소러시아* 노래의 정겨운 선율에 잠시 귀를 기울인 뒤 아주 평온한 마음으로 정원의 무성한 오솔길을 따라 막심 삼촌에게로 갔다.

'이오힘은 연주도 참 잘하네.' 그녀는 생각했다. '투박한 농부가 어쩌면 저렇게 섬세한 감정을 지닐 수 있을까.'

---

* 혁명 전의 우크라이나의 명칭.

이오힘은 정말로 연주를 잘했다. 그에게는 더 까다로운 바이올린도 문제가 되지 않았다. 한창 때 일요일마다 주막에서 '카자촉'*이나 흥겨운 '크라코박'**을 그보다 잘 연주하는 사람은 없었다. 그가 구석에 자리를 잡고 앉아 깔끔하게 면도한 아래턱에 바이올린을 단단히 괴고, 기다란 양가죽 모자를 목뒤로 넘겨 쓴 다음 팽팽한 현에 휘어진 활을 그어대면 주막에서 제자리에 가만히 앉아 있는 사람은 드물었다. 심지어 이오힘과 콘트라베이스로 합주를 하는 늙은 외눈박이 유대인도 절정의 순간에 다다르곤 했다. 그의 서투른 '악기'는 이오힘의 경쾌하고 감미로우며 약동하는 바이올린 음조에 자신의 둔중한 베이스 음조를 맞추기 위해 전력을 다하는 듯했다. 늙은 얀켈도 양어깨를 높이 치켜 올리고 베레모를 쓴 대머리를 돌려대며 흥겹고 활기찬 가락에 맞춰 온몸으로 뛰어올랐다. 보통의 정교도들은 말할 것도 없는데, 그들의 다리는 옛날부터 흥겨운 춤곡이 울리기 무섭게 구부렸다 폈다 하며 장단을 맞추기 시작한다.

그러나 이웃 지주의 하녀인 마리야와 사랑에 빠진 이래 이오힘은 웬일인지 좋아하던 바이올린에 흥미를 잃었다. 사실 바이올린은 그가 괄괄한 아가씨의 마음을 사로잡는 데 보탬이 되지 않았으며, 마리야는 우크라이나 음악가의 털북숭이 낯짝보다는 위엄 있는 시종의 말쑥한 독일식 외모를 더 좋아했다. 그때부터 이오힘의 바이올린 소리는 주막

---

* 우크라이나 춤의 일종.
** 폴란드 춤의 일종.

에서도, 야회에서도 들을 수 없었다. 그는 바이올린을 마구간의 나무못에 걸어 습기 속에 방치해두고서 한때 소중했던 악기의 현들이 하나씩 하나씩 끊어져버려도 신경 쓰지 않았다. 바이올린의 현들이 크고 애처로운 단말마 소리를 내며 끊어져갈 때, 말들조차 동정하여 울부짖으며 잔혹한 주인을 놀란 눈빛으로 돌아보았다.

바이올린을 대신하여 이오힘은 지나가는 카르파티아 산사람에게서 나무 피리를 구입했다. 아마도 그는 나무 피리의 조용하고 감동적인 선율이 자신의 쓰라린 운명에 더 잘 어울리고 거절당한 마음의 슬픔을 더 잘 표현한다고 생각하는 듯했다. 하지만 산사람들의 피리는 그의 기대를 저버렸다. 그는 여러 번 피리를 불어보며 갖은 방법을 동원해보았다. 그는 피리를 잘라내고 물에 담갔다 햇빛에 말리고 바람을 쐬이기 위해 지붕 아래에 가느다란 끈으로 매달아놓기도 했으나 아무런 소용이 없었다. 산사람들의 피리는 우크라이나인의 마음을 달래주지 못했다. 소리를 내야 할 때 삑삑거리고, 묵직한 떨림을 기대할 때 찍찍거려 그의 마음 상태에 결코 어울리지 않았다. 마침내 그는 지나가는 모든 산사람에게 화를 내게 되었고, 결국 그들 가운데 아무도 훌륭한 피리를 만들지 못한다고 확신하고서 자기 손으로 직접 만들기로 작정했다. 며칠 동안 그는 인상을 찡그리고 들판과 늪지를 배회하며 버드나무 덤불을 헤치고 가지를 골라 몇 개를 잘랐으나 필요한 것을 구하지 못했다. 그는 여전히 침울하게 인상을 쓰며 계속 찾아다녔다. 그 와중에 그는 드디어 개울물이 졸졸 흐르는 한 장소에 당도했다. 물은 하얀 수련 꽃송이를 가볍게 흔들었고, 바람도 불지 않는 울창한 숲에서 버드나무들은 어둡고 평온한 심연을 향해 조용히 생각에 잠겨 드리워져 있었다. 이오힘은 덤불을 헤치고 개울로 다가가 잠자코 서 있다가 마침내 바로 그곳에서 필요한 것을 찾았다고 확신했다. 그의 이마에 잡힌 주름이 펴졌다. 그는 장화에서 가죽 끈이 달린 주머니칼을 꺼내어 들고 조용히 속삭이는 어린 버드나무 덤불을 지켜보다가 마침내 가파른 낭떠러지에서 흔들리는 가늘고 곧은 줄기 쪽으로 단호하게 다가갔다. 그는 무슨 이유에선지 가지를 손가락으로 건드리고, 공중에서 휘청대는 것을 만족스럽게 바라보았고, 잎사귀들의 속삭임에 귀를 기울이며 고개를 끄덕였다.

"바로 이거야." 이오힘은 아주 흡족해서 중얼거리며 이전에 베었던 가지들을 모두 개울에 던져버렸다.

멋진 피리가 만들어졌다. 버드나무를 말린 다음 그는 벌겋게 달군 쇠줄로 속껍질을 태웠고, 여섯 개의 둥근 구멍을 뚫고 비스듬히 일곱번째 구멍을 파낸 다음 나무 마개로 한쪽 끝을 단단히 막고 좁다란 틈을 비스듬히 냈다. 그런 다음 한 주 내내 줄에 매달아 햇빛에 말리고 바람을 쐬었다. 그 후 이오힘은 그것을 칼로 열심히 다듬고 유리로 말끔하게 손질하며 거친 천 조각으로 힘껏 닦았다. 피리의 윗부분은 둥글고, 중간부터는 평평하고 반들반들한 평면인데, 그 위에 구부려서 달군 쇠 조각으로 다양한 문양을 솜씨 좋게 새겨 넣었다. 빠른 선율로 오르락내리락하며 시험 연주를 한 다음 이오힘은 황홀하게 고개를 끄덕이고 만족스러운 표정을 지으면서 서둘러 자기 침상 곁의 안전한 장소에 피리를 감추었다. 그는 소란스러운 대낮에 첫 연주를 하고 싶지는 않았다. 대신에 그날 저녁 무렵 마구간에서는 부드럽고 수심 어린 유려한 떨림이 흘러나왔다. 이오힘은 자기 피리에 아주 만족했다. 피리는 그 자신의 일부인 것 같았다. 피리가 내는 소리는 마치 자신의 따뜻하고 부드러운 가슴에서 흘러나오는 듯했고, 감정의 모든 기복과 슬픔의 모든 음영이 기적 같은 피리 속에서 바로 진동했고, 만물이 귀 기울이는 저녁 나절에 연이어 조용히 메아리쳤다.

V

이제 이오힘은 자신의 피리와 사랑에 빠졌고, 밀월을 즐겼다. 낮 동안에 그는 마부로서 할 일들을 말끔하게 처리했는데, 말들을 연못에 데려가 물을 먹이고 마구를 채워 주인어른이나 막심과 함께 타고 나갔다. 가끔 매정한 마리야가 살고 있는 이웃 마을 쪽을 바라볼 때면 그의 마음은 밀려드는 우수로 쓰려왔다. 하지만 저녁이 다가오면 세상만사는 까맣게 잊었고, 심지어 짙은 눈썹의 아가씨의 형상도 안개에 싸인 듯 희미해졌다. 마리야의 잔혹한 모습은 사라지고 어렴풋하게 윤곽만 그려져 멋진 피리의 선율에 우울함과 아쉬움을 던져줄 뿐이었다.

음악의 황홀감에 젖고 흔들리는 가락에 흠뻑 빠져 그날 저녁도 이오힘은 마구간에 누워 있었다. 악사는 잔혹한 미인을 완전히 잊을 수 있었을 뿐만 아니라 갑자기 자기 침대에서 움찔하며 일어났을 때 심지어 자기 자신의 존재마저도 잊어버렸다. 최고 절정의 순간에 그는 누군가의 작은 손이 부드러운 손가락으로 자신의 얼굴을 스쳐 지나 손으로 미끄러진 뒤 재빠르게 피리를 더듬는 것을 감지했다. 그와 동시에 그는 누군가의 빠르고 흥분된 짧은 숨소리를 들었다.

"저리 꺼져, 망할 것!" 그는 일상적인 주문을 외우고 혹시 악귀에 홀린 게 아닌가 의아해하면서 즉시 질문을 던졌다. "악마야, 천사야?"

하지만 바로 그 순간 열린 마구간 문으로 비치는 달빛에 그의 착각이 훤히 드러났다. 그의 침대 옆에는 앞을 보지 못하는 주인집 아이가 그에게 작은 손을 간절하게 내밀면서 우두커니 서 있었다.

한 시간쯤 지나 잠자는 페트루시를 살피려던 엄마는 침대에서 아이를 찾을 수 없었다. 그 순간 그녀는 흠칫 놀랐지만, 모성의 직감으로 사라진 아이를 어디서 찾아야 할지 금방 생각해냈다. 이오힘은 너무 당황했고, 한숨을 돌리기 위해 잠시 멈춰 선 순간 마구간 문가에 서 있는 주인집 마님과 느닷없이 시선이 마주쳤다. 그녀는 이오힘의 연주를 들으면서 자기 아이를 바라보며 이미 몇 분 동안이나 그 자리에 서 있었던 것 같았다. 아이는 이오힘의 모피 코트를 덮고 침대에 앉아 여전히 열중한 채 멈춰버린 노래에 귀를 기울이고 있었다.

VI

그때부터 매일 저녁 아이는 이오힘의 마구간에 나타났다. 아이는 이오힘에게 낮에 연주를 부탁할 생각은 하지 않았다. 어쩌면 낮에는 소란스럽고 부산해서 이처럼 조용한 가락을 들을 수 없을 것 같았다. 하지만 사방에 어둠이 깔리기 시작하면, 페트루시는 참을 수 없는 갈망을 느꼈다. 저녁의 음료와 식사는 아이에게 기다리는 순간이 다가왔다는 신호였다. 엄마도 어쩐지 본능적으로 음악을 듣는 장소가 맘에 들지 않았지만 아이가 피리 부는 사내에게로 달려가 잠자리에 들기 전 그의 마구간에서 두어 시간이나 죽치고 앉아 있는 것을 막을 수는 없었다. 이제 이 시간은 아이에게 더없이 행복한 순간이 되었고, 엄마는 아이가 심지어 이튿날까지도 전날 저녁의 인상에 파묻혀 있고, 자신의 사랑에

전처럼 충실하게 응하지 않으며, 자신의 팔에 안겨 포옹을 하면서도 이 오힘의 저녁 노래를 떠올리는 것을 질투심에 불타며 바라보았다

그때 그녀는 몇 년 전 키예프의 라데츠카야 기숙학교에 다닐 때, 흥미로운 예술 가운데 음악도 공부했던 것을 떠올렸다. 사실 이 기억 자체는 특별히 기분 좋은 것은 아니었다. 왜냐하면 상당히 야위고 매우 무미건조하며 무엇보다 아주 화를 잘 내는 늙은 독일 여선생 클라프스가 떠올랐기 때문이다. 이 성질 고약한 여자는 유연성을 기르기 위해 제자들의 손가락을 꺾는 데 아주 능숙했는데, 아울러 상당히 성공적으로 모든 음악적 서정성의 자질을 파괴했다. 두려운 감정 때문에 그녀의 교수법은 말할 것도 없고, 존재 자체도 견디기 힘들었다. 따라서 기숙학교를 나와서 심지어 결혼한 다음에도 안나 미하일로브나는 음악 공부를 다시 해봐야겠다는 생각조차 하지 못했다. 하지만 이제 우크라이나인의 피리 연주를 들으면서 그녀는 그에 대한 질투심과 함께 영혼 속에서 생생한 선율에 대한 지각이 차츰 일깨워지고, 반면에 독일 여자의 형상은 흐릿해지는 것을 느꼈다. 이러한 과정의 결과로 포펠스카야 부인은 남편에게 도시에서 피아노를 보내달라고 요청했다.

"원한다면 그렇게 해요, 여보." 모범적인 남편이 답했다. "당신은 음악을 별로 좋아하지 않는 줄 알았는데!"

바로 그날 편지는 도시로 보내졌지만 피아노를 구입해 도시에서 시골로 보내는 데 적어도 2~3주는 기다려야 했다.

그동안 매일 저녁 마구간에서는 아름다운 선율이 흘러나왔고, 심지어 아이는 이제 엄마의 허락도 받지 않고서 그곳으로 줄달음쳤다.

마구간의 독특한 냄새는 건초 향기와 무두질한 지독한 가죽 냄새와 뒤섞였다. 말들은 방책 아래로 던져진 건초 더미를 뒤적이며 조용히 씹

고 있었다. 이오힘이 휴식을 위해 연주를 멈추면 마구간으로 푸른 너도밤나무의 속삭임이 정원에서 들려왔다. 페트릭*은 홀린 듯이 앉아서 들었다.

아이는 악사를 결코 방해하지 않았고, 연주가 멈춰지고 침묵 속에서 2~3분이 흐르면 그에게서 무언의 황홀감은 뭔가 이상한 갈망으로 바뀌었다. 아이는 떨리는 손을 뻗어 피리를 잡고서 입술에 갖다 댔다. 그 순간 숨이 차올라 첫번째 소리는 조용하게 떨렸다. 하지만 곧이어 아이는 조금씩 단순한 악기를 다루는 데 익숙해졌다. 이오힘은 아이의 손가락을 구멍에 갖다 놓았고, 비록 작은 손으로 구멍들을 모두 막을 수는 없을지라도, 아이는 아주 빨리 모든 음을 익혔다. 더불어 각각의 음은 아이에게 마치 독특한 외형과 개별적 성질을 가진 듯 여겨졌다. 아이는 어떤 구멍에서 어떤 소리가 나는지, 언제 구멍을 여닫아야 하는지 알게 되었다. 때때로 이오힘이 어떤 단순한 음조를 손가락으로 조용하고 느리게 연주할 때, 아이의 손가락도 함께 따라서 움직이기 시작했다. 아이는 각각의 자리에서 나는 계명 소리를 아주 명확하게 이해했다.

VII

정확히 3주가 흐른 뒤에 마침내 도시에서 피아노가 배달되어 왔다. 페탸**는 뜰에 서서 일꾼들이 배달된 악기를 방으로 들여놓을 준비를 하며 법석을 떠는 소리에 주의를 기울였다. 그것은 분명히 아주 무

---

* 표트르의 애칭.
** 표트르의 애칭.

거웠는데, 왜냐하면 그것을 들어 올릴 때 수레가 삐걱거렸고, 사람들도 신음을 내며 깊이 숨을 쉬었기 때문이다. 그들은 고르고 무거운 발걸음을 옮겼고, 발걸음마다 그들의 머리 위에서 뭔가가 이상하게 윙윙거리고 툴툴거리고 쩔렁거렸다. 이상한 악기를 거실의 마루에 내려놓자 그것은 또다시 마치 엄청난 분노로 누군가를 위협하듯이 둔중하게 우르릉거렸다.

이 모든 것은 아이에게 경이에 가까운 감정을 불러일으켰으며, 죽어 있지만 성질이 고약한 새로운 손님은 아이의 맘에 들지 않았다. 그는 정원으로 나가버렸고, 악기에 발을 달아 세운 후 도시에서 온 조율사가 음을 맞추고 건반을 두드리며 줄을 당기는 것을 보지 않았다. 모든 과정이 완료되었을 때 엄마는 페탸를 방으로 불러들였다.

이제 훌륭한 장인이 제작한 빈 악기를 갖춘 안나 미하일로브나는 우선 단순한 나무 피리에 대한 승리감을 만끽했다. 그녀는 이제 페탸가 마구간과 피리 부는 사내를 잊고 모든 기쁨을 자신에게서 찾을 것이라고 확신했다. 그녀는 미소를 지으며 막심과 함께 방으로 들어온 아이와 이오힘을 바라보았다. 이오힘은 그녀에게 물 건너온 악기를 들어봐도 되겠냐고 청하며 겸연쩍게 눈을 내리깔고 앞머리를 흔들며 문가에 서 있었다. 막심 삼촌과 페탸가 긴 의자에 앉자 안나는 갑자기 피아노 건반을 두드리기 시작했다.

그녀는 라데츠카야 기숙학교에서 클라프스 여선생의 지도 아래 완벽하게 익혔던 곡을 하나 연주했다. 그것은 특별히 소란스럽고 상당히 야단스러우며 손가락의 엄청난 유연성이 요구되는 곡이었다. 공개 시험에서 안나 미하일로브나는 이 곡을 연주하여 자기 자신과 특히 자신의 여선생에 대한 많은 찬사를 불러일으켰다. 아무도 이 사실을 말할 수 없었지만 아마도 많은 사람은 과묵한 지주 포펠스키가 부인 야첸코가 어려운 곡을 연주했던 바로 15분 남짓한 시간에 완전히 매료되었다고 추측했다. 이제 젊은 여인은 또 다른 승리를 의식적으로 염두에 두고 그 곡을 연주했다. 그녀는 우크라이나인의 피리에 이끌렸던 자기 아들의 작은 가슴이 자신에게 더 강렬하게 이끌리길 바랐다.

하지만 이번에 그녀의 기대는 좌절되었다. 빈의 악기는 우크라이나의 버드나무 조각에 대적할 수 없었다. 사실 빈의 피아노는 값비싼 나무, 탁월한 현, 장인의 뛰어난 솜씨, 풍부하고 폭넓은 음량 등의 강력한 무기들을 갖추고 있었다. 대신에 우크라이나의 피리에게는 동료들이 있었는데, 그것은 자기 집에, 즉 동족인 우크라이나의 자연 한가운데 있었다.

이오힘이 피리를 자신의 칼로 다듬고, 불에 달군 쇠로 문양을 새겨 넣기 전에, 우크라이나의 피리 부는 사내가 가파른 절벽 위에서 예리한 눈으로 찾아낼 때까지 피리는 아이도 알고 있는 이곳 고향의 개울 위에서 흔들거렸고, 우크라이나의 햇볕을 쬐고 우크라이나의 바람을 쐬었다. 이제 낯선 외래자가 단순한 토종 피리와 대적하는 것은 힘들었다. 왜냐하면 피리는 맹인 아이에게 졸리는 조용한 때 신비한 저녁의 사각거림 사이에서, 잠든 너도밤나무의 살랑거림 아래서, 동족인 우크라이나의 자연과 함께 등장했기 때문이다.

여주인 포펠스카야도 이오힘에는 한참 못 미쳤다. 사실 그녀의 가느다란 손가락은 빠르고 유연하다. 그녀가 연주하는 가락은 훨씬 복잡하고 풍부하며, 클라프스 여선생은 자기 제자가 힘든 악기를 완전히 익히도록 많은 힘을 쏟았다. 대신에 이오힘은 직접적인 음악적 감성이 풍부했다. 그는 자기 연인을 사랑하고 슬퍼하며 조국의 자연에 대한 우수를 간직했다. 그에게 단순한 선율을 가르친 것은 이 자연이요, 숲의 소리이며, 초원 위 풀들의 조용한 속삭임, 어린 시절 이미 요람에서 들었던 상념 어린 오래된 고향 노래였다.

그렇다. 빈의 악기가 우크라이나의 피리를 압도하는 것은 힘들었다. 1분도 채 되지 않아 막심 삼촌이 목발로 갑자기 날카롭게 마룻바닥을 두드렸다. 안나 미하일로브나가 그쪽으로 몸을 돌렸을 때, 페트릭의 창백해진 얼굴에서 그녀는 아직도 생생한, 첫 봄나들이 때 아이가 풀밭에 누워 지었던 것과 똑같은 표정을 보았다.

이오힘은 동정 어린 눈빛으로 아이를 바라본 뒤 독일의 음악에 경멸 어린 시선을 보냈고, 거실 바닥을 거친 장화로 쿵쾅거리면서 나가버렸다.

VIII

이로 인해 가련한 엄마는 많은 눈물을 쏟았고, 커다란 수치심을 느꼈다. 선택받은 청중의 박수 세례를 받았던 자비로운 여주인 포펠스카야는 잔인한 패배를 자인해야 했다. 누구에게? 하찮은 피리를 가진 평범한 마부 이오힘에게! 그녀가 연주에 실패한 후 우크라이나인이 보낸 경멸 어린 시선이 떠오를 때면, 그녀의 얼굴에는 분노의 열기가 넘쳐났고, 가증스러운 놈팡이에 대한 증오심이 한없이 끓어올랐다.

그러나 매일 저녁 아이가 마구간으로 달려갈 때 그녀는 창문을 열고 그것에 턱을 괴고 서서 열심히 귀를 기울였다. 처음에 그녀는 단지 이 멍청한 피리 소리에서 우스운 측면들을 포착하고자 애쓰며 분노 가득한 혐오감을 가지고 들었으나, 점차 그녀 자신도 왠지 모르게 멍청한 피리 소리에 이끌렸고, 이미 상념 어린 슬픈 음조에 깊이 매료되었다. 이런 생각에 사로잡히자 그녀는 피리 소리의 매력과 신비는 어디에서 비롯되는가 자문했다. 그리고 차츰 시간이 흐르면서 푸르른 저녁, 흐릿한 그림자, 자연과 노래의 놀라운 조화가 그녀의 물음에 답을 주었다.

"그래," 그녀는 자신이 패배하고 지배되었다고 생각했다. "여기에는 뭔가 아주 독특하고 진실된 감정…… 음조로 익힐 수 없는 시적 매력이 있어."

그것은 사실이었다. 시적인 비밀은 오래전에 사라진 과거와, 영원히 살아서 인간의 마음에 끊임없이 말하는 자연, 즉 과거의 목격자 사이의 놀라운 연관 속에 존재했다. 이오힘은 번들거리는 장화와 투박한 손을 지닌 거친 농부이지만 조화를, 자연의 생생한 감정을 지니고 있었다.

그녀는 뻔뻔한 여주인도 마부 앞에서 하찮은 존재라는 점을 깨달았다. 그녀는 그의 조잡한 옷차림과 송진 냄새를 잊었고, 조용한 노래 선율 속에서 회색 눈의 부드러운 표정과 긴 수염 아래 상념 어린 엷은 미소를 머금은 온화한 얼굴을 기억했다. 때로는 분노의 열기가 젊은 여인의 얼굴과 뺨에 되비치기도 했다. 그녀는 아이의 관심을 끌려는 싸움에서 이 농부와 하나의 전쟁터에서 맞서 있지만 그 농부가 이겼다고 느꼈다.

정원의 나무들은 그녀의 머리 위에서 속삭이고, 밤은 푸른 하늘의 별들로 불타며, 대지에는 푸른 어둠이 깔렸다. 젊은 여인의 영혼은 이오힘의 노래로 인해 뜨거운 슬픔으로 차올랐다. 그녀는 점점 더 겸허해지고, 직접적이고 순수하며 자연적인 시의 단순한 비밀을 터득하는 법을 익혔다.

IX

그렇다. 농부 이오힘은 진실하고 살아 있는 감정을 지니고 있다! 그럼 안나는? 그녀에게는 이러한 감정이 조금도 없단 말인가? 그녀의 가슴이 너무나 뜨겁고, 심장이 격하게 고동치며, 눈에 저절로 눈물이 맺히는 이유는 뭘까?

이것은 불행한 맹인 아이에 대한 그녀의 진실한 감정, 뜨거운 사랑이 아닐까? 하지만 아이는 그녀에서 이오힘에게로 달려갔고, 그녀는 아이에게 이오힘처럼 살아 있는 기쁨을 전해줄 수 없었다.

그녀는 자신이 피아노를 연주할 때 아이의 얼굴에 비쳤던 고통스러운 표정이 떠오를 때면 뜨거운 눈물을 흘렸고, 때로는 북받쳐 오르는 눈물을 힘겹게 참아냈다.

가엾은 엄마! 아이가 앞을 보지 못하는 것은 그녀에게 치유할 수 없는 영원한 마음의 병이 되었다. 그 병은 아이에 대한 병적인 과도한 애정과 아이가 고통스러워할 때마다 아픈 마음을 애써 감춰야 하는 어쩔 도리가 없는 감정에서 드러났다. 이런 이유 때문에 다른 사람에게 불쾌감을 불러일으킬 뿐인 감정, 즉 피리 부는 농부에 대한 이상한 경쟁심이 그녀에게는 아주 강력하고 잔인한 고통의 근원이 되었다.

시간이 흐르면서 고통이 완전히 사라지지는 않았지만 조금은 달라졌다. 그녀는 이오힘의 연주를 들으며 자기 내부에서 자신을 그토록 매료시켰던 서정적 선율에 대한 생생한 지각이 움터오는 것을 깨닫기 시작했다. 이와 함께 희망도 되살아났다. 자신감이 갑작스럽게 밀려오면 그녀는 몇 번이고 피아노로 다가가 덮개를 열고 건반을 두드려 조용한 피리 소리를 제압하려고 했다. 하지만 그때마다 우유부단한 감정과 수치에 대한 공포 때문에 움츠러들었다. 그녀에게는 고통스러워하는 아이의 얼굴과 농부의 경멸 어린 시선이 자꾸 떠올랐고, 두 뺨은 어둠 속에서 수치심으로 달아올랐으며, 양손은 소심한 열망으로 건반 위에서 떨렸다……

그럼에도 불구하고 하루하루 시간이 지나면서 그녀는 내적으로 자신감을 키웠고, 아이가 저녁 무렵 먼 오솔길에서 놀거나 산책을 나갔을 때를 택해 피아노 앞에 앉았다. 처음의 시도들은 그다지 만족스럽지 못했다. 손들이 마음먹은 대로 움직이지 않았고, 피아노 소리도 처음에는 그녀를 사로잡은 분위기에 어울리지 않았다. 하지만 점차 이 분위기는 아주 충만하고 경쾌하게 피아노 소리에서 넘쳐 나왔다. 이오힘의 교훈은 헛되지 않았고, 엄마로서의 뜨거운 사랑과 아이의 마음을 그토록 강하게 사로잡는 것에 대한 명확한 이해 덕분에 그녀는 농부의 교훈을 아주 빠르게 터득할 수 있었다. 이제 더 이상 그녀의 손은 소란스럽고 난해한 곡을 연주하지 않았고, 조용한 노래, 애절한 우크라이나의 선율이 엄마의 마음을 달래며 어두운 방 안에 울려 퍼졌다.

마침내 그녀는 공개 경쟁을 펼칠 수 있는 충분한 용기를 얻었고, 저녁마다 주인집과 이오힘의 마구간 사이에서 야릇한 경쟁이 벌어졌다. 초가지붕의 그늘진 헛간에서 영롱한 피리 소리가 조용히 울려 퍼지면, 이에 맞서 너도밤나무 사이에서 달빛으로 빛나는 저택의 열린 창문을 통해 경쾌하고 충만한 피아노 화음이 들려왔다. 처음에는 아이도, 이오힘도 편견을 지녔던 교묘한 음악에 관심을 두고 싶지 않았다. 아이는 이오힘이 연주를 멈추면 눈살을 찌푸리고 조바심을 내며 재촉했다.

"아이! 빨리 불어요, 불어봐요!"

하지만 시간이 흐를수록 이오힘의 피리 연주는 점점 더 자주 멈추게 되었다. 이오힘은 피리를 한쪽으로 치워놓고 점점 더 흥미를 느끼며 피아노 연주에 귀를 기울였고, 아이도 피리 소리가 멎은 동안 엄마의 연주에 주목하며 피리 연주를 더 이상 재촉하지 않게 되었다. 드디어 이오힘은 경탄하며 말했다.

"한번 들어봐…… 너무 멋지다……"

이윽고 이오힘은 놀라서 멍한 모습으로 아이의 손을 잡고 정원을 지나 거실의 열린 창문으로 다가갔다.

그는 주인마님이 자기만족을 위해 연주를 하고 있으며, 그들이 듣고 있다는 사실을 모를 것이라고 생각했다. 그러나 안나 미하일로브나는 중간에 자신의 경쟁자인 피리 소리가 잦아드는 것을 들었고, 자신의 승리를 알아챘으며, 기쁨으로 가슴이 두근거렸다.

더불어 이오힘에 대한 그녀의 분노감도 완전히 사라졌다. 그녀는 행복했고, 이 행복이 이오힘 덕분이라는 걸 깨달았다. 그가 그녀에게 아이의 관심을 되찾는 방법을 가르쳐주었던 것이다. 이제 아이가 그녀에게서 새로운 인상들을 풍요롭게 얻을 수 있다면, 이 두 사람은 피리 부는 농부에게, 자신들의 공동의 스승에게 고마움을 전해야 한다.

X

얼음이 부서졌다. 다음 날 아이는 자신에게 화를 내며 소리를 지르는 것처럼 느껴졌던 이상한 도시 손님이 자리 잡은 이후로 발을 끊었던 거실에 호기심 어린 표정으로 들어섰다. 이제 이 손님의 어제 노래는 아이의 귀에 호감을 자아냈고, 이 악기에 대한 태도도 바꾸어놓았다. 예전의 두려움을 지닌 채 아이는 피아노가 놓여 있는 곳으로 다가가 약간의 거리를 두고 서서 귀를 기울였다. 거실에는 아무도 없었다. 엄마는 다른 방의 소파에 앉아 일을 하면서 숨을 죽이고 아이의 움직임 하나하나와 예민한 얼굴에서 드러나는 갖가지 표정 변화를 아주 흥미롭게 주시하고 있었다.

멀리서 손을 뻗어 아이는 악기의 반들거리는 표면을 건드렸다가 순간적으로 겁을 먹고 뒤로 물러났다. 이런 행동을 두어 번 하고 나서 아이는 좀더 가까이 다가가 다리를 만지기 위해 아래로 몸을 숙이고 사방으로 돌아가며 악기를 주의 깊게 탐색하기 시작했다. 그리고 마침내 아이의 손이 매끈한 건반에 닿았다.

조용한 현의 소리가 공중에 희미하게 울렸다. 아이는 엄마의 귀에는 이미 사라진 소리의 진동에 오랫동안 귀를 기울였고, 곧이어 충분히 이해했다는 듯이 다른 건반을 건드렸다. 손으로 건반 전체를 감지한 뒤 아이는 높은 음계의 음정에 도달했다. 그는 모든 음정을 여유롭게 음미했고, 음정들은 차례대로 공기 중에서 흔들리고 떨리며 사라져갔다. 긴장한 맹인 아이의 얼굴에서 만족감이 피어났다. 아이는 음정 하나하나에 흥미를 느낀 듯이 보였다. 기본적인 소리들과 잠재적 가락의 구성 요소들에 대한 이러한 민감한 지각에서 음악가의 소질이 묻어났다.

음정 외에도 맹인 아이는 각각의 소리에서 어떤 독특한 속성을 감지한 듯했다. 그의 손 아래에서 높은 음계의 맑고 쾌활한 음정이 울릴 때 그는 마치 높이 날아오르는 상쾌한 소리를 따르듯이 생기 있는 얼굴을 들어 올렸다. 반대로 낮게 조용히 들리는 둔중한 베이스가 울릴 때 그는 머리를 숙였는데, 이 무거운 음조는 대지 위로 낮게 구르며 마루를 따라 흩어져서 먼 구석으로 사라지는 듯이 느껴졌다.

XI

막심 삼촌은 이 모든 음악적 체험에 침착하게 대처했다. 이상하게도 이처럼 분명하게 드러난 아이의 성향은 불구자 막심에게 이중적 감정을 안겨주었다. 한편으로 음악에 대한 열정적 심취는 의심의 여지 없이 아이에게 고유한 음악적 재능을 보여주고, 따라서 부분적으로 그의 미래의 가능성을 결정했다. 다른 한편으로 이런 인식에는 늙은 병사의 마음속에서 일어나는 알 수 없는 환멸감이 뒤섞였다.

막심은 곰곰이 생각했다. "물론 음악도 대중의 마음을 사로잡을 가능성이 있는 강력한 힘이다. 맹인 아이는 수백 명의 화려한 선남선녀를 끌어모아 그 앞에서 다채로운 왈츠와 야상곡을 연주할 것이고(사실 막심의 음악에 대한 이해 수준은 왈츠와 야상곡을 넘지 못했다), 청중은 감동한 나머지 손수건으로 눈물을 훔칠 것이다. 어휴, 제기랄, 이건 내가 바라는 바가 아닌데, 어찌해야 하나! 아이는 눈이 멀었고, 그가 인생에서 할 수 있는 것을 시켜야 하는데. 노래가 차라리 낫지 않을까? 노래는 단순히 귀에만 듣기 좋은 것이 아니야. 노래는 형상을 떠올리고 머리에 생각을 일으키며 마음에 용기를 북돋아주지."

"이보게, 이오힘," 어느 날 저녁 그는 이오힘에게로 향하는 아이의 뒤를 따라 들어서며 말했다. "한 번이라도 피리 소리를 멈춰보게나! 그건 길거리의 어린애들이나 들판의 목동들에게나 어울리지. 자네는 성인 농부가 아닌가. 물론 멍청한 마리야가 자네를 송아지로 만들어버렸지만. 쳇, 창피한 줄 알아야지, 안 그런가! 아가씨는 외면하고, 자네는 풀이 죽어 있고, 새장 속의 새처럼 피리나 불고 있으니!"

이오힘은 격분한 지주의 장광설을 들으면서 어둠 속에서 그의 이유 없는 분노에 코웃음을 쳤다. 하지만 아이들과 목동에 대한 막심의 언급은 이오힘의 기분을 약간 언짢게 만들었다.

"그런 말씀 마세요, 나리." 이오힘이 말했다. "우크라이나에서는 목동은 말할 것도 없고 어떤 목자도 이런 피리를 가진 사람은 없답니다…… 다 같은 피리지만, 이것은 다르지요…… 한번 들어보시렵니까."

그는 손가락으로 모든 구멍을 막고 완전한 소리에 도취되어 옥타브에서 두 음을 불었다. 그러자 막심은 경멸하듯이 침을 뱉었다.

"퉤, 이런 맙소사, 정말 멍청한 친구로군! 자네 피리가 내게 무슨 소용 있는가? 모두가 마찬가지일세, 피리나 여편네들이나 자네 마리야까지 포함해서. 할 수 있다면 차라리 노래나 멋진 민요로 한 곡조 불러보는 게 낫겠네."

우크라이나 사람인 막심 야첸코는 농부들과 하인들을 잘 대해주는 겸손한 사람이었다. 그는 자주 소리를 지르고 욕을 했지만 무례하게 굴지는 않았고, 따라서 사람들은 그를 존경하고 격의 없이 대했다.

"노래를 말입니까?" 이오힘이 나리의 제안에 답했다. "한때 저도 노래를 남들보다 못하지는 않았지요. 근데 우리 농사꾼들의 노래가 당신의 구미에 맞을지 모르겠습니다, 나리." 그는 슬쩍 비아냥거리며 말했다.

"자, 쓸데없는 소리 말게나." 막심이 말했다. "잘 부를 수만 있다면 훌륭한 노래를 피리 소리에 비교할 순 없지, 자, 페트루시, 이오힘의 노래를 한번 들어볼까, 어린 네가 이해할는지 모르겠지만?"

"농노들의 노래인가요?" 아이가 물었다. "나는 농노들의 말을 알아요."

막심이 한숨을 쉬었다. 그는 낭만가였고, 한때 새로운 반란*을 꿈꾸었다.

"아이고, 애야! 이것은 농노들의 노래가 아니란다…… 이것은 힘세고 자유로운 민중의 노래란다. 네 엄마의 선조들이 드네프르, 다뉴브 그리고 흑해의 초원에서 그 노래를 불렀지…… 그래, 너도 언젠가 이해하게 될 거야." 막심은 상념에 젖어 덧붙였다. "내가 걱정하는 것은 다른 거지……"

실제로 막심은 다른 것을 염려했다. 그는 우크라이나의 서사 민요에 담긴 뚜렷한 형상들을 마음으로 느끼기 위해서는 반드시 시각적 사고가 요구된다고 생각했다. 그는 아이의 어두운 머리가 민중 시가의 그림 같은 언어를 이해할 수 없을까 봐 걱정했다. 그는 고대의 바얀**도, 우크라이나의 코브자*** 연주자와 반두라 연주자도 대부분이 맹인이었다는 사실을 잊고 있었다. 사실 그들은 불구라는 무거운 짐 때문에 구걸을 위해 어쩔 수 없이 빈번하게 리라나 반두라를 손에 잡았다. 하지만 모두가 콧소리를 내는 걸인이거나 장인도 아니었으며, 모두가 나이가 들어서 시력을 잃은 것도 아니었다. 시력의 상실은 물론 뇌에 드리워져 그것의 활동을 저지하는 어두운 장막으로 가시적 세계를 가리지만, 뇌는 여전히 다른 경로들을 통해 물려받은 표상과 획득한 인상으로부터 어둠 속에서 자기 자신의 세계를, 쓸쓸하고 서러우며 우울하지만

---

* 16세기 말에서 17세기 초 드네프르강 하안에서 폴란드 지배에 맞서 반란을 일으켰던 우크라이나 카자크 집단의 중심인 자포로쥐예 세치의 부활을 의미. 자포로쥐예 세치는 1775년 예카테리나 2세의 명령에 따라 최종적으로 해체됨.

** 음영 시인.

*** 고대 우크라이나에서 널리 연주된 4~8현의 전통 현악기.

독특하고 어렴풋한 시성을 간직한 세계를 창조한다.

XII

아이와 막심은 건초 위에 자리를 잡았고, 이오힘은 자기 의자에 앉아(이 자세가 그의 예술가적 분위기에 가장 잘 어울렸다) 잠시 생각을 한후 노래를 시작했다. 순전히 우연이었든 예민한 본능에 따랐든 간에 그의 선택은 아주 성공적이었다. 그는 역사적 장면에서 멈췄다.

  높은 언덕 위에서 일꾼들이 곡식을 거두네.

제대로 부르는 이 멋진 민요를 들은 사람은 아마도 너 나 할 것 없이 고상하고 느리며 역사적 기억의 슬픔에 덮인 듯한 민요의 오래된 모티프를 마음속에 아로새겼을 것이다. 민요 속에는 특별한 사건도, 피투성이 전장도, 영웅적 행위도 없다. 이것은 연인과 카자크의 이별도, 대담한 습격도, 푸른 바다와 다뉴브의 해상 원정에 관한 것도 아니다. 이것은 단지 우크라이나인의 기억 속의 어렴풋한 꿈처럼, 역사적 과거에 관한 한 조각 꿈처럼 순간적으로 떠오르는 하나의 덧없는 장면이다. 평범한 회색빛의 일상에서, 모호하고 흐릿하며 이미 사라져간 과거에서 풍기는 독특한 슬픔에 잠긴 이 장면이 갑자기 떠올랐다. 사라졌지만 아직 흔적은 남아 있다! 카자크들의 유골이 묻혀 있고, 한밤중에 이상한 불빛이 반짝이며, 밤마다 둔중한 신음을 내는, 여전히 높이 솟아 있는 거대한 무덤은 과거를 말해준다. 민간 전설도 점차 사라져가는 민요도 과거를 말해준다.

> 높은 언덕 위에서 일꾼들이 곡식을 거두네.
> 산 아래, 푸른 언덕 아래로
> 카자크들이 지나가네!……
> 카자크들이 지나가네!……

푸른 언덕 위에서 일꾼들이 곡식을 거두네, 산 아래로 카자크 부대가 지나가네.

막심 야첸코는 슬픈 가락에 귀를 기울였다. 노래의 내용과 경이롭게 결합된 기적 같은 모티프에 의해서 마치 우울한 저녁노을에 비친 듯한 장면이 그의 상상 속에서 솟아났다. 평화로운 들판에, 산 위에, 곡식을 향해 몸을 구부리고 추수하는 사람들의 형상이 보인다. 그 아래에는 골짜기의 저녁 그림자에 뒤섞여 카자크 부대들이 줄지어 지나간다.

> 도로센코가 앞에 서서
> 자기 부대를, 자포로쥐예* 군대를 이끄네,
> 훌륭하게 이끄네.

과거에 관한 길게 늘어지는 노랫소리가 다시 이어지고, 어둠 속에서 새롭고 새로운 인물들을 불러내며 공기 중에서 흔들리고 울리다 잦아든다.

---

* 드네프르 강변에 있는 우크라이나의 도시.

XIII

아이는 어둡고 슬픈 표정으로 노래를 들었다. 일꾼들이 곡식을 거두고 있는 언덕에 대해 이오힘이 노래할 때 페트루시는 상상 속에서 자신이 알고 있는 절벽 위로 올라섰다. 아이는 돌에 부딪혀 아득한 소리를 내며 아래에서 철썩이는 강물을 통해 절벽을 인식했었다. 그는 또한 추수하는 사람들을 잘 알고 있었고, 낫들이 짤랑대는 소리와 떨어지는 이삭들의 부석거리는 소리를 듣는다.

노래 대목이 산 아래서 펼쳐지는 장면에 이르렀을 때, 상상은 정상에서 골짜기로 맹인 아이를 갑자기 이끌었다.

낫을 휘젓는 소리는 아득해졌지만, 아이는 추수하는 사람들이 그곳에, 산 위에 있다는 사실을, 그들은 남아 있지만 높이 있기에, 절벽 아래서서 사각거림을 들었던 소나무들처럼 너무 높이 있기에 그들의 소리가 들리지 않는다는 사실을 알고 있다. 하지만 아래에서, 강 위에서 빠르고 균등한 말발굽 소리가 울려 퍼진다…… 너무나 많아서 산 아래 어둠 속에서 분명하지 않은 울림이 들린다. 카자크들이 이동하고 있는 것이다.

아이는 카자크가 누구인지도 알고 있다. 가끔 저택에 들르는 흐베티코 노인을 모두가 늙은 카자크라고 부른다. 그는 여러 번 페트루시를 무릎에 앉히고 떨리는 손으로 머리를 쓰다듬어주었다. 아이가 습관대로 그의 얼굴을 더듬었을 때, 아이는 자신의 민감한 손가락으로 깊은 주름, 아래로 처진 긴 수염, 움푹한 뺨, 그리고 뺨에 흐르는 노년의 눈물을 감지했다. 아이는 길게 늘어지는 노랫소리를 들으며, 아래쪽에서 산 아래를 지나가는 그런 카자크들을 떠올렸다. 그들은 흐베티코처럼 말을 타고 있으며, 긴 수염에 등이 굽고 노쇠했다. 그들은 어둠 속을 흐릿한 그림자처럼 조용히 지나가고 흐베티코처럼 눈물을 흘린다. 아마도 산 위에서도, 골짜기 위에서도 이 슬프고 길게 늘어지는 이오힘의 애통한 노래, 즉 젊은 아내 대신에 원정의 나팔과 전투의 불행을 택했던 경솔한 카자크에 관한 노래가 울려 퍼지기 때문일 것이다.

막심은 아이의 예민한 본성이 비록 앞을 볼 수 없더라도 노래의 시적 형상에 반향할 수 있다는 점을 한눈에 충분히 이해했다.

제3장

I

막심의 계획에 따라 마련된 체계 덕분에 맹인 소년은 가능한 모든 것에서 자기 노력을 보여주었고, 이것은 아주 좋은 결과를 낳았다. 집에서 그는 결코 무기력하지 않았고, 아주 자신 있게 사방을 걸어 다녔으며, 스스로 자기 방을 치우고 장난감들과 물건들을 나름대로 정돈했다. 그 밖에도 막심은 가능한 만큼 신체적 운동에도 관심을 기울였다. 소년은 규칙적으로 운동을 했는데, 소년이 여섯 살 때 막심은 조카에게 작고 온순한 말을 선물했다. 소년의 엄마는 처음에 아들이 말을 탈 수 있으리라고 상상도 하지 못했다. 그래서 오빠의 행동을 완전히 미친 짓으로 힐난했다. 하지만 막심은 최선의 노력을 기울였고, 두세 달이 지나자 소년은 이오힘과 나란히 기분 좋게 말을 탔는데, 이오힘은 소년에게 돌아야 하는 곳에서만 지시를 했다.

이처럼 눈이 먼 것이 정상적인 신체적 발전을 가로막지 않았고, 도덕적 성품에 대한 영향도 약해진 듯했다. 또래에 비해 소년은 키가 크고 건강했다. 얼굴색은 다소 창백했으나 생김새는 갸름하고 표정은 풍부했다. 검은 머릿결은 하얀 얼굴을 더욱 두드러지게 했고, 거의 움직이지 않는 크고 검은 눈은 마치 주의를 집중하는 듯한 독특한 인상을 자아냈다. 눈썹 위의 잔주름, 머리를 앞으로 약간 숙이는 버릇, 그리고 때때로 얼굴에 구름처럼 스쳐 가는 슬픈 표정이 겉으로 드러나는 눈이 멀었다는 징후의 전부였다. 익숙한 장소에서 그의 움직임은 자신만만했지만 여전히 천성적 활기는 억눌리고 가끔 아주 예리한 신경 발작으로 드러나곤 했다.

II

이제 청각적 인상은 맹인 소년의 삶에서 결정적으로 아주 중요했고, 소리의 형식은 그의 사고의 주요한 형식이자 정신 활동의 중심이 되었다. 소년은 반복되는 모티프에 귀를 기울이면서 노래를 기억했고, 가락의 슬픔, 기쁨 혹은 상념에 젖어 내용을 알게 되었다. 소년은 주위 자연의 소리들을 더욱 주의 깊게 포착했고, 어렴풋한 느낌들을 익숙하고 친근한 모티프들과 결합하면서 가끔 그것들을 분방한 즉흥곡으로 개괄했는데, 귀에 익숙한 민요의 모티프가 끝나는 지점과 개인적 창작이 시작되는 지점을 구분하기는 힘들었다. 그 자신도 자신의 노래들 속에서 그 두 가지를 구별하지 못했다. 그 두 가지는 소년에게서 완전히 결합되었다. 소년은 엄마가 피아노를 가르치면서 전해준 모든 것을 신속하게 익히면서도 이오힘의 피리를 마찬가지로 좋아했다. 훨씬 풍부하고 청명하며 충만한 피아노는 방 안에 놓여 있는 반면에, 피리는 들판에 가져갈 수 있고, 그것의 선율은 초원의 조용한 숨결과 떼려야 뗄 수 없게 결합되어 페트루시조차도 때로는 어렴풋한 생각들을 바람이 멀리서 일으키는지, 아니면 자신이 피리 소리로 자아내는지를 분간할 수 없었다.

음악에 심취하면서 소년은 지적으로 성장하게 되었다. 그것은 소년의 존재를 충만하게 하고 다채롭게 만들었다. 막심은 음악을 통해 소년에게 조국의 역사를 알려주었다. 모든 역사는 소년의 상상 앞에서 소리들의 결합으로 흘러갔다. 노래에 흥미가 많은 소년은 그것의 주인공들과 그들의 운명과 조국의 운명을 알게 되었다. 이로부터 문학에 대한 관심도 시작되었다. 아홉 살이 되자 막심은 첫번째 수업에 착수했다. 막심(그는 이를 위해 맹인들의 특수 교육법을 익혀야 했다)의 능숙한 수업은 소년을 크게 만족시켰다. 그것은 소년의 내적 정서에 새로운 요소, 즉 음악의 어렴풋한 지각들을 균형 잡아주는 정확성과 명확성을 심어주었다.

이처럼 소년의 나날은 충만했고, 소년이 받은 인상들은 전혀 빈약하지 않았다. 막심은 아이에게 가능한 만큼의 충만한 삶을 살았던 것이다. 소년은 자신이 앞을 보지 못한다는 사실조차도 알지 못하는 듯했다. 그럼에도 불구하고 그의 성격에는 뭔가 이상하고 어린애답지 않은 슬픔이 드리워져 있었다. 막심은 이것을 어린아이들의 세계에 드리운 결함으로 간주하고 그것을 채워주기 위해 애썼다.

저택에 마을의 아이들을 초대한 적이 있는데, 그들은 수줍어하며 맘 놓고 놀지 못했다. 낯선 환경뿐만 아니라 페트루시가 앞을 못 보는 것도 그들을 적잖이 난처하게 만든 것이다. 아이들은 겁에 질려 페트루시를 주시했고, 자기들끼리 모여 숨을 죽이거나 작은 소리로 소심하게 속삭였다. 아이들을 정원이나 들판에 내놓자 좀더 자유로워져 놀기 시작했다. 하지만 맹인 소년은 이상하게도 한쪽으로 비켜나 애처롭게 친구들의 유쾌한 법석에 귀를 기울였다.

이따금 이오힘은 자기 주위에 아이들을 모이게 한 뒤 재미있는 동화나 만담을 들려주었다. 멍청한 우크라이나의 악마와 사기꾼-마녀들을 훤히 알고 있는 마을 아이들은 자신의 이야기를 덧붙였고, 화기애애하게 시간이 흘렀다. 맹인 소년은 관심을 가지고 집중하며 이야기를 들었으며, 아주 가끔 웃음을 지었다. 아마도 생생한 이야기의 유머는 상당 부분이 소년에게 이해하기 힘들고 기묘하게 들린 듯했다. 소년은 이야기꾼의 눈에서 능청거리는 이글거림도, 웃음기 어린 주름들도, 잡아당겨지는 수염도 볼 수가 없었다.

III

이런 일이 있기 얼마 전에 이웃의 작은 영지에 임차인*이 바뀌는 일이 있었다. 가까운 저택에는 가축이 목초지를 망쳐놓은 일로 과묵한 귀족인 포펠스키와 소송을 벌이기도 했던 소란스러운 이웃이 이전에 살았는데, 그곳으로 야스쿨스키 노인과 그의 아내가 이사를 왔던 것이다. 나이를 합쳐 백 살은 넘었음에도 불구하고 두 사람은 불과 얼마 전

* 러시아의 남서 지역에서는 임차 제도가 널리 퍼져 있었는데, 지역에서 '소유자'로 일컬어지는 임차인은 저택의 관리사와 흡사함. 임대인에게 임대료를 지불하고 나면 얼마의 수득을 올리는가는 그의 수완에 달려 있음.

에 결혼식을 올렸다. 왜냐하면 귀족 야쿱이 오랫동안 임대료를 마련하지 못해 낯선 집에 관리인으로 떠돌아다녔고, 부인 아그네슈카는 행복을 고대하며 백작 부인 포토츠카의 명예로운 하녀로 살았기 때문이다. 마침내 행복한 순간이 도래하고 신랑 신부가 교회당에서 손을 맞잡았을 때, 팔팔한 신랑의 수염과 앞머리에 백발이 성성해졌고, 수줍어 붉어진 신부의 얼굴도 은빛 머리채가 감싸고 있었다.

하지만 이런 상황이 부부의 행복을 가로막지는 못했고, 때늦은 사랑의 결실이 맹인 소년과 거의 동갑내기였던 외동딸이었다. 비록 제한적이지만 자신을 완전한 주인으로 여길 수 있는 보금자리를 늘그막에 마련한 두 노인네는 마치 남의집살이로 힘겹게 살았던 황망한 시절에 대해 안식과 고독으로 보상이라도 하려는 듯 조용하고 검박하게 살았다. 그들의 첫 임차는 그다지 성공적이지 못했고, 이제 그들은 일을 조금 줄였다. 하지만 새로운 땅에 그들은 나름대로 곧장 자리를 잡았다. 버드나무 가지와 밀랍 양초와 함께 담장나무로 엮인 성화들이 자리하고 있는 야스쿨스카야의 작은 집에는 그녀가 남편과 찾아오는 동네의 아낙들과 남정네들을 치료하는 데 쓰는 야생초와 풀뿌리를 담은 자루들이 놓여 있었다. 이 풀들은 농가 전체를 아주 독특한 향기로 가득 채웠는데, 모든 방문객의 기억 속에서 이 향기는 이 깨끗한 작은 집과 그것의 고요와 질서 그리고 최근에는 기이할 정도로 조용한 삶을 살아가는 두 노인네에 대한 추억과 밀접하게 결합되어 남아 있었다. 이 노인네들 사이에서 긴 갈색 머리와 파란색 눈을 지닌 어린 소녀, 외모 전체에 넘쳐나는 야릇한 침착성으로 처음 만나는 모든 사람에게 깊은 인상을 던지는 외동딸이 자라고 있었다. 부모의 느지막한 사랑에 따른 평온은 딸의 성격에 어린애답지 않은 사려, 유연하고 조용한 몸짓, 생각에 잠긴 그윽한 푸른 눈을 선물했다. 소녀는 낯선 사람들 앞에서 수줍어하지 않고, 아이들과 즐겨 사귀며, 그들의 놀이에 동참했다. 하지만 이 모든 것에는 진정 어린 겸손이 어려 있었는데, 소녀에게 이것은 필요하지 않은 듯했다. 실제로 소녀는 또래 집단에 대해 상당히 만족스러워했고, 걸으며 꽃을 따고 인형과 얘기를 나눴다. 하지만 이 모든 것에는 침착함이 어려 있기에 때때로 마치 어린아이가 아니라 작은 여인네가 눈앞에 있는 듯했다.

IV

어느 날 표트릭*은 강 위의 작은 언덕 위에 홀로 있었다. 해는 저물어가고, 대기에는 정적이 깃들며, 마을로 돌아오는 가축 떼의 울음소리만이 아련하게 들려오고 있었다. 소년은 막 연주를 멈추고 여름 저녁의 졸린 듯한 나른함에 젖어 풀밭에 누웠다. 갑작스럽게 누군가의 가벼운 발소리가 그를 깨울 때까지 잠시 잠에 빠져 있었다. 소년은 불만스럽게 팔꿈치로 짚고 일어나 귀를 기울였다. 발걸음은 언덕의 아래쪽에서 멈췄다. 소년에게는 낯선 걸음걸이였다.

"얘!" 그는 어린아이의 갑작스러운 외침을 들었다. "누가 여기서 지금 피리를 불었는지 아니?"

맹인 소년은 자신의 고독을 깨뜨리는 것을 좋아하지 않았다. 그래서 그는 물음에 딱히 내키지 않는 어조로 대답했다.

---

* 표트르의 애칭.

"난데……"

대답에 가벼운 놀람의 외침이 돌아왔고, 곧장 소녀의 순박한 칭찬의 목소리가 덧붙여졌다.

"멋진데!"

맹인 소년은 침묵했다.

"넌 왜 안 가는 거니?" 소년은 불청객이 계속 자리에 있는 것을 듣고 물었다.

"넌 왜 나를 쫓아내려고 하니?" 소녀는 맑고 순박하며 놀란 목소리로 물었다.

소년의 조용한 목소리는 맹인 소년의 귀에 기분 좋게 들렸다. 하지만 소년은 이전과 같은 음조로 답했다.

"나는 다른 사람이 다가오는 걸 좋아하지 않아……"

소녀는 웃음을 터뜨렸다.

"참! 웃기네!…… 이 땅이 모두 네 땅이니? 그렇다면 아무도 이 땅에 발붙이지 못하게 할 수도 있지만."

"우리 엄마가 아무도 이곳에 오지 못하도록 지시하셨어."

"너희 엄마가?" 소녀는 생각에 잠기며 되물었다. "하지만 우리 엄마는 나에게 강 위에 가는 것을 허락했는데……"

늘 양보를 받으며 자라온 소년은 그런 완강한 거부의 표현에 익숙지 않았다. 순간적으로 분출된 신경질적 분노의 파고가 그의 얼굴에 스쳐 지나갔다. 소년은 벌떡 일어나 빠르고 흥분된 어조로 말했다.

"어서 가, 가라고, 어서!……"

그다음 어떻게 되었는지는 알 수 없지만, 이 순간 저택에서 소년에게 차를 마시러 오라고 부르는 이오힘의 목소리가 들려왔다. 소년은 재빨리 작은 언덕을 떠났다.

"어휴, 참 망측한 녀석이네!" 소년은 뒷전에서 참으로 격분 어린 책망을 들었다.

V

다음 날 소년은 같은 자리에 앉아 어제의 충돌을 떠올리고 있었다. 이제 기억 속에서는 불쾌함이 느껴지지 않았다. 반대로 소년은 오히려 지금까지 들어본 적이 없는 너무나 상쾌하고 조용한 목소리를 지닌 그 소녀가 다시 오기를 원하고 있었다. 소년이 알고 있는 아이들은 우렁차게 소리치고 웃고 싸우고 울고 했지만 단 한 사람도 그토록 상냥하게 말하지는 않았다. 소년은 모르는 소녀에게 화를 낸 것이 후회되었고, 소녀가 아마도 다시 오지 않을 것이라고 생각했다.

실제로 3일 동안 소녀는 한 번도 나타나지 않았다. 하지만 4일째 되던 날 페트루시는 아래쪽 강변에서 소녀의 발소리를 들었다. 소녀는 조용조용 걸었다. 강변의 조약돌들이 소녀의 발아래서 가볍게 사각거렸고, 소녀는 낮은 소리로 폴란드 동요를 흥얼거렸다.

"잠깐만!" 소녀가 자기 옆에 나란히 왔을 때 소년이 말했다. "또 너야?"

소녀는 대답하지 않았다. 소녀의 발아래에서는 이전처럼 자갈들이 사각거렸다. 노래를 흥얼거리며 일부러 무관심한 소녀의 목소리에서 소년은 아직 잊히지 않은 분노를 느꼈다.

하지만 몇 걸음을 옮긴 뒤 미지의 소녀는 걸음을 멈췄다. 잠시 침묵이 흘렀다. 이때 소녀는 손에 들고 있던 들꽃 다발을 만지작거렸고, 소년은 대답을 기다렸다. 이 갑작스러운 멈춤과 이어진 침묵 속에서 소년은 의식적인 경멸의 기운을 포착했다.

"나라는 걸 정말로 모르는 거니?" 들꽃을 가지런히 움켜쥐고 난 뒤 마침내 소녀는 위엄 있게 물었다.

이 단순한 질문은 맹인 소년의 마음에 쓰라리게 울렸다. 소년은 아무 말도 하지 않았고, 단지 땅을 짚고 있던 그의 두 손만이 약간 떨리며 풀을 움켜잡았다. 하지만 대화는 이미 시작되었고, 소녀는 그 자리에 여전히 서서 꽃다발을 매만지며 다시 물었다.

"누가 너에게 피리 부는 법을 가르쳐주었니?"

"이오힘이 가르쳐줬어." 페트루시가 대답했다.

"정말 훌륭해! 근데 왜 그렇게 화가 났니?"

"나는 화나지 않았어……" 소년이 조용히 말했다.

"좋아, 나도 화난 게 아니야…… 함께 피리를 불어보자."

"너랑 같이 불지 못해." 소년이 머리를 가로저으며 대답했다.

"함께 못 분다고?…… 왜?"

"그냥."

"아니, 도대체 이유가 뭐야?"

"그냥." 소년은 들릴락 말락 하게 대답하고 다시 고개를 저었다.

소년은 다른 사람과 자신이 앞을 보지 못하는 것에 대해 단 한 번도 억지로 말한 적이 없었다. 순수하게 고집을 부리며 질문을 던지는 소녀의 순박한 목소리는 또다시 소년에게 둔중한 아픔으로 울렸다.

미지의 소녀는 언덕 위로 올라왔다.

"넌 참 재미있구나." 소녀는 소년과 나란히 풀 위에 앉으면서 동정 어린 목소리로 말했다.

"아마도 너와 내가 아직 모르는 사이라서 그런 걸 거야. 나를 알게 되면 두려워하지 않을 거야. 나는 아무도 무서워하지 않아."

소녀는 아주 태연하고 분명하게 말했고, 소년은 그녀가 앞치마로 꽃다발을 옮기는 소리를 들었다.

"꽃은 어디서 꺾었니?" 소년이 물었다.

"저쪽에서." 소녀는 머리를 돌려 뒤쪽을 가리켰다.

"초원에서?"

"아니, 저쪽에서."

"숲속이란 말이구나. 어떤 꽃들이니?

"이 꽃들을 정말 몰라?…… 어휴, 너 참 이상한 아이구나…… 정말로 넌 너무 이상해……"

소년은 손으로 꽃을 쥐었다. 그의 손가락은 재빠르고 가볍게 잎과 줄기를 더듬었다.

"이건 미나리아재비." 소년이 말했다. "그리고 이것은 제비꽃이네."

그다음에 소년은 같은 식으로 자기의 말동무와 인사를 나누고 싶었다. 왼손으로 소녀의 어깨를 잡고, 오른손으로 소녀의 머리카락과 눈을 더듬고 낯선 모양을 주의해서 탐지하고 이따금 멈춰가며 재빠르게 손가락으로 얼굴을 매만졌다.

이 모든 행위가 너무나 예기치 않게 순간적으로 일어났기에 깜짝 놀란 소녀는 말 한마디 할 수 없었다. 그녀는 단지 공포감이 깃든 눈을 휘둥그레 뜨고서 소년을 쳐다보았다. 그리고 마침내 소녀는 새로 알게 된 소년의 얼굴에서 뭔가 이상한 점이 있다는 사실을 눈치챘다. 그의 창백하고 섬세한 얼굴은 움직이지 않는 시선과는 어쩐지 어울리지 않는 긴장 어린 표정을 짓고 있었다. 소년의 눈동자는 자신이 행하는 것과는 아무 상관없이 어딘가를 응시하고 있었는데, 저물어가는 태양이 그것에 야릇하게 반사되고 있었다. 순간 이 모든 것은 소녀에게 무서운 악몽처럼 느껴졌다.

소녀는 소년의 손아귀에서 어깨를 빼내고서 갑자기 일어나 울음을 터뜨렸다.

"왜 이렇게 놀라게 하는 거야, 이 나쁜 놈아!" 그녀는 눈물을 훔치며 분노에 차서 말했다. "내가 너에게 뭘 했는데?…… 왜 그러는 거야?……"

소년은 당황하여 머리를 숙이고 그 자리에 앉아 있었고, 가슴속에서 수치와 굴욕이 합쳐진 이상한 감정이 고통스럽게 차오르는 것을 느꼈다. 또한 처음으로 불구자의 굴욕을 경험해야 했다. 그리고 처음으로 육체적 결함이 연민만이 아니라 놀라게 할 수 있다는 점을 깨달았다. 물론 소년은 자신을 짓누르는 무거운 감정을 분명하게 헤아릴 수 없었고, 불분명하고 어렴풋한 인식 때문에 고통은 전혀 줄어들지 않았다.

타는 듯한 고통과 원통함이 목까지 차올랐다. 소년은 풀 위로 쓰러져 울음을 터뜨렸다. 이 울음소리는 점점 더 커졌고, 발작적인 통곡은 그의 온몸을 뒤흔들었다. 하지만 그럴수록 소년의 타고난 자부심은 격렬한 감정을 억누르게 만들었다.

이미 언덕을 뛰어 내려갔던 소녀는 이 통곡 소리를 듣자 놀라서 되돌아왔다. 새롭게 알게 된 소년이 땅에 얼굴을 묻고 심하게 울고 있는 것을 보자 그녀는 동정심이 일었고, 언덕 위로 올라와 울고 있는 소년 앞에 섰다.

"애?" 소녀가 조용히 말했다. "뭣 때문에 우는 거니? 내가 일러바칠까 봐 그러니? 울지 마, 아무에게도 말하지 않을 거야."

동정의 말과 상냥한 어조로 인해 소년은 훨씬 더 격렬한 울음을 토해냈다. 소녀는 소년 옆에 쪼그리고 앉았다. 그렇게 잠시 앉아 있다가 소녀는 조용히 소년의 머리카락을 건드리고 머리를 쓰다듬으며 야단맞은 아이를 달래는 엄마처럼 인내하며 머릿수건으로 부드럽게 소년의 눈물을 닦아주었다.

"자, 자, 이제 그만!" 소녀는 어른스러운 목소리로 말했다. "나는 이제 화나지 않아. 네가 나를 놀라게 해서 미안해한다는 사실을 알고 있어……"

"너를 놀라게 하려는 건 아니었어." 소년은 자신의 감정을 억누르기 위해 숨을 깊이 들이쉬고 대답했다.

"좋아, 됐어! 나도 화내지 않을게! 너도 이제 더 이상 그러지 마." 소녀는 소년을 땅에서 일으켜 자기 옆에 나란히 앉히려고 했다.

소년은 순순히 응했다. 이제 그는 이전처럼 노을 쪽으로 얼굴을 향해 앉았고, 소녀가 붉은 노을에 비친 소년의 얼굴을 다시 바라보았을 때 그 얼굴은 그녀에게 또다시 이상하게 느껴졌다. 소년의 눈에는 아직 눈물이 맺혀 있었지만 눈동자는 이전처럼 움직이지 않았고, 얼굴 표정은 신경 발작으로 일그러졌다. 하지만 그 표정 속에는 어린애답지 않은 깊고도 무거운 비애가 서려 있었다.

"어쨌든 넌 너무 이상해." 소녀는 연민에 잠겨 말했다.

"난 이상하지 않아." 소년은 애처롭게 얼굴을 찡그리며 대답했다. "아니야, 난 이상하지 않다고…… 난…… 난 눈이 보이지 않아!"

"눈이 보이지 않는다고?" 소녀는 길게 늘이며 말했고, 목소리는 떨렸다. 마치 소년이 조용히 말한 이 슬픈 단어가 소녀의 작은 가슴에 잊을 수 없는 충격을 준 듯했다. "눈이 보이지 않는다고?" 소녀는 훨씬 더 떨리는 목소리로 반복했고, 온몸을 사로잡은 주체할 수 없는 안타까움을 감추려는 듯 갑자기 소년의 목을 잡고서 그에게로 얼굴을 숙였다.

갑자기 알게 된 슬픔에 충격을 받은 어린 소녀는 침착함을 강인하게 유지할 수 없었고, 갑자기 애가 타서 어쩔 줄 모르는 아이가 되어 너무나 슬프고 달랠 길 없이 울기 시작했다.

VI

침묵 속에서 몇 분이 흘렀다.

소녀는 울음을 멈추고 감정을 추스르려고 애쓰며 가끔씩 흐느꼈다. 소녀는 눈물이 가득한 눈으로 붉은 노을 속에서 어두운 지평선 너머로 저물어가는 해를 바라보았다. 불타는 태양의 황금빛 단면이 다시 한번 빛나고, 두서너 개의 뜨거운 빛줄기가 쏟아져 내리자 먼 숲의 어두운 윤곽이 갑자기 연이은 푸른색 형상을 띠며 나타났다.

강에서는 서늘한 기운이 피어올랐고, 다가오는 저녁의 고요한 세계가 맹인 소년의 얼굴에 드리워졌다. 소년은 마치 뜨거운 동정에 놀란 듯 고개를 떨어뜨리고 앉아 있었다.

"미안해……" 여전히 흐느끼며, 마침내 소녀는 자신의 연약함을 토로했다.

그다음에 목소리를 가다듬고 두 사람이 무심하게 대할 수 있는 주변의 대상으로 화제를 돌리려고 시도했다.

"해가 졌네." 소녀는 생각에 잠겨 말했다.

"나는 해가 어떻게 생겼는지 몰라." 애처로운 대답이 울렸다. "나는 태양을 단지…… 느껴……"

"해를 모른다고?"

"응."

"그럼…… 네 엄마도…… 역시 모르니?"

"엄마는 알지. 언제나 멀리서도 엄마의 발소리를 알아채거든."

"그래, 그렇지, 맞아. 나도 눈을 감고서도 엄마를 알아보거든."

대화는 한결 편안해졌다.

"너, 아니," 맹인 소년은 약간 활기를 띠며 말했다. "나도 태양을 느끼고 그것이 저물었을 때도 알아."

"어떻게 알지?"

"왜냐하면…… 알다시피…… 나 자신도 이유는 모르겠어……"

"아~하!" 소녀는 그의 설명에 완전히 만족한 듯 길게 늘여 말했다.

잠시 침묵이 흘렀다.

"난 읽기도 할 수 있어." 페트루시가 다시 먼저 말을 꺼냈다. "그리고 쓰기도 곧 익힐 거야."

"어떻게?" 소녀는 말을 시작했다가 너무 민감한 얘기를 하고 싶지 않아서 갑자기 입을 다물었다. 하지만 소년은 소녀를 이해했다.

"난 책도 읽어." 소년이 설명했다. "손가락으로."

"손가락으로? 난 손가락으로 읽는 법을 배우지 않았는데…… 난 눈으로도 잘 못 읽는데. 여자들은 학문을 잘 이해하지 못한다고 아버지는 말씀하시거든."

"난 프랑스어도 읽을 수 있어."

"프랑스어도! 손가락으로…… 너 참 대단하구나!" 소녀는 진심으로 감탄했다. "근데 너 감기 들까 봐 걱정되네. 강 위에 안개가 자욱해."

"넌?"

"난 걱정 안 해. 안개쯤은 아무것도 아니야."

"나도 괜찮아. 여자보다 남자가 먼저 감기 들 리가 있나? 막심 삼촌이 그러는데 남자는 어떤 것도 걱정해서는 안 된대. 추위도 배고픔도, 천둥도 안개도."

"막심이라고? 목발 짚고 다니는 사람 말이니? 본 적 있어. 무서운 사람이던데!"

"아니야, 삼촌은 전혀 무섭지 않아. 삼촌은 착한 사람이야."

"아니야, 무서운 사람이야!" 자신 있게 소녀가 반복했다. "넌 삼촌을 못 봐서 모르는 거야."

"삼촌이 내게 모든 걸 가르쳐주는데, 내가 왜 삼촌을 모르겠어."

"때리기도 하시니?"

"한 번도 때린 적 없어, 내게 소리치지도 않아…… 절대로……"

"다행이네. 어떻게 맹인 아이를 때리겠니? 그건 죄악일 텐데."

"삼촌은 어느 누구도 때리지 않아." 페트루시는 약간 산만하게 말했다. 왜냐하면 소년의 명민한 귀가 이오힘의 발소리를 들었기 때문이다.

정말로 잠시 후에 큰 키의 우크라이나인이 강과 저택 사이를 가로지르는 언덕 위에 모습을 드러냈고, 그의 목소리가 저녁의 고요 속에서 멀리까지 울려 퍼졌다.

"도련니~임."

"널 부르는데." 소녀가 일어나며 말했다.

"맞아. 근데 난 별로 가고 싶지 않은데."

"가봐, 가보라고! 내가 내일 너한테 갈게. 지금 가족이 널 기다리잖아, 나도 마찬가지고."

VII

소녀는 자신의 약속을 정확하게, 그것도 페트루시가 기대했던 것보다 먼저 지켰다. 바로 다음 날 막심과 함께 자기 방에서 일상적인 수업을 위해 앉아 있다가 소년은 갑자기 고개를 들고 귀를 기울이며 활기차게 말했다.

"잠깐만요, 소녀가 왔어요."

"어떤 소녀가?" 막심은 놀라서 소년의 뒤를 따라 출입문으로 향했다. 정말로 어제 페트루시가 알게 된 소녀가 그 순간 저택의 대문으로 들어섰고, 정원을 지나던 안나 미하일로브나를 보고서 그녀에게로 곧장 주저없이 다가갔다.

"애야, 무슨 일이니?" 심부름이라도 온 줄 알고 소년의 엄마가 물었다.

어린 소녀는 그녀에게 점잖게 손을 내밀고 물었다.

"이 집에 맹인 아이가 있죠?……그렇죠?"

"그래, 애야, 맞아, 내 아들이란다." 포펠스카야 부인은 소녀의 해맑은 눈과 분방한 태도에 흡족해하며 대답했다.

"아시겠지만, 저희 엄마가 여기 오는 걸 허락해주셨어요. 그 애를 좀 만날 수 있을까요?"

바로 그때 페트루시가 그녀에게로 달려 나왔고, 현관에는 막심이 나타났다.

"엄마, 얘가 어제 제가 말했던 그 소녀예요." 소년은 인사를 나누며 말했다. "근데 지금 내가 수업 중이라."

"괜찮아, 이번에는 막심 삼촌이 널 허락할 거야." 안나 미하일로브나가 말했다. "내가 부탁할게."

그러는 사이에 아주 작은 소녀는 마치 자기 집에 있는 듯 편하게 느끼며 목발을 짚고 있는 막심에게로 곧장 다가가 손을 내밀고는 칭찬하듯 상냥한 말투로 말했다.

"맹인 아이를 때리지 않으신다니 참 다행이에요. 얘가 제게 말했어요."

"정말요, 아가씨?" 막심은 넓은 손으로 소녀의 작은 손을 잡으며 우스꽝스러운 거드름을 피우며 물었다. "이런 멋진 아가씨를 만나게 해준 나의 제자에게 어떻게 감사를 표해야 할지 모르겠습니다."

막심은 소녀의 손을 어루만지며 웃음을 터뜨렸다. 그런데 소녀는 부릅뜬 눈으로 그를 응시하고는 곧장 그에게서 여성에 대한 거부감이 있음을 꿰뚫어 보았다. "아누샤,* 여기 보라구." 그는 야릇한 미소를 지으며 여동생에게 말을 걸었다. "우리 표트르가 독립적으로 사람을 사귀기 시작했다고. 내 말이 맞지, 안나…… 비록 앞을 보지 못하지만 그는 탁월한 선택을 했다고, 그렇지 않아?"

_____

* 안나에 대한 애칭.

"무슨 말을 하고 싶은 거야, 막스*?" 젊은 엄마는 다소 엄하게 물었고, 얼굴 전체가 새빨개졌다.

"농담이야!" 오빠는 자신이 농담으로 아픈 구석을 건드렸고, 노심초사하는 엄마의 마음속에서 꿈틀대는 비밀스러운 생각을 드러냈다고 생각하고는 짧게 대답했다.

안나 미하일로브나는 얼굴이 더욱 붉어졌고, 급히 몸을 숙여 열렬하고 상냥하게 소녀를 안아주었다. 소녀는 예기치 않은 뜨거운 환대에 약간 놀랐지만 여전히 해맑은 시선으로 받아들였다.

VIII

이날부터 임차인의 작은 집과 포펠스키 집안의 저택 사이에는 아주 친근한 관계가 맺어졌다. 에벨리나로 불리는 소녀는 매일 저택에 놀러 왔고, 얼마 지나지 않아 그녀도 막심의 제자가 되었다. 처음에 귀족 야스쿨스키는 공동 학습의 계획이 그다지 맘에 들지 않았다. 첫째, 그는 여자란 세탁 목록을 작성하고 가계부를 기록할 수 있으면 그것으로 충분하다고 생각했으며, 둘째, 그는 선량한 가톨릭신자이며, 로마교황의 확고한 의지에 맞서 막심이 오스트리아인들과 싸우지 말았어야 한다고 생각했다. 마지막으로 하늘에 신이 존재하고 볼테르와 모든 볼테르주의자들은 지옥 불에 타 죽을 운명이며, 많은 사람의 의견에 따르면 막심에게도 그런 운명이 기다리고 있다는 것이 그의 확고한 신념

---

* 막심에 대한 애칭.

이었다. 그러나 그는 막심과 사귀면서 이단자이자 싸움꾼인 막심이 훌륭한 성격과 커다란 지혜를 지닌 인물이라는 사실을 알게 되었고, 화해를 하게 되었다.

그럼에도 불구하고 몇 가지 불안감이 늙은 귀족의 마음 깊은 곳에 도사리고 있었다. 따라서 첫번째 수업을 위해 소녀를 데리고 가면서 소녀에게 장황한 연설을 하는 것이 좋겠다고 생각했는데, 사실은 막심이 듣기를 바라는 말이었다.

"자, 벨랴*……" 그는 딸의 어깨를 잡고 장차 스승이 될 사람을 바라보며 말했다. "하늘에는 신이, 로마에는 신성한 교황이 계시다는 것을 항상 기억해라. 나, 발렌틴 야스쿨스키가 너에게 말하건대, 넌 나를 믿어야 한다. 왜냐하면 프리모(Primo, 첫째), 나는 너의 아버지이기 때문이다."

여기서 그는 위압적인 시선으로 막심을 바라보았다. 귀족 야스쿨스키 자신은 결코 학문에 낯설지 않으며 쉽사리 속아 넘어가지도 않는다는 점을 이해시키려고 라틴어로 강조하며 말했다.

"세쿤도(Secundo, 둘째), 난 영광스러운 문장을 지닌 귀족이다. 문장에 낟가리와 까마귀와 함께 푸른 들판에 십자가가 새겨져 있는 것은 쓸데없는 것이 아니다. 야스쿨스키 가문은 훌륭한 기사 집안으로 수많은 전과를 세웠고, 언제나 천상의 일에 관심을 가졌으니, 따라서 넌 나를 믿어야 한다. 그리고 나머지 것들, 오르비스 테라리움(orbis terrarium), 즉 지구의 모든 것에 관해서는 막심 야첸코 씨가 말해주는 것에 귀를 기울여라. 잘 배우도록 해라."

---

* 에벨리나에 대한 애칭.

"걱정하지 마십시오, 발렌틴 씨." 막심이 미소를 지으며 연설에 답했다. "우리는 가리발디 부대를 위해 어린 소녀들을 징집하지는 않으니까요."

IX

공동 학습은 두 사람에게 아주 유익했다. 페트루시는 물론 앞서 나갔는데, 이것이 어떤 경쟁을 배제하지는 않았다. 그 밖에도 소년은 소녀가 배우는 것을 자주 도와주었고, 소녀는 맹인 소년에게 이해하기 어려운 뭔가를 설명하기 위한 성공적인 기법들을 아주 가끔 찾아냈다. 또한 소녀의 존재는 소년의 공부에 독특한 뭔가를 심어주었고, 소년의 지적 발전에도 기분 좋은 독특한 자극이 되었다.

전체적으로 이 우정은 행운의 진정한 선물이었다. 이제 소년은 더 이상 완전한 고립을 추구하지 않았고, 어른들의 사랑이 그에게 줄 수 없는 소통을 발견했으며, 가끔 그에게 찾아드는 예민한 정신적 평온의 순간에도 소녀가 곁에 있는 것이 기분 좋았다. 절벽이든 강가든 그들은 항상 둘이서 갔다. 소년이 연주를 할 때 소녀는 순박한 황홀에 빠져들었다. 소년이 피리를 내려놓으면, 소녀는 주위 자연에서 얻은 자신의 어린애다운 생생한 인상을 소년에게 전해주기 시작했다. 물론 소녀는 그것들을 적절한 어휘로 완전히 충분하게 표현할 수는 없었지만 대신에 소녀의 간결한 이야기와 어조 속에서 소년은 각각의 묘사되는 현상들의 특징적 성격들을 간파했다. 예를 들어 소녀가 대지에 드리운 축축하고 어두운 밤의 적막에 대해 말할 때 마치 그는 이 적막을 소녀의 떨리는 목소리의 절제되어 울리는 어조 속에서 듣는 듯했다. 상념에 잠긴 얼굴을 들고 소녀가 소년에게 "짙은 구름이 흘러가네. 어둡고 어두운 짙은 구름이 흘러가네!"라고 알려주면, 소년은 구름의 서늘한 숨소리를 느끼고, 소녀의 목소리에서 어딘가 멀고 높은 하늘을 기어가는 무서운 괴물의 경이로운 부스럭거림을 들었다.

제4장

I

슬픔과 염려가 결합된 은근한 헌신적 사랑에 일찍이 운명 지어진 듯한 영혼들이 존재하는데, 그들에게 타인의 고뇌에 대한 염려는 마치 대기처럼 유기적인 필수이다. 자연은 그들에게 평온을 부여하는데, 그 것 없이는 삶의 일상적 성취를 생각조차 할 수 없으며, 자연은 개인적 충동이나 개인적 삶의 욕구를 지배적인 특징적 성품에 종속시켜 그것 들을 완화시킨다. 그런 영혼을 지닌 사람들은 감정이 결핍되어 흔히 지 나치게 냉정하고 지나치게 신중하게 보인다. 그들은 세속적 삶의 열정 적 호소에 둔감하며 마치 아주 명백한 개인적 행복의 길을 가듯이 애처 로운 본분의 길을 조용히 걸어간다. 그들은 눈 덮인 산봉우리처럼 냉랭 하고 장엄하다. 일상의 비속은 그들의 발아래에 널려 있다. 심지어 중 상과 험담은 마치 백조의 날개에서 진흙 부스러기가 떨어지듯 눈처럼 하얀 그들의 의복에서 굴러떨어진다……

표트르가 알게 된 어린 소녀는 삶과 교육으로 드물게 길러지는 이런 유형의 모든 특징을 간직하고 있었다. 재능 있고 현명한 존재로서 이런 유형은 선택된 사람들에게 운명처럼 주어지고 일찍이 드러난다. 맹인 소년의 엄마는 아이들의 우정이 자기 아들에게 얼마가 커다란 행복을 가져다주었는지를 알고 있었다. 이것을 잘 알고 있는 막심에게도 이제 자기 제자가 부족했던 모든 것을 가지게 되고, 마침내 맹인 소년의 정신적 발전이 평온하고 균등하며 어떤 것으로도 방해받지 않고 진행될 것으로 느껴졌다.

그러나 이것은 쓰라린 실수였다.

II

소년이 어렸던 초창기에, 막심은 자신이 소년의 정신적 성장을 완전히 관장하고 있으며, 이 성장이 자신의 직접적인 영향 없이도 이뤄지겠지만, 어떤 경우에도 새로운 측면이나 새로운 성취가 자신의 관찰과 통제를 비켜 갈 수는 없다고 생각했다. 하지만 소년의 삶에서 유년과 소년 사이의 전환기가 도래했을 때 막심은 이런 긍지 어린 교육적 염원이 얼마나 근거 없는지를 알게 되었다. 거의 매주 맹인 소년에게 새로운, 때로는 완전히 예기치 않은 뭔가가 생겨났다. 막심이 어린아이에게서 나타나는 새로운 사고나 표상의 근원들을 발견하려고 노력할 때마다 그는 좌절을 겪어야 했다. 알 수 없는 어떤 힘이 어린아이 영혼의 심연에서 독립적인 정신적 성장을 예기치 않게 드러내면서 작동하고 있었다. 막심은 자신의 교육 활동에 이처럼 개입해 들어오는 삶의 비밀스러운 과정 앞에 경외감을 가지고 고개 숙여야 했다. 맹인 소년은 개인적인 경험으로는 획득할 수 없는 표상들을 본성의 자극들과 그것이 부여한 발견들을 통해 얻었으며, 여기에서 막심은 수천의 과정을 통해 분리되면서 개별적인 삶의 일관된 대열을 관통해가는 삶의 현상들의 뗄 수 없는 연관을 포착했다.

처음에 이런 관찰을 통해 막심은 놀랐다. 소년의 정신세계를 자기 혼자서 관장할 수 없으며, 거기에는 자신에게 의존하지 않고 자신의 영향을 벗어나는 뭔가가 존재한다는 점을 깨닫고서 그는 제자의 운명에 대해, 오직 소년에게 견딜 수 없는 고통의 원인이 될 뿐인 어떤 의욕들의 가능성에 대해 걱정하게 되었다. 그래서 그는 맹인 소년의 행복을 위해 그것들을 영원히 감추려고, 그것들이 유래하는 발현의 근원들을 찾아내려고 애썼다.

이런 예기치 않은 발현들은 소년의 엄마의 주의도 비켜 가지 못했다. 어느 날 표트릭은 유별나게 흥분해 엄마에게로 달려갔다.

"엄마, 엄마!" 소년이 소리쳤다. "꿈을 꿨어요."

"무슨 꿈을 꿨니, 아들아?" 그녀는 동정 어린 목소리로 의아스럽게 물었다.

"제가 꿈에서 봤는데…… 제가 엄마랑 막심 그리고…… 또 봤는데…… 너무 좋았어요, 너무 좋았다고요, 엄마!"

"뭘 또 봤니, 아들아?"

"기억이 안 나요."

"엄마는 기억나니?"

"아니요." 소년은 생각에 잠겨 말했다. "모두 잊어버렸어요…… 하지만 어쨌든 저는 봤어요, 정말이에요, 봤다고요……" 잠시 침묵이 흐른 뒤에 소년은 덧붙였고, 곧이어 그의 얼굴색이 어두워졌다. 보이지 않는 눈에는 눈물이 반짝였다……

이런 일은 몇 번 더 반복되었고, 그럴 때마다 소년은 더욱 슬퍼지고 불안해졌다.

III

어느 날 정원을 지나가다 막심은 평소 음악 수업을 하는 거실에서 흘러나오는 왠지 이상한 음악 소리를 들었다. 그것은 두 개의 음조로 구성되었다. 처음에는 빠르고 연속적으로 거의 동시에 건반을 두드려서 나는 고음역의 맑은 음조가 울렸고, 뒤이어 그것은 낮게 구르는 베이스로 교체되었다. 막심은 이상한 음악 소리는 뭘까 하고 호기심에 가득 차 정원을 절룩거리며 걸어서 잠시 후 거실로 들어섰다. 그는 예기치 않은 광경에 문가에 마치 붙박인 듯 멈춰 섰다.

이미 열 살이 지난 소년이 엄마 발치의 낮은 의자에 앉아 있었다. 그 옆에는 이오힘이 여주인에게 선물한, 길들인 어린 황새가 목을 길게 늘이고 양쪽으로 기다란 부리를 흔들면서 서 있었다. 소년은 아침마다 제 손으로 황새에게 먹이를 주었는데, 그 새는 자신의 새로운 친구이자 주인을 어디든 따라다녔다. 이제 페트루시는 주의를 집중하는 표정을 지으며 한 손으로 황새를 잡고, 다른 손으로는 황새의 목과 몸통을 조용히 쓰다듬고 있었다. 바로 그 순간에 소년의 엄마는 열렬하고 상기된 얼굴과 슬픈 눈을 한 채 끝없이 울리는 높은 소리를 내면서 빠르게 건반을 두드리고 있었다. 소년의 손이 새하얀 깃털을 따라 미끄러져 날개

끝의 검은 깃털로 갑작스럽게 바뀌는 지점에 이르렀을 때 안나 미하일 로브나는 곧바로 다른 건반으로 손을 옮겼고, 낮은 베이스 음이 방 안에 음울하게 울려 퍼졌다.

두 사람, 엄마도 아들도 그렇게 자신들의 행위에 빠져 있어서, 놀랐던 막심이 마침내 정신을 차리고 질문으로 분위기를 깨뜨릴 때까지 그가 온 것을 알아채지 못했다.

"아누샤, 지금 뭐 하는 거야?"

젊은 부인은 오빠의 탐문하는 시선에 마치 엄한 선생님에게 잘못을 저지르다 들킨 듯 무안해했다.

"보다시피," 그녀는 어색하게 말을 꺼냈다, "애가 황새의 깃털에서 색깔의 차이를 구분할 수 있는데, 차이를 분명하게 알 수는 없다고 했거든…… 사실 애가 먼저 말했고, 내게도 그게 사실처럼 느껴져서……"

"그래서, 뭔데?"

"별거 아니야, 나는 단지 애에게…… 약간…… 이 차이를 소리의 차이로 설명해주고 싶었어…… 화내지 마, 막심. 하지만 이건 정말 비슷한 것 같아……"

이런 예기치 않은 생각에 막심은 어지간히 놀라서 그 순간 할 말을 잃었다. 그는 그녀에게 다시 한번 해보도록 청하고, 맹인 소년의 긴장 어린 얼굴 표정을 유심히 살핀 뒤 고개를 가로저었다.

"내 말 좀 들어봐, 안나." 그는 누이와 단둘이 남게 되자 말을 꺼냈다. "네가 완벽하게 답을 할 수 없는 의문이 아이의 마음속에서 생겨나게 해서는 안 돼."

"하지만 애 자신이 먼저 말한 거야, 정말이야……" 안나 미하일로브나가 말을 가로막았다.

"어쨌든 마찬가지야. 아이는 자신이 앞을 보지 못한다는 것에 익숙해져야 하고, 우리는 그가 빛에 대해 잊도록 힘써야 해. 나는 어떠한 외적 자극들이 그에게 무익한 질문들을 낳지 않도록 힘쓰고 있어. 이런 자극들을 제거할 수 있다면, 아이는 자신의 감각상의 결점을 인식하지 않게 될 거야. 마치 오감 전체를 가지고 있는 우리가 여섯번째 감각을 갖지 못한 것에 대해 슬퍼하지 않는 것처럼."

"우리는 슬퍼하잖아." 젊은 부인이 나지막이 반박했다.

"아냐!"

"우리는 슬프다고." 안나가 고집스럽게 답했다…… "우리는 불가능한 것에 대해 자주 슬퍼한다고……"

결국 여동생은 오빠의 논리에 수긍했다. 그러나 이번 경우에는 그가 실수를 했다. 외적 자극들을 없애는 것에 골몰하면서 막심은 천성적으로 어린아이의 영혼에 자리 잡은 강렬한 의욕들에 대해 망각했다.

IV

"눈은 영혼의 거울이다"라고 누군가가 말했다. 어쩌면 눈은 영혼 속으로 선명하고 반짝이는 다채로운 세계의 인상들이 쏟아져 들어오는 창에 가까울 것이다. 우리의 정신 구조의 어떤 부분이 빛의 지각에 의존하는지를 누가 말할 수 있을까?

인간은 삶의 무한한 사슬 속에서 하나의 매듭으로, 삶은 사슬을 통해 과거의 심연으로부터 미래의 무한으로 연결되어 있다. 바로 이러한 고리 중의 하나인 우연은 맹인 소년에게서 운명적으로 창을 닫아버렸다. 그래서 삶은 온통 어둠 속에서 흘러가야 한다. 하지만 이것은 영혼이 세상의 인상들에 반응할 수 있는 끈들이 그의 영혼 속에서 영원히 끊어졌다는 것을 의미할까? 아니다. 앞을 보지 못하는 이 존재를 통해 다음 세대들에게 빛에 대한 내적 감수성이 연장되고 전달되어야 한다. 소년의 영혼은 모든 능력을 지닌 완전한 인간의 영혼이었다. 왜냐하면 모든 능력은 그 자체 속에 충족에 대한 지향을 지니며, 따라서 소년의 어두운 영혼 속에도 빛에 대한 불굴의 지향이 살아 있었다.

비밀스러운 심연 어딘가에 유산으로 물려받고, 어렴풋한 존재 속에 잠자고 있으며, 자신을 향한 한 줄기 빛으로 일어날 준비가 되어 있는 잠재력이 고스란히 남아 있다. 그러나 창이 닫혀 있었다. 소년의 운명은 결정되었는데, 그는 결코 이 빛줄기를 볼 수가 없고, 그의 삶은 온통 어둠 속에서 흘러간다!……

그리고 이 어둠은 환영들로 가득했다.

소년의 삶이 결핍과 슬픔 속에서 흘러간다면, 이것은 어쩌면 소년의 사고가 고통의 외적 원인들로 향할 것임을 암시한다. 그러나 가까운 사람들은 소년을 슬프게 만들 수 있는 모든 것을 그에게서 제거해주었다. 완전한 안정과 평화가 소년에게 도래했고, 이제 그의 영혼을 지배하는 고요는 내적 불만이 좀더 선명하게 드러나도록 도와준다. 소년을 둘러싼 고요와 어둠 가운데서 만족을 추구하는 어떤 욕구에 대한 불멸의 인식이 일어나고, 영혼의 심연에서 잠자고 있는 출구를 모르는 힘들을 모아 세우려는 노력이 생겨났다.

여기에서 어린 시절에 누구나 체험하고, 그 나이 때는 멋진 꿈으로 표현되는 비상으로의 지향을 닮은 어렴풋한 예감과 충동이 비롯되었다.

마침내 이로부터 소년의 얼굴에 고통스러운 질문으로 드러나는 사고의 본능적인 긴장된 노력이 나타났다. 물려받았으나 개인적 삶에서 건드리지 못한 세상에 대한 사고의 가능성들은 소년의 머릿속에서 고통스럽고 혼란스러운 긴장을 자아내며 마치 형태가 없고 확실하지 않으며 어렴풋한 환영들처럼 일어섰다.

천성은 파괴된 보편적 법칙을 위해 개별적 예외에 맞서 무의식적 반란으로 들고일어났다.

V

이처럼 막심은 모든 외적 자극들을 제거하기 위해 온갖 노력을 다했지만, 그는 충족되지 않은 욕구의 내적 압박을 억누를 수는 없었다. 자신의 세심함으로 이룰 수 있었던 최대의 성과는 맹인 소년의 욕구를 때 이르게 자극하지 않고, 소년의 고통이 커지는 것을 막은 일이었다. 나머지의 경우에 소년의 힘겨운 운명은 온갖 잔인한 결과를 낳으며 원래대로 진행되어야 했다.

그리고 운명은 어두운 구름처럼 몰려왔다. 해가 지날수록 소년의 천성적 활기는 썰물처럼 어렴풋하게 점차 사라졌지만, 영혼 속에서 끝없이 울리는 슬픈 기운은 소년의 기질로 드러나며 점점 강해졌다. 어린 시절에 특별히 명확한 새로운 인상을 받을 때마다 들을 수 있었던 웃음소리는 이제는 점점 드물어졌다. 웃음 짓게 했던 재미있고 유쾌한 것이 줄어들고, 대신에 남쪽의 자연에서 느껴지고 민요 속에 반영되어 있는 음울하고 왠지 슬프며 안개처럼 침울한 것이 아주 분명하게 나타났다. '들판에서 무덤이 바람에게 속삭이는 것'을 들을 때마다 소년의 눈에는 눈물이 고였고, 그 자신은 이 속삭임을 듣기 위해 혼자서 들판을 즐겨 걸었다. 소년에게서는 혼자 지내려는 경향이 점점 더 강해졌고, 할 일이 없는 자유로운 시간에는 홀로 산책을 나갔으며, 가족은 그의 고독을 깨뜨리지 않기 위해 같은 방향으로 가지 않으려고 노력했다. 소년은 초원의 둔덕 위나 강 위의 작은 언덕배기 혹은 잘 알려진 절벽 위에 앉아서 낙엽의 사각거림과 풀들의 속삭임 혹은 초원의 바람 소리에 귀를 기울였다. 이 모든 것은 특이하게도 소년의 심연의 정신적 분위기에 잘 어울렸다. 소년이 자연을 이해하면 할수록 점점 완전하고 깊이 있게 이해하게 되었다. 자연은 해결할 수 없는 특정한 물음들로 그를 괴롭히지 않았다. 바람은 소년의 영혼 속으로 곧장 불어왔고, 풀들은 소년에게 연민의 말을 속삭이는 듯했다. 주위 세계의 조용한 조화와 어우러진 소년의 영혼이 자연의 따뜻한 애무로 부드러워졌을 때, 소년은 가슴속에서 뭔가가 벅차오르고 온몸으로 밀려와 퍼져 나가는 것을 느꼈다. 그럴 때면 소년은 축축하고 서늘한 풀 위에 엎드려 조용히 흐느꼈으나 눈물에는 쓰라림이 없었다. 때때로 소년은 피리를 잡고서 자신의 기분에 어울리고 초원의 조용한 조화에 합치하는 사색적인 가락을 연주하면서 완전히 몰아에 빠졌다.

느닷없이 이런 분위기를 깨뜨리는 어떤 인간의 소리도 소년에게는 쓰라리고 날카로운 불협화음처럼 들릴 것이다. 이런 순간에 소통은 오직 아주 가깝고 친근한 사람 사이에서 가능한데, 소년에게는 그의 나이 또래의 오직 한 명의 그런 친구, 즉 임차인의 작은 집에 살고 있는 금발의 소녀가 있었다……

이 우정은 상호 간에 충만되어 더욱 두터워졌다. 에벨리나가 그들의 상호 관계에 평안과 고요한 기쁨을 가져오고, 맹인 소년에게 주위 삶의 새로운 뉘앙스를 전해주었다면, 소년은 자기 나름대로 소녀에게…… 자신의 슬픔을 안겨주었다. 소년과의 첫번째 만남은 어린 소녀의 예민한 마음에 피투성이 상처를 남긴 듯한데, 충격을 안긴 칼을 상처에서 빼내면 소녀는 피를 흘릴 것이다. 초원의 작은 언덕 위에서 맹인 소년과 처음으로 만난 뒤 어린 소녀는 날카로운 공감의 고통을 느꼈으며, 이제 소녀에게 소년의 존재는 점점 더 필연적이 되었다. 그와 헤어지면 상처는 다시 드러나고 고통이 재발하는 듯하여, 소녀는 자신의 고통을 부단한 보살핌으로 달래기 위해 자기의 어린 친구에게로 줄달음치곤 했다.

VI

어느 온화한 가을 저녁, 두 가족은 짙은 감청색으로 물들고 별들이 밝게 빛나는 하늘을 쳐다보며 집 앞 공터에 앉아 있었다. 맹인 소년은 평소처럼 엄마 곁에 여자 친구와 나란히 앉아 있었다.

잠시 침묵이 흘렀다. 저택 주변은 너무나 고요했다. 가끔 나뭇잎들만이 바스락거리고 알 수 없는 뭔가를 속삭이다 갑자기 조용해졌다.

이때 짙은 감청색 하늘의 심연 어딘가로부터 떨어진 번쩍이는 유성이 하늘에 밝은 띠를 그리고 인광의 흔적을 남기며 천천히 아련하게 사라져갔다. 모두 눈을 들어 쳐나보았다. 표트릭 곁에 앉아 있던 엄마는 그가 갑자기 몸을 부르르 떠는 것을 느꼈다.

"무슨 일이야?" 소년은 상기된 얼굴을 그녀에게로 돌렸다.

"별이 떨어졌단다. 아들아."

"그렇죠, 별이죠." 아이가 덧붙였다. "나도 별일 거라고 생각했어요."

"어떻게 알았니, 아들아?" 엄마는 의아해하며 슬픈 어조로 되물었다.

"얘가 말한 게 맞아요." 에벨리나가 끼어들었다. "얘는 많은 것을 알고 있어요…… 아주 많이……"

이 발달된 예민함은 이미 소년이 소년기와 청년기 사이의 과도기에 분명히 다가가고 있음을 보여주었다. 하지만 아직 그의 성장은 평온하게 진행되고 있었다. 심지어 그는 마치 자신의 운명에 완전히 익숙해진 듯했으며, 그의 삶에서 일상적이었던 날카로운 돌발도 이제는 다소 완화된 듯 보였다. 하지만 이것은 단지 일시적 정적기였다. 이 숨 돌리기는 마치 일부러 자연이 선사한 듯했다. 그사이에 젊은이는 새로운 폭풍우를 맞이하기 위해 탄탄해지고 강건해졌다. 이 정적의 시간에도 새로운 질문들은 보이지 않게 생겨나고 자라났다. 단 한 번의 충동으로도 영혼의 평안은 마치 갑작스럽게 불어닥친 돌풍에 타격을 입은 바다처럼 밑바닥까지 요동친다.

제5장

I

이렇게 또 몇 년이 흘러갔다.

조용한 저택에서는 아무런 변화가 없었다. 이전처럼 정원에서는 너도밤나무가 바스락거리고, 잎사귀들만이 색이 짙어지고 좀더 두꺼워진 듯했다. 벽들은 언제나처럼 하얗게 빛나며 반기는 듯했고, 약간 기울어지고 내려앉은 듯했다. 예전처럼 이엉지붕은 음산했고, 이오힘의 피리 소리조차도 마구간에서 제시간에 들려왔으나 이제는 저택에 홀아비 마부로 남은 이오힘 자신도 맹인 소년의 피리 혹은 피아노 연주를 별다른 구별 없이 듣기를 더 좋아했다.

막심은 하얀 머리카락이 더 많아졌다. 포펠스키 가문에는 다른 아이들이 없었기에 첫아이인 맹인 소년이 이전처럼 저택의 삶이 모여드는 중심으로 남아 있었다. 소년에게 저택은 좁은 영역에 닫힌 공간으로 그는 자신의 조용한 삶에 만족스러워했는데, 임차인이 사는 작은 집의

적잖이 조용한 삶이 그것에 더해져 있었다. 이렇게 이미 청년이 된 표트르는 온실 속의 꽃처럼 멀리 떨어진 삶의 거친 외적 영향으로부터 보호를 받으며 자라났다.

그는 과거처럼 거대한 어둠의 세계 한가운데에 서 있었다. 그의 위에도, 그의 주위에도 종말도 경계도 없이 어둠이 깔려 있었다. 민감하고 예리한 신경 기관이 마치 탱탱하게 당겨진 악기의 현처럼 마땅한 소리로 떨릴 채비를 하고 모든 새로운 인상을 맞으러 일어섰다. 맹인 청년의 기분에 이런 예민한 기대가 분명하게 드러났다. 그에게는 다름 아닌 바로 이 어둠이 보이지 않는 손을 그에게 뻗어 그의 영혼 속에서 지쳐 잠들어 있다 깨울 때를 기다리는 뭔가를 건드리는 듯이 느껴졌다.

하지만 친근하고 지루하며 익숙한 저택의 어둠은 어렴풋하고 달래주는 평온한 상념을 자아내며 오래된 정원의 상냥한 속삭임을 전해준다. 먼 세계에 대해서 맹인 청년은 오직 노래와 역사와 책을 통해 알게 되었다. 상념 어린 정원의 속삭임과 저택의 조용한 일상 속에서 그는 멀리 떨어진 삶의 격동과 전율을 단지 이야기들을 통해 알게 되었다. 이 모든 것은 그에게 노래, 영웅서사시, 동화처럼 마술 같은 안개 속에서 그려졌다.

모든 일이 수월한 듯했다. 엄마는 벽으로 보호되는 듯한 아들의 영혼이 인위적이지만 평안한 마술 같은 반수면 상태에 잠들어 있다는 사실을 알았다. 그녀는 이 평정을 깨뜨리고 싶지 않았고, 그것을 깨뜨리기를 두려워했다.

알아보기 힘들 정도로 크게 성장하고 훨씬 성숙해진 에벨리나는 해맑은 눈으로 이 마술 같은 고요를 응시했는데, 때로는 미래에 대한 경이와 의문과 흡사한 뭔가가 비쳐지긴 했지만 초조의 그림자는 찾아볼 수 없었다. 아버지 포펠스키는 저택을 모범적으로 관리했지만 이 선량한 사람은 아들의 미래에 관한 문제에서는 별다른 도리가 없었다. 그는 모든 일을 흘러가는 대로 내버려두는 데 익숙했다. 단 한 사람, 막심만이 원래의 성격에 따라 이 고요를 자신의 계획 속에 부득이 들어온 일시적인 뭔가로 간주하면서 힘들게 견뎌냈다. 막심은 청년의 영혼이 삶의 예리한 접근을 맞이할 수 있도록 강건하고 성숙해지는 것이 필요하다고 여겼다.

그럼에도 불구하고 이 마술 같은 권역 너머에서 삶은 들끓고 요동치며 격분하고 있었다. 그리고 마침내 늙은 스승이 이 권역을 깨뜨리고 온실 속으로 바깥공기의 신선한 흐름이 들어올 수 있도록 문을 열어젖혀야 한다고 결심한 때가 도래했다.

II

이를 위해 막심은 우선 포펠스키 저택에서 70베르스타 떨어진 곳에 살고 있는 오랜 친구를 초대했다. 막심은 이전에는 가끔 스타브루첸코 집에 들렀는데, 이번에 그에게 타지에서 젊은 손님이 와 있다는 소식을 듣고 그들을 함께 초대하는 편지를 썼다. 초대는 흔쾌하게 받아들여졌다. 어른들은 오랜 우정으로 맺어졌고, 젊은이들은 널리 알려진 전통과 연관된, 한때 대단했던 막심 야첸코의 이름을 기억하고 있었다. 스타브루첸코의 아들 중 한 명은 키예프 대학의 인기 있던 어문학부 학생이었다. 어문학은 당시에 유행했다. 다른 한 명은 상트페테르부르크 음악원에서 음악을 공부하고 있었다. 그들과 함께 가까운 지주의 아들인 젊은

중등군사학교 생도가 왔다.

스타브루첸코는 기다란 카자크식 수염을 기르고 넓은 카자크식 바지를 입는 건장한 백발노인이었다. 그는 담배쌈지와 담뱃대를 허리에 차고 소러시아 말을 하며 흰색 저고리와 수놓은 소러시아 셔츠를 입은 두 아들을 옆에 데리고 있었는데, 마치 고골의 아들과 함께 있는 타라스 불바를 강하게 연상시켰다. 하지만 그에게는 고골의 주인공을 구별 지었던 낭만주의의 흔적은 없었다. 반대로 그는 평생 동안 농노들과 화목한 관계를 탁월하게 유지했고, 농노제가 폐지된 지금은 새로운 조건에 잘 적응하는 수완을 지닌 뛰어난 실천가-지주였다. 그는 지주들이 그를 아는 것처럼 민중을 알았는데, 요컨대 그는 자기 마을의 모든 농민을 알았고, 농민들의 가축들과 농민들의 지갑에 들어 있는 여분의 은화 루블까지 알고 있었다.

그는 불바처럼 아들들과 주먹다짐하며 싸우지는 않았지만 대신에 그들 사이에는 시간과 장소를 불문하고 끊임없는 난폭한 다툼이 일었다. 모든 곳에서, 즉 자기 집에서도 손님으로 초대받은 곳에서도 아주 하찮은 동기로 노인과 아들들 사이에는 끝없는 논쟁들이 일어났다. 보통은 이런 식으로 시작되는데, 노인이 아들들을 이상적 소귀족으로 비웃고 놀리면, 아들들은 화를 내고 노인도 더 크게 성을 내며 그런 다음에 아주 상상하기 힘든 아우성이 일어나고, 그 와중에 양측은 장난이 아니게 된다.

이것은 아버지와 아들의 유명한 불화*의 반영인데, 단지 여기서는 이 현상이 상당히 약화된 형식으로 나타났다. 어린 시절부터 학교로 보

---

* 노인 세대와 청년 세대 사이의 세계관 갈등을 의미하며, 투르게네프의 장편소설 『아버지와 아들』(1862)에서 비롯된 표현.

내진 젊은이들은 단지 짧은 방학 기간에만 마을을 경험하며, 따라서 아버지-지주들이 지닌 민중에 대한 구체적인 지식이 없다. 따라서 중학교 고학년 시기 청년들을 덮친 민중애호(인민주의)*의 파고가 사회에서 일어났을 때, 그들은 자신의 민중을 연구하는 데 관심을 기울였지만 연구를 책으로부터 시작했다. 두번째 단계에는 민중의 창작 속에서 민중 정신의 발현에 대한 직접적 연구로 나아갔다. 하얀색 저고리와 수놓은 셔츠를 입은 소귀족들의 민중 속으로 진군은 당시에 남서 지방에서 아주 널리 퍼졌었다. 경제적 조건에 대한 연구에는 특별한 주의가 기울여지지 않았다. 젊은 사람들은 민중의 명상곡과 노래의 가사와 악보를 기록하고 전설을 연구하며, 역사적 사실과 민중의 기억 속에 그것의 반영을 비교하고, 대체로 민족적 낭만주의의 시적 프리즘을 통해 농민들을 바라보았다. 이 점에서는 아마도 노인들도 마찬가지였지만 그들은 젊은이들과 어떠한 합의에도 도달하지 못했다.

"한번 들어보시게." 대학생이 얼굴을 붉히고 눈을 번쩍이며 연설을 할 때 스타브루첸코는 팔꿈치로 능청스럽게 밀치며 막심에게 말했다. "저렇다네. 몹쓸 자식, 글을 쓰듯이 말하지 않는가! 정말로 똑똑하다고 생각할 수도 있지! 학자인 자네가 한번 말해보게, 우리 네치포르가 자네를 어떻게 속였는지, 응?"

노인은 수염을 꼬면서 순전히 우크라이나식 유머로 이야기를 늘어놓으며 웃음을 터뜨렸다. 젊은이들은 얼굴이 붉어졌지만 역으로 맞서지는 않았다. "만약에 그들이 시골 출신의 네치포르와 흐베티코를 알

---

* 1860~1870년대에 잡계급 출신의 혁명적 인텔리겐치아 사이에서 일어났던 인민주의(наро-дничество) 운동을 의미. 혁명적 청년들은 '인민 속으로(브나로드)' 들어가서 계몽운동을 펼쳐 농민의 힘으로 차르를 타도하고자 했음.

지 못한다면, 그들은 민중 전체를 보편적 현상들 속에서 연구할 것입니다. 그들은 결론과 폭넓은 일반화가 가능한 고상한 관점에서 바라봅니다. 그들은 한눈에 먼 전망을 포괄하는 데 반해, 나무 뒤에서 행동하는 타성에 젖은 나이 든 사람들과 고질적인 사람들은 숲 전체를 보지 못합니다."

노인은 아들들의 현명한 연설을 듣는 일이 불쾌하지는 않았다.

"보다시피 학교에서 헛배운 것은 아니지." 그는 자만에 차서 듣는 사람들을 둘러보며 말했다. "여러분께 말하는데, 우리 흐베티코는 당신 둘 다를 줄에 매인 송아지들처럼 이리저리로 끌고 다닌다오, 바로 이렇게! 근데 나 자신은 그를, 협잡꾼을 담배쌈지에 넣고 주머니에 감출 수 있지. 내 앞에서 자네들은 다 똑같다는 얘기지, 마치 늙은 개 앞의 강아지들처럼 말이야."

III

그 순간 유사한 논쟁들 중의 하나가 막 잦아들었다. 노년 세대는 집으로 들어갔고, 열린 창문들을 통해 간간이 스타브루첸코가 여러 가지 회극적인 일화를 장황하게 늘어놓고 듣는 사람들이 흥겹게 웃는 소리들이 들려왔다.

젊은이들은 정원에 남았다. 대학생은 코트를 바닥에 깔고 양가죽 모자를 비껴 쓴 후 약간 의식적으로 아무렇게나 풀밭에 활개를 펴고 누웠다. 그의 형은 에벨리나와 나란히 작은 흙담 위에 앉았다. 단정하게 단추를 채운 제복 차림의 군사학교 생도는 그와 나란히 자리를 잡았고,

약간 옆쪽에 고개를 떨어뜨린 채 맹인 청년이 창문턱에 기대 앉아 있었다. 청년은 방금 전에 잠잠해진 자신을 심하게 흥분시켰던 논쟁을 되짚어 생각하고 있었다.

"에벨리나, 당신은 방금 전 여기서 행해진 대화에 대해 어떻게 생각하세요?" 젊은 스타브루첸코가 옆에 앉은 아가씨에게 말을 걸었다. "당신은 한마디도 입 밖에 내지 않은 것 같은데."

"모두 아주 좋았어요, 즉 당신이 아버지에게 말한 것은. 하지만……"

"하지만…… 뭐죠?"

에벨리나는 바로 대답하지 않았다. 그녀는 무릎 위에 자신의 일감을 올려놓고 손으로 편 다음 살짝 머리를 숙여 심사숙고하는 표정으로 살펴보기 시작했다. 자수를 놓기 위해 더 큰 화포를 선택했어야 한다고 생각하고 있는지, 아니면 자신의 대답을 곰곰이 생각하고 있는지를 파악하기는 힘들었다.

그럼에도 불구하고 젊은이들은 안달하며 대답을 기다렸다. 대학생은 팔꿈치를 짚고 일어나 호기심 넘치는 얼굴을 아가씨에게로 돌렸다. 그녀 옆에 앉은 그의 형은 담담하고 의아스러운 눈빛으로 그녀를 바라보았다. 맹인 청년은 편안한 자세를 바꾸어 똑바로 앉은 다음 머리를 들고서 다른 사람들로부터 얼굴을 돌렸다.

"하지만," 그녀는 계속 손으로 자수를 매만지며 조용히 말을 꺼냈다. "모든 사람에게는 자신의 길이 있어요."

"주여!" 대학생이 날카롭게 소리쳤다. "정말로 현명하도다! 근데 아가씨는 실제 나이가 몇인가요?"

"열일곱 살이에요." 에벨리나는 짧게 대답했지만 곧바로 순진하고 상당히 호기심 어린 표정으로 덧붙였다. "당신은 내 나이가 훨씬 많을 거라고 생각했지요, 그렇지 않나요?"

젊은이들은 웃음을 터뜨렸다.

"만약 내게 당신의 나이에 대해 물어본다면," 옆에 앉은 청년이 말했다. "나는 열세 살과 스무 살 사이에서 굉장히 혼란스러워했을 겁니다. 사실 이따금 당신은 완전히 어린아이처럼 보이기도 하고, 때로는 경험 많은 노파처럼 생각되거든요."

"중대한 일에 대해서는, 가브릴로 페트로비치 씨, 진지하게 생각할 필요가 있어요." 작은 아가씨는 다시 일을 시작하며 엄격한 어조로 말했다.

순간 모두는 침묵했다. 에벨리나의 바늘은 다시 규칙적으로 자수 위를 오갔고, 젊은이들은 호기심에 차서 작은 체구의 현명한 아가씨를 바라보았다.

IV

물론 에벨리나는 표트르와의 첫 만남 이래 상당히 성장했고 성숙했지만 그녀의 외양에 대한 대학생의 언급은 아주 정당했다. 첫눈에 이 작고 가냘픈 아가씨는 아직 소녀처럼 보였지만 그녀의 여유 있고 유연한 몸놀림에서는 드물지 않게 여인의 견실함이 묻어났다. 그녀의 얼굴도 바로 이런 인상을 자아냈다. 이런 얼굴은 어쩌면 오직 슬라브 여인들에게서만 볼 수 있다. 균형 잡힌 아름다운 윤곽은 완만하고 시원한 곡선으로 그려지고, 파란 눈은 편안하고 안정되어 있었다. 창백한 뺨에는 가끔 홍조가 나타났는데, 그 창백함은 매 순간 열렬한 정열의 불꽃이 일어날 것처럼 범상치 않고 오히려 눈처럼 차가운 백색이었다. 에벨리나의 곧고 빛나는 머릿결은 대리석처럼 희고 매끄러운 관자놀이에 약간씩 드러났고, 마치 걸을 때 머리 뒤로 잡아당기듯이 길게 땋아 드리워져 있었다.

맹인 청년도 역시 성장했고 성숙해졌다. 젊은이들로부터 홀로 떨어져 앉아 있는, 창백하고 흥분되며 아름다운 그를 바라보노라면 모든 정신적 움직임이 예리하게 드러나는 독특한 얼굴이 곧바로 눈에 띄게 될 것이다. 검은 머릿결은 아름답게 물결치며 때 이른 주름들이 가로지르는 불거진 이마 위로 흘러내렸다. 뺨은 빠르게 짙은 붉은색을 띠었다가 순간적으로 창백하게 물들어갔다. 끝이 아래로 살짝 처진 아랫입술은 때때로 왠지 모를 긴장으로 떨렸고, 눈썹은 예민하게 경계하며 움찔거렸으며, 미동하지 않는 가지런한 시선으로 바라보는 아름답고 커다란 눈은 젊은이의 얼굴에 뭔가 범상치 않은 음울한 기운을 드리웠다.

"결국," 약간의 침묵이 흐른 뒤에 대학생은 조롱 섞인 말투로 말을 꺼냈다. "에벨리나 아가씨는 우리가 나눈 얘기들을 여자들의 머리로는 이해하기 힘들고, 여자들의 운명은 아이들과 부엌이라는 협소한 공간에 놓여 있다고 생각하고 있군요."

젊은이의 목소리에는 자만심(당시 이 어휘는 완전한 신조어였다)과 도전적인 아이러니가 섞여 있었는데, 잠깐 동안 모두들 말이 없었고, 에벨리나의 얼굴에는 흥분된 홍조가 밀려왔다.

"당신은 아주 성급하게 결론짓는군요." 그녀가 말했다. "저는 여기서 말해진 것을 전부 이해합니다. 말하자면 여자의 머리로도 이해된다고요. 저는 단지 제 자신에 대해 개인적으로 말했던 겁니다."

그녀는 말을 끝내고 젊은이가 다음 질문을 던질 용기가 있을까 주목하면서 자수를 놓기 위해 몸을 숙였다.

"이상하네요." 그가 중얼거렸다. "당신은 이미 무덤까지 자신의 인생 설계를 마친 것으로 생각해도 되겠어요."

"뭐가 이상한가요, 가브릴로 페트로비치 씨?" 아가씨는 조용히 반박했다. "제 생각엔 일리야 이바노비치(군사학교 생도의 이름)조차도 이미 자신의 길을 아는 것 같아요. 그는 저보다 어린데도 말이죠."

"그건 사실입니다." 생도는 자기에 대한 언급에 만족해하며 말했다. "저는 얼마 전에 N. N. 장군의 전기를 읽었는데, 그 역시 명확한 계획에 따라 행동했습니다. 스무 살에 결혼하고 서른다섯 살에 부대를 지휘했더군요."

대학생은 간교하게 웃음 지었고, 에벨리나는 살짝 얼굴이 붉어졌다.

"자, 이처럼 보시다시피," 그녀는 잠시 후 차가울 정도로 예리한 목소리로 말했다. "누구나 자신의 길이 있답니다."

아무도 더 이상 반박하지 않았다. 젊은이들 사이에 진지한 침묵이 밀려왔고, 그 와중에 명백히 경이로운 놀람이 감지되었다. 모두들 어렴풋이 대화가 예민한 개인적 입장으로 전환되었고, 단순한 어휘들 속에서 뭔가 민감하고 긴장된 기운이 어려 있다는 점을 이해했다……

이 침묵 사이로 들려오는 것은 어두워져가는, 마치 뭔가에 불만족스러운 듯한 오래된 정원의 사각거림뿐이었다.

V

이 모든 대화, 논쟁, 젊은이들의 들끓는 요구, 바람, 기대 그리고 의견의 파고, 이 모든 것은 맹인 청년에게 느닷없이 폭풍우처럼 밀려들었다. 처음에 그는 아주 경탄하며 열심히 귀를 기울였지만, 곧이어 이 생생한 파고가 자기 옆에서 일어나며 자기와는 아무런 관계가 없다는 사실을 깨닫지 않을 수 없었다. 그에게는 질문을 던지지 않았고, 견해를 묻지도 않았으며, 그는 고립 속에서 서글픈 외톨이로 남아 있는 듯했다. 슬픔이 짙어질수록 이제 저택의 삶은 더욱 소란스러워졌다.

그럼에도 불구하고 그는 자신에게 너무나 새로운 모든 말에 귀를 기울였고, 굳게 치켜올린 눈썹과 창백해진 그의 얼굴은 강렬한 관심을 보여주었다. 하지만 이러한 관심은 우울했는데, 그 속에는 힘겹고 쓰라린 의식의 고투가 감춰져 있었다.

어머니는 아들의 눈을 애처롭게 바라보았다. 에벨리나의 눈에는 동정과 불안이 역력했다. 막심 혼자만이 시끌벅적한 모임이 맹인 청년에게 어떤 작용을 하는지 알지 못하는 듯했다. 막심은 젊은이들에게 다음 초대에서 풍부한 인류학적 자료들을 보여준다고 약속하며 저택을 자주 방문해달라고 기꺼이 요청했다.

손님들은 다시 오기로 약속하고 떠났다. 헤어지면서 젊은이들은 흔쾌하게 표트르의 손을 잡아주었다. 그는 악수에 돌발적으로 응했고, 한참 동안 떠나가는 그들의 마차 바퀴 소리에 귀를 기울였다. 그 후 재빨리 돌아서서 정원으로 들어갔다.

손님들이 떠나고 저택은 조용해졌지만, 맹인 청년에게 이 고요는 어쩐지 독특하고 유별나며 이상하게 다가왔다. 이 고요 가운데 이곳에 아주 중요한 뭔가가 일어났다는 사실이 인정되는 듯했다. 너도밤나무와 라일락의 속삭임만 들려오는 조용한 오솔길에서 맹인 청년은 방금 전 대화의 잔영을 들었다. 그는 또한 열린 창문을 통해 거실에서 어머니와 에벨리나가 뭔가에 대해 막심과 논쟁하는 소리를 들었다. 어머니의 목소리에서 그는 애원과 고통을 감지했고, 에벨리나의 목소리는 격분해 있었으며, 막심은 여자들의 공격을 열정적이고 단호하게 반박하는 것 같았다. 표트르가 다가가자 이 대화는 순간적으로 멈췄다.

막심은 의식적으로 지금까지 맹인 청년의 세계를 가로막고 있던 벽에 가차 없는 손길로 첫번째 돌파구를 뚫었다. 소란스럽고 격렬한 첫 파고가 이미 파열구 속으로 밀어닥쳤고, 청년의 정신적 평정은 이 첫번째 타격으로 떨렸다.

이제 그에게 마술 같은 권역이 이미 답답하게 느껴졌다. 저택의 안온한 고요도, 오래된 정원의 늘어지는 속삭임과 사각거림도, 젊은 영혼의 단조로운 꿈도 그를 괴롭혔다. 어둠은 새로운 매혹적인 목소리로 그에게 말을 걸었고, 새로운 어렴풋한 형상들로 흔들리기 시작했으며, 매력적인 활기의 우울한 공허를 자아냈다.

어둠은 그를 불러내고 유인하며 영혼 속에 잠들었던 욕구들을 깨웠으며, 이미 첫번째 호소는 그의 얼굴에서 창백함으로, 그의 영혼에서 아직 비록 어렴풋하지만 둔중한 고통으로 표현되었다.

이러한 불안한 징후들은 여자들의 눈을 비껴가지 못했다. 앞을 볼 수 있는 우리는 다른 사람들의 얼굴에서 영혼의 움직임이 반영되는 것을 알 수 있고, 이 때문에 자기 자신의 내면을 숨기는 법을 배우게 된다. 이런 면에서 맹인 청년은 완전히 무방비 상태이며, 따라서 표트르의 창백해진 얼굴에서 마치 거실에 펼쳐져 있는 내밀한 일기장에서처럼 그 속에 기록된 고통스러운 불안을 읽을 수 있었다. 여자들은 막심 역시 이 모든 것을 알고 있지만 그것이 노인의 무종의 계획들에 속한다는 점을 눈치챘다. 두 사람은 이것을 가혹한 것으로 여겼고, 청년의 엄마는 자기 손으로 아들을 보호하고 싶었다. '온실이라고? 그것은 도대체 뭘까. 그녀의 아들이 지금까지 온실 속에서 잘 지냈다면? 계속 그렇게 내버려두어야 할까, 영원히…… 평온하게, 조용하게, 태연하게……' 에벨리나는 마음속에 있는 전부를 겉으로 말하지 않는 것 같았지만 얼마 전부터 막심에 대한 태도를 바꿔 그의 몇몇, 심지어 아주 사소한 제안에 대해서도 유례없이 날카롭게 반대하곤 했다.

노인은 눈썹 아래로 따지는 듯한 눈으로 그녀를 바라보았고, 젊은 아가씨는 때때로 격분해 번뜩이는 시선으로 마주했다. 막심은 머리를 가로저으며 뭔가를 중얼거렸고, 특별히 짙은 담배 연기로 자신을 감쌌는데, 이는 강렬한 의식 작용의 징표였다. 그는 굳건하게 자기 입장을 고수하고, 어느 누구의 말에도 귀를 기울이지 않으며, 때로는 비이성적인 여성의 사랑과 여인들의 짧은 지혜에 관한 경멸 어린 판결을 내렸다. 그에 따르면 여인들의 지혜는 알려졌다시피 머리카락보다 훨씬 짧으며, 따라서 여자들은 순간의 고통과 순간의 기쁨 이상을 볼 수가 없다고 한다. 그는 표트르를 위해 평안이 아니라 삶의 최대의 충만을 꿈꿨다. 모든 스승은 자신과 유사한 사람으로 제자를 만들기 위해 노력한다고 한다. 막심은 자신이 경험했으나 너무 일찍 상실한 것, 즉 엄청난 위기들과 투쟁을 꿈꿨다. 어떤 형태인지는 그 자신도 알지 못했지만 표트르를 위해, 심지어 충격이나 정신적 급변을 감수하면서 맹인 청년에게 허용되는 생생한 외적 인상의 범위를 확대하기 위해 꾸준히 노력했다. 두 여자는 완전히 다른 것을 원한다고 그는 느꼈다……

"어미 닭 같으니라고!" 그는 가끔 화가 나 목발로 방바닥을 두드리며 여동생에게 소리쳤다…… 하지만 그는 자주 화를 내지는 않았다. 많은 경우 여동생의 논리에 대해 부드럽게 호의 어린 동정으로 반대했고, 더군다나 오빠와 단둘이 있을 때 그녀는 매번 논쟁에서 양보했다! 그런데 이것은 그녀가 대화를 곧장 새롭게 시작하는 데 오히려 도움이 되었다. 하지만 에벨리나가 있는 자리에서는 일이 좀더 심각해졌다. 이 경우에 노인은 침묵을 지키기를 선호했는데, 두 사람 모두 자신의 패를 치밀하게 숨기고서 반대편을 여전히 분석하기만 했다.

VI

2주일이 지나고 젊은이들이 아버지와 함께 다시 찾아왔을 때, 에벨리나는 침착하게 자제하면서 그들을 맞이했다. 하지만 매력적인 젊은 활기를 대적하기 쉽지 않았다. 하루 종일 젊은이들은 마을을 돌아다니고 사냥을 하며 들판에서 추수꾼들의 노래를 기록하고, 저녁 무렵에 저택의 정원에 모였다.

그러던 어느 날 저녁 에벨리나가 미처 알아채기도 전에 대화는 다시 미묘한 주제들로 넘어갔다. 어떻게 그렇게 되었고, 누가 먼저 시작했는지 그녀 자신도 다른 누구도 말할 수 없었다. 모르는 사이에 노을이 넘어가고, 저녁 그림자가 정원에 퍼지며, 숲속에서 꾀꼬리가 저녁 노래를 부르듯이 이것은 부지불식간에 일어났다.

대학생은 알 수 없는 미래에 대해 계산도 없고 분별도 없는 젊은이 특유의 열정으로 격렬하게 말했다. 기적이 있는 미래에 대한 믿음에는 어떤 독특한 매력의 힘, 즉 거의 극복할 수 없는 습관의 힘이 있었……

젊은 아가씨는 이 도전이 어쩌면 의식적으로 계산된 것은 아니지만 이제 직접적으로 자신에게로 향한 것이라는 사실을 깨닫고 얼굴을 붉혔다.

에벨리나는 자수판 위로 몸을 낮게 숙인 채 귀를 기울였다. 그녀의 눈은 불타올랐고, 뺨은 붉게 달아올랐으며, 가슴이 두근거렸다…… 곧 이어 눈빛은 가라앉고 입술은 오므라들었지만, 심장은 더욱 강하게 쿵쾅거렸으며, 창백해진 얼굴에는 놀란 표정이 역력했다.

그녀는 마치 자기 눈앞에서 어두운 벽이 갈라지고, 그 틈 사이로 폭넓고 맹렬하며 활기찬 세계의 향후 전망이 번쩍이는 듯해 놀랐던 것이다.

그렇다. 그것은 이미 오랫동안 그녀를 유혹하고 있었다. 그녀는 그것을 좀더 일찍 알지 못했지만 오래된 정원의 그늘 아래서 유례없는 꿈을 꾸며 외떨어진 의자에 몇 시간 자주 앉아 있었다. 상상은 선명한 미래의 장면을 보여주었는데 그 속에 맹인 청년의 자리는 없었다……

이제 그 세계가 그녀에게 다가왔다. 그것은 그녀를 유혹할 뿐만 아니라 그녀에 대한 권리를 주장하고 있었다.

그녀는 표트르 쪽으로 시선을 재빨리 던졌고, 뭔가가 그녀의 심장을 찔렀다. 그는 깊은 생각에 잠겨 미동도 하지 않은 채 앉아 있었다. 그의 모습은 너무나 힘겨워 보였고, 그녀의 기억 속에 음울한 낙인으로 남았다. "그는 이해하고 있어…… 모든 것을." 그녀에게 번개같이 빠른 생각이 떠올랐고, 그녀는 어떤 냉기를 느꼈다. 피가 심장으로 몰려들었지만 그녀는 얼굴이 갑작스럽게 창백해지는 것을 느꼈다. 순간적으로 그녀는 자신이 이미 저곳, 먼 세계에 있고, 그는 바로 여기에 혼자, 고개를 떨어뜨리고 앉아 있거나 없는 것처럼 생각되었다. 그는 저곳에, 작은 언덕에, 강 위쪽에 있었다. 바로 어느 날 저녁 그녀가 울음을 터뜨렸던 그 맹인 소년이……

그리고 그녀는 무서워졌다. 누군가가 그녀의 오래된 상처에서 칼을 빼낼 준비를 하는 것처럼 느껴졌다.

그녀는 막심의 오랜 시선을 떠올렸다. 바로 이것이 이 침묵의 시선이 의미하는 것이구나! 막심은 그녀 자신보다 그녀의 기분을 더 잘 알고 있었고, 그녀의 마음속에서 아직 투쟁과 선택이 가능하고 그녀가 자기 확신이 없다고 추측하고 있었다. 그러나 아니다. 그가 실수한 것이다! 그녀는 자신의 첫 걸음을 알고 있고, 그곳에서 그녀는 삶에서 취할 수 있는 뭔가……를 바라보게 될 것이다.

그녀는 힘겨운 일을 끝낸 뒤 한숨을 돌리듯이 힘겹고 무겁게 숨을 들이쉬고 주위를 둘러보았다. 그녀는 침묵이 얼마나 오랫동안 지속되었는지, 대학생이 얼마나 말이 없었는지, 그가 뭔가를 더 말할 것인지를 알 수 없었다…… 그녀는 표트르가 잠시 앉아 있었던 쪽을 바라보았다……

그는 그곳에 없었다.

VII

에벨리나도 하던 일을 조용히 정리하고 일어섰다.

"실례하겠습니다, 여러분," 그녀는 손님들을 향해 말했다. "잠깐 나갔다 오겠습니다."

그리고 그녀는 어두운 오솔길을 따라 걸어갔다.

이날 저녁 불안으로 가득 찬 것은 에벨리나만은 아니었다. 긴 의자가 놓여 있는 오솔길이 굽어지는 곳에서 그녀는 흥분된 목소리들을 들었다. 막심이 여동생과 얘기를 나누고 있었다.

"그래, 이번 경우에 난 그 애 못지않게 그녀에 대해 많은 생각을 하고 있어." 노인은 준엄하게 말했다. "생각해봐, 그녀는 아직 인생을 모르는 어린아이에 불과하다고! 난 네가 어린아이의 순진함을 이용하려고 한다고 믿고 싶지는 않아."

그에 대답하는 안나 미하일로브나의 목소리에는 눈물이 섞여 있었다.

"좋아, 하지만 막스, 만약에…… 만약에 그녀가…… 우리 아들은 어떻게 되는 거지?"

"내버려둬야지!" 늙은 군인은 확고하고 침울하게 대답했다. "두고 봐야지. 어떤 경우에도 다른 사람의 인생이 자기 때문에 망가졌다는 생각으로 고통스러워해서는 안 돼…… 우리도 마찬가지야…… 이 점을 생각해야 해, 안냐." 그는 부드럽게 덧붙였다.

노인은 여동생의 손을 잡고 다정하게 입을 맞추었다. 안나 미하일로브나는 머리를 숙였다.

"가엾은 내 아들, 가엾은…… 그녀를 만나지 않았으면 좋았을 것을……"

에벨리나는 이 말을 들었다기보다는 오히려 추측했다. 청년의 엄마 입에서 이 울먹임은 아주 낮은 소리로 새어 나왔다.

에벨리나의 얼굴은 붉게 물들었다. 그녀는 자기도 모르게 오솔길의 모퉁이에서 멈춰 섰다…… 그녀가 지금 등장하면 두 사람은 그녀가 자신들의 비밀스러운 생각을 엿들었다는 것을 알게 되리라……

그러나 잠시 뒤 에벨리나는 자신만만하게 머리를 들었다. 그녀는 엿듣고 싶지 않았다. 어떤 경우에도 위선적 수치가 그녀를 도중에 멈추게 하지 못한다. 게다가 노인은 너무 많은 책임을 지고 있다. 그녀는 스스로 자신의 삶을 헤쳐 나갈 수 있다.

에벨리나는 오솔길의 모퉁이에서 걸어 나와 대화 중인 두 사람 곁을 조용히 고개를 높이 든 채 지나갔다. 막심은 그녀가 지나가도록 무심결에 서둘러 목발을 들어 올렸고, 안나 미하일로브나는 거의 존경과 공포에 다다른 애정을 억누르며 그녀를 바라보았다.

청년의 엄마는 분노에 차서 도전적인 모습으로 방금 지나간 이 자신만만한 금발의 아가씨가 자기 아들의 인생 전체에 특별한 행복 혹은 불행을 가져올 것처럼 느꼈다.

VIII

정원의 끝자락에는 낡고 버려진 물레방아가 있었다. 물레방아의 바퀴들은 이미 오랫동안 돌지 않았고, 바퀴 축들에는 이끼가 끼었으며, 낡은 관문을 통해 약간 가느다란 물줄기가 끊임없이 흘러내리고 있었다. 이곳은 맹인 청년이 좋아하는 장소였다. 이곳에서 그는 떨어지는 물소리에 귀를 기울이며 몇 시간 동안 뚝 위에 앉아 있었고, 이 물소리를 피아노로 멋지게 옮길 수 있었다. 하지만 이제 그에게 물소리는 관심 밖이었고…… 그는 가슴에 슬픔을 가득 안고 내적 고통으로 얼굴을 일그러뜨리며 오솔길을 재빠르게 걸어갔다.

에벨리나의 가벼운 발소리를 듣자 그는 멈춰 섰다! 그녀는 그의 어깨에 손을 얹고서 심각하게 물었다.

"말해봐, 표트르, 무슨 일이야? 왜 그렇게 슬퍼하지?"

그는 재빠르게 돌아서서 다시 오솔길을 걷기 시작했다. 그녀는 그와 나란히 걸었다.

그녀는 그의 급격한 움직임과 침묵을 이해했고, 잠시 고개를 숙였다. 저택에서 노랫소리가 들려왔다.

가파른 산 너머로
독수리들이 날아오르네,
날아올라 울부짖네,
광야를 찾아 헤매며……

멀리서 들려오는 아련하고 젊고 힘 있는 목소리는 사랑, 행복, 광야에 대해 노래하고, 정원의 게으른 속삭임을 뒤덮으며 고요한 밤 속으로 퍼져 나갔다……

그곳에는 눈부시고 충만한 삶에 대해 이야기하는 행복한 사람들이 있었다. 그녀는 불과 몇 분 전에 맹인 청년은 머물 자리가 없는 이런 삶에 대한 꿈에 취해 그들과 함께 있었다. 그녀는 심지어 그의 떠남을 눈치채지 못했다. 외로운 슬픔의 순간들이 그에게 얼마나 길게 느껴졌는지 누가 알겠는가……

표트르와 오솔길을 걷는 동안 이런 생각들이 젊은 아가씨의 머리에 스쳐 지나갔다. 그에게 말을 걸고 그의 기분을 바꾸는 것이 그렇게 어려웠던 적은 없었다. 그러나 그녀는 자신의 존재가 그의 우울한 생각을 조금씩 완화시켜준다고 느꼈다.

실제로 그의 걸음걸이는 조용해졌고, 얼굴은 더욱 편안해졌다. 그는 곁에서 그녀의 발소리를 들었고, 날카로운 정신적 고통은 조금씩 다른 감정으로 바뀌면서 잦아들었다. 그는 그 감정을 헤아릴 수 없었지만 그것에 이미 익숙했고, 따라서 그는 쉽사리 그것의 유익한 영향에 빠져들었다.

"괜찮아?" 그녀가 반복해서 물었다.

"별일 아니야." 그가 슬프게 대답했다. "그냥 내가 세상에서 전혀 쓸모없다고 느껴질 뿐이야."

집 근처에서 울리던 노랫소리는 일시적으로 잦아들고, 잠시 후 다른 노래가 들려왔다. 그 노래는 겨우 들려왔는데, 이제 대학생이 반두라 연주자들의 조용한 선율을 흉내 내면서 오래된 우크라이나 민요 한 자락을 불렀다. 이따금 목소리는 거의 잦아든 듯했고, 어렴풋한 꿈으로 상상의 날개를 폈으며, 곧이어 사각거리는 나뭇잎 소리 사이로 조용한 가락이 다시 울려 퍼졌다……

표트르는 자기도 모르게 귀를 기울이며 멈춰 섰다.

"알고 있니?" 그는 우울하게 말을 꺼냈다. "나는 가끔 세상이 해가 갈수록 나빠지고 있다고 노인들이 말할 때 그들이 옳다고 느껴져. 옛날에는 맹인들에게도 훨씬 좋았는데. 그때 같으면 나는 피아노 대신에 반두라 연주를 익히고 읍내로, 마을로 돌아다니고…… 사람들이 내게로 몰려들면 내가 그들에게 그들 선조들의 일과 공적과 명성에 대해 노래해주었을 텐데. 그러면 나도 인생에서 뭔가를 이루었을 테고. 하지만 지금은? 심지어 군사학교 어린 생도조차도 우렁찬 목소리로, 너도 들었다시피 결혼을 하고 부대를 지휘하겠노라고 말하잖아. 사람들이 그를 비웃었지만, 나는…… 나에게는 이 모든 것이 허용되지 않지."

에벨리나의 파란 눈이 놀라서 휘둥그레졌고, 그 속에서 눈물이 반짝였다.

"젊은 스타브루첸코의 말을 너무 심각하게 들었구나." 그녀는 태연하고 장난스럽게 말하려고 애쓰면서 당황해하며 말문을 열었다.

"그랬지." 표트르는 진지하게 대답하고는 덧붙였다. "그 친구는 아주 멋진 목소리를 지녔던데. 얼굴도 잘생겼나?"

"응, 괜찮아." 에벨리나는 인정을 했지만 갑자기 화가 난 듯 날카롭게 덧붙였다. "아니야, 난 전혀 맘에 들지 않아! 그는 너무 자신만만하고, 목소리도 별로 좋지 않고 날카로워."

표트르는 이 분노의 폭발을 의아스럽게 받아들였다. 그녀는 발을 구르며 말을 이었다.

"이 모든 것은 엉터리야! 내가 알기로 이 모든 것은 막심이 꾸민 거야. 이제는 막심이 너무 진저리 나."

"무슨 말이야, 벨랴?" 맹인 청년이 놀라서 물었다. "뭘 꾸몄다는 거야?"

"증오해, 막심을 증오한다고!" 그녀는 고집스럽게 되뇌었다. "그는 오직 자기 생각만으로 모든 인간적 자질들을 망쳐놓았어…… 말도 하지 마, 말도 하지 말라고…… 다른 사람의 운명을 자기 맘대로 좌지우지할 권리는 도대체 어디서 생긴 거지?"

그녀는 돌발적으로 말을 멈추고는 손가락에서 소리가 날 정도로 가냘픈 손을 움켜쥐고 어찌된 영문인지 어린아이처럼 울음을 터뜨렸다.

놀란 맹인 청년은 동정심을 느껴 그녀의 손을 잡았다. 조용하고 언제나 침착한 여자 친구의 갑작스러운 울음은 너무나 예기치 못한, 이해하기 힘든 것이었다! 그는 그녀의 울음소리와 그것이 자신의 가슴에 울리는 이상한 반향에 동시에 귀를 기울였다. 그에게는 지난 시절이 떠올랐다. 그는 언덕 위에 너무나 우울하게 앉아 있었고, 지금처럼 그녀는 그에게 엎드려 울었다……

그러나 그녀는 갑자기 손을 뺐고, 맹인 청년은 다시 한번 놀랐고, 그녀는 웃음을 터뜨렸다.

"근데, 나는 참 바보 같아! 내가 뭐 때문에 우는 거지?"

그녀는 눈물을 훔치고 나서 감격한 듯 온화한 목소리로 말하기 시작했다.

"아니야, 정당해야 해, 그들은 둘 다 훌륭해! 지금 그의 말도 훌륭해. 물론 모든 사람에게 그런 것은 아니지만."

"능력 있는 모두에게만," 맹인 청년이 말했다.

"무슨 말도 안 되는 소리야!" 그녀는 웃음에 아직 눈물이 어린 목소리로 분명하게 답했다. "막심은 가능할 때 투쟁했고, 지금도 능력껏 살아가잖아. 우리도 마찬가지지……"

"우리라고 말하지 마! 넌 완전히 달라……"

"아니야, 다르지 않아."

"왜?"

"왜냐하면…… 왜냐하면 네가 나와 결혼하고 우리의 삶은 같아질 테니까."

표트르는 깜짝 놀라 흠칫했다.

"내가? 너와? 말하자면 네가 내게…… 시집온다고?"

"그래, 그렇다니까, 당연하지!" 흥분한 그녀가 서둘러 답했다. "넌 참 바보구나! 정말로 너는 이것에 관해 한 번도 생각해본 적이 없니? 이건 정말 간단해! 넌 내가 아니면 누구랑 결혼할 건데?"

"그렇긴 하지만," 그는 뭔가 어색하게 자의적으로 동의했지만 금방 깨달았다. "들어봐, 벨랴." 그는 그녀의 손을 잡고 말을 걸었다. "저기서 지금 말하는 것들을. 대도시에서는 아가씨들이 모든 것을 배운다잖아. 네 앞에도 넓은 길이 열려 있어…… 하지만 난……"

"네가 뭘?"

"하지만 난…… 맹인이야!" 그는 완전히 얼토당토않게 결론지었다.

그리고 그에게는 다시 어린 시절이 떠올랐다. 조용한 강물 소리, 에벨리나와의 첫 만남과 맹인이라는 말에 그녀가 흘린 쓰라린 눈물…… 그는 본능적으로 이제 다시 그녀에게 똑같은 상처를 주고 있다고 느꼈고, 그래서 멈칫했다. 잠시 침묵이 흘렀고, 갑문에서 물소리만 고요하고 상냥하게 울렸다. 에벨리나는 마치 사라진 듯이 전혀 들리지 않았다. 그녀의 얼굴에는 경련이 일었으나 그녀는 자세를 바로잡고, 다시 말하기 시작했을 때 그녀의 목소리는 태연하고 익살맞게 울려 퍼졌다.

"그래서, 맹인이 뭐 어떻다고?" 그녀가 말했다. "아가씨가 맹인을 사랑하면, 맹인에게 시집을 가는 거지…… 언제든 그럴 수 있는 거고, 우리보고 어쩌란 말이야?"

"사랑한다면……" 그는 아주 집중해서 반복했고, 그의 눈썹은 떨렸다. 그는 익숙한 말의 새로운 울림에 귀를 기울였다…… "사랑한다면?" 그는 점점 흥분하며 되물었다.

"그래! 너와 나, 우리 둘은 서로서로 사랑하잖아…… 이런 바보같이! 자, 스스로 생각해봐, 너 혼자서 나 없이 여기에 있을 수 있어?"

그의 얼굴은 갑자기 창백해졌고, 보이지 않고 움직이지 않는 커다란 눈은 정지했다.

조용했다. 오직 물소리만이 졸졸거리면서 뭔가를 말하고 있었다.

때때로 이 속삭임은 약하게 점점 잦아들다 갑자기 다시 일어나서 끝도 멈춤도 없이 울리는 듯 느껴졌다. 무성한 귀룽나무는 짙은 잎사귀들로 속삭였고 집 주위의 노래는 잦아들었으며 대신에 연못 위에서 꾀꼬리가 지저귀고 있었다……

"내가 죽으면," 그는 우울하게 말했다.

그녀의 입술은 마치 그들이 처음 만났던 날처럼 떨렸고, 그녀는 어린애 같은 연약한 목소리로 힘겹게 말했다.

"네가 없다면 나도…… 혼자서…… 먼 세계에서……"

그는 그녀의 작은 손을 잡았다. 그는 그녀의 조용한 맞잡음이 이전과는 달라 이상하게 느껴졌다. 그녀의 작은 손가락들의 가벼운 움직임이 이제는 그의 가슴속 깊은 곳으로 전달되었다. 전체적으로 그의 어린 시절 친구인 옛날의 에벨리나와는 뭔가 다른 새로운 아가씨를 감지했다. 그에게 자기 자신은 강대하고 위력적으로, 그녀는 눈물을 흘리고 연약하게 느껴졌다. 깊은 상냥함에 이끌려 그는 한 손으로 그녀를 껴안고, 다른 손으로는 비단결 같은 머릿결을 쓰다듬었다.

마음 깊은 곳에서 모든 슬픔이 잦아들고, 어떠한 욕구도 바람도 없으며, 오직 지금 이 순간만이 존재하는 듯이 느껴졌다.

잠시 목소리를 가다듬은 꾀꼬리는 격렬한 울음소리로 조용한 정원을 울려댔다. 그녀는 몸을 살짝 떨며 부끄러운 듯 표트르의 손을 치웠다.

그는 그녀가 하는 대로 내버려두고 가슴 가득히 크게 숨을 들이켰다. 그는 그녀가 머릿결을 가다듬는 소리를 들었다. 그의 가슴은 강하지만 고르고 기쁘게 뛰었다. 그는 뜨거운 피가 온몸에 뭔가 새로운 집중된 힘을 전달하는 것을 느꼈다. 잠시 후에 그녀는 그에게 일상적인

278

어조로 말했다. "자, 이제 손님들에게 돌아갈까." 그는 완전히 새로운 울림으로 들리는 이 사랑스러운 목소리에 놀라며 귀를 기울였다.

IX

손님들과 주인들은 작은 거실에 모여 있었다. 표트르와 에벨리나만 그 자리에 없었다. 막심은 오랜 친구와 얘기를 나누고 있었고, 젊은 이들은 열린 창가에서 침묵을 지키고 앉아 있었다. 작은 모임에는 모든 사람에게 명백하지는 않지만 이해할 수 있는 모종의 드라마가 심연에서 감지되는 독특하고 조용한 분위기가 드리워져 있었다. 에벨리나와 표트르의 부재는 독특하게 감지되었다. 막심은 대화 중간에 문 쪽으로 간헐적인 기다림의 시선을 보내곤 했다. 안나 미하일로브나는 마치 죄지은 듯한 슬픈 얼굴로, 세심하고 상냥한 여주인으로 행세하려고 노력했고, 상당히 뚱뚱하고 언제나 여유로운 포펠스키만이 저녁 식사를 기다리며 의자에 앉아 졸고 있었다.

정원에서 거실로 연결되는 테라스에서 발걸음 소리가 울리자 모든 시선이 그쪽으로 향했다. 넓은 문의 어두운 사각 문틀에 에벨리나의 모습이 나타났고, 그녀의 뒤를 따라 맹인 청년이 계단으로 올라왔다.

젊은 아가씨는 자신에게 집중된 주의 깊은 시선들을 느꼈지만 놀라지 않았다. 그녀는 방을 가로질러 평소처럼 가지런한 발걸음으로 지나갔고, 순간적으로 눈썹 아래로 던지는 막심의 짧은 시선을 응대하면서 살짝 웃음을 지었으며, 그녀의 눈은 도전과 조소로 번뜩였다. 포펠스카야 부인은 아들을 눈여겨 바라보았다.

맹인 청년은 에벨리나가 자신을 어디로 데려가는지를 알지 못한 채 그녀의 뒤를 따라 걸어가는 것처럼 보였다. 문가에 그의 창백한 얼굴과 가냘픈 모습이 나타났을 때, 그는 밝은 방의 문지방에서 잠시 멈췄다. 하지만 그는 문지방을 넘어섰고, 재빨리 반쯤은 산만하게, 반쯤은 집중해서 피아노 쪽으로 다가갔다.

비록 음악은 조용한 저택의 삶에서 일상적인 요소였지만 더불어 그것은 친밀한, 말하자면 순전히 가정적 요소였다. 저택이 젊은 방문객들의 대화와 노래로 가득 찼을 때, 표트르는 직업 음악가인 스타브루첸코의 큰아들만이 연주했던 피아노로 단 한 번도 다가가지 않았다. 이러한 절제로 인해 맹인 청년은 활기찬 모임에서 한층 더 눈에 띄지 않게 되었고, 어머니는 시끌벅적한 모임 속에서 사라져버린 아들의 희미한 모습을 쓰라린 심정으로 뒤쫓을 뿐이었다. 이제 처음으로 다시 한번 표트르는 그다지 의식하지 않고 당당하게 자신의 평소 자리로 다가갔다…… 그는 다른 사람들이 곁에 있다는 사실을 잊은 듯했다. 게다가 두 사람이 거실로 들어섰을 때 맹인 청년에게는 방에 아무도 없는 것으로 생각될 정도로 짙은 침묵이 흘렀다……

피아노 뚜껑을 열고 그는 가볍게 손가락을 건반에 댄 뒤 약간 빠르고 경쾌한 음을 쳤다. 그는 피아노에 혹은 자신의 마음속에 어떤 질문을 던지는 듯했다.

그다음에 건반에 손을 얹은 채 그는 깊은 생각에 잠겼고, 작은 거실에는 침묵이 더욱 짙어졌다.

밤이 어두운 창틈으로 들여다보았다. 정원 어딘가에서도 등불에 비쳐진 초록 잎사귀들이 호기심에 차서 고개를 들었다. 방금 멈춘 아련한 피아노 선율에 젖어들고, 맹인 청년의 창백한 얼굴에 드러나는 야릇한 영감의 기운에 다소간 사로잡힌 손님들은 뭔가를 고대하며 잠자코 앉아 있었다.

하지만 표트르는 보이지 않는 눈을 위로 치켜뜬 채 여전히 말이 없었고, 뭔가에 귀를 기울이는 듯했다. 그의 영혼 속에는 격동하는 파도처럼 아주 다양한 감각이 들고일어났다. 마치 해변에서 오랫동안 모래 속에 조용히 놓여 있던 조각배를 파도가 덮치듯이 미지의 삶의 밀물이 그를 덮쳤다…… 얼굴에는 놀람, 의문이 엿보이고 어떤 독특한 흥분이 빠른 그림자처럼 지나갔다. 맹인 청년의 눈동자는 깊어지고 어두워지는 듯했다.

잠시 동안 그는 자기 영혼 속에서 그렇게 열렬하게 주의해서 주목했던 바를 발견하지 못하고 있다는 생각이 들었다. 그다음에 비록 여전히 놀라고 여전히 고대하는 듯했지만 그는 몸을 떨면서 건반을 건드렸고, 격동하는 감정의 새로운 파고에 사로잡혀 유연하고 청아하며 아리따운 화음에 빠져들었다.

X

악보를 이용하는 것은 맹인 청년에게 대체로 어려웠다. 그것은 문자처럼 새겨지고, 게다가 음들은 개별적 기호로 표시되고, 책의 행처럼 하나의 대열에 놓인다. 화음으로 결합되는 음들을 나타내기 위해 그들 사이에는 감탄 부호들이 놓인다. 맹인은 손가락으로 개별적으로 감지하여 음들을 암기해야 하는 것이다. 이처럼 이것은 너무나 복잡하고 힘겨운 작업이다. 그러나 표트르는 이 작업의 구성 요소들을 좋아했기에 어려움이 없었다. 손으로 몇 개의 화음을 기억한 뒤에 그는 피아노 앞에 앉았다. 점자 기호들의 결합으로부터 그 자신도 예기치 못한 갑작스럽게 조화로운 공명이 만들어졌을 때 그에게는 커다란 쾌감과 활기찬 흥미가 생겨났다. 이로 인해 삭막한 작업이 유쾌해지고, 심지어 흥겨워졌다.

그럼에도 불구하고 종이 위에 표현된 악보와 그것의 연행 사이에는 이 경우 상당히 많은 매개 과정이 놓여 있다. 기호는 가락으로 구현되는 동안 손을 거치면서 기억되고, 그다음에 연주하는 손가락 끝으로 역주행을 해야 한다. 게다가 맹인 청년의 상당히 발달한 음악적 상상력은 암기라는 복잡한 작업에 개입하고, 다른 사람의 악보에 명백히 개인적인 각인을 남겼다. 표트르의 음악적 감정을 성공적으로 쏟아내는 형식들은 가락이 처음으로 그에게 나타났던, 그의 어머니의 연주가 드러냈던 바로 그 형식들이다. 이것은 그의 영혼 속에서 언제나 울리고, 고향의 자연이 그 영혼에 말해주는 민중적 음악의 형식들이다.

이제 그가 떨리는 마음과 충만한 영혼으로 이탈리아 작품을 연주할 때, 바로 첫번째 화음에서부터 주위 청중의 얼굴에서 경이로움이 드러날 정도로 독특한 뭔가가 나타났다. 하지만 몇 분이 지나자 모든 사람은 무한한 황홀감에 사로잡혔으나, 직업 음악가인 스타브루첸코의 큰아들만이 알고 있는 작품을 포착하고, 피아니스트의 독특한 기법을 분석하면서 오랫동안 연주에 귀를 기울였다.

소리가 거실을 가득 채우고, 조용한 정원으로 퍼져 나가며 울리고 흔들거렸다…… 젊은이들의 눈은 활기와 호기심으로 번쩍였다. 아버지 스타브루첸코는 고개를 숙이고 앉아 조용히 듣고 있다가 점차 흥분하여 막심을 팔꿈치로 찌르며 속삭였다.

"이게 연주라는 거야, 이게 연주라고, 그렇지? 내 말이 맞지?"

소리가 커짐에 따라 늙은 논쟁가는 뭔가를, 아마도 자신의 젊은 시절을 떠올리기 시작했다. 왜냐하면 그의 눈이 불타오르고, 얼굴은 붉어졌으며, 온몸을 곧추세우고 손을 들고서, 심지어 주먹으로 탁자를 두드리고 싶었으나 자제하면서 소리 없이 주먹을 내려놓았기 때문이다. 재빠른 시선으로 젊은이들을 둘러본 뒤 그는 수염을 쓰다듬고 막심에게로 몸을 숙여 속삭였다.

"늙은이들을 문서고로 보내려고 하지만…… 터무니없는 소리지! 한창 때는 우리도, 이보게, 역시…… 하지만 지금도 아직…… 그런가 안 그런가?"

음악에 적잖이 무관심한 막심도 이번에는 자기 제자의 연주에서 뭔가 새로운 것을 느꼈고, 담배 연기를 주위에 가득 뿜어대며 연주를 듣고서 고개를 가로저으며 표트르에게서 에벨리나에게로 시선을 옮겼다. 다시 한번 직접적인 활력의 분출이 그가 생각했던 방식과는 다르게 그의 체계 속으로 밀고 들어왔다. 안나 미하일로브나도 아들의 연주에서 우러나는 것이 행복인가 슬픔인가 자문하면서 에벨리나에게 의심스러운 눈빛을 보냈다. 에벨리나는 전등갓 그늘 아래 앉아 있었고, 그녀의 커다랗고 어두운 눈동자만이 어스름 속에서 도드라졌다. 그녀는 이 연주를 혼자서 자기 나름대로 이해했다. 그녀에게는 연주 속에서 오래된 갑문의 물소리와 어두운 오솔길 귀룽나무의 속삭임이 들려왔다.

XI

연주의 모티프는 이미 오래전에 바뀌었다. 이탈리아 작품을 멈추고 표트르는 자신의 상상에 빠져들었다. 이에 앞서 그가 잠시 침묵하며 고개를 숙이고 지난 과거의 인상에 침잠하자 회상 속에서 모든 것이 되살아났다. 자연의 소리, 바람의 울림, 숲의 속삭임, 강의 찰싹거림 그리고 미지의 먼 곳에서 잦아드는 어렴풋한 말소리가 들렸다. 이 모든 것은 아주 심오하고 마음을 확장시키는 느낌을 배경으로 결합되고 울렸다. 그 느낌은 영혼 속에서 비밀스러운 자연의 소리로 일어나고, 제대로 규정하기 너무나 힘든 것이었다…… 우수인가? 그렇다면 왜 그것은 유쾌한가? 기쁨인가? 그렇다면 왜 그것은 심오하고 무한히 슬픈가?

시간이 지나면서 음악 소리는 강하고 크며 굳건해졌다. 연주자의 얼굴은 이상하게 냉혹해졌다. 그는 자신에게도 새로운, 이 예기치 못한 가락의 힘에 놀라고 다른 뭔가를 고대하는 듯했다. 몇 번의 두드림으로 이 모든 것은 강력하고 멋진 조화의 정련한 흐름 속으로 합쳐졌고, 주위의 청중은 기대에 차서 숨을 죽였다. 하지만 가락은 상승하지 못하고 거품과 물방울로 부서지는 파도처럼 갑자기 뭔가 애처로운 소리를 내며 하강했으며, 쓰라린 주저와 의혹의 음들은 점차 사그라지며 오랫동안 울렸다.

맹인 청년은 잠시 말이 없었고, 거실에는 다시 고요가 찾아왔으며, 정원에서 나뭇잎들의 속삭임만이 간간이 들렸다. 청중을 사로잡고 그들을 일상의 벽 너머로 멀리 이끌었던 매력은 부서졌다. 연주자가 기운을 차리고 다시 건반을 두드릴 때까지 작은 방은 다시 그들 주위로 다가왔고, 밤은 어두운 창을 통해 그들을 응시했다.

또다시 음악 소리는 높고 강하게 상승하면서 굳건해지고, 뭔가를 탐색했다. 화음들의 알 수 없는 교차와 울림 속으로 사랑, 슬픔, 지나간 고통과 명예에 관한 추억 그리고 방황과 희망의 젊은 시절을 노래하는 민요 가락이 결합되었다. 맹인 청년은 기성의 잘 알려진 형식들에 자신의 감정을 쏟아부으려고 시도했다.

하지만 작은 거실의 고요 속에서 해결되지 않은 의문의 애처로운 음조로 떨리면서 연주 소리는 잦아들었다.

XII

마지막 음들이 어렴풋한 불만과 호소로 떨릴 때 안나 미하일로브나는 아들의 얼굴을 보고 그 속에서 자신에게 익숙한 표정을 읽어냈다. 어린 아들이 활기찬 봄의 자연이 안겨주는 아주 화사한 인상들에 취해 강변에 누워 있었던, 오래전 어느 화창한 봄날이 떠올랐다.

하지만 이 표정은 그녀만이 눈치챘다. 거실에서는 소란이 일었고, 스타브루첸코가 막심에게 뭔가를 크게 소리쳤고, 흥분되고 상기된 젊은이들은 연주자의 손을 잡고서 그에게 유명한 음악가가 될 것이라고 예언했다.

"그럼, 확실해!" 큰아들이 확신에 차서 말했다. "당신은 민요 가락의 핵심을 성공적으로 포착했어요. 당신은 민요 가락에 익숙해졌고, 그것을 완벽하게 장악했어요. 근데 처음에 무슨 곡을 연주한 거죠?"

표트르는 이탈리아 곡명을 말해주었다.

"나도 그렇게 생각했어요." 젊은이는 대답했다. "나도 그 곡을 조금 알고 있거든요⋯⋯ 당신에게는 놀랍게도 고유한 방식이 있어요. 많은 사람이 당신보다 연주를 잘할 수 있지만, 당신처럼 그렇게 연주할 수 있는 사람은 아무도 없어요. 이것은⋯⋯ 마치 이탈리아어에서 소러시아어로 번역한 음악 같아요. 당신은 본격적인 교육을 받아야 하고, 그러고 나면⋯⋯"

맹인 청년은 주의해서 들었다. 처음으로 그는 활기찬 대화의 중심이 되었고, 그의 영혼 속에는 자신의 능력에 대한 자부심이 생겨났다. 삶에서 결코 경험하지 못했던 그토록 커다란 불만과 고통을 안겨주었던 이 소리들이 이번에 진정으로 다른 사람들에게 이런 작용을 한 것인가? 이처럼 그도 삶에서 뭔가를 할 수 있다. 그는 여전히 건반에 손을 드리운 채 의자에 앉아 있었는데, 시끄러운 대화 속에서 갑자기 뭔가 뜨거운 것이 손에 닿는 것을 느꼈다. 그에게 다가온 것은 에벨리나였다. 그녀는 그의 손을 살짝 잡고 기쁨에 차서 속삭였다.

"너도 들었지? 너도 직업을 갖게 될 거야. 네가 우리 모두와 함께할 수 있는 것을 깨닫고, 알 수 있다면⋯⋯"

맹인 청년은 몸을 움찔하고 어깨를 폈다.

이 장면을 목격한 사람은 그의 엄마뿐이었다. 그녀의 얼굴은 마치 젊은 사랑의 첫 키스를 받은 것처럼 빨개졌다.

맹인 청년은 여전히 그 자리에 앉아 있었다. 그는 자신에게 닥친 새로운 행복감과 싸웠고, 존재의 심연 어딘가로부터 이미 알 수 없는 두꺼운 먹구름으로 인해 일기 시작한 폭풍우의 도래를 감지한 듯했다.

제6장

I

다음 날 표트르는 일찍 잠에서 깼다. 방 안은 조용했고, 집 안도 아직 한낮의 분주함이 시작되지 않았다. 밤새 열려 있었던 창문을 통해 정원에서 이른 아침의 신선한 기운이 밀려들어왔다. 표트르는 보이지 않지만 자연을 뚜렷이 느낄 수 있었다. 그는 아직 이른 아침이고, 창문이 열려 있으며, 가지들이 사각거리는 소리가 가까이서 막힘없이 분명하게 울리는 것을 알았다. 오늘따라 표트르는 이 모든 것을 아주 선명하게 감지했다. 그는 심지어 방 안으로 햇빛이 비치고, 자신이 창가로 손을 뻗으면 나무에서 이슬이 쏟아질 것이라는 사실을 알고 있었다. 게다가 그는 온몸이 뭔가 새롭고 알 수 없는 느낌으로 가득 차 있다고 느꼈다.

얼마 후 그는 침대에 앉아 정원에서 작은 새들의 조용한 지저귐과 가슴속에서 커져가는 이상한 감정에 귀를 기울였다.

'무슨 일일까?' 하고 생각했고, 그 순간에 그의 기억 속에는 어제 어스름 녘에 오래된 물레방아 옆에서 에벨리나가 했던 "넌 참 바보 같구나! 정말로 너는 이것에 관해 한 번도 생각해본 적이 없니?"라는 말이 떠올랐다.

사실이다. 그는 이것에 관해 한 번도 생각해본 적이 없었다. 그녀가 곁에 있어서 기뻤지만 어제까지 그는 마치 우리가 숨 쉬는 공기를 느끼지 못하듯이 이것을 인식하지 못했다. 이 평범한 말들이 마치 높은 곳에서 거울 같은 수면으로 돌이 떨어지듯이 그의 영혼 속으로 떨어졌다. 수면은 잠시 동안은 잔잔하고 평온하게 햇빛과 푸른 하늘을 비추지만…… 한 번의 타격으로 그것은 밑바닥까지 요동친다.

이제 그는 새로운 기분으로 깨어났고 그녀, 즉 그의 오랜 여자 친구도 새로운 빛 속에서 나타났다. 어제 일어났던 일들을 아주 세세한 부분까지 모두 떠올리면서 그는 기억 속에 상상을 일으켰던 그녀의 새로운 목소리의 음조에 귀를 기울였다. "사랑한다면…… 넌 참 바보 같구나!"

그는 재빨리 자리에서 일어나 옷을 입고 이슬이 맺힌 정원의 작은 길을 따라 오래된 물레방아로 달려갔다. 어제처럼 물이 졸졸 흐르고 귀룽나무들이 속삭이고 있었다. 어제는 어두웠지만 지금은 밝은 아침 햇살이 비치고 있었다. 그는 지금까지 그렇게 밝은 빛을 느껴본 적이 없었다. 촉촉한 향기와 아침의 신선함과 함께 그의 신경을 간질이는 봄날의 화사한 햇살이 그에게로 들어왔다.

II

저택 전체가 어쩐지 밝아지고 상쾌해졌다. 안나 미하일로브나는 스스로 젊어진 듯했고, 막심은 비록 가끔 담배 연기 속에서 스쳐 지나가는 폭풍우의 메아리처럼 투덜거렸지만 농담을 자주했다. 그는 많은 사람이 아마도 인생을 결혼식으로 종결되는 나쁜 소설과 유사한 어떤 것으로 여기지만, 세상에는 다른 사람들이 자유롭게 생각할 수 있는 그런 것이 많이 있다고 말했다. 매끈하고 멋진 회색 머리와 불그스레한 얼굴을 지닌, 아주 재미있고 둥실둥실해진 귀족 포펠스키는 이번에도 아마 자기 식대로 이런 말들을 해석하면서 막심과 의견을 같이했고, 아주 잘되어가고 있는 자기 사업을 위해 일어섰다. 젊은이들은 웃음을 지으며 뭔가 계획을 짜는 데 골몰했다. 표트르는 이제 진지하게 음악 교육을 받아야 했다.

추수도 이미 끝나고 들판에는 거미줄들이 햇빛을 받아 황금빛으로 반짝이는 한가롭고 나른하며 화창한 어느 가을날(인디언 서머*)에 포펠스키 가족은 스타브루첸코 집으로 향했다. 스타브루코보 영지는 포펠스키 저택에서 70베르스타 정도 떨어져 있었지만, 도중에 주위 환경은 변화무쌍했다. 볼린과 프리부쥐예에서도 여전히 보였던 카르파트 산맥의 끝자락은 이내 시야에서 사라졌고, 우크라이나의 초원 경치로 바뀌었다. 여기저기 골짜기로 잘려나간 이 평원에는 정원과 텃밭을 갖춘 마을들이 있었고, 지평선을 따라 이곳저곳에 오래전에 파헤쳐지고 지금은 누런 그루터기들로 둘러싸여 있는 높다란 무덤들이 눈에 들어왔다.

이런 먼 여행은 대체로 가족의 일상에서 흔치 않은 일이었다. 잘 알고 있는 마을과 자신이 완전히 터득한 가까운 들판을 넘어서자 표트르는 망연자실해졌고, 앞을 못 본다는 사실을 절실히 느끼고는 과민하

---

* 늦여름에서 초가을로 넘어가기 직전 마치 여름이 되돌아온 듯 따가운 날씨가 지속되는 며칠의 짧은 기간.

고 불안해졌다. 그럼에도 불구하고 그는 흔쾌히 초대를 받아들였다. 처음으로 자신의 감정과 솟구치는 재능의 힘을 인식했던 잊지 못할 저녁 이후, 그는 자신을 사로잡는 외부 세계의 어렴풋하고 불확실한 뭔가를 웬일인지 훨씬 과감하게 마주하게 되었다. 그것은 그의 상상 속에서 점점 더 확대되며 그에게 손을 뻗치기 시작했다.

아주 활기차게 며칠이 지나갔다. 표트르는 이제 젊은이들 사이에서 훨씬 자유롭게 느껴졌다. 그는 스타브루첸코 큰아들의 자신만만한 연주와 음악원과 수도의 음악회에 관한 이야기를 열렬히 갈망하며 들었다. 표트르는 젊은 주인이 자신의 덜 연마되었지만 강렬한 음악적 감성에 대해 열광적인 칭찬을 늘어놓자 얼굴이 붉어졌다. 이제 그는 더 이상 떨어진 구석에 잠자코 있지 않고 다소 절제하며 동등하게 공동의 대화에 끼어들었다. 얼마 전의 냉징한 겸손과 경계는 에벨리나에게서도 사라진 듯했다. 그녀는 유쾌하고 자유롭게 행동하고, 전에 없이 돌연 쾌활하여 모든 사람을 즐겁게 만들었다.

저택에서 10베르스타 정도 떨어진 곳에 그 지역에서 아주 유명한 오래된 N 수도원이 있었다. 한때 그곳이 지역의 역사에서 중요한 역할을 수행할 때, 수차례나 메뚜기 떼 같은 타타르의 무리가 수많은 화살을 벽에다 쏘아대며 그것을 에워쌌고, 때로는 폴란드 연합부대들이 결사적으로 벽을 타고 기어올랐으며, 반대로 카자크들은 함락된 그들의 요새를 되찾기 위해 맹렬하게 돌격했다…… 이제 오래된 탑들은 폐허가 되었고, 벽들은 수도원의 텃밭을 주위의 농부들이 기르는 가축의 침입으로부터 보호하기 위해 단순한 말뚝들로 교체되었으며, 드넓은 구덩이의 깊은 곳에는 기장이 자라고 있었다.

어느 늦가을 아늑하고 화창한 날에 주인들과 손님들은 이 수도원으로 향했다. 막심과 여자들은 커다란 돛단배처럼 높은 스프링 위에서 흔들거리는 넓은 구식 마차를 타고 갔다. 표트르를 비롯한 젊은이들은 말을 타고 갔다.

맹인 청년은 다른 말들의 발굽 소리와 앞서가는 마차의 바퀴 소리에 귀를 기울이며 솜씨 있고 자유롭게 말을 타고 갔다. 자유롭고 과감하게 말을 타고 가는 모습에서 그가 길을 보지 못하고 단지 말의 본능에 의지해서 가고 있다는 상상은 할 수 없었다. 안나 미하일로브나는 낯선 말과 모르는 길을 걱정하면서 처음에는 약간 불안하게 아들을 둘러보았고, 막심은 스승의 자만심과 아낙네의 공포에 대한 남정네의 비웃음을 띠고 곁눈질로 그를 바라보았다.

"아시는지요……" 대학생이 마차로 다가가서 말했다. "저에게 지금 아주 흥미진진한 묘지가 떠올랐습니다. 그 얘기를 수도원의 문서고에서 알게 되었습니다. 원하신다면 둘러보고 가시죠. 여기서 멀지 않은 마을 끝자락에 있습니다."

"도대체 무엇 때문에 당신에게는 그렇게 슬픈 기억이 떠올랐지요?" 에벨리나가 웃으며 물었다.

"질문에 대한 대답은 나중에 드리지요! 콜로드냐로, 오스탑의 텃밭으로 갑시다! 여기 돌 수 있는 데서 멈추게!" 그는 마부에게 소리치고 말을 돌려세운 다음 다른 나머지 동료들에게 달려갔다.

잠시 후 커다란 구식 마차가 뿌연 먼지 속에서 바퀴를 삐거덕대고 흔들거리며 좁은 길을 따라 지나갔고, 젊은이들은 그 곁을 빠르게 내달려 울타리에 말들을 매어놓고 서둘러 앞으로 나아갔다. 그들 중 두 사람이 마차에서 내리는 여인들을 돕기 위해 마중을 나갔고, 표트르는 안장 머리에 기대서, 평소처럼 낯선 장소에서 자신의 자리를 최대한 정하기 위해 머리를 숙이고 귀를 기울였다.

그에게 화창한 가을날은 낮의 선명한 소리들로만 활기를 띠는 어두운 밤이었다. 그는 길에서 가까워지는 마차의 삐꺼덕거리는 소리와 그것을 맞이하는 젊은이들의 유쾌한 농담을 들었다. 그 옆에서는 말들이 철제 굴레를 쩔렁거리며 울타리 너머 정원의 높이 자란 잡초 쪽으로 고개를 뻗었다…… 멀지 않은 어딘가에서, 아마도 밭이랑 위에서 가벼운 산들바람에 실려 조용한 노랫소리가 들려왔다. 정원의 나뭇잎들이 사각거렸고, 어딘가에서 황새가 울부짖으며 날개를 퍼덕거렸고, 갑자기 뭔가를 기억한 듯이 수탉이 소리쳤으며, 우물의 물 장대가 삐걱거렸다. 이 모든 것에서 분주한 마을이 가까워지고 있다는 것이 느껴졌다.

실제로 그들은 마을 어귀에 있는 정원의 울타리 근처에서 멈췄다…… 더 멀리서 들려오는 소리 가운데 가장 분명하게 들리는 것은 수도원의 높고 가느다란 규칙적인 종소리였다. 표트르는 이 종소리로, 혹은 바람 소리로, 어쩌면 자신이 알 수 없는 신호에 따라 저쪽, 수도원 너머 어딘가에서, 어쩌면 강변에서 땅이 갑자기 절단되는 느낌을 받았다. 강 건너에는 고요한 삶의 불확실하고 포착하기 힘든 소리들이 가득한 평원이 멀리 펼쳐져 있었다. 이 소리들은 그에게 간헐적이고 약하게 들려왔는데, 멀리서 들려오는 소리에서 마치 저녁 안개 속 먼 곳의 윤곽이 아른거리듯이 불분명한 뭔가가 깜박였다……

바람은 그의 모자 아래로 흘러내린 머리채를 흔들었고, 마치 아이올로스 하프*의 길게 끄는 소리처럼 그의 귓가를 지나갔다. 어떤 어렴풋한 추억이 그의 기억 속에 떠돌았다. 과거의 망각으로부터 상상이 끄

---

* 그리스 신화에 나오는 바람의 신 아이올로스(Aeolos)의 이름을 땄고, 가는 통에 6개 이상의 거트현을 맨 악기로 바람의 강약에 따라 음색이 변하고 그 효과가 매우 낭만적임.

집어낸 먼 어린 시절의 순간들이 바람, 감촉 그리고 소리의 형태로 되살아났다. 멀리서 들리는 소리와 노랫가락들과 뒤섞인 이 바람은 그에게 이 땅의 과거 혹은 그 자신의 과거 혹은 불확실하고 캄캄한 그의 미래에 관한 어떤 오래된 슬픈 동화를 들려주는 듯했다.

잠시 후 마차가 도착했고, 모두 내려서 울타리의 쪽문을 지나 텃밭으로 들어갔다. 잔디와 잡초가 무성한 구석에는 거의 땅속에 파묻힌 넓은 비석이 놓여 있었다. 붉은 장밋빛의 꽃봉오리를 지닌 엉겅퀴의 푸른 잎, 넓은 우엉 잎사귀, 가는 대의 독보리가 풀 속에서 돋보였고, 바람에 조용히 흔들렸으며, 표트르에게는 무성한 무덤 위에서 그들의 어렴풋한 속삭임이 들렸다.

"우리는 불과 얼마 전에 이 기념비의 존재를 알았습니다." 젊은 스타브루첸코가 말했다. "그런데 이 아래 누가 묻혀 있는지 아십니까? 한때 명예로운 무사이자 노회한 지도자 이그나트 카르이……"

"그렇다면 이곳이 노회한 투사가 잠든 곳이란 말인가?" 막심은 생각에 잠기며 말했다. "그가 어떻게 이곳으로, 콜로드냐로 왔는가?"

"1700년경 카자크들이 타타르족과 함께 폴란드 군대에 장악되었던 이 수도원을 포위했지요…… 아시다시피 타타르는 언제나 위험천만한 동맹군이었지요…… 아마도 폴란드 군대는 공후를 매수하는 데 성공했고, 어느 날 밤 타타르들은 폴란드 군대와 동시에 카자크들을 공격했습니다. 이곳 콜로드냐 부근의 어둠 속에서 잔인한 전투가 벌어졌습니다. 타타르들은 격파되고 수도원은 되찾아졌지만, 카자크들은 야간 전투에서 자신들의 지도자를 잃은 듯합니다."

"이 이야기 속에는," 젊은이는 진지하게 말을 이어갔다. "우리가 이곳에서 또 다른 비석을 찾지는 못했을지라도 또 한 명의 인물이 있습니다. 우리가 수도원에서 발견한 옛 기록에 따르면 카르이 옆에 젊은 반두라 연주자가 묻혔는데…… 그는 원정에서 장군을 보좌했던 맹인이었다고 합니다……"

"맹인이? 원정을?" 안나 미하일로브나는 의아해했는데, 그 순간 무서운 야간 전투 속의 자기 아들이 떠올랐다.

"그렇습니다, 맹인이었습니다. 그는 자포로쥐예에서 명성이 높은 가수였던 것 같습니다…… 최소한 독특한 폴란드-소러시아-교회슬라브어로 이 모든 이야기를 전해주는 기록에 그렇게 나와 있습니다. 제가 기억을 더듬어 말해보겠습니다. 카르이와 함께 항상 그의 곁을 지키고 진심으로 사랑받았던 유명한 카자크 가수 유르코가 있었습니다. 이교 세력은 카르이를 살해하고 불구자에게 자비를 베풀지 않는 이교적 믿음의 관례에 따라 유르코를 잔인하게 죽였습니다. 초원의 늑대들조차도 순하게 만드는 뛰어난 노래와 연주 솜씨를 이교도들은 한밤의 공격에서 소중히 여기지 않았지요. 그래서 무사와 가수는 나란히 누웠으니, 그들의 명예로운 죽음은 영원히 잊히지 않고 영광될 것입니다, 아멘……"

"비석이 상당히 넓군요!" 누군가가 말했다. "아마 그 두 사람이 함께 이곳에 잠들어 있는 것 같습니다……"

"실제로 그렇습니다만 비문은 이끼에 가려졌지요…… 여기 위쪽에 전곤(戰棍)*과 하얀 말꼬리가 달린 지팡이가 보입니다. 나머지는 전부 이끼로 뒤덮였습니다."

"잠깐만요," 모든 얘기를 흥분에 휩싸여 들었던 표트르가 말했다.

---

* 카자크 수장의 권표였던 철퇴.

그는 비석으로 다가가 무릎을 꿇고 앉아 가냘픈 손가락으로 비석 표면을 덮고 있는 푸른 이끼 층을 헤집었다. 그는 비석에 새겨진 비문의 단단한 돌기들을 찬찬히 더듬었다.

잠시 그렇게 앉아 있다가 얼굴을 들고 눈썹을 치켜뜨며 비문을 읽기 시작했다.

"……카르이로 칭해진 이그나트는…… 신의 뜻에 따라…… 타타르의 화살을 맞고 쓰러졌다……"

"우리가 이미 알고 있는 얘기죠." 대학생이 말했다.

맹인 청년의 신경이 곤두서고, 관절을 구부린 손가락들은 아래로 더듬어 내려갔다.

"카르이를 살해하고……"

"이교 세력은……" 대학생이 덧붙였다. "이 말은 유르코의 죽음에 대한 기록에도 있습니다…… 따라서 그도 여기에 하나의 비석 아래 누워 있다는 말이죠……"

"맞아요, '이교 세력은'," 표트르가 읽었다. "나머지는 사라졌습니다…… 잠깐만요, 여기 '아직 타타르의 칼에 목이 베어졌다'…… 또 다른 말이 있는 듯한데…… 근데 더 이상은 남아 있지 않습니다."

실제로 반두라 연주자에 대한 더 이상의 기억은 150여 년의 세월 속에서 상실되었다……

잠시 깊은 침묵이 흘렀고, 단지 나뭇잎들만이 사각거렸다. 침묵은 길게 늘어진 경건한 숨소리로 깨졌다. 텃밭의 주인이자 노회한 수령의 마지막 거처의 소유자인 오스탑이 손님들에게 다가와 위로 향하고 움직이지 않는 눈동자를 지닌 젊은이가 긴 세월과 모진 비바람에 씻겨 사라져가는 비문을 손으로 더듬어 읽는 것을 상당히 놀란 표정으로 바라보았다.

"신의 은총입니다." 경이에 차서, 표트르를 바라보며 그가 말했다. "눈으로 볼 수 없는 것을 맹인이 알 수 있도록 하신 것은 신의 은총입니다."

"이제 알겠지요, 에벨리나, 나에게 반두라 연주자 유르코가 떠오른 이유를?" 오래된 마차가 먼지가 일어나는 길을 따라 수도원을 향해 다시 천천히 움직이기 시작할 때 대학생이 물었다. "저와 형은 맹인이 어떻게 카르이와 그의 기병대를 따라다닐 수 있었을까 의아했습니다. 당시에 아직 그가 자포로쥐예 군대의 사령관이 아니라 평범한 지휘관이라고 해도 말입니다. 하지만 그는 언제나 평범한 보병이 아니라 카자크 기병대를 지휘한 것으로 유명합니다. 보통 반두라 연주자들은 구걸을 위해 노래를 하며 이 마을 저 마을로 떠돌아다니는 가난한 노인네들이었습니다…… 오늘에서야 표트르의 시선과 나의 상상 속에서 등에 무기 대신에 반두라를 지고 말을 타고 있는 맹인 유르코의 형상이 떠올랐습니다……"

"아마도 그는 전투에 참여했을 겁니다…… 원정에도, 모든 경우에, 위험한 일에도 역시……" 젊은이는 신중하게 말을 이었다. "우리 우크라이나에 그런 시절들이 있었지요!"

"너무나 무서운 일입니다." 안나 미하일로브나가 한숨을 쉬었다.

"상당히 멋진 일이었습니다." 젊은이가 반박했다……

"이제 그런 일은 없습니다." 마차로 다가가며 표트르가 단호하게 말했다. 그는 눈썹을 치켜올리고 다른 말들의 발굽 소리에 주의하면서 마차와 나란히 말을 몰고 갔다…… 그의 얼굴은 깊은 내적 동요를 드러내며 평소보다 더 창백해졌다…… "이제 이 모든 것은 이미 사라졌습니다." 그는 되풀이해서 말했다.

"사라져야 할 것이 사라진 거지." 막심은 어쩐지 냉정하게 말했다.
"그들은 자기 식대로 살았고, 여러분도 자신의 삶을 추구해야죠."

"좋은 말씀입니다." 대학생이 대답했다. "당신은 삶에서 자신의 것
을 얻으셨지요……"

"그렇지, 삶도 나의 것을 가져갔지." 늙은 가리발디주의자는 자기
의 목발을 바라보며 쓸쓸한 미소를 지었다.

그다음 침묵을 지키다 그가 덧붙였다.

"나도 언젠가 자포로쥐예 카자크 병영에 대해, 그것의 용맹스러운
삶과 자유에 대해 꿈꾸었고…… 터키의 사득* 세력에 가담했었지."

"그래서 어떻게 되었나요?" 젊은이들이 활기차게 질문했다.

"자유로운 카자크들이 터키의 독재 정권에 복무하는 것을 보고서
꿈에서 깨어났다네…… 역사적 가장무도회이고 사기 행각이었지! 역사
가 이 모든 넝마를 뒤뜰에 이미 버렸고, 중요한 것은 멋진 형식이 아니
라 목적에 있다는 점을 깨달았지…… 그때 나는 또한 이탈리아로 떠났
다네…… 언어도 알지 못했지만, 나는 그들의 지향을 위해 목숨을 바
칠 각오가 되어 있었다네."

막심은 진지하고 상당히 엄숙하게 말했다. 스타브루첸코 부자 사
이에 일어났던 열띤 논쟁에 그는 평소 끼어들지 않고 단지 슬쩍 웃음만
지었는데, 자신을 동지로 여기는 젊은이들의 호소에 온화한 미소를 보
냈다. 하지만 모든 사람을 갑자기 활기차게 만든 이끼가 무성한 오래된
비석에 관한 이 감동적 이야기의 반향에 영향을 받은 막심은 그 외에도

---

* 사득-파샤라는 이름으로 유명한 우크라이나인 낭만주의자 차이콥스키로 터키에서 독립
  적 정치 세력으로 카자크를 조직하려고 했음.

과거의 이야기가 그것에 가깝고, 실제적인 표트르의 얼굴에 신기하게 영향을 끼치고 있다는 점을 느꼈다……

이번에는 젊은이들이 이견을 드러내지 않았다. 아마도 몇 분 동안 오스탑의 텃밭에서 경험한 생생한 느낌 때문이었을 것이다. 비석은 과거의 죽음에 대해 아주 분명하게 말해주고 있었다. 어쩌면 존경심을 자아내는 늙은 베테랑의 진정성 때문이었을 것이다……

"우리에게 남은 것은 무엇인가요?" 잠시 침묵한 후에 대학생이 물었다.

"영원한 투쟁이지."

"어디서? 어떤 형식으로 말입니까?"

"찾아보게나." 막심이 간단하게 답했다.

막심은 약간 비웃는 듯한 평소의 말투를 섭고 아주 진지하게 말하려고 했다. 하지만 이 주제를 심각하게 얘기할 시간이 이미 남아 있지 않았다…… 마차는 수도원의 정문에 도착했고, 대학생은 몸을 숙여 표트르의 말을 때맞춰 막아 세웠다. 그의 얼굴에는 마치 펼쳐져 있는 책에서처럼 심오한 흥분이 엿보였다.

III

수도원의 방문객들은 대개 오래된 교회를 둘러보고, 먼 경치가 펼쳐지는 종탑으로 올라갔다. 맑은 날에는 지평선 위로 드리워진 지방 도시의 흐릿한 윤곽과 드네프르강의 굽이들을 보려고 애썼다.

막심을 사제들의 방 가운데 하나의 문간에 남겨두고 나머지 사람들이 종탑의 잠긴 문가에 도달했을 때 해는 이미 기울고 있었다. 검은 승복을 입고 뾰족한 모자를 쓴 어리고 갸름한 예비 사제가 한 손에 잠긴 문의 자물쇠를 잡고 아치 모양의 입구에 서 있었다…… 그리고 좀 떨어진 곳에 마치 놀란 새 떼처럼 한 무리의 아이들이 서 있었다. 어린 예비 사제와 이 장난꾸러기들 사이에는 좀 전에 어떤 다툼이 있었던 것 같았다. 그들의 싸울 듯한 기세와 열쇠를 쥐고 있는 예비 사제의 모습으로 보건대 아이들은 방문객들의 뒤를 따라 종탑으로 들어가고 싶어하고, 예비 사제는 그들을 내쫓으려고 하는 듯했다. 그의 얼굴은 화가 나 있고 창백했으며, 두 뺨에는 붉은 기운이 돌았다.

어린 예비 사제의 눈은 다소 이상하게 움직이지 않았다…… 안나 미하일로브나가 그의 얼굴과 눈의 표정을 가장 먼저 알아채고 에벨리나의 손을 움찔하며 잡았다.

"맹인이네요." 에벨리나가 살짝 놀라며 속삭였다.

"쉬," 안나가 대답했다. "너도 이미 눈치챘구나?"

"네……"

예비 사제의 얼굴에서 어렵지 않게 표트르와 묘하게 닮은 점을 알아챌 수 있었다. 과민하고 창백한 얼굴, 부동의 맑은 눈동자, 놀란 곤충의 촉수처럼 모든 새로운 소리에 긴장하여 눈 위에서 번뜩이며 불안하게 움직이는 눈썹…… 그의 표정은 더 거칠고, 그의 모습은 더 투박했지만 그럴수록 훨씬 더 비슷해 보였다. 그가 손으로 움푹 꺼진 가슴을 부여잡고 낮은 소리로 기침을 해댈 때, 안나 미하일로브나는 마치 자기 앞에 환영이 나타난 듯 휘둥그레진 눈으로 그를 바라보았다……

그는 기침을 멈춘 뒤 문을 열고 문지방에 서서 약간 떨리는 목소리로 물었다.

"아이들은 없지요? 저리 꺼져, 빌어먹을 놈들아!" 그는 그들 쪽으로 온몸을 내밀었고, 젊은이들을 들여보내며 간교하고 탐욕스럽게 말했다. "종지기에게 적선을 좀 부탁드립니다…… 조심해서 들어가세요, 어둡습니다……"

모두 계단을 따라 올라갔다. 안나 미하일로브나는 이전엔 불편하고 가파른 길을 두려워했지만 이번엔 순순히 다른 사람들을 따라 올라갔다.

맹인 종지기는 문을 닫았다…… 빛은 사라졌고, 잠시 후 젊은이들이 밀치면서 원형의 사다리를 타고 올라가는 동안 아래에서 안나 미하일로브나는 겁을 먹고 서 있다가 두꺼운 벽돌 사이로 비스듬히 비쳐드는 흐릿한 빛줄기를 보게 되었다. 이 빛줄기의 반대편에서 약간 먼지가 덮인 울퉁불퉁한 형태의 돌들이 드러났다.

"아저씨, 아저씨, 들여보내주세요." 문 뒤에서 아이들의 가느다란 목소리가 울렸다. "들여보내주세요, 아저씨, 제발!"

종지기는 화가 나서 문 쪽으로 달려가 주먹으로 철판을 격렬하게 두드렸다.

"썩 꺼져, 꺼지라고, 빌어먹을 놈들아…… 벼락에 맞아 죽을 놈들 같으니라고!" 그는 분노에 차서 숨을 헐떡이며 소리쳤다……

"눈먼 악마야," 갑자기 목소리들이 울리고 문 뒤에서 여러 명의 발소리가 들렸다……

종지기는 귀를 기울인 뒤 한숨을 돌렸다.

"이런 망할 놈들…… 빌어먹을 놈들, 병에 걸려 죽을 놈들…… 주여! 주여, 신이시여! 자비를 베푸소서……" 그는 전혀 다른 목소리로, 즉 갑자기 너무나 힘겹고 괴로운 인간의 절망 섞인 목소리로 말했다.

"여기 누구시죠? 왜 남아 있지요?" 첫 계단에서 머뭇거리고 있는 안나 미하일로브나를 부축하며 종지기가 날카롭게 물었다.

"올라가세요, 올라가십시오, 괜찮습니다." 그는 부드럽게 덧붙였다. "잠깐만요, 저를 잡으세요…… 종지기에게 적선을 하실 거죠?" 그는 이전의 기분 나쁜 간교한 목소리로 재차 물었다.

안나 미하일로브나는 어둠 속에서 지갑을 뒤져 지폐를 꺼내 그에게 주었다. 맹인은 자신에게 건넨 손에서 재빨리 지폐를 낚아챘다. 그들이 이미 다다른 희미한 불빛 아래서, 그녀는 종지기가 지폐를 뺨에 부치고 손가락으로 더듬는 것을 보았다. 아들의 얼굴을 상당히 많이 닮은, 불빛에 이상하게 비춰지는 창백한 얼굴은 순진하고 탐욕스러운 기쁨으로 갑자기 일그러졌다.

"감사합니다. 정말 감사합니다. 진짜 지폐군요…… 저는 당신이 저를 놀리는 줄…… 맹인을 놀리는 일이…… 다른 사람들은 자주 놀려대곤 한답니다."

불행한 여인의 얼굴 전체가 흐르는 눈물로 젖어들었다. 그녀는 재빨리 눈물을 훔치고 위로 올라갔다. 그곳에서는 마치 벽 너머에서 떨어지는 물소리처럼 그녀를 앞질러 간 사람들의 울리는 발걸음 소리와 뒤섞인 목소리들이 들려왔다.

모퉁이 한곳에서 젊은이들이 멈춰 섰다. 그들은 이미 상당히 높이 올라갔고, 좁은 창문으로 아주 신선한 공기와 함께 비록 산란될지라도 훨씬 선명한 빛줄기가 들어왔다. 그 아래 상당히 매끈한 벽에는 어떤 서명들이 새겨져 있었다. 그것은 대부분 방문자들의 이름이었다.

자신들이 알고 있는 사람들의 이름을 발견한 젊은이들은 기뻐서 웃고 떠들었다.

"이런 경구도 있네요." 대학생은 알아채고 약간 힘들게 읽었다. "시작은 창대하나 끝은 미약하리라…… 분명 우리의 등정을 말하는 것 같네요." 그가 장난스럽게 덧붙였다.

"좋을 대로 해석하시오." 그에게 귀를 돌리며 종지기가 거칠게 대답했고, 종지기의 눈썹이 신속하고 불안하게 움직였다. "좀더 아래에 시구가 있습니다. 읽어보시죠……"

"어디에 시구가? 아무 문장도 없습니다."

"당신은 없다고 확신하는 건가요? 분명히 말하건대 있답니다. 볼 수 있는 여러분에게도 보이지 않는 것이 많이 있지요……"

종지기는 두 계단 아래로 내려서서 이미 한낮의 마지막 흐릿한 반사 빛이 사라진 어둠 속을 손으로 더듬으며 말했다.

"바로 여기 있습니다. 훌륭한 시구입니다. 전등 없이는 읽을 수 없지요……"

표트르는 그에게로 다가가 손으로 벽을 더듬어 아마도 100여 년 전에 이미 죽은 사람이 벽에 새겨둔 냉혹한 경구를 찾아냈다.

　　　죽음의 순간을 기억하라,

　　　심판의 날을 기억하라,

　　　삶의 종말을 기억하라,

　　　영원한 고통을 기억하라……

"멋진 경구네요." 대학생이 농담을 하려고 했으나, 별 효과가 없었다.

"맘에 들지 않아요." 종지기는 악의적으로 말했다. "물론 당신은 아직 어리고, 하지만…… 알고 있지요. 죽음의 순간은 밤도둑처럼 다가옵니다…… 훌륭한 시구입니다." 그는 다시 약간 다르게 덧붙였다…… "죽음의 순간을 기억하라, 심판의 날을 기억하라…… 그렇습니다, 뭔가가 다음에 일어날 것입니다." 그는 또다시 상당히 악의적으로 말을 맺었다.

계단을 몇 개 더 오른 뒤에 그들은 모두 종탑의 첫번째 출입구로 나아갔다. 그곳은 이미 상당히 높았지만 벽의 구멍은 훨씬 더 불편한 통로를 통해 위로 연결되어 있었다. 마지막 출입구에서는 넓고 멋진 광경이 펼쳐졌다. 해가 서쪽의 지평선 너머로 기울고 있었고, 아래로 긴 그림자가 드리워졌으며, 동쪽에는 두꺼운 구름이 걸려 있고, 저녁 안개 속에서 먼 경치는 아득해졌으며, 비스듬한 빛줄기만이 푸른 그늘 속에서 토담집의 회색 벽과 홍옥처럼 불타는 창문과 먼 종탑의 살아 있는 불꽃같은 십자가를 비추었다.

모두가 침묵했다. 대지의 증기에서 자유롭고 깨끗하며 드높은 바람이 종의 밧줄을 흔들며 공중으로 불었고, 때때로 종들 속으로 들어가 긴 메아리를 일으켰다. 종들은 나지막이 깊은 금속음을 냈고, 그 너머에서 종잡을 수 없는 먼 음악 소리 혹은 구리의 깊은 한숨 소리 같은 뭔가가 들렸다.

하지만 소수의 방문객 사이에 내렸던 침묵은 또 다른 이유가 있었다. 고도감과 무력감에서 생겨난 듯한 어떤 공통의 충동으로 두 맹인은 계단의 구석으로 다가가 두 손으로 기대서 얼굴을 돌려 고요한 저녁 바람을 맞았다.

이제 두 사람의 야릇한 닮음은 모든 사람의 눈에 들어왔다. 종지기가 약간 더 나이가 많았다. 통 넓은 사제복이 마른 몸에 주름져 걸쳐져 있었고, 얼굴의 윤곽은 더 거칠고 날카로웠다. 눈여겨보면 차이점이 드러났다. 종지기는 금발에, 약간의 매부리코와 표트르에 비해 가냘픈 입술을 지녔다. 입술 위에는 수염이 나 있고, 곱슬한 구레나룻이 아래턱을 감싸고 있었다. 하지만 몸동작과 입술의 과민한 주름 그리고 끝없는 눈썹의 움직임에서는 놀라운, 그로 인해 많은 꼽추가 형제처럼 생각되는, 마치 형제 같은 유사성이 드러났다.

표트르의 얼굴은 좀더 편안했다. 그의 얼굴에는 종지기에게서 보이는 날카로운 신경질과 때로는 분노로 강하게 표현되는 습관적 슬픔이 나타났다. 하지만 지금 종지기는 안정되어 보였다. 부드러운 바람결이 눈에 띄지 않는 모든 장면 속에 드리우는 고요한 평안을 그의 얼굴에 불어넣어 모든 주름을 펴준 듯했다…… 눈썹은 점점 조용히 움직였다. 하지만 그 순간 다른 사람에게 들리지 않는 어떤 소리를 계곡 아래쪽에서 들은 것처럼 두 사람의 눈썹이 동시에 다시 움직이기 시작했다.

"교회 종이 울리고 있어요." 표트르가 말했다.

"15베르스타 떨어져 있는 예고르 교회의 종소리입니다." 종지기가 설명했다. "그곳의 저녁 예배는 항상 저희보다 30분 먼저 시작됩니다…… 들려요? 제게도 들립니다. 빠르지요, 다른 사람들은 듣지 못합니다…… 여기는 참 좋습니다." 그는 꿈꾸듯이 말했다. "축일에는 특히 좋아요. 제가 치는 종소리를 들어보셨습니까?"

질문에는 순진한 허풍이 섞여 있었다.

"한번 들으러 오세요. 팜필리 신부…… 팜필리 신부님을 아십니까? 그분께서 저를 위해 이곳에 작은 종을 두 개나 기부하셨답니다."

그는 벽에서 떨어져 아직 다른 종들처럼 어두워지지 않은 작은 종 두 개를 사랑스럽게 쓰다듬었다.

"멋진 종입니다…… 아주 멋지게 울리지요, 아주 멋지게…… 특히 부활절쯤에요."

그는 손에 밧줄을 잡고 손가락을 재빠르게 움직여 두 개의 종을 미세한 가락으로 울렸다. 추들의 접촉이 아주 가볍고, 동시에 아주 분명해 울림은 모두에게 들렸지만 소리는 종탑 출입구 너머로는 퍼져 나가지 않는 듯했다.

"자, 들어보세요, 댕, 댕, 댕……"

이제 그의 얼굴에는 순진무구한 기쁨이 피어났지만, 그 속에는 애처롭고 고통스러운 뭔가가 서려 있었다.

"종을 기부해주셨지요." 그가 갑자기 한숨을 내쉬며 말했다. "털외투는 새로 장만해주지 않았어요. 인색하지요! 종탑에서 추위 감기가 들었어요…… 가을에는 더 나빠져요…… 아주 춥지요……"

그는 멈추고 귀를 기울이며 말했다.

"절름발이 소년이 아래서 부릅니다. 내려가실 시간입니다."

"가시죠." 그때까지 홀린 듯 꼼짝 않고 종지기를 바라보던 에벨리나가 먼저 일어섰다.

젊은이들이 출구로 움직였고, 종지기는 위에 남았다. 표트르는 자기 엄마의 뒤를 따라 나서다 갑자기 멈춰 섰다.

"가세요." 그는 엄마에게 명령조로 말했다. "저는 잠깐만."

발소리가 조용해졌고, 에벨리나만이 안나 미하일로브나를 지나가게 하고, 벽에 기대서서 숨을 죽였다.

두 맹인은 자신들만 위에 남았다고 생각했다. 잠시 동안 그들은 움직이지 않고 어색하게 서서 뭔가에 귀를 기울였다.

"누가 여기에 있는 거죠?" 종지기가 물었다.

"접니다……"

"당신도 맹인인가요?"

"네, 맹인입니다. 오래되었나요?" 표트르가 물었다.

"태어날 때부터 그랬습니다." 종지기가 대답했다. "로만이라고 또 다른 맹인이 있는데, 그는 일곱 살 때 눈이 멀었습니다…… 당신은 밤낮을 구분할 수 있나요?"

"네, 할 수 있어요."

"저도 할 수 있습니다. 날이 밝아오는 것을 느낍니다. 로만은 구분하지 못하지만 그에게는 더 쉬울 겁니다."

"왜 더 쉽죠?" 표트르가 활기차게 물었다.

"왜냐고요? 이유를 모르겠어요? 그는 빛을 보았고, 어머니도 기억하고 있어요. 밤에 잠들면, 어머니가 꿈에 나타나지요…… 지금 어머니는 나이가 들었지만, 그의 꿈에는 언제나 젊은 모습으로 나타나지요…… 근데 꿈을 꾸나요?"

"아니요." 표트르는 낮은 소리로 대답했다.

"그렇지요, 꿈을 꾸지 못하지요. 나중에 눈이 먼 사람에게나 꿈을 꾸는 것이 가능하지요. 하지만 태어날 때부터 눈이 먼 사람은!……"

표트르는 마치 얼굴에 먹구름이 몰려온 듯 음울하게 어두운 표정으로 서 있었다. 종지기도 갑자기 눈썹을 치켜떴고, 그 속에서 에벨리나가 잘 알고 있는 맹인의 고통스러운 표정이 드러났다.

"한두 번 죄를 짓는 게 아니지요…… 주여, 창조주여, 성모여, 꿈속에서라도 단 한 번만 빛의 기쁨을 맛보게 해주소서……"

종지기의 얼굴은 일그러졌고, 이전처럼 짜증스러운 표정으로 말했다.

"불가능합니다. 허락해주지 않을 겁니다. 뭔가가 꿈꿔지지만 날이 밝으면 잠에서 깨고 기억하지 못하지요……"

그는 갑자기 말을 멈추고 귀를 기울였다. 그의 얼굴은 창백해지고 표정이 일그러졌다.

"악마들이 들어왔네요." 그는 분노에 찬 목소리로 말했다.

정말로 아래의 좁은 통로에서 법석대는 소란, 아이들의 발걸음 소리와 외침 소리가 들려왔다. 소리들은 순식간에 조용해졌는데, 무리가 중간 출입구로 몰려 나갔고, 소음도 바깥으로 퍼져 나간 듯했다. 하지만 그다음에 어두운 통로가 나팔처럼 울렸고, 아이들의 떼거리가 에벨리나를 지나쳐 앞서거니 뒤서거니 줄달음쳐 갔다. 위 계단에서 아이들은 순간적으로 멈췄고, 맹인 종지기 옆을 한 사람씩 몰래 지나갔다. 분노로 얼굴이 일그러진 종지기는 지나가는 아이들을 아무나 때리려고 애쓰며 움켜진 주먹을 되는대로 휘둘렀다.

어둠 속에서 갑자기 새로운 얼굴이 통로에 문득 나타났다. 로만이 분명했다. 그의 얼굴은 넓고 아주 선량하며 곰보였다. 감긴 눈동자는 눈 속에 푹 꺼져 있고, 입술에는 선한 웃음기가 배어 있었다. 그는 벽에 붙어 서 있는 에벨리나 곁을 지나 출입구로 올라갔다. 종지기의 휘두르는 팔이 옆에서 그의 목을 쳤다.

"예고르!" 그는 쾌활하고 깊은 목소리로 소리쳤다. "형님, 또 화가 나셨군요?"

그들은 부딪히고 서로를 더듬었다.

"악마들을 왜 들여보냈나?" 여전히 분노에 찬 목소리로 예고르는 소리시아어로 물었다.

"내버려두세요." 로만이 선량한 목소리로 대답했다. "신의 아이들입니다. 아이들을 놀라게 하지 마세요. 악마들아, 어디 있냐?"

아이들은 출입구 구석에 몸을 숨기고 앉아 있었고, 그들의 눈동자는 교활과 약간의 공포로 반짝거렸다.

에벨리나는 소리 나지 않게 어둠 속을 걸어 이미 첫번째 통로를 반쯤 내려갔다. 뒤에서는 두 맹인의 확신에 찬 발소리가 들렸고, 위에서는 함께 남은 로만에게 무리 지어 장난을 치는 아이들의 쾌활하고 날카로운 외침이 울렸다.

방문객들이 수도원의 정문을 조용히 빠져나오고 있을 때 종탑에서 첫번째 종소리가 울렸다. 로만이 저녁 예배를 알리려고 울리는 종소리였다.

해가 지고 저녁의 푸르스름한 어스름 속에 사라져가는 균등하고 적적힌 종소리를 들으며 마차는 어두워지는 들판을 따라 지나갔다.

집에 도착할 때까지 내내 모두는 침묵을 지켰다. 저녁에 오랫동안 표트르는 보이지 않았다. 그는 에벨리나의 부름에조차도 대답하지 않았고, 정원의 어두운 구석 어딘가에 앉아 있었고, 모두가 잠자리에 누웠을 때 방으로 더듬어 들어갔다.

IV

포펠스키 가족은 스타브루첸코 집에서 며칠 더 머물렀다. 시간이 흐르면서 표트르에게는 얼마 전의 기분이 되돌아왔다. 그는 활기를 되찾았고, 나름대로 즐거웠으며, 새로운 악기들로 연주를 시도해보았다. 스타브루첸코의 큰아들에게는 여러 종류의 악기들이 있었는데, 표트르는 그것들에 커다란 흥미를 느꼈다. 악기들이 지닌 독특한 소리는 독특한 감정의 색채를 표현할 수 있었다. 하지만 여전히 그에게는 음울한 기색이 남아 있었고, 유쾌한 기분 상태는 일반적인 좀더 어두운 배경 위에서 순간적인 불꽃처럼 두드러져 보였다.

무언의 약속이나 한 듯 아무도 수도원에서의 일화를 떠올리지 않았고, 이 방문은 마치 기억 속에서 완전히 사라져 잊힌 듯했다. 하지만 그것이 맹인 청년의 가슴에 깊은 자국을 남긴 것은 분명했다. 혼자 남거나 주위 사람들의 대화가 그의 관심을 끌지 못하는 침묵의 순간에 표트르는 깊은 상념에 잠겼고, 그의 얼굴에는 어쩐지 고뇌의 표정이 나타났다. 누구나 알고 있는 표정이었지만 이제는 훨씬 더 예리해 보였고…… 맹인 종지기를 강하게 연상시켰다.

그가 피아노에 앉아 연주를 할 때, 이제 연주에서는 높은 종탑에서 종의 작은 연타 소리와 구리의 긴 한숨 소리가 묻어났다…… 아무도 감히 말하지 못한 것이 모두의 상상 속에서 선명하게 그려졌다. 음침한 통로의 이동, 얼굴에 홍조를 띤 종지기의 갸름한 모습, 악의에 찬 외침과 운명에 대한 쓸쓸한 불평…… 또한 종탑에서 동일한 얼굴 표정과 민감한 눈썹의 동일한 움직임을 지닌, 동일한 자세의 두 맹인…… 가까운 사람들이 지금까지 표트르의 개인적인 특징으로 여겼던 것이 이제는 자신의 희생물들에게 동일하게 자신의 비밀스러운 권력을 뻗치려고 하는 어두운 세력의 공통 낙인이었다.

"들어봐, 아냐." 막심이 집으로 돌아오면서 여동생에게 물었다. "우리 여행 중에 무슨 일이 일어났는지 알고 있어? 표트르가 변하기 시작했다는 걸 난 알아."

"에후, 이 모든 것이 맹인 종지기와의 만남 때문이야." 안나 미하일로브나는 한숨을 쉬며 대답했다.

그녀는 얼마 전에 두 맹인의 운명을 최대한 보살펴달라고 부탁하며 팜필리 신부에게 보내는 편지와 함께 따뜻한 양털 외투 두 벌을 수도원으로 보냈다. 안나는 언제나 선량한 마음을 지니고 있었으나 처음에는 로만에 대해서 까맣게 잊고 있었고, 에벨리나가 두 맹인을 보살펴줘야 한다고 그녀에게 상기시켜주었다. "에고, 그렇지, 그래, 물론이야." 안나 미하일로브나는 대답했지만 그녀의 생각은 오직 하나인 듯했다. 그녀의 열렬한 동정에는 부분적으로 미신적 감정이 섞여 있었다. 그녀는 이런 회사를 통해 자기 아들의 머리 위로 이미 암흑의 그림자를 드리운 어두운 세력을 달랜다고 생각했다.

"어떤 맹인?" 막심은 놀라서 되물었다.

"바로 그…… 종탑에서 만났던……"

막심은 화가 나서 목발을 두드렸다.

"이런 빌어먹을, 다리도 없는 멍청이! 넌 내가 종탑에 올라가지 못했다는 걸 잊었니? 여자들이란 알 턱이 없지. 에벨리나, 너라도 종탑에서 무슨 일이 있었는지 분명하게 말 좀 해봐라."

"거기에," 마찬가지로 얼굴이 창백해진 에벨리나는 낮은 소리로 답했다. "맹인 종지기가 있어요…… 그리고 그는……"

그녀는 말을 멈췄다. 안나 미하일로브나는 눈물이 흐르는 달아오른 얼굴을 손바닥으로 가렸다.

"그는 표트르와 아주 비슷해요."

"너는 내게 아무것도 말하지 않았어! 또 무슨 일이 있었어? 그건 아직 비극의 충분한 원인이 못 돼, 아냐." 그는 가볍게 질책하며 덧붙였다.

"어휴, 너무 끔찍한 일이야." 안나 미하일로브나는 낮은 소리로 대답했다.

"뭐가 끔찍해? 맹인이 네 아들과 비슷한 것이?"

에벨리나는 의미심장하게 노인을 바라보았으나 그는 말이 없었다. 잠시 후에 안나 미하일로브나는 나갔고, 늘 그렇듯이 에벨리나만이 일감을 손에 쥔 채 남아 있었다.

"너, 모든 걸 말한 게 아니지?" 막심은 잠시 침묵 후에 물었다.

"네. 모두가 아래로 내려갔을 때, 표트르가 뒤에 남았어요. 그가 아냐 아줌마에게 다른 사람들과 함께 먼저 내려가라고 말했고, 그는 맹인과 남았어요. 그리고 저도…… 남았고요."

"엿들었구먼?" 늙은 선생은 거의 기계적으로 말했다.

"저는 떠날 수…… 없었어요……" 에벨리나가 조용히 대답했다. "그들은 서로서로 얘기를 나눴어요, 마치……"

"불행으로 맺어진 동지처럼?"

"맞아요, 맹인들로서…… 그다음에 예고르가 표트르에게 꿈에 엄마를 보았느냐고 물었어요. 표트르가 못 봤다고 대답했지요. 예고르도 못 본다더군요…… 또 다른 맹인 로만은 꿈에 젊은 자기 어머니를 본대요. 어머니는 이미 늙었는데……"

"그렇군! 그리고 또?"

에벨리나는 잠시 생각에 잠겼다가 갈등과 고통이 엿보이는 자신의 파란 눈을 들어 노인에게 말했다.

"로만은 선량하고 침착한 사람이에요. 얼굴은 슬퍼 보이지만 악의적이지 않고…… 그가 태어났을 때는 눈이 보였는데…… 하지만 다른 사람은…… 예고르는 아주 고통스러운데." 에벨리나가 갑자기 돌아섰다.

"솔직하게 말해봐라, 어서." 막심은 안달이 나서 끼어들었다. "예고르는 화를 잘 내니?"

"네. 그는 아이들을 때리려고 했고, 저주의 말을 퍼부었어요. 그런데 로만은 아이들을 사랑해요……"

"고통스러워하고, 표트르와 닮았다…… 알겠네." 막심이 생각에 잠겨 말했다.

에벨리나는 말을 멈추었다가 마치 말들이 힘겨운 내적 투쟁을 불러일으키듯이 다시 아주 조용히 말을 꺼냈다.

"두 사람의 얼굴은 닮지 않았고…… 생김새도 달라요…… 하지만 표정에는…… 예전에는 표트르에게 로만과 비슷한 표정이 적었는데, 이제는 두 사람이 점점 더 비슷해지는 것처럼 느껴지고…… 제가 두려운 것은…… 제 생각에……"

"두려운 것이 뭐니? 이리 오렴, 현명한 아가야." 막심은 유별나게 상냥하게 말했다.

에벨리나는 이 친절에 맘이 누그러져서 눈에 눈물을 머금은 채 그에게로 다가갔고, 그는 그녀의 비단결 같은 머릿결을 커다란 손으로 쓰다듬으며 말했다.

"뭘 생각하고 있니? 말해보렴. 네가 생각이 깊다는 걸 알고 있단다."

"제 생각에…… 표트르는 이제 태어날 때부터 맹인인 사람은 누구나 악의적이라고 간주해요…… 그리고 그는 자신도 역시…… 반드시 그럴 것이라고 확신했어요."

"그렇구나, 바로 그래……" 막심은 갑자기 손을 들면서 말했다.

"담뱃대 좀 주렴, 애야…… 바로 저기 있다, 창가에."

잠시 후 그의 머리 위로 푸른색 담배 연기가 피어올랐다.

"음…… 그래…… 좋지 않아." 그가 혼자 중얼거렸다. "내가 실수했어. 아냐가 옳았어. 한 번도 겪지 않은 것에 대해서도 슬퍼하고 고통스러워할 수 있어. 이제 본능에 의식이 결합하고 둘은 하나의 방향으로 나아가겠지. 골치 아픈 일이야…… 진실을 숨길 수는 없는 법이지…… 모든 것은 어디서건 드러나게 마련이야……"

그는 푸른 연기 속에 완전히 잠겼다…… 노인의 네모난 머리에서는 모종의 생각과 새로운 결정들이 끓어올랐다.

V

겨울이 왔다. 폭설이 내렸고, 길과 들판과 마을을 뒤덮었다. 저택도 온통 하얗게 변했고, 나무 위에는 뽀송뽀송한 눈송이들이 내려앉아 마치 정원이 다시 하얀 잎들로 갈아입은 듯했다…… 커다란 벽난로에서는 불이 소리를 내며 타고 있었고, 정원에서 들어오는 사람들은 모두 부드러운 눈의 신선함과 향기를 담아 왔다……

첫 겨울날의 서정을 맹인 청년도 나름대로 느꼈다. 아침에 일어나면 그는 언제나 특별한 활기를 감지했고, 부엌으로 들어서는 사람들의 발 구름과 문의 삐걱거림, 온 집 안에 퍼지는 예리하게 가까스로 느껴지는 기운, 정원에서 들리는 발소리, 그리고 모든 외부 소리의 독특한 차가움에서 겨울이 왔음을 깨달았다. 그가 이오힘과 함께 들판에 처음으로 썰매를 타러 나갔을 때, 그는 썰매가 씽씽거리는 소리와 강 너머

숲길과 들판에서 메아리치는 둔탁하고 탁탁거리는 소리를 기분 좋게 들었다.

하지만 이번에 첫눈이 내린 날은 그에게 커다란 슬픔만을 안겨주었다. 아침부터 높은 장화를 신고 그는 아무도 걷지 않은 작은 길을 따라 흐릿한 발자국을 내며 물레방아로 갔다.

정원은 아주 조용했다. 솜털처럼 부드러운 눈으로 덮인 얼어붙은 땅은 작은 소리조차 내지 않고 완전히 고요했다. 대신에 대기는 어쩐지 아주 특별히 민감했는데, 까마귀 소리, 도끼 소리, 가지 부러지는 가벼운 소리를 멀리까지 선명하고 충분하게 전달했다⋯⋯ 가끔씩 가장 높은 음으로 이동했다가 아주 먼 거리로 사라지는 듯한 유리 소리 같은 이상한 소리가 들렸다. 이것은 아이들이 아침나절에 얇은 첫 얼음 층이 덮인 마을의 연못에 돌을 던지는 소리였다.

저택의 연못도 얼어붙었으나 물레방아가 서 있는 곳의 느리고 깊은 냇물은 눈 덮인 강둑 사이를 여전히 흘렀고, 갑문에서 철썩거리는 소리를 냈다.

표트르는 강둑으로 다가가 멈춰 서서 귀를 기울였다. 물소리는 둔중하고 가락도 없이 단조롭게 들렸다. 그 속에서는 얼어붙은 시골의 한기가 느껴지는 듯했다.

표트르의 마음도 춥고 음울했다. 이미 행복했던 저녁에 마음 깊은 곳에서 어떤 위험, 불만 그리고 의문으로 생겨났던 무거운 감정이 이제 더욱 커져 바로 얼마 전까지도 기쁨과 행복으로 넘쳤던 마음의 한구석을 차지했다.

저택에 에벨리나는 없었다. 야스쿨스키 가족은 가을부터 자선가인 늙은 백작 부인 포토츠카야에게로 갔는데, 그녀는 딸도 데리고 올 것을 끈질기게 요구했다. 에벨리나는 처음에는 거절했으나 막심도 합세하여 거드는 바람에 아버지의 주장에 양보하고 말았다.

이제 표트르는 물레방아 곁에 서서 과거의 느낌들을 떠올렸고, 완전하고 충만하게 되살리려고 노력하며 자신이 그녀의 부재를 감지하는지에 대해 자문했다. 그는 부재를 느꼈지만 그녀의 존재가 자신에게 행복을 주는 것이 아니라 그녀가 없을 때 다소 약하게 느꼈던 독특한 고통을 가져다준다는 점도 깨달았다.

불과 얼마 전까지 그의 귀에는 그녀의 말소리가 들렸고, 첫날의 세세한 설명들이 모두 생각났었다. 그는 손 아래서 그녀의 비단 같은 머릿결을 느꼈고, 가슴속에서 그녀의 심장박동을 들었다. 이 모든 것에서 그를 기쁨으로 가득 차게 하는 어떤 형상이 만들어졌다. 이제는 그의 어두운 상상 속에 기거하는 환영처럼 형태를 알 수 없는 뭔가가 이 형상에 세차게 불어닥쳤고, 형상은 사방으로 흩날렸다. 그는 이미 자신의 회상들을 애초에 자신을 가득 채웠던 조화로운 감정의 총체로 결합시킬 수 없었다. 이미 처음부터 이 감정의 밑바닥에는 뭔가 다른 종류의 씨앗이 있었고, 이제 다른 뭔가가 지평선 위로 폭풍우 구름이 퍼지듯이 감정 위로 퍼져 나갔다.

그녀의 목소리는 온데간데없고, 행복했던 저녁에 눈부신 인상들로 넘쳐났던 곳에는 공허만이 깔려 있었다. 맹인 청년의 마음 깊은 곳에서는 이 공허에 맞서 그것을 채우기 위해 힘겹게 뭔가가 끓어올랐다.

그는 그녀가 보고 싶었다!

그는 전에는 은근한 정신적 고통을 느꼈지만 그것은 불확실하게 남아 있었고, 관심을 두지 않는 성가신 치통처럼 어렴풋하게 감지되었다. 하지만 맹인 종지기와의 만남 이후 고통의 인식은 통증을 날카롭게 만들었다……

그는 그녀를 사랑했고, 그녀가 보고 싶었다!

조용하고 눈 덮인 저택에서 이렇게 하루하루가 흘러갔다.

행복의 순간이 그 앞에 생생하고 선명하게 나타날 때면 표트르는 약간 활기를 띠고 얼굴도 밝아졌다. 하지만 이것은 오래가지 않았다. 시간이 흐르면서 이 밝은 순간들도 점점 불안해졌다. 맹인 청년은 그 순간이 영원히 사라지고 다시는 돌아오지 않을까 걱정하는 듯했다. 따라서 그의 기분은 들쭉날쭉했다. 격정적인 상냥함과 강렬한 활기의 순간은 억눌리고 침울한 슬픔의 나날로 교체되었다. 어두운 거실에서는 저녁마다 피아노가 깊고 쓰라린 슬픔으로 울부짖고 괴로워했으며, 그 소리는 안나 미하일로브나의 가슴에 고통을 안겨주었다. 마침내 가장 나쁜 일이 생겨났다. 청년에게 어린 시절의 불안했던 꿈들이 다시 찾아왔다.

어느 날 아침 안나 미하일로브나는 아들의 방으로 들어갔다. 그는 아직 잠자고 있었지만 그의 꿈은 아주 이상하게도 불안했다. 그의 눈은 반쯤 떠진 눈동자로 어렴풋하게 바라보았으며, 얼굴은 창백하고 불안한 기색이 역력했다.

어머니는 멈춰 서서 아들을 주의 깊게 바라보면서 이상한 불안의 원인을 알아내려고 애썼다. 하지만 그녀는 잠자는 아들의 얼굴에서 불안이 점점 커지고 긴장감이 더욱 강해지는 것만을 똑똑히 보았다.

갑자기 침대 위로 어떤 움직임이 느껴졌다. 바로 침대 머리맡의 벽으로 내리쬐는 눈부신 겨울 햇살의 밝은 빛줄기가 마치 떨리듯이 가볍게 아래로 미끄러지고 있었다. 조금씩 조금씩…… 빛의 띠가 조용히 반쯤 뜬 눈에 드리웠고, 빛이 다가감에 따라 잠자는 맹인 청년의 불안은 점점 커졌다.

안나 미하일로브나는 놀라서 꼼짝 않고 서 있었고, 이글거리는 빛에서 놀란 눈을 뗄 수가 없었다. 빛은 아들의 얼굴에 점점 가까이 다가오는 가볍지만 분명한 자극으로 느껴졌다. 그의 얼굴은 점점 창백해지고 긴장했으며, 힘겨운 표정을 지었다. 노란 햇빛이 맹인 청년의 머릿결에서 출렁이고 이마를 데웠다. 어머니는 본능적으로 아들을 보호하기 위해 앞으로 몸을 숙였지만 그의 발은 마치 진짜 악몽에서처럼 움직여지지 않았다. 그러는 사이에 맹인 청년의 눈꺼풀이 올라갔고, 움직이지 않는 눈동자에 햇빛이 들어왔으며, 빛을 향해 베개에서 머리를 들어올렸다. 입술에는 웃음 혹은 울음 비슷한 뭔가가 갑작스러운 발작처럼 지나갔고, 얼굴 전체는 다시 갑작스럽게 움직임을 멈췄다.

마침내 어머니는 붙박였던 몸을 풀어 침대로 다가갔고, 아들의 머리 위에 손을 얹었다. 아들은 몸을 움찔하면서 잠에서 깨어났다.

"엄마?" 그가 물었다.

"그래, 엄마야."

그는 잠자리에서 일어났다. 육중한 안개가 그의 의식을 감싸고 있는 듯했다. 잠시 후 그가 말했다.

"다시 꿈을 꿨어요. 요즘 꿈을 자주 꾸는데…… 아무것도 기억할 수 없어요……"

VI

맹인 청년의 기분에서 음울한 슬픔은 초조한 흥분으로 바뀌었고,

더불어 그의 감각은 훨씬 더 예민해졌다. 그의 청각은 상당히 날카로워졌다. 그는 온몸으로 빛을 감지했고, 이것은 심지어 밤에도 확연해졌다. 그는 캄캄한 밤과 달이 비치는 밤을 구별할 수 있었고, 모든 가족이 잠자리에 들었을 때 몽상적이고 환상적인 달빛의 야릇한 작용에 몰입하면서 말없이 슬픔에 잠겨 자주 오랫동안 정원을 거닐었다. 게다가 그의 창백한 얼굴은 언제나 푸른 하늘에 떠가는 빛나는 행성으로 향했고, 그의 눈에는 차가운 빛줄기가 반짝이며 반사되고 있었다.

지구에 가까워짐에 따라 점점 커져가던 달이 묵직한 붉은 안개에 휩싸이고 눈 덮인 지평선 너머로 조용히 사라졌을 때 맹인 청년의 얼굴은 편안하고 부드러워졌고, 그는 자기 방으로 들어갔다.

긴 밤 동안 그가 무엇에 관해 생각했는지는 말하기 힘들다. 일정한 나이에 이르면 외식적 존재의 기쁨과 고통을 경험한 사람은 누구나 다소간에 정신적 위기 상태를 겪게 된다. 활동적 삶의 경계에 멈춰서서 인간은 자연 속에서 자신의 위상, 자신의 의미 그리고 주위 세계에 대한 자신의 관계를 규정하려고 한다. 이것은 일종의 데드 포인트인데, 그 덕분에 삶의 활력은 커다란 파국 없이 인간을 데드 포인트 너머로 이끈다. 표트르에게서 이러한 정신적 위기는 이미 복잡해졌다. '삶의 목적이 무엇인가?'라는 물음에 그는 곧바로 '맹인은 무엇을 위해 살아야 하는가'라는 물음을 덧붙였다. 그리고 마침내 울적한 의식의 작업 속으로 또 하나의 외적인 것, 충만되지 않는 욕구의 육체적 압박이 진입했고, 그것은 그의 성품에 반영되었다.

성탄절 전에 야스쿨스키 가족은 집으로 돌아왔고, 생기 있고 쾌활한 에벨리나는 머리에 눈을 얹은 채 신선과 냉기를 품고서 임차인의 오두막에서 저택으로 달려 들어와 안나 미하일로브나, 표트르 그리고 막심과 포옹하며 안겼다.

처음 순간에 표트르의 얼굴은 돌연한 기쁨으로 빛났으나 곧이어 다시 어떤 집요한 슬픔의 기운이 감돌았다.

"넌 내가 널 사랑한다고 생각해?" 바로 그날 에벨리나와 단둘이 남게 되자 그가 날카롭게 질문을 던졌다.

"난 확신하고 있는데." 그녀가 대답했다.

"하지만 나는 잘 모르겠어." 맹인 청년이 우울하게 말했다. "그래, 나는 잘 모르겠어. 예전에는 세상에서 너를 가장 사랑한다고 확신했는데, 지금은 모르겠어. 나를 그냥 내버려둬. 그리고 더 늦기 전에 너를 세상으로 불러내는 사람에게 귀를 기울여봐."

"뭐 때문에 나를 괴롭히는 거니?" 그녀에게서 낮게 한탄이 흘러나왔다.

"괴롭힌다고?" 젊은 맹인은 되물었고, 그의 얼굴에는 다시 집요한 이기심이 드러났다. "그래, 내가 괴롭히고 있지. 난 이런 식으로 평생을 괴롭힐 거야, 괴롭히지 않을 수 없지. 나 자신도 몰랐었는데, 이제는 알겠어. 내 잘못은 아니야. 내가 아직 태어나지 않았을 때 시력을 앗아간 그 손길이 나에게 악의를 집어넣었어…… 태어날 때부터 맹인인 우리는 모두 같아…… 날 내버려둬…… 나를 그냥 버리라고…… 너의 사랑에 대해 내가 줄 수 있는 것은 고통뿐이야…… 난 보고 싶어, 이해하니? 난 보고 싶고, 이 열망에서 벗어날 수 없어. 내가 이렇게 어머니, 아버지, 너 그리고 막심 삼촌을 볼 수 있다면, 난 만족할 것이고…… 기억할 것이고, 이 기억을 남은 생애 동안 어둠 속에서 간직할 거야……"

그는 아주 고집스럽게 이 생각에 집착하곤 했다. 혼자 있을 때, 그는 다양한 물건을 손에 쥐고서 유례없이 면밀하게 그것들을 감지한 다음 다시 내려놓고, 그 형태들을 곰곰이 떠올리려고 애썼다. 그는 신경 체계의 촉각을 곤두세워 손으로 더듬어서 어렴풋하게 포착한 선명한 색깔의 표면들의 차이에 골몰했다. 하지만 그의 의식 속에는 이 모든 것이 특정한 감각적 내용 없이 상호적 관계 속에서 단순한 차이로 들어 왔다. 이제 그는 어두운 한밤으로부터 햇살 비치는 대낮을 구별했는데, 의식할 수 없는 방식으로 뇌 속으로 들어오는 밝은 빛의 작용은 아주 강력하게 그의 고통스러운 충동을 자극했다.

VII

어느 날 막심은 거실로 들어서다 그곳에서 에벨리나와 표트르 두 사람과 마주쳤다. 에벨리나는 순간 당황해했고, 표트르의 얼굴은 어두워 보였다. 자신과 다른 사람들을 괴롭히는 고통의 새로운 원인들을 찾는 것은 그에게 욕망과 흡사한 것으로 여겨졌다.

"표트르가 이렇게 물었어요." 에벨리나가 막심에게 말했다. "빨간 소리라는 말이 무슨 의미지? 저는 그에게 설명할 도리가 없어요."

"무슨 일이니?" 막심이 표트르를 돌아보며 짤막하게 물었다.

그는 어깨를 으쓱했다.

"아무것도 아니에요. 소리에 색깔이 있고, 내가 그것을 볼 수 없다면, 내가 소리를 완전하게 이해하지 못한다는 말이 되잖아요."

"말도 안 돼, 어린애 같은 소릴 하는구나." 막심이 날카롭게 대답했다. "그건 사실이 아니라는 걸 너 자신이 더 잘 알고 있잖니. 소리는 우리보다 너에게 훨씬 완전하게 들린다고."

"그럼 그 표현은 도대체 무슨 의미죠? 그것에 무슨 의미가 있을 것 아니에요?"

막심은 생각에 잠겼다.

"그것은 단순 비교란다." 그가 말했다. "왜냐하면 소리와 색깔은 본질적으로 움직임으로 귀결되고, 따라서 그 두 가지는 많은 공통의 속성을 지니고 있단다."

"그 속성이라는 것이 뭐죠?" 맹인 청년은 집요하게 물고 늘어졌다. "빨간 소리…… 그게 도대체 어떤 것이냐고요?"

막심은 잠자코 생각했다.

막심에게는 상대적 진동수에 관한 설명이 떠올랐지만, 그는 맹인 청년에게 필요한 것은 그게 아니라는 점을 알고 있었다. 더구나 소리에 대해 색깔에 관한 형용어를 처음으로 사용한 사람은 아마도 물리학을 몰랐을 것이고, 그럼에도 불구하고 어떤 유사점을 포착했을 것이다. 유사점은 무엇일까?

노인의 머릿속에는 몇 가지 생각이 떠올랐다.

"잠깐만," 그는 말했다. "내가 너에게 제대로 설명할 수 있을지 모르겠지만…… 빨간 소리가 무엇인지는 네가 나 못지않게 알 수 있을 것 같다. 너는 대축일에 그 표현을 읍내에서 여러 번 들었어. 우리 시골에서는 듣기 힘들지만……"

"맞아요, 맞아, 잠깐만요." 표트르는 재빨리 피아노 덮개를 열며 말했다.

그는 축일의 교회 종소리를 흉내 내며 손으로 건반을 힘차게 두드렸다. 환상으로 충만해졌다. 몇몇 높지 않은 음들로 구성된 화음이 좀

더 깊게 배음을 만들어냈고, 그 위에서 더 유연하고 선명한 높은 음들이 뛰고 요동치며 도드라졌다. 전체적으로 이것은 축일에 대기를 가득 채우는 바로 그 높고 유쾌한 울림이었다.

"그래," 막심이 말했다. "아주 비슷해. 눈을 뜨고 있는 우리도 너보다 이 소리를 잘 포착하지는 못해. 자, 들어봐…… 내가 커다란 붉은 표면을 볼 때조차 그것은 내 눈에 톡톡 튀는 어떤 것의 불안한 인상 정도밖에 일으키지 않아. 붉은 것은 늘 변하는 것 같아. 더 깊고 짙은 배경을 깔고 있을 때 붉은 것은 재빠르게 일어나고 가라앉는 파도처럼 좀더 선명하게 드러나고 눈에, 최소한 나의 눈에 아주 강하게 작용하거든."

"맞아요, 맞아!" 에벨리나가 활기에 차서 말했다. "저도 똑같은 것을 느끼는데, 붉은색의 라사로 만든 식탁보는 오래 바라보기가 힘들어요."

"다른 사람들이 축일의 종소리를 못 견뎌 하는 것과 마찬가지지. 내 비교가 그럴듯하다면, 이런 생각도 떠오르는데, 계속 비교해보자면, 심홍색의 딸기 소리도 있을 수 있겠지. 이 둘은 붉은색에 아주 가깝지만 단지 더 짙고 균등하며 부드럽지. 종을 오래 사용하면, 애호가들이 말하듯이 스스로 그 소리가 가지런해지는데, 귀에 거슬리는 불균등이 사라지고, 그럴 때 그 소리를 딸기 소리라고 부르는 거야. 똑같은 효과를 몇 개의 작은 종소리들을 과감하게 조합하여 얻을 수도 있지."

표트르의 손 아래서 피아노가 우편 마차의 흥겨운 종소리들처럼 울렸다.

"아니야," 막심이 말했다. "그것은 지나치게 빨갛게 느껴져……"

"알겠어요!"

피아노는 균등하게 울렸다. 높고 활기차며 선명하게 시작했던 소리들은 점점 깊고 부드러워졌다. 먼지가 피어나는 길을 따라 아득한 저녁 황혼 속을 달려가는 러시아 삼두마차의 멍에에 달린 방울들처럼 마지막 소리가 평온한 들판의 고요 속에서 잦아들 때까지 조용하고 균등하게 커다란 굴곡 없이 점점 조용하게 울렸다.

"그래, 그래!" 막심이 말했다. "이제 차이를 이해했구나. 언젠가 네가 아직 어렸을 때, 네 엄마는 너에게 소리로 색깔을 설명하려고 했었지."

"네, 기억나요…… 그런데 그때 왜 우리가 계속하는 것을 막았나요? 어쩌면 제가 이해할 수도 있었을 텐데."

"아니야," 노인은 생각에 잠겨 대답했다. "어려웠을 거야. 하지만 내 생각에는 일반적으로 정신의 특정한 심연에서는 색깔과 소리의 인상들이 이미 동일한 것으로 받아들여지는 것 같아. 그래서 우리는, '그는 모든 것을 장밋빛 속에서 바라봐'라고 말하지. 이것은 그 사람이 낙관적이고 긍정적인 성향을 지녔다는 것을 의미하지. 그런 성향은 소리들의 일정한 결합으로도 말해질 수 있어. 일반적으로 소리와 색깔은 동일한 정신적 움직임의 기호들이거든."

노인은 담뱃대에 불을 붙였고, 표트르를 주의 깊게 바라보았다. 맹인 청년은 꼼짝 않고 앉아서 막심의 말을 열심히 경청하고 있었다. '계속할까?' 하고 노인은 생각했지만 잠시 후 다른 방향의 생각에 몰두한 듯 상념에 잠기기 시작했다.

"그래, 그렇지! 비상한 생각들이 내 머리에 떠오르는데…… 우리 피가 붉은색인 것은 우연일까, 아닐까…… 알다시피 머리에 생각이 떠오르거나, 꿈을 꾸고 깨어나서 몸을 떨고 울음을 터뜨리거나, 열정으로 불타오르거나 할 때, 아마 심장으로부터 피가 더욱 강하게 요동치고 머리로 치솟아 오르잖아. 그래서 우리의 피가 붉은색일 거야……"

"붉고…… 뜨겁고……" 맹인 청년은 생각에 잠겨 말했다.

"그렇지, 붉고 뜨겁지. 그래서 빨간 소리처럼 붉은색은 우리 머릿속에 빛, 흥분 그리고 뜨거운, 불타는, 열렬한 등으로 칭해지는 열정에 관한 표상을 남기는 거야. 따라서 예술가들이 붉은 음조를 뜨거운 음조로 간주하는 것은 주목할 만한 거지."

내뿜은 담배 연기로 자신을 감싸며 막심은 말을 이어갔다.

"너는 머리 위로 팔을 크게 휘저으면 반원을 그릴 수 있어. 이제 네 팔이 무한히 길다고 상상해보자. 이제 네가 그 팔을 휘저으면 무한히 큰 반원을 그릴 수 있지…… 마찬가지로 우리는 머리 위에서 반원 모양의 하늘을 볼 수 있어. 그것은 편평하고 무한하며 푸른색이지…… 우리가 그런 하늘을 바라볼 때 마음속에 편안함과 청명함이 느껴져…… 하늘이 요동치는 짙은 구름에 가려지면 마음속의 청명함은 알 수 없는 불안으로 혼란스러워지지. 바로 너는 폭풍우를 몰고 올 구름이 다가오는 것을 느끼는 거야……"

"맞아요, 뭔가가 마음을 휘젓는 것처럼 느껴져요……"

"바로 그렇지. 우리는 구름 너머에서 다시 깊디깊은 청명함이 나타나기를 기다리지. 폭풍우가 지나가도, 그 위의 하늘은 여전히 남아 있지. 우리는 이것을 알고 있기에 침착하게 폭풍우를 견뎌내지. 바로 이렇게 하늘은 파랗고, 평온할 때는 바다도 파랗지. 네 엄마는 눈이 파랗고, 에벨리나의 눈도 그렇지."

"하늘처럼……" 맹인 청년은 갑자기 상냥하게 말했다.

"그렇지. 파란 눈은 맑은 정신의 표식으로 간주되지. 이제 초록빛에 대해 말해줄게. 대지는 그 자체로는 검은색이고, 봄철의 나뭇가지도 검은색이거나 회색이지. 하지만 따뜻하고 밝은 빛이 어두운 껍질을 데 우자마자 초록빛의 순과 잎이 돋아나지. 초록 잎에는 적당한 양의 빛과 온기가 필요하지. 그래서 초록 잎은 그렇게 보기 좋은 거야. 초록 잎은 마치 촉촉한 서늘함과 결합된 온기와 유사해. 초록은 정열이나 사람들이 행복이라고 부르는 어떤 것이 아니라 편안한 만족, 건강에 관한 생각을 떠오르게 하지…… 알겠니?"

"아니요, 정확하지는 않아요…… 하지만 계속 말해주세요."

"그래, 어쩔 수 없지! 계속 들어봐. 여름에 날씨가 점점 무더워지면 초록 잎은 생명력의 과잉으로 기진맥진해지고, 잎들은 지쳐 아래로 처지고, 쨍쨍 내리쬐는 햇빛이 축축한 비의 한기로 식혀지지 않으면 초록 잎은 완전히 창백해질 수 있어. 그렇지 않으면 지친 나뭇잎 사이에서 열매가 열리고 빨갛게 익지. 열매는 빛을 많이 받는 쪽이 더 붉어져. 그곳은 마치 식물의 생기와 정열이 집중되어 있는 듯한 거지. 알다시피 여기서도 붉은색은 정열의 색이며 그것의 상징이야. 이것은 도취, 죄악, 열정, 분노, 복수의 색깔이지. 따라서 반란의 시기에 인민 대중은 자신들 위에서 깃발처럼 펄럭이는 붉은색의 기치로 공동의 감정을 표현하려고 한단다…… 아직 이해가 되지 않니?……"

"마찬가지예요, 계속하세요!"

"늦가을이 도래하지. 열매는 무거워지고 나무에서 땅으로 떨어지지…… 그것은 사라지지만 그 속에 씨앗이 살아 있고, 그 씨앗 속에 미래의 화려한 잎사귀와 새로운 열매를 포함한 모든 미래의 식물이 잠재력으로 살아 있지. 씨앗은 땅으로 떨어지고 땅 위에는 이미 차가운 태양이 솟고, 차가운 바람이 불며, 차가운 구름이 몰려오지…… 정열뿐만 아니라 생명 자체도 조용히, 서서히 꺼져가지…… 땅은 초록 잎 아래서 검은빛을 드러내고 하늘에는 차가운 기운이 드리우지…… 이렇게 가라앉고 잔잔해진, 마치 외톨이인 듯한 땅에 수많은 눈송이가 내리는 날이 다가오면 땅은 평탄해지고 단색으로 하얗게 변한다…… 하얀색은 차가운 눈의 빛, 도달할 길 없는 차갑고 높은 하늘 위를 떠다니는 높은 구름의 빛, 위대하고 황량한 산 정상의 빛이지…… 이것은 냉담과 냉정하고 고상한 신성의 표장이며, 미래의 영적 삶의 표장이지. 검은색에 관해서는……"

"알아요," 맹인 청년이 말을 가로막았다. "그것은 무음, 정지…… 밤……"

"그렇지, 따라서 그것은 슬픔과 죽음의 표장……"

표트르는 몸을 떨고 흐릿하게 말했다.

"말했지요, 죽음의 빛이라고. 나에게는 정말로 모든 것이 검은색이고…… 언제 어디서나 검은색이에요!"

"그렇지 않아." 막심이 날카롭게 대답했다. "너에게는 소리도, 온기도, 움직임도 있고…… 너는 사랑으로 둘러싸여 있어…… 많은 사람이 네가 엉터리라고 멸시하는 것을 위해 시력을 포기하기도 하지…… 하지만 너는 지나치게 이기적으로 자기 슬픔만을 간직하고 있어……"

"제가요!" 표트르는 열정적으로 소리쳤다. "어쩔 수 없이 슬픔을 간직하는 거예요. 어디서나 그것이 저에게 남아 있는데, 어떻게 제가 그것에서 벗어날 수 있겠어요?"

"세상에는 너의 슬픔보다 백배나 더 많은 슬픔이 존재하고, 그것과 비교할 때 평안하고 동정받는 너의 삶은 축복으로 불릴 수 있다는 점을 네가 이해할 수 있다면, 그렇다면……"

"아니에요, 아니에요!" 맹인 청년은 똑같은 열정적인 목소리로 화를 내며 끼어들었다. "나는 최악의 걸인이 되고 싶어요. 왜냐하면 그가 저보다 행복하니까요. 따라서 맹인들을 보살펴줄 필요는 없어요. 그것은 커다란 실수예요…… 맹인들을 길거리에 데려다 세워놓고 구걸을 시키세요. 내가 그냥 걸인이라면, 덜 불행할 거예요. 아침부터 끼니 구할 걱정을 하고, 던져진 동전을 세고, 그것이 모자라지 않을까 걱정을 할 거예요. 그다음에 성공적인 구걸에 기뻐하고, 이제 잠자리 걱정을 할 것이고요. 그러나 구걸이 충분하지 않으면 기아와 추위로 고생하겠지요…… 이 모든 것 때문에 저는 잠시도 편안하지 않아요…… 지금보다 더 고통스러운 적은 없었어요."

"너도 그렇게 생각하니?" 막심은 에벨리나 쪽을 바라보며 냉정하게 물었다. 노인의 시선에는 동정과 공감이 어려 있었다. 그녀는 심각하고 창백한 표정으로 앉아 있었다.

"확실해요." 표트르는 직접적이고 엄숙하게 대답했다. "저는 최근에 종탑에 있는 예고르가 자꾸 부러워요. 아침에 눈을 떴을 때, 특히 정원에 눈보라가 칠 때 종탑으로 올라가는 예고르가 떠올라요."

"그는 춥단다." 막심이 속삭였다.

"예, 그는 춥지요. 그는 추위에 떨면서 기침도 하고요. 그는 자신에게 외투를 마련해주지 않는 팜필리를 저주하고 있어요. 그래서 그는 얼어붙은 손으로 줄을 잡고 아침 예배를 위해 종을 칩니다. 그는 자신이 맹인이라는 사실을 잊고 있어요…… 왜냐하면 맹인이 아닌 사람도 춥기 때문이죠…… 하지만 전 제가 맹인이라는 사실을 잊지 않고 있어요. 그리고 제게는……"

"네게는 저주할 것이 없잖니!"

"네! 제가 저주할 것은 없어요! 나의 삶은 앞을 못 본다는 것뿐이니까요. 누구의 잘못도 아니죠. 하지만 저는 어떤 걸인보다도 더 불행해요……"

"반박하지는 않겠다." 노인이 냉정하게 말했다. "어쩌면 그건 사실일 거다. 어쨌든 간에 너에게 더 나쁘다면, 어쩌면 너 자신은 더 좋을 거야."

그는 다시 한번 에벨리나 쪽으로 동정의 눈길을 보내고, 목발을 두드리며 방에서 나갔다.

이 대화를 나눈 후 표트르의 정신 상태는 급격히 날카로워졌고, 그는 더욱더 고통스러운 상태에 빠져들었다.

가끔 그는 순간적으로 막심이 말했던 느낌들을 발견했는데, 그것들은 그의 공간적 사고와 결합되었다. 어둡고 슬픈 대지가 어딘가로 멀리 사라졌다. 그는 그것을 가늠해봤지만 끝을 발견할 수 없었다. 대지 위에는 뭔가 다른 것이 있었다…… 기억 속에서 천둥이 울려 퍼지고, 하늘의 광대함이 느껴졌다. 그다음 천둥이 잦아들면 그 위쪽에 뭔가가 남았는데, 마음속에 거대함과 청명함의 느낌을 낳는 뭔가가 있었다. 가끔 이 느낌은 선명해졌다. 그것에 하늘 같은 눈을 지닌 에벨리나와 엄마의 목소리가 결합되었다. 그러면 상상의 먼 심연에서 밀려와 생겨난 아주 분명한 형상은 다른 영역으로 이동하면서 갑자기 사라졌다.

이 모든 흐릿한 표상들은 그를 괴롭히고 불만스럽게 만들었다. 그것들은 아주 힘들고 너무나 불분명해서 대체로 그는 단지 불만족과 둔중한 정신적 고통만을 느꼈다. 그 고통은 자기 느낌의 완전함을 복원하기 위해 공연히 애쓰는 쓰라린 마음의 온갖 노력을 동반했다.

VIII

봄이 다가왔다.

스타브루첸코의 집 반대 방향에, 포펠스키 저택에서 60베르스타 정도 떨어져 있는 작은 읍내에 기적을 낳는 성화가 있었다. 이런 일에 능통한 사람들은 아주 정확하게 그것의 기적적인 힘을 규정할 수 있었다. 축일에 성화를 방문하는 사람은 누구나 '20일의 면죄'를 부여받는다. 즉 20일 동안은 이 세상에서 저질러진 모든 불법 행위가 용서받게 된다. 따라서 해마다 이른 봄철의 유명한 축일에 작은 읍내는 수많은 사람으로 활기를 띠고 몰라보게 달라진다. 오래된 교회는 축일에 맞춰 새로 피어난 잎들과 봄꽃들로 장식되고, 읍내에는 유쾌한 종소리가 울려 퍼지며, 귀족들의 마차 소리가 요란해지고, 순례자들이 거리와 광장, 그리고 심지어 멀리 들판에도 빼곡히 넘쳐났다. 기독교인들만이 몰려드는 것이 아니었다. N 성화의 명성은 멀리까지 전해져 주로 도시 계층에서 고통스럽고 비통한 정교도들도 많이 찾아왔다.

축제 당일 예배당 양편으로 사람들은 길을 따라 끝없고 다채로운 행렬을 이루며 늘어섰다. 주위에 있는 언덕배기들 중 한 정상에서 이 광경을 내려다보면 마치 거대한 짐승이 예배당 주변의 길을 따라 몸을 길게 늘어뜨리고 가끔 다양한 색깔의 뿌연 비늘을 꿈적거리며 움직이지 않고 누워 있는 듯이 보일 것이다. 사람들이 두 줄로 늘어서 있는 길 양편을 따라 적선을 받기 위해 손을 내밀고 있는 수많은 구걸꾼이 늘어서 있었다.

목발을 짚은 막심과 나란히 이오힘의 팔을 잡은 표트르가 들판의 초입으로 연결되는 거리를 따라 걷고 있었다.

수많은 사람의 지껄임, 유대인-중개인들의 외침, 마차들의 덜컹거림 등의 거대한 파도처럼 울리는 이 모든 소음은 하나의 끝없는 파도처럼 구르는 소리로 합쳐지면서 뒤쪽으로 멀어져갔다. 하지만 군중의 수는 점점 줄어들었지만 행인들의 발소리, 마차들의 바퀴 소리, 사람들의 말소리는 여전히 들렸다. 추막*들의 마차 행렬이 들판 쪽에서 나타나더니 쿵쾅거리는 소리를 내며 가까운 옆길로 방향을 틀었다.

표트르는 막심의 뒤를 순순히 따라가며 이 생생한 소음에 정신없이 귀를 기울였다. 날씨가 추웠기 때문에 그는 연신 외투를 단단히 여몄고, 도중에 머릿속으로 무거운 생각들을 계속 되새겨보았다.

그러나 자기 자신에 온통 집중하고 있는 사이에 갑자기 뭔가가 아주 강하게 주의를 끌어 화들짝 놀라며 순간적으로 멈춰 섰다.

읍내 건물들의 마지막 대열이 끝이 났고, 넓은 대로가 담장들과 공터 사이를 가로질러 시내로 연결되어 있었다. 들판으로 나가는 출구에 신실한 사람들이 언젠가 성화와 등불이 달린 돌기둥을 세워놓았는데, 한 번도 불을 밝힌 적이 없는 등불은 지금은 바람에 윙윙거릴 뿐이었다. 이 돌기둥 아래에는 눈이 보이는 경쟁자들에게 더 좋은 자리를 빼앗긴 맹인 걸인들이 무리 지어 자리 잡고 있었다. 그들은 나무 숟가락을 손에 들고 앉아 있었고, 이따금 그중 누군가가 애처로운 노래를 길게 뽑았다.

"맹인들을 도와주세요……주님의 이름으로……"

추운 날씨였고, 걸인들은 들판에서 불어오는 찬바람을 맞으며 아침

---

* 16~19세기에 크림과 돈 지역으로 밀과 농산물을 우마로 실어 가서 소금과 생선으로 교환하여 판매했던 우크라이나 농민들.

부터 그곳에 앉아 있었다. 그들은 몸을 덥히기 위해 이 무리 속에서 움직일 수 없었고, 연달아 음울한 노래를 길게 뽑는 목소리들에서는 육체적 고통과 완전한 무능에 대한 본능적인 한탄이 묻어났다. 첫번째 음들은 아직 충분히 분명하게 들렸지만 곧이어 억눌린 가슴에서는 오한으로 인한 조용한 떨림으로 잦아드는 애처로운 탄식만이 터져 나왔다. 그럼에도 불구하고 거리의 소음 속에서 거의 사라져버린 마지막, 가장 조용한 노랫소리는 사람들의 귀를 자극하고, 그 속에 서린 거대한 직접적인 고통으로 모두에게 강한 인상을 주었다.

표트르는 멈췄고, 그의 얼굴은 일그러졌으며, 마치 어떤 환청이 고통스러운 절규의 형태로 그 앞에 나타난 듯했다.

"왜 그렇게 놀라니?" 막심이 물었다. "이들은 네가 얼마 전에 부러워했던 바로 그 아주 행복한 사람들이잖아. 이곳에서 구걸을 하는 맹인 걸인들…… 물론 그들은 좀 춥지. 하지만 바로 그것 때문에 네 말대로 그들이 더 낫지."

"가시죠!" 표트르가 그의 손을 잡으며 말했다.

"너는 여기서 빨리 벗어나고 싶은 거구나! 네 마음속에는 타인의 고통을 접하고도 아무런 자극이 생겨나지 않는가 보구나! 잠깐 너와 진지하게 얘기를 나누고 싶었는데, 지금 여기서 나누는 것이 좋겠다. 너는 지금 화가 난 거지. 시대는 변했고, 이제 반두라 연주자 유르코처럼 야간 전투에서 목숨을 잃는 맹인들도 없고, 너 스스로는 마음속으로 자기 일행을 저주하고 있어. 왜냐하면 그들이 너로부터 이 맹인들이 누릴 행복을 앗아갔기 때문이지. 명예를 걸고 말하건대, 어쩌면 네가 옳을 수 있다! 그래 노병의 명예를 걸고 말하건대, 모든 사람은 자신의 운명을 결정할 권리가 있고, 너도 이미 성인이다. 이제 내 말을 잘 들어봐

라. 만약에 네가 우리의 실수를 바로잡길 원한다면, 만약에 네가 태어날 때부터 삶이 너를 감싸주었던 모든 특권을 내던지고 바로 이 불행한 사람들의 운명을 체험하기를 원한다면…… 나, 막심 야첸코는 너에게 존경과 도움과 협조를 약속하겠다. 내 말 알아듣겠냐, 표트르 포펠스키? 내가 불 속에 뛰어들어 전투를 벌였을 때, 난 너보다 약간 나이가 많았었지…… 네 엄마도 그러겠지만 내 엄마도 역시 나 때문에 눈물을 흘리셨지. 하지만 어쩔 수 없는 일이지! 내가 그랬듯이 이제 너도 그럴 권리가 있다고 생각한다! 인생에서 한 번은 모두에게 운명이 찾아와 선택하라고 말하지, 이처럼 너도 원하는 대로 하는 거야…… 표도르 칸듸바, 자네 어디 있나?" 그는 맹인들 쪽을 향해 소리쳤다.

갈라지는 합창 소리 가운데서 한 목소리가 대답했다.

"여기 있습니다…… 부르셨나요, 막심 미하일로비치?"

"내가 불렀네! 일주일 후에 내가 일러준 곳으로 오게나."

"가겠습니다, 나리." 맹인의 목소리는 다시 합창 속으로 파묻혔다.

"이제 한 사람을 보게 될 거다." 막심이 눈을 번뜩이며 말했다. "운명과 인간에 대해 불평을 할 수 있는 사람이지. 그에게서 자기 몫을 감당하는 법을 배워라…… 그런데 너는……"

"가시죠, 나리." 이오힘이 화난 표정으로 노인을 바라보며 말했다.

"아니야, 잠깐만!" 막심도 화를 내며 소리쳤다. "동전 한 닢 주지 않고 맹인들을 그냥 지나친 사람은 아무도 없어. 이것마저도 하지 않고 도망갈 거니? 자기 배가 부르니까 남의 배고픔을 경멸만 하는 거다!"

표트르는 마치 채찍을 맞은 듯이 머리를 들었다. 그는 주머니에서 지갑을 꺼내 맹인들 쪽으로 다가갔다. 지팡이로 앞에 있는 사람을 감지한 후 손으로 동전이 담긴 나무 숟가락을 찾아서 조심스럽게 거기에 자기 돈을 놓았다. 몇몇 행인이 걸음을 멈추고 손으로 더듬어서 맹인에게 적선을 하는, 잘 차려입고 멋진 외모를 지닌 맹인 귀족을 경이롭게 바라보았다.

그런 가운데 막심은 급히 돌아서서 절룩거리며 길을 걸어갔다. 그의 얼굴은 붉어졌고, 눈은 불타올랐다…… 그의 눈에는 젊은 시절에 그를 알고 있는 모두에게 너무나 익숙한 분노 같은 것이 분명히 나타났다. 지금 그는 이미 말 한마디 한마디에 신중을 기울이는 교육자가 아니라 분노를 참지 못하는 열정적 인간이었다. 노인은 표트르에게 곁눈질을 하고 나서 화가 가라앉은 듯했다. 표트르는 백지장처럼 창백해졌지만 눈썹은 일그러졌고, 얼굴은 상당히 흥분되었다.

차가운 바람이 읍내의 거리를 지나가는 그들 뒤에서 먼지를 일으켰다. 뒤에 남은 맹인들 사이에서는 표트르가 적선한 돈 때문에 소란과 다툼이 일었다……

IX

단순히 감기에 걸렸거나 혹은 오랜 정신적 위기가 해결되었거나 혹은 두 가지가 합쳐져 일어난 것일 수도 있지만 다음 날 표트르는 고열이 나서 자리에 누웠다. 그는 침대에서 얼굴을 찡그리며 몸을 뒤척이고 가끔 뭔가에 귀를 기울이며 어딘가로 갑자기 내달리는 듯했다. 읍내에서 온 나이 먹은 의사는 맥박을 재고서 차가운 가을바람에 대해 말했다. 막심은 눈살을 찌푸리고 여동생의 시선을 피했다.

고열은 지속되었다. 위기가 찾아왔을 때 환자는 며칠 동안 거의 꼼짝 않고 누워 있었다. 그리고 마침내 청년의 몸은 회복되었다.

화창한 어느 가을날 아침, 밝은 햇살이 창문을 통해 환자의 머리맡으로 들어왔고, 이를 눈치챈 안나 미하일로브나가 에벨리나에게 말했다.

"커튼을 쳐주렴…… 햇빛이 안 좋을 것 같구나……"

에벨리나가 커튼을 치기 위해 일어서려는 순간 갑자기 들려온 환자의 첫마디에 멈칫했다.

"아니에요, 괜찮아요. 그냥 놔두세요……"

두 여인은 기뻐하며 그에게로 몸을 숙였다.

"들리니? 나 여기 있다!" 엄마가 말했다.

"네!" 그는 대답을 한 후 뭔가를 기억하려 애쓰는 듯 말이 없었다. "아, 네!" 그는 나직이 말하면서 갑자기 일어나려고 했다. "저기……표도르가 벌써 왔어요?" 그가 물었다.

에벨리나와 안나 미하일로브나는 서로 쳐다보았고, 엄마는 손으로 표트르의 입을 막았다.

"쉬, 쉿! 말하지 마, 너에게 해로워."

그는 엄마의 손을 잡아 입술에 대고 부드럽게 입을 맞추었다. 그의 눈에는 눈물이 고였다. 그는 한참 동안 울었고, 마음의 안정을 찾았다.

며칠 동안 그는 편안하게 상념에 잠겼고, 막심이 그의 방 옆을 지나갈 때마다 그의 얼굴에는 불안한 표정이 역력했다. 여자들은 이것을 알아채고 막심에게 멀리 떨어져 있어달라고 요청했다. 그러나 어느 날 표트르는 막심을 불러 둘이 있게 해달라고 부탁했다.

방에 들어서자 막심은 표트르의 손을 잡고 부드럽게 쓰다듬었다.

"그래, 얘야," 그가 말했다. "아무래도 내가 너에게 용서를 구해야겠구나……"

"이해해요." 표트르는 조용히 말했다. "삼촌은 저를 가르쳐주셨고, 감사하고 있어요."

"가르침은 뭘!" 막심은 불안해서 얼굴을 찡그리며 대답했다. "너무 오랫동안 가르치려고 했어. 바보 같은 짓이었지. 아니야, 가르침에 대해 생각한 것이 아니라 그냥 너와 나 자신에 대해 화만 낸 거지……"

"그렇다면 삼촌이 정말로 원하신 것은?"

"원했지, 원했어! 사람이 평정심을 잃었을 때 뭘 원하는지 누가 알겠니…… 난 네가 다른 사람의 슬픔을 느끼고, 그렇게 자기만 생각하지 않기를 바랐지……"

두 사람은 말이 없었다……

"그 노래를," 잠시 후 표트르가 말했다. "나는 그것을 정신이 혼미할 때도 기억했어요…… 근데 삼촌이 불렀던 표도르는 누구예요?"

"표도르 칸듸바, 나의 오랜 지기란다."

"그도 역시…… 맹인으로 태어났나요?"

"더 나쁜 경우지, 전쟁에서 눈이 불에 탔지."

"그는 세상을 떠돌며 그 노래를 부르는 건가요?"

"그렇지. 그것으로 고아인 조카들을 모두 먹여 살리지. 그리고 만나는 사람마다 기분 좋은 말과 농담을 건네지……"

"그래요?" 표트르는 생각에 잠겨 되물었다. "여기에도 뭔가 비밀이 있군요, 제가 원하는 것은……"

"원하는 게 뭐냐, 얘야?"

몇 분 뒤 발걸음 소리가 들렸고, 안나 미하일로브나가 방으로 들어왔다. 그녀는 대화로 흥분된 듯한 두 사람의 얼굴을 걱정스럽게 바라보았고, 대화는 순간적으로 멈췄다.

청년의 몸은 병을 이겨내자 빠르게 회복되었고, 2주 정도 지나자 표트르는 이미 걸어 다닐 수 있었다.

그는 많이 변했는데, 심지어 얼굴 모습도 변했다. 거기에는 쓰라린 내적 고통이 뚜렷했던 과거의 발작 증상은 나타나지 않았다. 격심한 도덕적 동요는 이제 평안한 묵상과 조용한 슬픔으로 바뀌었다.

막심은 이것이 단지 정신적 긴장이 병으로 인해 완화되면서 생겨난 단지 일시적 변화일까 봐 염려했다. 어느 날 어스름 녘에 표트르는 아프고 난 후 처음으로 피아노로 다가가 평소처럼 즉흥 연주를 시작했다. 가락은 그의 기분처럼 슬프고 가지런하게 울렸다. 그러나 갑자기 고요한 슬픔으로 가득 찬 소리 가운데서 맹인들이 불렀던 노래의 도입부가 튀어나왔다. 가락은 곧바로 흐트러졌다…… 표트르는 재빨리 일어났고, 그의 얼굴은 일그러졌으며, 눈에는 눈물이 고였다. 그는 소란스럽고 무거운 한탄으로 자신에게 느껴졌던 삶의 불협화음이 자아내는 강한 인상을 아직 다룰 수가 없는 듯했다.

이날 저녁 막심은 표트르와 단둘이서 다시 오랫동안 이야기를 나눴다. 이후 몇 주가 흘렀지만 맹인 청년의 기분은 그대로 유지되었다. 영혼에 수동성을 낳고, 태생적 에너지를 억압했던 개인의 슬픔에 대한 지나치게 날카롭고 이기적인 인식은 이제 흔들리고, 다른 것에 자리를 내주었다. 그는 다시 목적을 설정하고 계획을 세웠다. 삶이 그 속에서 되살아나고, 그의 의기소침해진 영혼은 봄이 생명의 숨결을 불어넣은 쇠약한 나무처럼 탈주를 했다…… 그런 와중에 가을부터 저명한 피아니스트에게 수업을 받기 위해 표트르는 올여름 키예프로 가기로 결정되었다. 게다가 그와 막심은 단둘이 가야 한다고 주장했다.

X

7월의 따뜻한 밤에 한 쌍의 말이 끄는 마차가 숲의 공터 근처 들판에 밤을 지내기 위해 멈춰 섰다. 아침나절 여명이 비칠 때 두 명의 맹인이 길을 걷고 있었다. 한 사람은 원시적 악기의 손잡이를 돌렸다. 나무 축이 텅 빈 상자의 구멍 속에서 회전했고, 단조롭고 애처로운, 윙윙거리는 소리를 내는 팽팽하게 당겨진 줄에 비벼졌다. 약간의 콧소리 섞인 노인의 상쾌한 목소리는 아침 기도를 노래했다.

황금치를 싣고 지나가던 우크라이나인들은 초원에서 밤을 지낸 신사들이 펼쳐진 양탄자 위에 앉아 맹인들을 마차로 부르는 것을 보았다. 얼마 뒤 마부들이 길옆 물가에 멈춰 섰을 때 그들 곁을 맹인들이 다시 지나갔는데, 이번에는 이미 세 명이었다. 앞쪽에는 긴 목발을 짚으며 휘날리는 회색 머리와 기다란 하얀 수염을 기른 노인이 걸어갔다. 그의 이마는 화상에서 생긴 듯한 오래된 상처들로 뒤덮여 있었다. 눈이 있던 자리는 대신 움푹 꺼져 있었다. 그의 어깨 위로는 다음 사람의 허리에 연결되어 있는 넓은 끈이 드리워져 있었다. 두번째 사람은 마마 자국이 선명한, 짜증스러운 얼굴의 키가 훤칠한 청년이었다. 두 사람은 마치 그곳에서 길을 찾듯이 보이지 않는 얼굴을 위로 쳐들고 습관적인 발걸음을 옮기고 있었다. 세번째 사람은 새로운 농민복을 입고 창백하고 살짝 놀란 듯한 얼굴의 아주 젊은 사람이었다. 그의 발걸음은 주저했고, 때때로 그는 뒤에 남은 뭔가에 귀를 기울이느라 앞으로 나가는 동료들의 움직임을 방해했다.

10시경 그들은 멀리 떠나갔다. 숲은 지평선에 푸른 띠처럼 남았다.

주위에는 초원이 펼쳐졌고, 앞쪽에서는 먼지 자욱한 길을 가로지르는 대로 위에서 햇빛에 달아오른 전깃줄 소리가 들렸다. 맹인들은 대로로 나섰고, 뒤에서 말발굽 소리와 자갈길을 구르는 마차 쇠바퀴의 메마른 소리가 들렸을 때 오른쪽으로 돌았다. 맹인들은 길 가장자리에 나란히 섰다. 다시 나무 축을 줄에 비벼대는 소리와 노인의 목소리가 길게 늘어졌다.

"매앵—인들을 도와—주세요……"

나무축의 윙윙거리는 소리에 젊은 맹인이 손가락으로 튕기는 부드러운 소리가 합쳐졌다.

늙은 칸듸바의 발치에서 동전이 쨍그렁거렸다. 마차 바퀴 소리가 멈추었고, 아마도 맹인들이 동전을 찾을 수 있는지를 보기 위해 행인들이 멈춰 선 것 같았다. 칸듸바는 곧바로 동전을 발견했고, 그의 얼굴에는 만족스러운 표정이 나타났다.

"신이 구원하실 겁니다." 그는 마차를 향해 말했는데, 마차 안에서 회색 머리의 네모난 얼굴이 보였고, 두 개의 목발이 옆에 세워져 있었다.

노인은 젊은 맹인을 눈여겨 바라보았다…… 그는 창백했지만 이미 안정되어 보였다. 노랫소리가 울리자 그의 손은 악기 소리로 날카로운 음조를 덮으려는 듯 줄을 따라 예리하게 움직였다. 마차는 다시 움직였지만 노인은 오랫동안 뒤를 돌아보았다.

곧이어 마차 소리가 멀리 사라지고, 맹인들은 다시 줄을 지어 대로를 따라 걸었다……

"유리, 손놀림이 경쾌하더구나." 노인이 말했다. "연주도 멋지고……"

잠시 후 중간에 서 있던 맹인이 물었다.

"약속대로 포차예프로 갈 거니? 하느님을 위해서?"

"네." 젊은이가 조용히 대답했다.

"시력을 회복할 거라고 생각해?" 쓸쓸하게 웃으며 그가 다시 물었다.

"그런 경우도 있지." 노인이 가볍게 말했다.

"오랫동안 돌아다녀봤지만 아직 만나지 못했어요." 곰보 얼굴의 맹인이 침울하게 말했고, 그들은 다시 말없이 걸었다. 해는 점점 높이 솟아올랐고, 화살처럼 곧게 뻗은 대로는 하얀색 선처럼 보였고, 맹인들의 모습은 흐릿해졌으며, 앞으로 지나간 마차는 검은 점으로 변했다. 그 후 길은 갈라졌다. 마차는 키예프로 향했고, 맹인들은 다시 포차예프로 가는 시골길로 접어들었다.

곧이어 키예프에서 막심으로부터 고향집으로 편지가 왔다. 그는 두 사람 모두 건강하며 모든 일이 순조롭게 진행되고 있다고 썼다.

이때 세 맹인은 계속 걷고 있었다. 이제 세 사람은 조화롭게 걸었다. 맨 앞에는 언제나 지팡이를 두드리며 칸듸바가 섰는데, 그는 길을 잘 알고, 항상 축일이나 장날에 맞춰 큰 마을들에 도착했다. 사람들이 작은 악단의 연주 소리에 몰려들었고, 칸듸바의 모자에 동전 떨어지는 소리가 계속 들렸다.

젊은 맹인의 얼굴에서 불안하고 놀란 표정은 오래전에 사라지고 다른 표정이 나타났다. 발걸음을 옮길 때마다 이제 조용한 저택의 나른하고 위안하는 바스락거림을 대신해서 드넓고 광대한 미지의 세계의 새로운 소리들이 그에게 밀려왔다…… 보이지 않는 눈은 휘둥그레지고, 가슴은 넓어졌으며, 귀는 한층 더 예민해졌다. 그는 자기 일행을 파악했는데, 칸듸바는 선량했고, 쿠지마는 까다로웠다. 그는 삐걱거리는 마차 행렬을 따라 오랫동안 걸었고, 초원에서 모닥불을 피워놓고 밤을 보냈으며, 시장과 장터의 시끌벅적한 소리를 들었다. 그는 볼 수 없는 사람들과 볼 수 있는 사람들의 슬픔을 깨달았고, 그 때문에 여러 번 마음 아파했다…… 이상하게도 이제 그는 자신의 마음속에서 이 모든 감정을 위한 자리를 발견했다. 그는 맹인들의 노래를 완전하게 극복했고, 하루하루 이 거대한 바다의 울림 아래서 영혼의 심연에 있었던 불가능한 것에 대한 개인적 투지는 점차 잦아들었다…… 민감한 기억은 모든 새로운 노래와 가락을 포착했고, 길에서 그가 연주를 시작하면 까다로운 쿠지마의 얼굴에는 잔잔한 감동이 깃들었다. 포차예프에 가까워지자 맹인 집단은 더 불어났다.

길에 눈이 쌓인 늦은 가을, 표트르가 느닷없이 걸인 복장의 맹인 두 명과 함께 돌아왔을 때 저택의 모든 식구는 깜짝 놀랐다. 주변에서는 그가 포차예프의 성모 성화에 치유 기도를 하겠다는 약속에 따라 포차예프를 다녀왔다고 말했다.

그럼에도 불구하고 그의 눈은 이전처럼 깨끗했고, 이전처럼 보이지 않았다. 하지만 마음은 의심할 여지 없이 치유되었다. 마치 무시무시한 공포가 저택에서 영원히 사라진 듯했다…… 키예프에서 편지를 계속 썼던 막심도 마침내 돌아왔을 때, 안나 미하일로브나는 "나는 절대로 절대로 오빠를 용서하지 않을 거야"라고 울부짖으며 그를 맞이했다. 하지만 그녀의 얼굴은 냉혹한 말과는 반대였다……

저녁 내내 표트르는 자신의 방랑에 대해 이야기를 했고, 어스름 녘에는 이전에 어느 누구도 들어본 적이 없는 새로운 가락이 피아노에서 울려 퍼졌다…… 키예프 여행은 1년 뒤로 미뤄졌고, 온 가족은 표트르의 희망과 계획에 매달렸다……

제7장

I

그해 가을 에벨리나는 야스쿨스키 노부부에게 저택에 사는 맹인 청년에게 시집을 가겠다는 자신의 변치 않는 결심을 밝혔다. 그녀의 어머니는 눈물을 흘렸고, 아버지는 성화 앞에서 기도를 드린 후 자기 생각에는 이 일에 관한 한 하느님의 뜻도 바로 그렇다고 말했다.

결혼식이 치러졌다. 표트르에게 새롭고 조용한 행복이 시작되었지만 이 행복에는 어떤 불안이 서려 있었다. 기분이 아주 좋을 때 그는 미소를 지었는데, 그 미소에는 그가 마치 이 행복을 당연하고 확고하다고 여기지 않는 듯한 서글픈 의심이 엿보였다. 심지어 아버지가 될 것이라는 소식을 접했을 때조차도 그는 놀란 표정으로 그 소식을 맞이했다.

그럼에도 불구하고 자기 자신에 대한 진지한 고뇌, 아내와 미래의 아이에 대한 불안한 생각 속에서 흘러간 그의 실제적 삶은 과거의 무익한 노력들에 집중하는 것을 허락하지 않았다. 때때로 이러한 근심 속에서 맹인들의 애처로운 한탄에 관한 회상이 그의 마음속에 떠오르는 경우도 있었다. 그러면 그는 이제 표도르 칸듸바와 그의 곰보 얼굴의 조카가 살고 있는 새로운 농가가 있는 마을 어귀로 출발했다. 표도르는 코브자를 연주하거나 오랫동안 대화를 나누었다. 그 와중에 표트르의 사고는 점차 편안해졌고, 그의 계획은 다시 확고해졌다.

이제 그는 외부 빛의 자극에 덜 민감해졌고, 과거의 내적 긴장도 가라앉았다. 불안한 기운도 잠잠해져갔다. 그는 다양한 느낌들을 하나의 총체로 결합하는 의식적 의지력으로 그것들을 깨우지 않았다. 이 무익한 노력의 자리에는 생생한 회상과 희망이 들어섰다. 하지만 누가 알겠는가, 어쩌면 정신적 고요가 무의식적 내적 작업을 도와주고 이 어렴풋하고 흩어진 느낌들이 훨씬 성공적으로 그의 뇌 속에서 서로를 향한 길을 만들었을지. 잠을 잘 때 뇌는 의지를 통해 결코 만들 수 없는 사고와 형상을 빈번히 자유롭게 만들어낸다.

II

오래전에 표트르가 태어났던 바로 그 방에는 평소처럼 침묵이 흐르곤 했는데, 그러던 어느 날 갓난아이의 울음소리가 울려 퍼졌다. 아이가 태어나고 며칠이 흘렀고, 에벨리나의 몸 상태도 빠르게 회복되었다. 하지만 표트르는 이 기간 내내 어떤 다가오는 불행에 대한 예감으로 억눌려 있었다.

의사가 왔다. 그는 갓난아이를 들어 올려 창가로 데려가 내려놓았다. 그는 커튼을 재빨리 열어젖혀 방 안으로 밝은 빛을 들어오게 한 뒤

의료 기기를 들고 어린아이에게 몸을 숙였다. 표트르는 머리를 떨어뜨린 채 억눌리고 무심하게 그 자리에 앉아 있었다. 그는 미리 결과를 예견하고 의사의 행동들에 아주 작은 의미조차도 부여하지 않는 듯했다.

"그는 아마도 맹인일 겁니다." 그는 확신했다. "태어나지 말았어야 했습니다."

젊은 의사는 아무런 대꾸 없이 조용히 진단을 계속했다. 마침내 그는 검안경을 내려놓았고, 잠시 후 방 안에는 그의 침착하고 확신에 찬 목소리가 울려 퍼졌다.

"동공이 수축되는군요. 아이는 의심할 바 없이 볼 수 있습니다."

표트르는 몸을 떨며 벌떡 일어섰다. 움직임으로 보아 그는 의사의 말을 들었지만, 얼굴 표정으로 판단컨대 그 의미를 이해하지 못한 듯했다. 떨리는 손으로 창틀을 짚고서 그는 아무 표정 없는 창백한 얼굴을 쳐들고 그 자리에 얼어붙어 있었다.

바로 직전에 그는 묘한 흥분 상태에 있었다. 그는 마치 자신을 지각하지 못하고 모든 신경은 기대감으로 파르르 떨리는 듯했다.

그는 자신을 둘러싸고 있는 어둠을 인식했다. 그는 그것을 구별하고 자기 외부에서, 모든 광대함 속에서 느꼈다. 어둠은 그에게로 덮쳐왔고, 그는 마치 겨루듯이 그것을 상상으로 포획했다. 그는 꿰뚫을 수 없는 광대하고 요동치는 어둠의 대양에서 자기 아이를 보호하기 위해 그것에 맞서 일어섰다.

의사가 조용히 채비를 하는 동안 그는 계속 이 상태에 있었다. 그는 이전에도 두려워했지만, 그의 마음속에는 또한 희망의 징후들이 살아 있었다. 이제 괴롭고 무서운 공포는 최고조로 흥분된 신경들을 사로잡고서 극도의 긴장에 도달했지만, 희망은 그의 가슴속 깊이 어딘가에 숨어 사그라들고 있었다. 그런데 갑작스러운 한마디 "아이는 볼 수 있습니다!"는 그의 상태를 완전히 바꾸어놓았다. 공포는 순간적으로 사라지고, 희망이 맹인의 고양된 정신을 비추어 순식간에 확신으로 변했다. 이것은 갑작스러운 전환이자 어두운 영혼 속을 번개처럼 경이적이고 밝은 빛으로 쳐들어가는 진정한 충격이었다. 의사의 한마디는 그의 머릿속에 불타오르는 길을 놓았다…… 마치 불꽃이 내부 어딘가에서 타올라 그의 존재의 마지막 은신처를 밝게 비추는 듯했다…… 그 속의 모든 것이 전율했고, 그 자신도 갑작스러운 충격으로 당겨진 줄이 팽팽하게 진동하듯이 떨었다.

태어나기 전부터 이미 기능을 상실한 그의 눈앞에 이 번개에 뒤이어 갑자기 이상한 환영들이 불타올랐다. 그것들이 빛줄기인지 소리인지 그는 분간할 수 없었다. 그것들은 활달하고 형태를 갖춘 빛줄기처럼 움직이는 소리였다. 그것들은 하늘의 궁륭처럼 빛났고, 밝은 태양처럼 움직였으며, 푸른 초원처럼 사각거렸고, 너도밤나무의 가지처럼 흔들렸다.

이것은 단지 첫번째 순간이었고, 이 순간에 대한 복합적 느낌들은 그의 기억 속에 남았다. 후에 그는 나머지는 모두 잊어버렸다. 하지만 그는 이 순간에 본 것을 굳건하게 확신했다.

그가 무엇을 보았고, 어떻게 보았으며, 정말로 본 것인지 등에 관해서는 전혀 알 수가 없었다. 많은 사람이 그것이 불가능하다고 말을 해도, 그는 하늘과 땅, 어머니, 아내 그리고 막심 삼촌을 보았다고 확신하며 자기주장을 굽히지 않았다.

잠깐 동안 그는 밝은 얼굴을 쳐들고 서 있었다. 그가 너무 이상하게 보였기에 모든 사람은 본능적으로 그를 바라보았고, 순간 주위는 침묵에 휩싸였다. 모두에게는 방 한가운데 서 있는 사람이 자신들이 잘 알고 있는 사람이 아니라 어쩐지 전혀 모르는 다른 사람처럼 느껴졌다. 예전의 그는 사라졌고, 갑자기 드리운 비밀에 감싸였다.

그는 잠깐 동안 이 비밀 속에서 홀로 있었다…… 후에 남은 것은 어떤 만족감과 당시에 그가 보았다는 이상한 확신뿐이었다.

이런 일이 정말로 가능했을까?

맹인이 한낮의 햇빛을 긴장하며 맞이하는 순간에, 어두운 뇌 속으로 알 수 없는 길을 통해 들어오는 빛에 대한 모호하고 흐릿한 지각이 이제 갑작스러운 황홀의 순간에 흐릿한 음화처럼 타오를 수 있을까?

보이지 않는 눈앞에 푸른 하늘과 밝은 태양 그리고 어렸을 때 그렇게 자주 찾았고, 그렇게 많은 눈물을 흘렸던 작은 언덕이 있는 맑은 강이 펼쳐졌다…… 그다음에 물레방아와 그토록 괴로웠던 별이 비치는 밤, 그리고 고요하고 애처로운 달…… 그리고 먼지 날리는 간선도로와 드넓은 대로, 번쩍거리는 바퀴가 달린 마차들과 그 속에서 맹인들의 노래를 불렀던 여러 부류의 군중……

혹은 그의 뇌 속에서 알 수 없는 산들이 환상적인 모습으로 나타나고, 알 수 없는 대평원이 끝없이 펼쳐지며, 알 수 없는 강 수면 위에서 멋진 나무들이 흔들리고, 그의 무수한 선조 세대가 바라보았던 선명한 태양이 밝은 빛을 투사했을까?

혹은 이 모든 것은 막심이 말했던 빛과 소리가 기쁨 혹은 슬픔, 유쾌 혹은 애수로 똑같이 전개되는 어두운 뇌의 심연 속에서 무형의 감각들로 무리 지어 있는 것인가?……

그는 후에 삶의 모든 인상과 자연의 느낌들 그리고 생생한 사랑이 하나의 총체로 결합했던, 그의 영혼 속에서 순간적으로 울리는 조화로운 화음만을 기억했다.

누가 알겠는가?

그는 비밀이 자신에게 드리웠다가 벗겨지는 것을 기억했다. 이 마지막 순간에 소리 형상들은 마치 팽팽한 줄이 떨리고 진정되듯이, 울리고 요동치며 떨리고 진정되며 결합되고 뒤섞였다. 처음에는 높고 세게, 그다음에는 조용하고 미세하게 들렸다…… 뭔가가 캄캄한 어둠 속으로 거대한 경사를 따라 굴러떨어지는 듯했다……

그렇게 굴러떨어지고 조용해졌다.

어둠과 침묵…… 어떤 어럼풋한 환영들이 짙은 어둠 속에서 다시 살아나려고 했지만 그것들은 이미 형태도, 소리도, 색깔도 없었다…… 단지 멀리 아래 어딘가에서 음계들이 울리고 다채로운 대열을 이뤄 어둠을 가르고 공간 속으로 사라져갔다.

그때 갑자기 외부의 소리가 일상적 형태로 그의 귀에 들려왔다. 그는 잠에서 깨어난 듯했지만 여전히 엄마와 막심의 손을 잡고서 밝고 유쾌한 모습으로 서 있었다.

"무슨 일이니?" 엄마가 떨리는 목소리로 물었다.

"아무것도 아니에요…… 제가 여러분 모두를 본 듯해요…… 제가 꿈을 꾸고 있는 건가요?"

"지금은?" 엄마가 흥분해서 물었다. "기억나니? 기억하겠어?"

맹인 아들은 깊이 숨을 들이쉬었다.

"아니요." 그는 힘주어 대답했다. "괜찮아요, 왜냐하면…… 저는 이 모든 것을 그에게…… 아이에게…… 모두에게 주었거든요……"

그는 휘청거렸고, 의식을 잃었다. 그의 얼굴은 창백해졌지만, 그 위에는 기쁜 만족의 빛이 여전히 떠다니고 있었다.

에필로그

3년이 흘렀다.

수많은 청중이 정기 시장인 콘트락틔가 열리는 기간에 독창적인 악사의 연주를 듣기 위해 키예프로 모여들었다. 그는 맹인이었지만 그의 음악적 재능과 개인적 운명에 관한 기적 같은 얘기들이 소문으로 이미 널리 퍼져 있었다. 어떤 소문에 따르면 부유한 집안 출신인 그는 어린 시절 맹인 도당에 의해 납치되어 유명한 교수가 그의 탁월한 음악적 재능에 주목할 때까지 그들과 함께 방랑을 했다고 한다. 다른 소문에 따르면 그 자신이 어떤 낭만적 충동에서 집을 나와 걸인 패거리에 합류했다고 한다. 어쨌든 간에 연주 홀은 발 디딜 틈 없이 가득 찼고, 청중에게 알려지지 않은 자선을 위한 모금함도 가득 찼다.

크고 아름다운 눈과 창백한 얼굴을 지닌 젊은이가 무대에 등장하자 연주 홀은 깊은 정적에 휩싸였다. 그의 눈동자가 미동도 하지 않고, 악사의 아내라는 금발의 젊은 여인이 그를 안내하지 않았다면 아무도 그를 맹인으로 간주하지 않았을 것이다.

"저렇게 멋진 인상을 풍기는 것이 당연하지 않아." 군중 속에서 누군가가 옆 사람에게 말했다. "정말로 극적인 외모를 지녔어."

실제로 깊은 사색에 잠긴 창백한 얼굴과 움직이지 않는 눈동자 그리고 그의 전체적 외모는 범상치 않은 독특한 뭔가를 기대하게 했다.

남러시아의 청중은 대체로 자신들의 전통 가락을 좋아하고 높이 평가하지만, 이곳 시장에 모인 각양각색의 군중은 연주에서 묻어나는 심오한 진정성에 곧장 매료되었다. 고향의 자연에 대한 생생한 느낌, 민중적 가락의 직접적 원천들에 대한 민감하고 독특한 연관이 맹인 악사의 손 아래서 흘러나오는 즉흥적 연주에서 감지되었다. 다채롭고 유연하며 부드러운 연주는 소리의 물결을 이루며 흘렀고, 장대한 합창처럼 상승했다가 친밀하고 서글픈 독창처럼 가라앉았다. 때로는 무한한 공간 속에서 메아리치며 폭풍우가 하늘에서 거세게 휘몰아치고, 때로는 단지 초원의 바람이 지난 일에 대한 어렴풋한 몽상을 자아내며 풀밭 위에서, 둔덕 위에서 살랑거리는 듯했다.

연주가 끝나자 열광하는 청중의 우레와 같은 박수 소리가 거대한 연주 홀을 가득 채웠다. 맹인 악사는 이 굉장한 갈채에 놀라 귀를 기울이며 머리를 숙이고 앉아 있었다. 그리고 다시 손을 들어 건반을 두드렸다. 수많은 청중은 순간적으로 조용해졌다.

이때 막심이 들어왔다. 그는 동일한 감정에 사로잡혀 맹인 악사에게 열렬하고 뜨거운 시선을 보내고 있는 청중을 돌아보았다.

노인은 연주에 귀를 기울이며 잠자코 기다렸다. 그는 이 청중 가운데 다른 누구보다도 이 소리들의 생생한 드라마를 더 잘 이해했다.

그는 악사의 영혼에서 그처럼 자유롭게 흘러나오는 이 강력한 즉흥 연주가 갑자기 예전처럼 맹인 제자의 영혼에 새로운 상처를 낳는 불안하고 괴로운 질문으로 중단되는 것처럼 느껴졌다. 하지만 음악 소리는 확대되고 견고하며, 충만하고 점점 더 압도적으로 되어 하나로 합쳐져 진정된 군중의 마음을 사로잡았다.

막심이 한층 더 귀를 기울일수록 맹인 악사의 연주 속에서 익숙한 모티프가 더욱 분명하게 들려왔다.

그래, 이것은 시끌벅적한 거리이다. 찬란하고 우렁차며 생기 가득한 파고가 수천 개의 소리로 갈라지고, 번쩍이고, 흩어지면서 울린다. 그것은 상승하고 증대되었다가 언제나 평온하고 침착하며 냉정하고 무관심해져 아득하지만 끊이지 않는 작은 선율로 하강한다.

그리고 갑자기 막심의 가슴이 덜컥했다. 악사의 손 아래서 언젠가처럼 탄식이 새어 나왔다.

탄식은 터져 나와서 울려 퍼지고 다시 잦아들었다. 그리고 다시 생생한 선율이 점점 밝고 강하게 울렸는데, 그것은 반짝이고 유연하며 행복하고 화창했다.

이것은 이미 개인적 슬픔에 대한 혼자만의 탄식이 아니며, 맹인 한 사람만의 고통이 아니다. 노인의 눈에는 눈물이 고였다. 눈물은 그의 이웃 사람들의 눈에도 어렸다.

'그가 눈을 떴구나. 그래, 정말이야, 그가 눈을 떴어.' 막심은 생각했다.

초원의 바람처럼 행복하고 자유로우며 태평하고 선명하며 활기찬 가락 속에서, 삶의 다채롭고 드넓은 울림 속에서, 민요의 슬프고 웅장한 곡조 속에서 영혼을 사로잡는 어떤 음조가 더욱 지속적이고 강력하게 울려 퍼졌다.

'그래, 그래.' 막심은 마음속으로 격려했다. '기쁨과 행복으로 감싸

야지……'

잠시 뒤 거대한 연주 홀의 도취된 군중 위로 맹인들의 압도적이고 매력적인 오직 하나의 노래가 들려왔다……

"맹인들을 도와주세요…… 그리스도의 이름으로."

하지만 이것은 아마 적선에 대한 요구도, 길거리의 소음으로 둘러싸인 애처로운 절규도 아니었다. 그 노래에는 그것 때문에 표트르가 얼굴을 찡그리고, 그것의 쓰라린 고통과 맞설 수 없어 피아노에서 도망쳤던 과거의 모든 것이 담겨 있었다. 이제 그는 영혼 속에서 그 노래를 극복하고 삶의 진리의 심오함과 냉혹함으로 이 군중의 영혼을 정복했다…… 이것은 밝은 빛 위의 어둠이며, 충만한 삶의 행복에서 슬픔에 대한 상기였다……

군중 위로 천둥이 울린 듯했고, 악사가 자신의 날렵한 손가락으로 건드린 듯이 모두의 심장은 전율했다. 연주는 이미 멈췄지만 군중은 죽은 듯이 침묵했다. 막심은 머리를 숙이고 생각했다.

'그래, 그는 눈을 떴어…… 어둡고 괴로운 이기적 고통의 자리에 그는 이제 삶의 지각을 가져왔고, 인간적 슬픔과 기쁨을 느끼며 눈을 떴고, 이제 행복한 사람들에게 불행한 사람들을 상기시킬 수 있어……'

그리고 늙은 병사는 머리를 점점 아래로 숙였다. 이렇게 그도 자신의 할 일을 했고, 세상을 헛되이 살지 않았다. 연주 홀에 울려 퍼지고, 군중을 지배한 힘이 넘치는 압도적인 연주 소리가 그에게 이것을 말해주었다……

이렇게 맹인 악사는 무대에 처음으로 섰다.

러시아 인도주의 문학의 거성 코롤렌코의
'힘겨운 영웅의 길'

블라디미르 갈락티오노비치 코롤렌코Владимир Галактионович Короленко(1853~1921)는 러시아 문학에서 인도주의를 대표하는 작가이자, 언론인, 사회비평가, 사회활동가이다. 코롤렌코는 1853년 8월 17일 우크라이나의 서부 지방 즤토미르에서 카자크 혈통의 재판관인 아버지 갈락티온 아파나시예비치Галактион Афанасьевич와 폴란드 지주의 딸인 어머니 에벨리나 이오시포브나Эвелина Иосифовна 사이에서 3남 3녀 중의 둘째 아들로 태어났다. 작가의 아버지는 엄격하고 폐쇄적이지만 청렴하고 정의로운 성품을 지닌 사법 관료로서 작가의 세계관 형성에 커다란 영향을 끼쳤다. 후에 아버지의 형상은 중편 「나쁜 패거리」에서 재판관의 원형상이 되었다고 한다. 어머니의 영향으로 어린 시절부터 작가는 마치 모국어처럼 폴란드어에 익숙했다.

코롤렌코는 릐흘린 기숙학교, 즤토미르 중학교, 로브노 고등학교에서 차례로 수학했다. 작가는 1871년 상트페테르부르크의 기술연구소에 입학했으나 가정 형편으로 학업을 포기하고, 1874년 모스크바로 이주하여 페트로프 농림업 아카데미에 입학했다. 일찍부터 당대의 변혁 운동에 관심이 많았던 코롤렌코는 1876년 인민주의 학생 운동에 가담, 체포되어 농림업 아카데미에서 퇴학 처분을 받고 크론슈타트로 유형에 처해졌다.

작가는 1877년 유형에서 상트페테르부르크로 귀환하여 광업연구소에 입학했으나 졸업하지는 못했고, 이때부터 창작 활동을 시작했다. 1879년 7월 잡지 『말*Слово*』에 최초의 문학작품인 중편 「탐구자의 삶의 에피소드들Эпизоды из жизни искателя」을 발표했다. 이 작품은 애초에 잡지 『조국 수기*Отечественные записки*』에 투고했으나 편집장 살티코프-쉐드린으로부터 어설프다는 평가와 함께 거부되었다. 그런 가운데 혁명가들과의 접촉을 밀고당해 당국에 체포, 투옥된 후 광업연구소에서 퇴출되었고, 뱌트카현의 글라조프를 거쳐 톰스크, 페름 등에서 또다시 유형을 살았다. 1880~1881년에는 경찰의 일상적인 감시 속에서 제화공, 철도 계시원, 통계국 서기 등으로 생계를 이어갔다. 하지만 작가의 고난은 여기서 끝나지 않았다. 그는 1881년 신임 황제 알렉산드르 3세에 대한 충성 서약을 거절하여 1884년까지 다시 한번 시베리아 유형에 처해졌다. 하지만 8여 년에 걸친 힘겹고 참혹한 수형과 유형 생활은 작가에게 불굴의 삶의 의지와 자유와 정의에 대한 강렬한 지향을 심어주었으며, 향후 문학 활동에서 귀중한 자산이 되었다.

1885년 마침내 유형 생활을 마치고 니쥐니노브고로드로 돌이온 코롤렌코는 1886년 1월 예브도키야 시묘노브나 이바놉스카야Евдокия Семеновна Ивановская와 결혼하고 1895년까지 10년 동안 언론과 사회비평은 물론이고 문학 활동을 적극적으로 펼쳤다. 이른바 '니쥐니노브고로드 시기'는 코롤렌코의 작가적 창조성이 가장 활발하게 꽃핀 시기로서, 당대 독자들에게 처음으로 작가로서의 명성을 떨쳤던 출세작「마카르의 꿈Сон Макара」(1885)을 필두로,「나쁜 패거리В дурном обществе」(1885),「맹인 악사Слепой музыкант」(1886),「숲이 술렁거린다Лес шумит」(1886),「플로르에 관한 이야기Сказание о Флоре」(1886),「강물이 노닌다Река играет」(1891),「역설Парадокс」(1894) 등의 대표작들을 집필했다. 이 작품들 속에서 코롤렌코는 어린 시절 우크라이나에서의 남다른 추억과 시베리아 유형의 쓰라린 체험을 바탕으로 인간과 사회(자연)의 관계라는 문제를 심오한 심리적·철학적 통찰을 통해 형상화했다. 작가는 삶의 충만과 조화 그리고 행복은 오직 내적 이기심을 극복하고 타인들과의 연대를 통해서만 획득할 수 있다고 설파했다.

1890년대 코롤렌코는 여러 지역을 여행했는데, 크림과 카프카스 등지를 둘러보고, 1893년에는 '시카고 세계박람회'를 참관한 후 철학적 단편「벙어리Без языка」(1895)를 발표했다. 이 작품에서 작가는 서구의 우월성과 러시아적 가부장주의의 운명성을 인정하면서 도시화와 도시 문화에 대한 러시아 민중의 전형적인 불신을 시골의 안락과 자유에 대한 사랑을 통해 대비적으로 표현했다. 이 덕분에 코롤렌코의 명성은 러시아뿐만 아니라 해외에도 널리 퍼졌고, 그의 작품들은 다양한 외국어로 번역되기도 했다. 1895∼1900년에는 상트페테르부르크에 기거하며 잡지『러시아의 부Русское богатство』의 편집에 관여했고, 유명한 중편「마루샤의 땅Марусина заимка」(1899),「순간Мгновение」(1900) 등을 발표했다.

코롤렌코는 1900년 폴타바로 이주하고, 같은 해에 상트페테르부르크 황제학술원(ИАН)의 명예회원으로 선출되었으나, 1902년 고리키의 학술원 제명 사건이 발생하자 이에 대한 항의의 표시로 작가 체홉과 함께 회원 자격을 자진 반납했다. 혁명 직후 1918년 작가는 러시아아학술원(РАН)의 명예회원으로 다시 추대되었다. 폴타바에서 작가는 「추위Мороз」「마지막 불빛Последний луч」「군주의 마부들Государевы ямщики」「카자크들에게서У казаков」(1901), 「무섭지 않은 것Не страшное」(1903), 「하구에서Над лиманом」(1909) 등의 작품을 창작했다.

코롤렌코는 평생 동안 민중에 대한 책무, 그들의 힘에 대한 믿음 그리고 그들의 삶에 대한 열렬한 관심을 간직했다. 예컨대 작가는 당대 현실의 예민하고 중대한 문제들에 대해 특유의 비판적 입장을 개진했는데, 1891~1892년 기아를 폭로했고(연작 수필 「굶주린 해В голодный год」), 「물탄 사태Мултанское дело」에 주의를 기울였으며, 자신의 권리를 위해 투쟁하는 우크라이나 농민들에 대한 차르 하수인들의 만행을 비판했다(「소로친의 비극Сорочинская трагедия」). 특히 1905년 1차 혁명 실패 후 체포, 투옥, 유형 그리고 처형 등의 통제와 억압 분위기가 사회 전역에 만연하자 차르 체제의 전횡과 반동 정책을 질책하는 일련의 평론(「일상적 현상Бытовое явление」「군사재판의 특징들Черты военного правосудия」 등)을 발표했다. 또한 작가는 러시아에서 박해받는 유대인들의 상황에도 관심을 기울였고, 일관되고 적극적인 그들의 옹호자로 남았다. 1911~1913년 코롤렌코는 베일리스 사태를 날조하려고 했던 반동주의자들과 국수주의자들에 맞서서 흑백단черносотенцы의 기만과 위선을 폭로하는 10여 편의 논평을 발표했다. 1917년 루나차르스키는 코롤렌코가 러시아공화국의 초대 대통령에 적합하다고 말하기도 했지만, 10월혁명 이후 작가는 볼셰비키들이 사회주의 건설을 위해 동원했던 반인간적 방법과 수단에 대해 신랄하게 비판했다. 내전의 야수성을 폭로하고 볼셰비키의 전횡에 맞서 개인의 자유를 옹호했던 인본주의자 코롤렌코의 입장은 「루나차르스키에게 보낸 서한들Письма к Луначарскому」(1920)과 「폴타바에서 보낸 서한들Письма из Полтавы」(1921)에 잘 반영되어 있다.

1906~1921년, 코롤렌코는 삶의 마지막 15년을 자신의 지난한 삶의 체험과 그에 대한 철학적 성찰을 집대성하는 자전적 작품인 『나의 동시대인의 역사История моего современника』에 매진했으나, 혁명과 내전이라는 역사의 소용돌이 속에서 제4권을 집필하던 중 폐결핵으로 1921년 12월 25일 68세의 나이에 숨을 거두었다. 작가의 유해는 폴타바의 구(舊) 묘지에 안장되었다가 1936년 8월 29일, 해당 묘지의 폐쇄로 인해 폴타바 시립 묘지(현재의 '승리 공원')로 이장되었다.

이처럼 코롤렌코는, 후배 작가 고리키가 정당하게 일갈했듯이, 탁월한 언어 예술가이자 열렬한 사회 활동가로서 평생 동안 '힘겨운 영웅의 길'을 걸어간 '시대의 양심' '해맑은 영혼'이었다.

제정러시아의 황혼에서 10월혁명과 내전으로 얼룩진 소비에트 러시아의 여명에 이르기까지 러시아 역사의 최대 격변기를 살았던 코롤렌코는 '창조적 작가이자 열정적 투사'로 자처하면서 예술과 인생 사이를 가장 진지하고 치열하게 길항했던 러시아 인도주의 문학의 거성이었다. 앎과 삶의 일치를 부단하게 추구하는 러시아 인텔리겐치아의 진정한 표상이었던 코롤렌코의 문학적 도전과 성취는 특유의 예술적·미학적 형식은 물론이고, 참다운 도덕적·철학적 지향을 통해 무엇보다 잘 드러난다.

코롤렌코는 무엇보다도 삶 자체를 영원히 변화하는 흐름이자 과거와 미래의 전진적 상호 작용으로 파악했다. 이런 맥락에서 코롤렌코는 문학의 역할과 위상을 과거에서 미래로 향하는 진보의 도상에서 긴장 어린 현재의 실상을 진실하게 포착하는 것에서 찾았다. 작가는 자신의 작품들 속에서 당대적 삶의 보편적 위기들을 반영할 뿐만 아니라 새로운 형식으로 삶을 변화시키고자 노력했다. 코롤렌코는 사회적 삶에 짙은 어둠이 드리우는 위기의 시대에도 그것의 극복에 대한 희망과 정신적 곤궁으로부터 탈출의 시도를 내려놓지 않았다. 이로부터 삶의 진보적 발전과 긍정적 미래를 지향하는 작가 코롤렌코의 이른바 '고뇌 어린 낙관주의'가 태동했다. 코롤렌코는 "예술가는 거울이지만 살아 있는 거울이다"라고 자신의 예술 미학적 관점을 피력한바, 그는 예술에서 삶의 반영을 지향하는 리얼리즘과 고유한 삶의 환상을 창조하는 이상주의를 결합시키고자 했다. 이러한 입장은 당대의 비평가들로부터 일종의 미학적 절충주의라고 비판받기도 했지만, 이른바 1860년대 작가들과 인민주의자들, 즉 잡계급의 혁명적 자연주의와 결별을 의미하는 것으로, 작가는 '이상주의적 리얼리즘идеалистический реализм'이라는 자신의 미학적 공리를 평생 동안 일관되게 구현했다.

"새가 날기 위해 태어나듯이 인간은 행복을 위해 태어난다"는 작가의 말에서 암시되듯이 코롤렌코의 문학은 행복을 향한 인간의 본원적 지향과 그것의 궁극적 성취에 대한 믿음, 자유와 정의에 대한 끝없는 추구, 폭력과 부정에 대한 불굴의 저항 그리고 궁극적으로 인간과 사회의 도덕적·정신적 완성의 지향 등으로 충만하다. 따라서 코롤렌코에게 고유한 진보적 사고와 인본주의 정신은 러시아 문학사에서 19세기 전통의 계승적 발전이자 20세기 전망의 획기적 선취로 평가된다.

이 책에 담긴 코롤렌코의 중·단편소설들, 「마카르의 꿈」「나쁜 패거리」「숲이 술렁거린다」「맹인 악사」는 작가의 이러한 진보성과 인본성을 가장 탁월하고 심오하게 구현한 대표 작품들이다.

우선 작가에게 사실상의 데뷔작이자 출세작인 「마카르의 꿈」은 시베리아 유형 생활의 체험에 기초한 일종의 '성탄절 이야기'로서 동화적 이야기이다. 이 작품은 간결한 유머를 바탕에 깔고 헐벗고 무지한 죄 많은 농부 마카르의 현실과 꿈의 대비를 통해 부정한 사회구조에 대한 냉철한 비판과 비참한 민중의 삶에 대한 통렬한 연민을 함께 제시한다. 가난과 눈물, 노동과 고뇌로 상징되는 마카르의 삶, 그것의 전형적인 참상에 대한 인간적 공감이 오직 평범하고 정직한 사람들 사이에 존재한다는 것이 작품의 또 다른 전언이다.

작가의 흥미로운 중편 「나쁜 패거리」는 어린 시절의 체험에 근거한 자전적 작품으로 사회로부터 버림받고 그것에 대항하는 아이들 사이의 연민과 사랑 그리고 삶에 대한 특유의 통찰을 보여준다. 특히 이른바 밑바닥 삶을 살아가는 시베리아의 방랑자 틔부르치는 자유, 긍지, 자주, 서정의 담지자로서 고리키의 초기 작품에 등장하는 낭만적 부랑자의 선구적 형상으로도 간주되는데, 그로부터 작가의 자유와 정의에 대한 끝없는 열정이 감지된다. 한편 이 작품은 작가의 부정적 입장에도 불구하고 당대와 후대에 「지하실의 아이들Дети подземлья」이라는 제목을 달고 축약된 형태로 여러 차례 게재되었다.

「숲이 술렁거린다」는 '폴례시예의 전설'의 형식을 띠는 작품으로 남러시아의 소나무 숲을 배경으로 펼쳐지는 음울한 낭만적 서사가 중심을 이룬다. 산지기 로만과 카자크 오파나스는 오직 자유를 위해 현실의 불의에 과감히 도전하는 인물들이다. 작품 속에서 로만과 오파나스의 저항은 맹목적이고 거칠지만, 그들의 주인을 죽음으로 몰고 갈 만큼 거대하다. 바로 이러한 인물들의 형상은 작품의 라이트모티프인 숲과 폭풍우의 이미지와 절묘한 조화를 이룬다. 마지막 순간에 압제자 판에게 몰아닥친 정의는 작품 내내 숲을 술렁거리게 만드는 폭풍우의 엄습처럼 갑작스럽고도 불가피하며 예리하다.

마지막으로 자전적 중편「맹인 악사」는 우크라이나의 자연, 역사, 문화에 대한 작가 특유의 섬세한 묘사뿐만 아니라 빛으로 상징되는 삶의 완성에 대한 맹인 주인공의 지난한 추구를 통해 인간 자체에 대한 담대한 신뢰를 피력하고 있다. 특히 이기적 추구가 아니라 이타적 연대를 통한 삶의 완성, 혹은 불행한 사람들과의 공감과 나눔이라는 타인들에 대한 일관된 복무는 깊은 울림을 낳는다. 이 작품은 작가 자신이 일컬었듯이 결코 간단치 않은 다양한 상황 속에서 맹인 주인공의 내면세계와 외적 행위에 대한 내밀한 '심리학적 탐구'의 의미심장한 결실이다. 이른바 이상주의적 리얼리즘이 조화롭게 구현된 이 작품은 1886년에 처음 발표된 후 1898년까지 여섯 번에 걸쳐 개작될 정도로 코롤렌코가 심혈을 기울인 대표작으로 러시아와 해외에서 거의 유일하게 단행본으로 출간되었고, 동명의 영화로도 제작(1960, 모스필름)되어 관객들의 큰 호응을 얻었다.

이처럼 코롤렌코의 작품들은 자유와 정의에 대한 사랑 혹은 지향으로서 행복이라는 인간의 본래적 품성에 대한 낙관적 믿음에 기초하여 억압과 부정이 넘쳐나는 당대 현실에 대한 저항과 극복의 메시지를 듬직하게 전해준다. 이에 동시대의 작가 부닌은 러시아인들 사이에서 문학과 삶을 너무나 풍요롭게 만드는 거인처럼 건강하게 살고 있는 아름답고 순결한 코롤렌코 덕분에 아무것도 두렵지 않다고 토로했다. 또한 고리키에게도 코롤렌코는 불굴의 신뢰감을 불러일으켰는데, 그는 "나는 많은 문학가와 친해졌지만 그들 중의 어느 누구도 내가 블라디미르 갈락티오노비치를 처음 만났을 때 느꼈던 존경심을 불러일으키지 않았다. 그는 길지 않은 시간 동안이지만 나의 스승이었고, 지금까지도 나는 그것이 자랑스럽다"라고 말했다. 더불어 체홉은 "맹세컨대 코롤렌코는 아주 훌륭한 사람이다. 나란히 걷는 것뿐만 아니라 뒤따라가는 것조차도 기분이 좋다"라고 회상했다. 이처럼 러시아 문학사에서 코롤렌코는 가장 아름다운 영혼과 강직한 양심을 지닌 작가이며, 이에 가장 이상적이고 걸출한 성취의 반열에 속하는 그의 문학작품들은 당대를 넘어 현대에도 영원한 울림을 자아낸다.

작가 연보

1853	8월 17일 우크라이나의 서부 지방 즤토미르에서 카자크 혈통의 재판관인 아버지 갈락티온 아파나시예비치Галактион Афанасьевич와 폴란드 지주의 딸인 어머니 에벨리나 이오시포브나Эвелина Иосифовна 사이에서 3남 3녀 중의 둘째 아들로 출생.
	리홀린 기숙학교, 즤토미르 중학교, 로브노 고등학교에서 차례로 수학.
1871	상트페테르부르크 기술연구소에 진학했으나 가정 사정으로 학업을 포기하고 돈벌이에 매진.
1873	모스크바로 이주.
1876	모스크바의 페트로프 농림업 아카데미(현재의 티미랴제프 아카데미)에서 수학 중 학생 봉기에 참여하여 아카데미에서 퇴학당하고 체포되어 볼로고드현에 첫 유형.
1877	상트페테르부르크로 귀환하여 광업연구소에 입학했으나 졸업하지 못했고 창작 활동을 시작.
1879	7월 잡지 『말Слово』(제7호)에 최초의 문학작품인 중편 「탐구자의 삶

의 에피소드들Эпизоды из жизни искателя」을 발표. 혁명가들과의 접촉을 밀고당해 당국에 다시 체포되어 뱌트카현의 소도시 글라조프로 유형당함.

1881 감옥과 유형에서 많은 작품을 창작했고, 필사본으로 확산, 비슈네볼로츠키 정치 감옥에서 창작한 단편「경이Чудная」는 1893년 런던에서 발표했고, 동일 작품은 1905년 러시아에서 「출장Командировка」으로 재수록. 1881년 신임 황제 알렉산드르 3세에 대한 충성 서약을 거절하여 시베리아의 야쿠츠주(州)로 유형.

1885 유형에서 돌아옴. 잡지『러시아 사상Русская мысль』에 두번째 작품「마카르의 꿈Сон макара」과 「나쁜 패거리В дурном обществе」를 연이어 게재.

1886 경찰의 감시하에 니쥐니노브고르도로 이주를 허락받음. 1월 예브도키야 시묘노브나 이바놉스카야Евдокия Семеновна Ивановская와 결혼. 해방운동에 적극 참여하고『러시아 통보Русские ведомости』『니제고르드 통보Нижегородские ведомости』『북방 신보Северный вестник』등에서 활동. 유형 시절의 작품 모음집『에세이와 단편들Очерки и рассказы』출간.「숲이 술렁거린다Лес шумит」발표. 중편「맹인 악사Слепой музыкант」를 발표하여 커다란 성공을 거두었고, 생전에 15쇄 출간.

1887 볼가 이야기들인「성화 너머로За иконой」「일식날На затмении」등을 발표.

1888 중편「밤중에Ночью」집필.

1889 두번째 작품 모음집『에세이와 단편들』출간.

1893 신문『러시아 통보』에 기고한 평론 모음집『굶주린 해В голодный год』출간.

1895 영국과 미국을 여행한 후 그 인상들을 담아 우크라이나 이민자의 삶을 다룬 철학적 중(장)편「벙어리Без языка」집필.
인민주의적 경향의 잡지『러시아의 부Русское богатство』의 편집에 동참하여 1904년까지 활동.

1896	상트페테르부르크로 이주.
1899	중편「마루샤의 땅Марусина заимка」집필.
1900	폴타바로 이주. 일련의 창작 성과 덕분에 상트페테르부르크 황제 학술원 명예 회원으로 추대.
1902	고리키М. Горький의 학술원 제명 사건에 항의하여 체홉А. П. Чехов과 함께 학술원 회원 자격을 자진 반납.
1903	세번째 작품 모음집『에세이와 단편들』출간.
1904	잡지『러시아의 부』의 편집장이 되어 1917년까지 활동.
1905	1차 혁명 실패 후 체포, 투옥, 유형 그리고 처형 등의 통제와 억압 분위기가 사회 전체에 만연, 체제의 전횡에 반대하는 일련의 평론(「일상적 현상Бытовое явление」「군사재판의 특징들Черты военного правосудия」등)을 발표.
1906	자전적 장편『나의 동시대인의 역사История моего современника』집필 착수.
1914	병 치료를 위해 프랑스에 갔다 그곳에서 제1차 세계대전을 맞음.
1915	러시아로 귀국, 어린이 구호 활동(고아들을 위한 물품 모집, 부랑아들을 위한 보호소 개소 등)을 전개하고 이를 위한 단체인 '어린이구호연맹'과 '기아원조전러시아위원회'의 의장으로 선출.
1917	2월혁명을 비롯한 러시아에서 일어난 사건들에 대한 민중을 향한 연설문집『차르 권력의 몰락Падение царской власти』출간. 제1차 세계대전 시기에 프랑스에서 인상을 담은 단편「포로들Пленные」, 논평「전쟁, 조국 그리고 인류Война, отечество и человечество」발표, 12월 3일『러시아 동보』에 게재한 논평「승리자들의 환희Торжество победителей」에서 볼셰비키의 승리는 러시아에 파멸적이라고 비판.
1921	1906년에 착수한 자신의 지난 삶의 체험과 그에 대한 철학적 성찰을 집대성하는 자전적 작품인『나의 동시대인의 역사』에 매진

했으나, 혁명과 내전이라는 역사의 소용돌이 속에서 제4권을 집필하던 중 폐결핵으로 12월 25일 향년 68세로 사망.

세계문학과 한국문학 간에 혈맥이 뚫려, 세계−한국문학의 공진화가 개시되기를

21세기 한국에서 '세계문학'을 읽는다는 것은 무엇을 뜻하는가? 자국문학 따로 있고 그 울타리 바깥에 세계문학이 따로 있다는 말인가? 이제 한국문학은 주변문학이 아니며 개별문학만도 아니다. 김윤식·김현의 『한국문학사』(1973)가 두 개의 서문을 통해서 "한국문학은 주변문학을 벗어나야 한다"와 "한국문학은 개별문학이다"라는 두 개의 명제를 내세웠을 때, 한국문학은 아직 주변문학이었다. 한데 그 이후에도 여전히 한국문학은 주변문학이었다. 왜냐하면 "한국문학은 이식문학이다"라는 옛 평론가의 망령이 여전히 우리의 의식을 장악하고 있었기 때문이다. 그렇게 생각하고 그렇게 읽고, 써온 것이었다. 그리고 얼마간 그런 생각에 진실이 포함되어 있는 것도 사실이었다. 그러나 천천히, 그것도 아주 천천히, 경제성장이나 한류보다는 훨씬 느리게, 한국문학은 자신의 '자주성'을 세계에 알리며 그 존재를 세계지도의 표면 위에 부조시키고 있었다. 그런 와중에 반대 방향에서 전혀 다른 기운이 일어나 막 세계의 대양에 돛을 띄운 한국문학에 위협적인 격랑을 밀어붙이고 있었다. 20세기 말부터 본격화된 '세계화'의 바람은 이제 경제적 재화뿐만이 아니라 어떤 나라의 문화물도 국가 단위로만 존재할 수 없게 하였던 것이니, 한국문학 역시 세계문학의 한 단위라는 위상을 요구받게 되었던 것이다.

그러니 21세기 한국에서 세계문학을 읽는다는 것은 진정 무엇을 뜻하는가? 무엇보다도 세계문학이라는 개념을 돌이켜 볼 때가 되었다. 그동안 세계문학은 '보편문학'의 지위를 누려왔다. 즉 세계문학은 따라야 할 모범이고 존중해야 할 권위이며 자국문학이 복종해야 할 상급 문학이었다. 그리고 보편문학으로서의 세계문학의 반열에 올라간 작품들은 18세기 이래 강대국의 지위를 누려온 국가의 범위 안에서 설정되기가 일쑤였다. 이렇게 해서 세계 각국의 저마다의 문학은 몇몇 소수의 힘 있는 문학들의 영향 속에서 후자들을 추종하는 자세로 모가지를 드리워왔던 것이다. 이제 세계문학에게 본래의 이름을 돌려줄 때가 되었다. 즉 세계문학은 보편문학이 아니라 세계인 모두가 향유할 수 있도록 전 세계 방방곡곡에서 씌어져서 지구적 규모의 연락망을 통해 배달되는 지구상의 모든 문학이라고 재정의할 때가 되었다. 이러한 재정의에는 오로지 질적 의미의 삭제와 수량적 중성화만 있는 게 아니다. 모든 현상학적 환원에는 그 안에 진정한 가치를 향해 나아가고자 하는 지향성이 움직이고 있다. 20세기 막바지에 불어닥친 세계화 토네이도가 애초에는 신자유주의적 탐욕 속에서 소수의 대국 기업에 의해 주도되었으나 격심한 우여곡절을 겪으며 국가 간 위계질서를 무너뜨리는 평등한 교류로서의 대안-세계화의 청사진을 세계인의 마음속에 심게 하였듯이, 오늘날 모든 자국문학이 세계문학의 단위로 재편되는 추세가 보편문학의 성채도 덩달아 허물게 되어, 지구상의 모든 문학들이 공평의

체 위에서 토닥거리는 게 마땅하다는 인식이 일상화까지는 아니더라도 최소한 정당화되고 잠재적으로 전망되는 여건을 만들어내게 되었던 것이다.

또한 종래 세계문학의 보편문학적 지위는 공간적 한계만을 야기했던 게 아니다. 그 보편문학이 말 그대로 보편성을 확보했다기보다는 실상 협소한 문학적 기준에 근거한 한정된 작품 집합에 머무르기 일쑤였다. 게다가, 문학의 진정한 교류가 마음의 감동에서 움트는 것일진대, 언어의 상이성은 그런 꿈을 자주 흐려왔으니, 조급한 마음은 그런 어둠 사이에 상업성과 말초적 자극성이라는 아편을 주입하여 교류를 인공적으로 촉진시키곤 하였다. 이제 우리는 그런 편법과 왜곡을 막기 위해서, 활짝 개방된 문학적 관점을 도입하여, 지금까지 외면당하거나 이런저런 이유로 파묻혀 있던 숨은 걸작들을 발굴하여 널리 알리고 저마다의 문학을 저마다의 방식으로 감상할 수 있는 음미의 물관을 제공해야 할 것이다. 실로 그런 취지에서 보자면 우리는 한국에 미만한 수많은 세계문학전집 시리즈들이 과거의 세계문학장을 너무나 큰 어둠으로 가려오고 있었다는 것을 절감한다.

이와 같은 인식하에 '대산세계문학총서'의 방향은 다음으로 모인다. 첫째, '대산세계문학총서'의 기준은 작품의 고전적 가치이다. 그러나 설명이 필요하다. 이 고전은 지금까지 고전으로 인정된 것들에 갇히지 않는다. 우리가 생각하는 고전성은 추상적으로는 '높은 문학성'을 가리킬 터이지만, 이 문학성이란 이미 확정된 규칙들에 근거한 문학성(그런 문학성은 실상 존재하지 않거니와)이 아니라, 오로지 저만의 고유한 구조를 통해 조직되는데 희한하게도 독자들의 저마다의 수용 기관과 연결되는 소통로의 접속 단자가 풍요롭고, 그 전류가 진해서, 세계의 가장 많은 인구의 감성을 열고 지성을 드높일 잠재적 역능이 알차게 채워진 작품의 성질을 가리킨다. 이러한 기준은 결국 작품의 문학성이 작품이나 작가에 의해 혹은 독자에 의해 일방적으로 결정되는 것이 아니라, 세 주체의 협력에 의해 형성되며 동시에 그 형성을 통해서 작품을 개방하고 작가의 다음 운동을 북돋거나 작가를 재인식시키며, 독자의 감수성을 일깨워 그의 내부에 읽기로부터 쓰기로의 순환이 유장하도록 자극하는 운동을 낳는다는 점을 환기시키고 또한 그런 작품에 대한 분별을 요구한다.

이 첫번째 기준으로부터 두 가지 기준이 덧붙여 결정된다.

둘째, '대산세계문학총서'는 발굴하고 발견한다. 모르거나 잊힌 것을 발굴하여 문학의 두께를 두텁게 하고, 당대의 유행을 따라가기보다는 또한 단순히 미래를 예측하기보다는 차라리 인류의 미래를 공진화적으로 개방할 수 있는 작품을 발견하여 문학의 영역을 확장할 것을 목표로 한다. 이는 또한 공동선의 실현과 심미안의 집단적 수준의 진화에 맞추어 작품을 선별한다는 것을 뜻한다.

셋째, '대산세계문학총서'가 지구상의 그리고 고금의 모든 문학작품들에게 열려 있다면, 그리고 이 열림이 지금까지의 기술 그대로 그 고유성을 제대로 활성화시키는 방식으로 진행되는 것이라면, 이는 궁극적으로 '가장 지역적인 문학이 가장 세계적인 문학'이라는 이상적 호환성을 추구한다는 것을 가리킨다. 이는 또한 '대산세계문학총서'의 피드백에도 그대로 적용될 것이다. 즉 '대산세계문학총서'의 개개 작품들은 한국의 독자들에게 가장 고유한 방식으로 향유될 터이고, 그럴 때에 그 작품의 세계성이 가장 활발하게 현상되고 작용할 것이다.

이러한 기준들을 열린 자세와 꼼꼼한 태도로 섬세히 원용함으로써 우리는 '대산세계문학총서'가 그 발굴과 발견을 통해 세계문학의 영역을 두텁고 넓게 하는 과정 그 자체로서 한국 독자들의 문학적 안목과 감수성을 신장시키는 데 기여할 것을 기대하며, 재차 그러한 과정이 한국문학의 체내에 수혈되어 한국문학의 도약이 곧바로 세계문학의 진화로 이어지게끔 하기를 희망한다. 이는 우리가 '대산세계문학총서'를 21세기의 한국사회에서 수행하는 근본적인 소이이다. 독자들의 뜨거운 호응을 바라마지않는다.

　　　　　　　　　　　　　　　　　　　'대산세계문학총서' 기획위원회

대 산 세 계 문 학 총 서